Ursula Hegi

Ganz gewöhnliche Sünden

Roman

Aus dem Englischen
von Susanne Höbel

Kiepenheuer & Witsch

1. Auflage 2006

Titel der Originalausgabe: *Sacred Time*
© 2003 by Ursula Hegi
Aus dem Englischen von Susanne Höbel
Lektorat: Bärbel Flad
© 2006 by Verlag Kiepenheuer & Witsch, Köln
Umschlaggestaltung: Linn-Design, Köln
Umschlagmotiv: © Elliott Erwitt/Magnum/Agentur Focus
Gesetzt aus der Bembo
Satz: Pinkuin Satz und Datentechnik, Berlin
Druck und Bindearbeiten: Clausen & Bosse, Leck
ISBN 10: 3-462-03684-X
ISBN 13: 978-3-462-03684-8

Für Gordon

Inhalt

Erstes Buch

—o—

ANTHONY 1953

Anderswo

Damals, im Winter 1953, erschienen an fast jedem Fenster in der Bronx mit Schablonen aufgetragene Glaswachsbilder, und Onkel Malcolm musste ins Gefängnis, weil er an seiner letzten neuen Arbeitsstelle Briefmarken und Sachen aus dem Büro gestohlen hatte.

Meine Eltern waren so mit ihrer Sorge um Tante Floria beschäftigt – die wie eine Witwe aussah, weil sie mit Onkel Malcolm verheiratet war –, dass sie jedes Mal ungeduldig wurden, wenn ich sagte, wie sehr ich mir einen Schablonenkasten wünschte. »Nicht jetzt, Anthony«, sagten sie, und sie guckten nicht einmal hin, wenn der Werbespot mit dem Mädchen und seiner Mutter kam, die zusammen den Karton aufmachten und Schablonen auspackten, die aus dickem Transparentpapier gestanzt waren, Kometen und Glocken und Weihnachtsbäume. Wenn dann die Mutter die Schablone an die Scheibe hielt, tauchte das Mädchen einen Schwamm in rosa Glaswachs und betupfte damit die Schablone, und die beiden freuten sich über die Kometen und die Schneeflocken, die sie geschaffen hatten.

»Alle anderen Kinder haben Schablonenkästen«, log ich, als wir zu Tante Floria fuhren.

Die Fordham Road war glatt, und mein Vater steuerte vorsichtig durch den Eisregen, der auf unseren Studebaker prasselte. »Floria ist schließlich meine Schwester«, sagte er.

Meine Mutter tippte mit einem lackierten Fingernagel

auf das Medaillon des heiligen Christophorus, das ans Armaturenbrett geklebt war. »Vielleicht solltest du mal überlegen, wer zum Teufel wirklich deine Familie ist, Victor.«

»Und? Ist meine Schwester nicht wirklich?«

»Reiz mich nicht. Bitte.«

»Wir haben schon Glaswachs, zum Fensterputzen«, erinnerte ich sie, als wir unter der El-Bahn an der Third Avenue herfuhren. »Wir brauchen nur noch den Schablonenkasten zu kaufen.«

»Hör auf zu quengeln, Anthony.«

»Kevin hat einen Schablonenkasten.«

»Kevin hat immer alles, was du haben willst. Und wenn ich bei Schnurrbart-Sheila nachfrage, dann stimmt es nicht.« Meine Mutter erfand dauernd Namen, die genau zu den Menschen passten, wie die für die drei Sheilas in unserer Nachbarschaft – Ananas-Sheila, Eisen-Sheila und Schnurrbart-Sheila. Ananas-Sheila war jüdisch, Eisen-Sheila war irisch, und Schnurrbart-Sheila war irisch *und* die Mutter von Kevin O'Dea.

»Aber alle Kinder haben Schablonenkästen.«

»*Basta!* Du weißt, ich verabscheue es, wenn du quengelst. Es ist immer das Gleiche. Erst machst du auf reizend, um zu kriegen, was du willst, und dann quengelst du.«

Ich rutschte dicht an das Flügelfenster hinter ihr und setzte mich auf die Armlehne, um mich größer zu machen. In meinem linken Fausthandschuh steckte Frogman, grün und hart, und ich hielt ihn schützend in meinen Fingern. Frogman war als Gratisgabe in einer Packung Frühstücksflocken gewesen, die ich nicht mochte, aber Kevin hatte endlich einen Frogman gegen zwei meiner besten Baseballkarten, Phil Rizzuto und Yogi Berra, getauscht.

Kevin wohnte uns in der Creston Avenue gegenüber, in dem Haus neben der Rückseite des Paradise, wo die Kinosäle klimatisiert waren und die Frauen vom Kino dir mit der Taschenlampe ins Gesicht leuchteten, wenn du sprachst. An Sommerabenden, wenn es überall sonst zu heiß und stickig war, gingen unsere Familien ins Paradise, egal, was gespielt wurde, solange es von der Legion of Decency nicht verboten worden war. Ihre Hit-Liste der verbotenen Filme war im Vorraum der Kirche angeschlagen: A-1 war für alle Zuschauer moralisch geeignet; A-2 war für alle moralisch geeignet, jedoch mit Vorbehalt; B war mit Einschränkung genehmigt; und C war verboten. Obwohl wir, was verbotene Filme betraf, ein Gelöbnis abgelegt hatten – nicht nur sie zu meiden, sondern auch noch die Kinos zu boykottieren, in denen sie gezeigt wurden –, schrie Father Bonneducci von der Kanzel herab, dass es eine Todsünde sei, einen verbotenen Film zu sehen, und jedes Mal hallte mir seine Stimme im Kopf, wenn ich am Ascot vorbeiging und versuchte, nicht auf die Plakate für die verbotenen Filme zu blicken. Neben dem Ascot war eine Hebrew School, und ich hätte gern gewusst, ob der Rabbi die Jungen in der Schule anschrie, sie sollten die Plakate nicht angucken. Ich mochte die schwedischen Poster. Besonders *Der Sommer mit Monika*.

Ich wünschte, wir hätten genug Geld gehabt, um jeden Tag ins Kino zu gehen, aber wenigstens konnten Kevin und ich in der blank polierten Nische bei dem verzierten Kassenschalter stehen und die kühle Luft spüren und uns immer wieder die Handlung unserer Lieblingsfilme erzählen: *Gefahr aus dem Weltall, Invasion vom Mars* und vor allem *Dinosaurier in New York*. Wir brüllten wie das Ungeheuer – »huuuhhh« –, wenn es mit seinen riesigen Echsenzähnen und Echsenarmen in der Nähe von Baffin Island aus dem Wasser hervorbrach und sich – »huuuhh« – daran machte, die Wall Street und das Riesenrad auf Coney Island platt zu walzen. Einmal kam eine Platzanweiserin heraus und

15

fauchte uns an: »Haut ab, ihr Krachmacher, sonst rufe ich eure Mütter an.«

An manchen Nachmittagen breiteten wir Kevins alte Steppdecke auf dem Dach seines Hauses aus und lauerten Kommunisten auf, die möglicherweise die Creston Avenue entlangkommen würden. Wir hatten noch nie welche gesehen, aber wir wussten, wie wir Kommunisten erkennen konnten, denn sie waren gemein und trugen rote Uniformen. Deswegen hießen sie die Roten. Sie hatten Jell-O-Kartons bei sich, damit sie sich gegenseitig ausfindig machen und Geheimnisse über die Bombe austauschen konnten. Während Kevin und ich warteten, lasen wir unsere Tarzan- und Bugs-Bunny-Hefte oder wir schrappten mit Lutscherstielen an den Teerfugen herum, wo sie in der Hitze Blasen warfen. Wir kriegten immer Teer auf die Haut, an unsere Kleider, aber wir taten so, als würden wir uns am Orchard Beach sonnen, obwohl wir von hier oben das Empire State Building sehen konnten.

❧

»Ich meinte, dass du Floria zu viel hilfst, solange Malcolm *anderswo* ist«, sagte meine Mutter zu meinem Vater. *Anderswo* hieß alles Mögliche – im Gefängnis, in England oder auf der Flucht. *Anderswo* hieß, sich nie lange an einem Ort aufzuhalten, weil man sich immer außerhalb des Gesetzes bewegte.

Mein Vater drückte seine Zigarette aus. »Und wer bestimmt, was zu viel Hilfe ist?«

»Du glaubst, du bist wie Jesus, der auf dem Wasser wandelt. Du glaubst, du kannst alles machen, ohne nasse Füße zu kriegen.«

»Füße? Jesus?«

»Also, ich kann dir sagen, Jesus hat nasse Füße gekriegt. Ziemlich nasse sogar.«

16

Nasse Füße. Kalte Füße. Kaltes Auto. Es war so eisig kalt in unserem Auto, dass ich die Reste von Kalbsschnitzeln und gebratenen Auberginenscheiben auf den Platten neben mir auf dem Rücksitz kaum riechen konnte. Sie waren bei dem fünfzigjährigen Jubiläum übrig geblieben, für das mein Vater das Essen geliefert hatte, und er hatte die Platten mit weißen Handtüchern abgedeckt, auf denen Festa Liguria, der Name seines Geschäfts, stand.

»Nasse Füße? Was bekomme ich hier nicht mit?«, fragte er.

»Vergiss es.«

»Nein, nein. Klär mich auf. Mich und den Jungen. Vielleicht können wir beide etwas von dir lernen, was wir in der Messe nicht mitgekriegt haben.«

Ich guckte an unserem Aufkleber vom Palisades Park vorbei auf das White Castle, jetzt grau im Regen, wo die Zwölf-Cent-Hamburger so dünn waren wie Onkel Malcolms Spielkarten, und während ich daran dachte, dass er *anderswo* war, stellte ich ihn mir vor, *wie er rennt, sein schlaksiger Körper nach vorn gegen den Wind gebeugt, während er mit der einen Hand das grüne Akkordeon festhält, das er sich vor die Brust geschnallt hat, und mit der anderen seinen gelbbraunen Hut.*

»Ich finde es aufschlussreich, Leonora, dass du die Bibel nur zitierst, um meine Verfehlungen aufzuzeigen. Irgendwie bezweifle ich, dass die Bibel zu diesem Zweck geschrieben wurde.«

Meine Mutter schüttelte zwei Zigaretten aus der Pall-Mall-Packung, zündete beide an und steckte meinem Vater eine zwischen die Lippen. »Es bedeutet … jedes Mal, wenn du Floria hilfst, nimmst du es von den Deinen.«

»Und bist du denn die Meine?« Obwohl er sie angrinste, als wollte er sie aus ihrer Stimmung herausscherzen, war seine Stimme harsch. »Bist du's denn, *mia cara?*«

Sie zog eine zusammengefaltete Zeitungsseite aus der Handtasche. »Wenn du so bist, dann mache ich mein Kreuzworträtsel.«

❧

Sie konnte nicht still sitzen, meine Mutter. Wie immer wippte sie mit einem übergeschlagenen Bein, oder ihre Hände suchten unruhig nach etwas, das sie hin und her schieben konnte. Deswegen ist sie so dünn, hatte Tante Floria bei der Feier zu meinem siebten Geburtstag vor ein paar Wochen zu meinem Vater gesagt.

»Vielleicht verliert Leonora deshalb deine Babys. Gott sei Dank hat sie Anthony fast ganz ausgetragen.«

Ich hatte meine Mutter schon mit vielen Babys auf dem Arm gesehen, und keins hatte sie verloren, aber als ich das Tante Floria sagte, kam meine Mutter von hinten auf sie zu.

Mit Tränen in den Augen schrie sie: »Bloß weil du Zwillinge geworfen hast, bist du noch nichts Besseres.«

Aber Tante Floria schrie gleich zurück: »Ich habe die Zwillinge nicht geworfen. Wenigstens hungere ich mich nicht zum Skelett ab, damit ich in Größe sechs passe.«

»Das stimmt allerdings. Selbst wenn du ein Jahr lang keine Makkaroni essen würdest, würdest du nicht mal in Größe sechzehn passen.«

Meine Tante griff nach hinten und drehte ihren schwarzen Kragen nach außen. »Guck dir mal das Schild an. Vierzehn, Leonora. Und ich habe das Kleid nicht selbst genäht. Ich habe es im Kaufhaus Alexander gekauft. Größe —«

Mein Vater machte schnell den Radiosender WNEW an. »Hört mal … Frank Sinatra —«

»Größe vierzehn. Siehst du?«

»Du hast einfach das Schild von einer kleineren Größe eingenäht.«

18

»Alexander dehnt sich immer mehr aus«, sagte ich, »genau wie —«

»Anthony —« Meine Mutter sah entsetzt aus. »Untersteh dich —«

»Du hast mir gesagt, Alexander dehnt sich immer mehr aus, genau wie Tante Floria.«

»Das stimmt nicht«, log meine Mutter. »Floria —«

Aber meine Tante rannte die Treppe im Haus meiner Großeltern nach oben, und meine Mutter hastete hinter ihr her.

»Floria, bitte —«

Mein Großvater griff in seine Hosentasche. »Möchtest du ein Pfefferminzbonbon, Antonio?« So wie die Nonnen in der Schule, die Heiligenbildchen und Radiergummis aus den Ärmeln schütteln konnten, so konnte auch mein Großvater alles, was ich brauchte, aus seinen Taschen zaubern: Gummibänder, Geld für Brausepulver oder Nik-L-Nips, Tigeraugenmurmeln, eine Trillerpfeife, Pfefferminzbonbons, Drachenschnur. Als Junge hatte er in Italien bei einem Wettbewerb im Drachensteigen gewonnen. Grandma Riptide beschwerte sich, dass seine Hosentaschen immer ausgebeult waren, und böse wurde er wirklich nur, wenn sie seine Taschen ausleerte.

Ich steckte mir das Pfefferminzbonbon in den Mund. »Die Leute von Alexander reißen dauernd Wohnhäuser ab, um sich noch weiter auszudehnen.«

»Zu Hause in Italien erhalten die Menschen die alten Häuser, statt sie abzureißen.«

»Und wenn die Leute von Alexander die Kletterburg auf dem Spielplatz abreißen?«

»Im St. James Park? Da dürfen sie nicht bauen.«

»Ehrlich nicht?« Ich ging hinter ihm her in sein Musikzimmer unter der Treppe im ersten Stock. Es roch gut darin, so wie zu der Zeit, als es noch ein Wandschrank war.

Auf dem Fußboden lagen Holzflocken, die Insekten aus den Balken genagt hatten.

»Ehrlich nicht. Der Park gehört der Stadt. Und das heißt, er gehört dir.«

»Wirklich?«

»Dir und allen Kindern, die dort spielen.«

Auf der einen Seite des Musikzimmers war das Fenster zur Seitengasse, an den anderen Wänden hatte mein Großvater kerzenförmige Lampen aufgehängt, vom Schrottplatz, wo er arbeitete, und ein kleines Bild von sich als Junge mit einem Drachen.

»Ich finde es komisch, wenn die Amerikaner von ihren historischen Gebäuden sprechen.« Er begann, eine Schallplatte mit einem zusammengefalteten Unterhemd abzuwischen. »Achtzig Jahre, Antonio? Hundert? Zweihundert?«

Obwohl er ein kräftiger Mann war, klang die Stimme, die aus seinem Hals kam, klein, als müsste sie sich nach draußen kämpfen, und ich war überzeugt, dass er deshalb Opern so sehr liebte, diese großen Stimmen, die durch den Webstoff an der Vorderseite seiner gold-braunen Victrola kamen.

»In Ligurien sprechen wir von Tausenden von Jahren.« Er krümmte leicht die Finger der einen Hand und winkte damit, als wollte er mich auffordern, näher zu kommen und mit ihm weit, ganz weit zurückzugehen, vielleicht tausend Jahre. »Als ich ein Junge war, in Nozarego, ein bisschen jünger als du, habe ich meinem Vater in seinem Weinberg geholfen, der schon seinem Vater gehört hatte und dem Vater seines Vaters und so weiter … Jahrhunderte von Amedeos, Antonio, vor deiner Zeit und meiner.«

»Ich wäre bei Alexander fast zerquetscht worden.«

Er setzte sich auf den breiteren der beiden Stühle. »*Oh Dio.* Wie ist das denn passiert?«

Oben im Haus schrien sich meine Mutter und meine

Tante an wie Operndiven, und dabei hatte meine Mutter meinem Großvater erklärt, Oper sei melodramatisch. »Sie schreien herum und brauchen eine halbe Stunde, um ›Komm in meine Arme‹ zu sagen oder um einen seit langem verlorenen Bruder zu erkennen. Dann schreien sie dasselbe noch einmal, und du verstehst kein Wort.« Mein Großvater hatte wie immer genau zugehört und nicht gedrängt, obwohl meine Mutter immer weiter redete, und als sie sich verausgabt hatte und sagte, sie bewundere das Theater, das auf die Macht der Wörter baue und die Macht der Stille, da hatte mein Großvater gelächelt und gesagt: »Ich mag Stille auch.«

Ich kletterte auf seinen Schoß. »Die Leute bei Alexander hatten einen Geburtstagsverkauf, und Mama und ich haben gewartet, dass sie aufmachten, aber da waren Feuerwehrmänner zur Bewachung, und die Leute fingen an, mich zu schubsen und zu quetschen.«

»Wie schrecklich!«

»Ein paar Leute wurden durch die Schaufenster gedrückt und haben sich geschnitten, und die Schaufensterpuppen sind umgefallen, und dann habe ich Sirenen gehört. Ich mag Alexander nicht.«

Er nickte. »Hast du schon mal überlegt, mit deiner Mutter Zeit zu tauschen?«

»Wie?«

»Du könntest sie fragen, ob sie dir für zehn Minuten bei Alexander zehn Minuten in der Spielzeugabteilung gibt.«

»Und für eine Stunde bei Alexander kriege ich dann eine Stunde im Five and Ten?«

»Du könntest fragen, Antonio.«

»Aber bei Kress, nicht bei Woolworth, das ist größer, und es ist neben Gormans Hot-Dog-Stand.«

Eine Weile ging der Streit über uns weiter, aber später an diesem Abend tanzten meine Mutter und Tante Floria zu der Musik von *Make Believe Ballroom* auf WNEW, wie sie es bei Familienfesten gern taten; meine Mutter war trotz ihrer hochhackigen Schuhe nicht annähernd so groß wie meine Tante, die zierliche Fußgelenke hatte, obwohl ihr Körper sonst kompakt war wie der meines Vaters. Bei weitem die besten Tänzerinnen in der Familie, freuten sich meine Mutter und meine Tante an der Anmut und Geschicklichkeit, mit der sie sich vor uns drehten und wiegten. Und wenn sie miteinander sprachen, dann muss es sanft gewesen sein.

Da die Männer nicht gern tanzten, rauchten sie und sahen den Frauen zu – auch Grandma Riptide und Großtante Camilla –, wie sie Rumba und Foxtrott und Tango tanzten. An diesem Abend war Onkel Malcolm noch nicht *anderswo*. Schwitzend und lachend begleitete er das Radio, indem er lange, flimmernde Luftströme aus dem Akkordeon presste, als spielte er in Count Basies Orchester. Onkel Malcolm war der Einzige in meiner Familie, der nicht Italiener war, und deswegen fand ich ihn exotisch. Sein helles Haar war feucht, seine Blicke jagten hinter Tante Floria her, die wieder mädchenhaft und zart wurde, als sie mit meiner Mutter tanzte.

Als mein Großvater dicht neben Großtante Camilla trat und ihr auf Italienisch etwas zuflüsterte, lachte sie und schob ihn, die Handfläche gegen seine Brust gedrückt, sanft weg.

»Es ist wahr«, sagte er, »selbst wenn ich eine Frau wäre, würde ich lieber eine Frau berühren als einen Mann.«

»Sehr mutig von dir, Emilio.«

Er setzte sich aufs Sofa. »Geh du, Antonio. Geh und tanz mit den Damen.«

Meine Mutter und Tante Floria machten die eine Seite ihres Tanzes auf, und ich stürzte mich in das warme Knäuel ihrer Körper und drehte mich mit ihnen. Wir drehten und wiegten uns, nachdem mein Vater und Onkel Malcolm schon längst dicht neben meinem Großvater aufs Sofa ge-

22

sunken waren, als wollten sie mit ihm ein Dreieck bilden, und das übliche Nickerchen hielten.

Später wuschen Tante Floria und meine Mutter in der Küche das Geschirr ab und stritten sich, aber wir waren es gewohnt, dass sie hitzköpfig miteinander umgingen und kurz darauf vertraulich redeten und zusammen tanzten, als wären sie die besten Freundinnen. Als sie wieder ins Wohnzimmer kamen und schwarzen Kaffee und braunen Kaffee und ein silbernes Tablett mit Schwuggadellis und Cannoli brachten, rührten sich die Männer und richteten sich auf, und dann saßen wir alle da und erzählten Geschichten, wie wir es immer machten, mit großer Leidenschaft, so wie wir mit großer Leidenschaft zuhörten, wenn einer den Faden einer Geschichte aufnahm und weiterspann, und beim Zuhören stellten sich weitere Erinnerungen ein, sodass wir – unter Gelächter oder Tränen – in eine Geschichte sprangen und Teil ihres Gespinstes wurden. Am besten war es, wenn die Geschichten schon vertraut waren, denn dann konnten wir uns daran erfreuen, wie sie sich bei jedem Erzählen veränderten und trotzdem die gleichen blieben. Und während wir uns gegenseitig anspornten, spürte ich das Vorhandensein unerzählter Geschichten – schon da, jenseits von uns, in der Zukunft –, wie sie sich in meiner Familie formten und darauf warteten, dass wir sie lebten.

Und dass wir sie erzählten.

Großtante Camilla fand ihre Geschichten in fremden Ländern. Da sie gern allein reiste, war sie für meine Familie ein Geheimnis, aber ich mochte Geheimnisse, mochte es, wenn ich sie beim West-Side-Kai abholte, wo das Wasser dunkelgrün und trübe von Ölspuren und Müll war, wo die Luft nach Teer und Hot Dogs roch und wo ich Ozeandampfer zu sehen bekam, wenn Großtante Camilla mit

23

ihren Geschichten aus der Ferne und ihren Geschenken aus der Ferne eintraf. Einmal machte sie mit mir eine Besichtigung der *Mauretania*. Vier weitere Ozeandampfer waren an den Kais vertäut, und neben der *Île de France* lag ein Kahn mit langen Seilrollenaufzügen, von denen aus der Rumpf frisch gestrichen wurde. Als meine Mutter mir einen Hot Dog kaufte, warf ich den Rest von meinem Brötchen den Möwen zu, und während sie sich gegenseitig die Brocken abjagten, wurden sie vom Tuten eines Schleppers übertönt. Auf dem Schornstein stand ein großes *M*. »Das bedeutet ›Moran‹«, sagte Großtante Camilla zu mir, und ich wünschte mir, sie würde mich auf eine ihrer Reisen mitnehmen.

In meiner Lieblingsgeschichte ging es darum, wie meine Großmutter meinen Großvater vor dem Ertrinken gerettet hatte. Meine Mutter hatte meine Großmutter Riptide genannt. Wäre Riptide nicht gewesen, niemand von uns würde leben. Nicht, dass sie uns alle gerettet hätte, aber sie hatte meinen Großvater gerettet, als er noch nicht mein Großvater war, auch noch nicht ihr Mann, sondern nur Emilio Amedeo, der am Rockaway Beach bis zum Bauchnabel in den Fluten stand.

»Als ich ihn das erste Mal sah, habe ich ihn gerettet.« So begann sie immer den Teil der Geschichte, der ihrer war, der Teil, wo *sie sich sonnt, in ihrem neuen weißen Badeanzug, als dieser junge Mann plötzlich umkippt und ins offene Meer gezogen wird. Ein Arm schießt in die Höhe, dann sein Gesicht, der Mund offen. Da springt sie auf, rennt zum Wasser, stürzt sich hinein und schwimmt zu der Stelle, wo er ertrinkt.* »Halt dich an mir fest«, *ruft sie ihm zu und packt ihn. Sie schwimmt auf dem Rücken und hat einen Arm um ihn gelegt, als würden sie sich umarmen, und er lässt sich mit ihr treiben, sein Körper ruht auf ihrem.* »Wenn wir gegen die Strömung ankämpfen, werden wir müde«, *erklärt sie ihm.* »Wir müssen nur warten ... dass die Strömung uns dahin trägt, wo sie schwächer wird ... dann herausschwimmen.« *Eine*

*Minute oder so lässt sich mein Großvater mit ihr treiben, aber als
die Strömung die beiden weiter hinauszieht, gerät er in Panik,
denn es ist offensichtlich, dass diese Frau ein seltenes Wasserwesen
ist, eine Manati oder eine Sirene, die ihn tiefer in ihr Reich locken
will. Als er kämpft, um sich von ihr zu befreien, dreht sie sich
unter ihm weg, taucht hinter ihm auf und packt ihn um die Taille.
»Ich werde dich retten«, ruft ihm ihre Frauenstimme ins Ohr, »da
hast du keine Wahl. Aber du kannst es … mir leichter machen,
dich zu retten … wenn du dich beruhigst. Wenn nicht … schlage
ich dich bewusstlos und … ziehe dich an Land.« Er spürt ihren
Atem an seinem linken Ohr, an der linken Nackenseite, Atem,
der auf ihren Rufen schwebt. »Aber retten werde ich dich auf jeden
Fall. Du hast … nur die Wahl, es so aussehen zu lassen, als
würden wir zurückschwimmen … zusammen. Und dann brauchst
du niemandem einzugestehen, dass eine Frau dich gerettet hat.«*

Aber mein Großvater enthüllte selbst die Geschichte seiner Rettung. Erzählte sie, von uns gedrängt, immer noch
gern.

»Lass Emilio den Teil erzählen.«

»Er kann das so gut.«

Er wartete, bis Riptide fertig war, und fuhr mit der Geschichte in dem Augenblick fort, als er sich beruhigt hatte.
*Gegen alle Panik. Weil er da draußen, in der heftigen Umarmung
dieser Frau, begreift, dass sie ihr Versprechen, ihn zu retten, halten
wird. In ihrer heftigen Umarmung begreift er, dass er sie bitten
wird, ihn zu heiraten – Wasserwesen oder Frau –, wenn sie wieder
an Land sind. Und weil er Angst hat, dass sie ihm für immer ent-
wischen könnte, wenn sie den Strand erreicht haben – mehr Angst
als vorm Ertrinken –, fragt er nach ihrem Namen, Natalina, er
ist erleichtert zu hören, dass auch sie Italienerin ist, und dann
macht er ihr einen Heiratsantrag, während sie noch immer von der
Strömung hinausgezogen werden.*

Das ist die Geschichte ihrer Ehe geworden.

Und es dauerte nicht lange, da bekamen sie ihr erstes

Kind, Victor, nach Victorien Sardou genannt, der das Theaterstück geschrieben hatte, das die Vorlage für *Tosca*, die Lieblingsoper meines Großvaters, bildete. Und da mein Großvater Puccini-Opern mehr liebte als alle anderen Opern, war es nur folgerichtig, dass das Mädchen, das zwei Jahre nach Victor geboren wurde, Floria hieß.

Mein Vater und Tante Floria zogen ihre Eltern gern mit diesem ersten Schwimmen auf und sagten, sie hätten es absichtlich in die Länge gezogen, weil sie sich dabei auf eine Weise anfassen konnten, die ungehörig gewesen wäre, wenn sie sich an Land kennen gelernt hätten.

»Es hätte Natalinas Ruf ruiniert«, sagte mein Großvater dann immer.

⚘

Riptide schwamm weiterhin, jeden Morgen eine Meile, im Schwimmbad des Hauses, wo ihre Schwester Camilla eine Wohnung mit Mrs. Feinstein teilte. Sie arbeiteten als Lehrerinnen in Manhattan, aber Mrs. Feinstein reiste nicht, sondern sparte ihr Geld für einen Persianermantel und elegante Möbel. Die Wohnung hatte einen offenen Kamin und lag zwei Blocks vom East River entfernt in der 86sten Straße.

Manchmal trug ich bei der Sonntagsmesse statt meiner Unterhose die Badehose, und danach nahm mich Riptide mit nach Manhattan. Ich fuhr gern mit der Jerome Avenue El, der Hochbahn, weil sie an Wohnungen vorbeiführte und ich Menschen beim Kochen oder Schlafen oder Fernsehen sah. Wenn im Yankee-Stadion ein Spiel stattfand, standen die Leute in der El auf und lehnten sich aus den Fenstern auf der rechten Seite, um einen Moment des Spiels mitzubekommen.

Onkel Malcolm ging gern mit mir zu Baseballspielen. Normalerweise quengelten die Zwillinge, aber er sagte: »Mädchen dürfen nicht ins Yankee-Stadion.«

»Ich habe uns die besten Plätze besorgt, in dem Haus, das Babe Ruth gebaut hat«, sagte er, als er mich zum ersten Mal einlud.

Alles war aufregend an jenem Nachmittag: auf dem Vorplatz anzukommen, wo Onkel Malcolm mir ein Programmheft kaufte; durch das Drehkreuz zu gehen, wo er dem Kartenabreißer unsere Eintrittskarten vorzeigte; hinter ihm die Stufen zu erklimmen, die so steil waren, dass ich richtig klettern musste, Stufen zu den obersten Tribünenplätzen im Himmel; sich auf die Sitze zu quetschen, die schmutzig und klebrig waren von schalem Bier.

»Von hier können wir alles sehen, was passiert, nicht nur einen Teil des Spielfelds –«, er zeigte auf die Logenplätze nahe der Markierung für die dritte Base, »– wie die armen Kerle da drüben, die immer den Kopf hin und her bewegen müssen.«

Mir gefiel es, so hoch oben zu sein, mir gefiel der Lärm, die Anzeigetafel mit dem Spielstand, die Verkäufer, die »Hot Dogs, Erdnüsse, Limonade hier« schrien.

Onkel Malcolm zeigte mir, wie man mit Bleistift das Programm ausfüllte, Spiel für Spiel, wer einen Fehler gemacht hatte, wer einen Verlustpunkt bekam. Ein paar Mal tippte er dem Mann vor uns auf die Schulter. »Könnte ich mir eben mal Ihr Fernglas ausborgen, für meinen Jungen hier?«

Er kaufte uns Erdnüsse und Coca-Cola und Bier, stieß mich an, damit ich schrie, wenn er schrie. So viel Lärm … nie hatte ich solchen Lärm gehört, das Schreien und Streiten und die Rufe der Verkäufer, während ich auf unseren besten Plätzen saß, schwitzend, voll gestopft, begeistert.

❧

Großtante Camillas Schwimmbecken war im Keller, gegenüber vom Müllraum, und die Schließfächer waren rostig und rochen nach Chlor und alten Badeanzügen, die andere vergessen hatten. Riptide und ich tauchten in das trübe grüne Wasser, jagten hintereinander her und kreischten vor Freude, wenn einer von uns den anderen erschreckte, weil er unerwartet aus dem Wasser auftauchte. Mein Vater lachte, als ich eines Tages ausrechnete, dass Riptide, wenn sie jeden Tag eine Meile schwamm, in neun Jahren nach Italien schwimmen könnte.

»Sie ist der Typ Frau, die das auch tun würde«, sagte meine Mutter.

»Ich würde lieber mit einem Ozeandampfer reisen«, sagte Großtante Camilla.

Hin und wieder kamen Großtante Camilla und Mrs. Feinstein auch zu uns ins Schwimmbecken, und sie schwammen wie richtige Erwachsene, die Körper lang und schmal, sodass sie eher wie Schwestern aussahen als Riptide und Großtante Camilla. Zusammen schwammen sie glatte und schnelle Bahnen am anderen Ende des Beckens, damit unser Geplansche ihre Locken nicht zum Kräuseln brachte.

Ich versuchte, das Schwimmen in die Länge zu ziehen, weil mir vor dem Umkleideraum der Männer grauste, wo Küchenschaben und Silberfischchen über den Boden huschten, wenn man das Licht anmachte. Laut Mrs. Feinstein aßen Silberfische alles, sogar den Leim in Buchrücken, und sie zeigte mir im Licht des Aufzugs einen toten Silberfisch, als wir nach oben in die Wohnung zum Lunch fuhren.

⚘

Die Hutkrempe meines Vater füllte den Rückspiegel aus. »Sag mir doch wenigstens, wie ich von den Meinen nehme und gleichzeitig nasse Füße bekomme, Leonora. Habt ihr, du und der Junge, jemals Hunger leiden müssen? Auf Mäntel verzichten müssen? Auf Kreuzworträtsel, Gott bewahre?«

»Auf die verdammte Autoheizung.«

Ich schob meinen Mützenrand vor, dann zurück. Wieder vor. Trotzdem, das Rascheln an meinen Ohren reichte nicht aus, um den Streit meiner Eltern zu übertönen. Sie stritten oft über Geld. Darüber, dass sie nicht arm waren. Dass sie nicht arm aussahen. Was bedeutete, dass die Sachen sauber gehalten und geflickt werden mussten, Essensreste für den nächsten Tag aufbewahrt wurden.

»Ich habe gesagt, dass ich die Heizung reparieren lasse.«

»Wann?«

»Sie will wissen, wann.«

»Sprich nicht von mir in der dritten Person.«

»Entschuldigung.«

Ich wickelte ein welkes Salatblatt um einen Knopf an meinem Wollmantel. Wir hatten immer ein paar Salatblätter oder verschrumpelte Bohnen auf den Sitzen, weil mein Vater den Studebaker benutzte, um Kisten mit Karotten und Rote Bete und Salatköpfen und Bohnen vom Bronx Terminal Market zu Festa Liguria auf der East Tremont Avenue zu transportieren.

»Du kannst dir in diesem Auto Frostbeulen holen.« Als meine Mutter ihre mageren Schultern hob, schien ihr Rücken nur halb so breit wie der meines Vaters.

»Ich lasse die Heizung reparieren, sobald mich die Chiropraktiker für ihre Konferenz bezahlen.«

»Keine weiteren Fragen.«

»Ein Anwalt in der Familie. Nie wieder Ärger.«

»Ich verspreche, nicht viel Wachs zu benutzen«, sagte ich.

Warum waren es immer die Erwachsenen, die entschieden, was gekauft wurde? Warum sollte eine Autoheizung wichtiger sein als ein Schablonenkasten? Oder eine Bratpfanne, wenn die alte nicht kaputt war? Ich faltete die Hände und betete zum heiligen Antonius, meinem Namensgeber und Schutzpatron, mich bei dem Fernseh-Mädchen und ihren Eltern wohnen zu lassen. Die stritten sich nie. Ich stellte mir das Glaswachs-Mädchen, die Glaswachs-Mutter auf dem Bildschirm vor, *die von draußen gezeigt werden, als sie dabei sind, das Fenster zu schmücken, während jemand hoch in einem Baum – vielleicht ein Engel – die Kamera auf sie richtet. In ihrem Wohnzimmer gibt es einen offenen Kamin, bereit für die Ankunft von Santa Claus.*

»Wir haben nicht einmal einen offenen Kamin«, sagte ich.

»Santa Claus kennt den Weg über unsere Feuerleiter.« Meine Mutter tippte sich mit der Spitze ihres silbernen Kreuzwortbleistifts an die Vorderzähne. »Licht. Sieben Buchstaben. Ein Wort für Licht …«

»Mir macht es keinen Spaß, mit dir zu streiten«, sagte mein Vater.

»Jetzt willst du streiten und auch noch Spaß dabei haben?«

Er lachte ärgerlich auf.

Ich zog mir die kratzigen wollenen Fausthandschuhe aus und ließ sie an der Schnur, die Grandma Riptide gehäkelt hatte, aus den Ärmeln baumeln. Das letzte Mal hatte ich meinen Vater so lachen gehört, als meine Mutter mich aus der katholischen Schule nehmen wollte. Sie sagte, es sei eine schlechte Regelung, Religion mit Schule zu vermischen. Aber mein Vater und meine Großeltern sagten, dass die Nonnen eine bessere Bildung vermittelten, und ich wollte an der St.-Simon-Stock-Schule bleiben, weil Kevin und meine anderen Freunde dort waren.

Obwohl ich mir sicher war, dass ich Frogmans Bein mit Backpulver gefüllt hatte, schnippte ich die Metallkappe von dem Bein. An manchen Tagen konntest du nur sicher sein, wenn du doppelt nachgeguckt hattest, denn wenn du das nicht machtest, ging alles andere schief. Und ich wollte

meinen Cousinen zeigen, wie Frogman auf- und unter-
tauchte, wenn das Backpulver ins Wasser sprudelte.

»Sieben Buchstaben. Glanz … zu kurz.« Meine Mutter
hob die Hand und strich über die gesprenkelten Federn auf
ihrem roten Hut.

»Fühlst du dich auch wohl?«, fragte mein Vater.

»Leuchten … Nein, der vierte Buchstabe muss ein M
sein …«

»Wenn meine Schwester Malcolm nicht geheiratet hätte«,
sagte mein Vater, »dann würden wir den Bastard gar nicht
kennen.«

Ich saß da, verdutzt, und von nun an glaubte ich viele Jahre lang, dass Männer – ohne Ehe – einfach nicht
da waren. Mein Vater bewies das jedenfalls, denn meine
Mutter sorgte dafür, dass er während seiner Abwesenheit
real blieb, indem sie seine Lieblingsspeisen kochte, seine
Kleider wusch und bügelte und ausbesserte und vor allem
indem sie von ihm sprach, wenn sie mich von der St.-Si-
mon-Schule abholte, sodass ich, wenn mein Vater abends
nach Hause kam, überrascht war, dass er überhaupt weg
gewesen war, weil er vom Gefühl her den ganzen Tag
in der Nähe gewesen war. Frauen waren da, auch ohne
Ehe, auch Großtante Camilla, die keinen Ehemann hatte.
Frauen sah ich dauernd. In der Küche meiner Mutter, im
Kosmetiksalon, wo der Geruch der Dauerwellen mir in der
Nase kitzelte, beim Hebrew National Deli, in Joy Drugs
oder im Ce'Bon, wo eine Sprühanlage über dem Fenster
die Luft mit Parfüm füllte. Doch Männern begegnete ich
nur, wenn sie mit Frauen verheiratet waren, die ich kannte.
Was würde passieren, wenn ich niemanden fand, der mich
heiraten wollte? Würde ich einfach verschwinden? Und wo
wäre ich dann?

Ich richtete mich auf. »Kann ich die Zwillinge heiraten?«

Meine Mutter drehte sich um und lächelte mich an, als wäre ich noch in der ersten Klasse. »Beide?«

»Vielleicht nur Bianca. Belinda ist lustig, aber ich mag ihre fiesen Popel nicht.«

»Ich habe dich gebeten, nicht ›fiese Popel‹ zu sagen«, sagte mein Vater, obwohl er sich auch vor Belinda in Sicherheit brachte, wenn sie nieste, weil ihr die Rotzbrocken aus der Nase flogen. »Man nennt das ein Nebenhöhlenproblem.«

»Es ist nicht ratsam, eine Cousine zu heiraten«, sagte meine Mutter.

Aber wenn ich Bianca heiratete, dann müsste sie mir erlauben, ihr Superman-Cape zu tragen. Sie sprang immer mit einem um den Hals geknoteten Laken von den Möbeln und schrie: »Suuu-per-mannnn«, bis Tante Floria ein Cape aus Satinresten nähte, mit Schlaufen, durch die Bianca ihre Arme steckte, damit sie sich nicht erdrosselte.

»Warum ist es nicht ratsam, eine Cousine zu heiraten?«

»Letzte Woche wolltest du Bischof werden«, erinnerte mich mein Vater.

»Ich kann erst Bischof werden und dann heiraten.«

»Du kannst nicht beides.«

»Außerdem«, fügte meine Mutter hinzu, »bist du zu jung, um ans Heiraten zu denken.«

Mein Vater fuhr an der Ecke vom Southern Boulevard langsamer, wo das orangefarbene Dach von Howard Johnson im heftigen Regen glänzte und der Neon-Junge auf das Tablett mit Neon-Pasteten zeigte, die der Neon-Pastetenmann ihm anbot.

»Achtundzwanzig Geschmackssorten«, las ich laut.

»Gibt es aber nicht immer«, sagte meine Mutter.

»Mokka ist die ekligste Sorte.« Immer wenn wir dorthin gingen, hatten sie nur Vanille, Schokolade, Mokka und Erdbeere. Alle anderen Sorten, nach denen wir fragten, gab es nicht.

»Stimmt, es ist eklig.«

Mein Vater sah sie an. »Wie konnte Malcolm sich bloß an den Briefmarken vergreifen?«

Vergreifen konnte man sich auf den Tasten des Klaviers meiner Ossininger Grandma. Sie war die Mutter meiner Mom. Sie war grob und liebevoll, sie bedauerte es sofort, wenn sie mir eine runtergehauen oder mich angeschrien hatte, und nahm mich in die Arme; aber es war der brennende Schmerz von ihrer Handfläche, der blieb – nicht der Kuss auf die Stirn. Wir besuchten sie nicht oft, aber wenn wir sie besuchten, dann fuhr ich gern an Sing-Sing vorbei, wo mein Ossininger Grandpa als Wärter gearbeitet hatte, bis er an einem geplatzten Blinddarm starb, als meine Mutter zehn war. Meine Ossininger Grandma betete viel für ihren toten Mann. Jedes Gebet, sagte sie, war ein Gutschein bei Gott. Einen zusätzlichen Gutschein bekam sie für jede geweihte Kerze, die sie in dem roten Glas neben dem Bild der Mutter Cabrini anzündete, einer neuen Heiligen, die es zur Heiligen gebracht hatte, weil sie mit Auswanderern aus Italien gearbeitet hatte.

Aber seit dem letzten Sommer waren meine Eltern nicht mehr an Sing-Sing vorbeigefahren. Wegen der Rosenbergs, sagte meine Mutter. Ihr taten die kleinen Jungen der Rosenbergs Leid, die jetzt Waisen waren. »Ich bin mir gar nicht so sicher, ob die Rosenbergs wirklich russische Spione waren«, sagte sie. »Aber über eins bin ich mir ganz sicher, nämlich, dass McCarthy ein Lügner ist, ein knallharter Kerl. Sogar Präsident Eisenhower hat Angst vor ihm.«

☙

»Malcolm betrachtet die Welt als seinen höchstpersönlichen Selbstbedienungsladen«, sagte mein Vater.

Ich konnte mir die Welt nicht als Selbstbedienungsladen vorstellen. Meine Lehrerin in der zweiten Klasse, Schwester

Lucille, hatte eine Weltkarte über dem Garderobenhaken der Jungen aufgehängt, und mein Haken war unter Afrika, das die meisten Kreuze für Missionsstationen hatte. Bei einer unserer Luftschutzübungen weinte Maria Donez, und Schwester Lucille erzählte uns, Maria sei traurig, weil ihre Familie nach Guatemala zurückkehren würde. Ich vergaß den Namen des Landes, und als ich meiner Mutter sagte, dass Maria zurück nach Palmolive gehen würde, sagte sie, Palmolive sei eine Seife, kein Land. Am nächsten Morgen fragte ich die Schwester, und sie zeigte mir Guatemala auf der Landkarte.

»Wieso ist die Welt für ihn ein Selbstbedienungsladen?«, fragte ich meine Eltern.

»Denk immer dran, Anthony«, sagte mein Vater, »was immer die Familie Amedeo im Auto bespricht, bleibt im Auto. Und was immer die Familie Amedeo im Haus bespricht, bleibt im Haus.«

Ich bewegte den Mund zu seinen Worten. Ich hatte sie schließlich oft genug gehört.

»Manche Menschen«, erklärte meine Mutter, »können sich bestimmte Dinge zusätzlich zu ihrem Gehalt aussuchen. Wie Ferientage. Oder bezahlten Urlaub.«

»Oder Briefmarken?«

»Niemals Briefmarken. Niemals Sachen aus dem Büro. Niemals Reifen oder —«

»Und niemals Dachpfannen?«

Sie fing an zu husten, aber es klang gekünstelt.

»Du tust nur so, als ob du hustest«, sagte ich. »In Wirklichkeit lachst du.«

Sie zwinkerte mir zu.

»Habe ich dir nicht gesagt, dass der Junge zu viel mitkriegt?«, fragte mein Vater.

Meine Mutter lehnte sich zu ihm hinüber und flüsterte ihm etwas ins Ohr; ihre Lippen waren so rot wie ihr Hut.

Letzten Sommer hatte Onkel Malcolm in der Patsche gesessen – »tief in der Scheiße«, hatte meine Mutter gesagt –,
weil er eine Ladung Asbest-Dachpfannen verkauft hatte,
die er bei Qualitätsdächer, wo er arbeitete, gestohlen hatte.
Die beiden Brüder, denen Qualitätsdächer gehörte, hatten
ihn eines Abends nach Einbruch der Dunkelheit in einer
Gasse, die von der Webster Avenue abging, in der Nähe
von Papa John's Diner abgefangen. Onkel Malcolm hatte
beide Arme in Gips und verbrachte den größten Teil seiner
Genesung auf der gestreiften Couch, wo er den Mund für
die Pasta e Fagioli und die Linguine aufmachte, mit denen
ihn Tante Floria, die über ihm gluckte wie eine schwarz
gefiederte Henne, gabelweise fütterte.

Eines Sonntags, als wir zu Besuch waren, befahl er den
Zwillingen, sich vor die Couch zu stellen und zwischen
sich sein sperriges Akkordeon zu halten. Es glitzerte wie
das Perlmutt-Kreuz, das Kevins Vater an den Rückspiegel
seines Taxis gehängt hatte. Kevins Vater war Busfahrer gewesen, bevor er auf die schwarze Liste gesetzt worden war.

»Diese Qualitätsgauner haben eurem lieben Papa die
Musik weggenommen«, sagte Onkel Malcolm. »Für immer.
Jetzt ist das Akkordeon euer Erbe, Kinder.« Normalerweise
sprach er so wie wir anderen auch, aber wenn er theatra-
lisch wurde, nahm sein britischer Akzent zu, obwohl Onkel
Malcolm England verlassen hatte, als er sechzehn und aus
der Lehre bei einer Dachdeckerfirma rausgeflogen war.

Das Akkordeon war zu schwer für die Zwillinge, zu steif
ohne die Bewegungen des Körpers meines Onkels, wenn
er sich darüber beugte, ohne seine Finger, die über die Tasten sprangen.

»Wenn ihr es auf die Seite stellt«, schlug ich vor, »ist es
wie ein Klavier. Dann kann eine von euch die schwarzen
und weißen Tasten drücken und die andere die Knöpfe.«

»Dieses Akkordeon ist vielleicht alles, was euer Vater euch

jemals vermachen kann.« Onkel Malcolms Finger flatterten, als wollten sie aus dem Gips herausfliegen und kreisen und herabsinken, wie sie es gewöhnlich taten, wenn er sprach.

Er hatte den Zwillingen lediglich zwei Liedanfänge beigebracht, nicht einmal das ganze Lied – »I'm Chiquita Banana« und »Flight of the Bumblebee« –, und die spielten sie nun immer wieder und sangen dazu. Bis zum heutigen Tag kann ich Akkordeonmusik nicht ausstehen. Ich verlasse ein Restaurant, wenn sich ein Akkordeonspieler meinem Tisch nähert. Und ich hasse Familientreffen, wenn Belinda – die jetzt Musiklehrerin ist – überredet wird, auf dem Akkordeon ihres Vaters zu spielen.

❧

Als unser Auto am Bronx-Zoo vorbeifuhr, wünschte ich, ich könnte das grüne Tor berühren. Kevin hatte mir erzählt, dass sich das Tor im Winter wärmer anfühlte. »Wärmer als der Bürgersteig und die Steine. Weil es aus Kupfer ist. Und Kupfer ist warm und bleibt unter dem Grün rot.« Auf der anderen Seite vom Zoo zogen die schwarzen Stäbe des Zauns um den Botanischen Garten an uns vorüber, eintausend Krieger mit eintausend Speeren, und als ich mich noch einmal umdrehte, um das Zootor zu sehen, beschloss ich, ein Bild davon zu malen, nicht grün, sondern rot und von Rauch umgeben.

»Ich muss verrückt gewesen sein, als ich Malcolm für die Stelle empfohlen habe«, sagte mein Vater. »Verrückt, ihm zu glauben, als er sagte, er sei bereit, einen neuen Anfang zu machen.«

»Nicht verrückt«, sagte meine Mutter. »Gutgläubig.«

»Verrückt verrückt verrückt …« Bei jedem »Verrückt« schlug er mit der flachen Hand aufs Steuerrad.

»Gutgläubig. Du hast ihm die Stelle verschafft, weil du von Natur aus gutgläubig bist. Und mit den gebrochenen

Armen konnte er erst mal nicht als Dachdecker arbeiten. Außerdem wirkt er höflich, denn mit seiner Aussprache klingt er wie ein Butler aus einem Film. Die Menschen schätzen ihn falsch ein.«

»Er verkauft von einem leeren Karren. Ein *scungilli*, das ist er. Ein Schlitzohr.«

»Und sehr attraktiv.«

»Malcolm Edmunds? Attraktiv?«

»Bildschön sogar. Er findet wieder eine Stelle als Dachdecker.«

»Weil er bildschön ist?« Rauch kringelte sich aus den Nasenlöchern meines Vaters.

»Weil Dachdecken das Einzige ist, was er gut kann. Er ist wendig und wagemutig … deswegen findet er immer einen, der ihn anheuert, wenn er gefeuert worden ist.«

»Es ist nicht das Einzige, was er gut kann«, sagte ich. »Er kann ganze Lieder pfeifen, ohne zwischendurch Luft zu holen.«

»Wo wären wir bloß, wenn er dieses Talent nicht hätte?«, fragte mein Vater.

»Zu gutgläubig«, murmelte meine Mutter und streichelte das Stück Hals über dem braunen Kragen meines Vaters.

Ich spürte, wie ihr Streit in Zärtlichkeit überging. Es war oft so bei ihnen; deswegen glaubte ich, dass nie etwas wirklich Schlimmes in meiner Familie passieren konnte.

Er schmiegte sich an ihre Handfläche. »Deine Hände sind kalt.«

»Heißt das … ich soll aufhören?«

»Wehe.«

Als sie ihm ihr Gesicht zuwandte, sah ich die Stelle, wo ihre linke Augenbraue, die zur Nasenwurzel hin schwarz war, abrupt weiß wurde. Die Braue war von Geburt an zweifarbig gewesen, und mein Vater sagte gern, diese linke Augenbraue sei es, die meine Mutter davor bewahre, zu perfekt zu sein. Durch ihr schwarzes Haar und die helle Haut war der Kontrast noch auffallender und machte sie noch schöner.

»Ich kümmere mich darum, dass sich jemand die Heizung ansieht«, sagte er, als wir an der Markise des Globe Theater vorbeifuhren.

»Können wir es uns leisten?«

»Bald.« Als ihre Finger immer weiter über seinen Nacken strichen, drehte er das Gesicht herum und küsste die Innenseite ihres Handgelenks; der Schatten seines Bartes war blau unterhalb des Kiefers, und ich spürte eine plötzliche und wilde Freude.

»Also dann«, sagte sie, »willst du mich heiraten, Victor?«

Ich mochte es gern, wenn er antwortete: »Aber das habe ich doch schon getan, *mia cara*, weißt du's nicht mehr?« Und wieder küsste er ihr Handgelenk.

Meine Mutter lachte. »Ich habe über die Namen der Zwillinge nachgedacht. Seitdem Floria Malcolm kennt, brummelt sie den ganzen Tag lang ›Bastard‹. Als sie für die beiden Namen aussuchte, die mit B anfangen, hatte sie eine Möglichkeit, das zu verdecken. BaBelinda. BaBianca.«

»Nicht vor dem Jungen, Leonora.«

Aber ich probierte schon die Namen meiner Cousinen aus: »BaBelinda ... BaBianca ... Ba–«

»Anthony«, sagte mein Vater streng. Seine Hände bedeckten den ganzen oberen Rand des Steuerrads – sie waren breiter als Onkel Malcolms Hände, der mit seinen langen Gelenken und Fingern schneller einen Fahrradreifen flicken und Karten mischen konnte als mein Vater. Bis zu dem Abend vor Papa John's Diner natürlich. Er war kein richtiger Onkel, rief ich mir ins Gedächtnis. Nur ein angeheirateter. Wegen Tante Floria.

☙

38

Die schwarzen Locken zu einem glänzenden Knoten zu-
rückgekämmt, öffnete Floria die Tür ihrer Erdgeschosswohnung in der Boston Road; sie sah aus, als wäre sie in
Trauer, mit ihren schwarzen Strümpfen und ihrem schwarzen Kleid, das am Hals hochgeknöpft war. »Tritt dir bitte
die Schuhe ab, Schätzchen«, sagte sie und nahm meine
Wangen zwischen ihre Hände. Ihr Gesicht hing über mir,
groß und blass und schön. Auf einer Seite des Mundes hatte
sie einen Leberfleck, und als sie mich auf die Lippen küsste,
stieg aus ihren Rockfalten ein Hauch von Mottenkugeln
und Lavendel auf.

Ich küsste sie direkt zurück und war froh, dass ihr Gesicht nur eine Farbe hatte. Kein klebriger Lippenstift, keine
Creme. Kein Waschbären-Lidstrich wie bei meiner Ossininger Grandma. Ich mochte es, wie Tante Floria das Parfüm je
nach Jahreszeit wechselte und gleichzeitig die Insekten fern
hielt. Motten wagten es nicht, in ihrer Nähe zu leben. Und
wenn der Sommer kam, würde sie wieder den süßsauren
Duft von Zitronenöl verströmen, das sie auf Taschentücher
und Bettlaken träufelte, um Mücken zu vertreiben.

Unter den goldgerahmten Gemälden von Papst Pius XII.
und Kardinal Spellman standen meine Cousinen, rundge-
sichtig und stämmig wie ihre Mutter; sie trugen Lackschu-
he und die braune Schuluniform. Ich konnte sie trotzdem
unterscheiden, weil Belinda klebrige Nasenlöcher hatte
und Bianca ihr Superman-Cape trug.

Tante Floria nahm das Geschirrtuch von den gebratenen
Auberginenscheiben. »Du bist ein Koch-Künstler, Victor.
Ich wärme gleich alles auf.«

In der Küche stand die Schneiderpuppe in einem halb
fertigen Hochzeitskleid, so steif, dass es allein hätte tanzen
können. Kartons – manche voll, manche leer – bedeckten alle Flächen, die nicht von Tante Florias Näherei be-
ansprucht wurden.

»Zieht ihr um?« Meine Mutter klang erschrocken, und ich vermutete, weil Tante Floria so oft umzog, schrieb meine Mutter jede Adresse nur mit Bleistift auf, da sie sie dann nur ausradieren musste.

»Die Mädchen und ich können hier nicht bleiben. Nicht, solange Malcolm *anderswo* ist. Putz dir bitte die Nase, Belinda.« Tante Floria faltete ein Stück roten Samt und zwei rote Samtkleider mit kariertem Kragen und angesteckten Manschetten. Sie nähte alle Kleider für die Zwillinge selbst, zog die beiden gleich an. »Wir sind mit der Miete fünf Wochen im Rückstand«, sagte sie.

»Warum hast du mir das nicht gesagt?«, fragte mein Vater.

»Du weißt, dass ich dir nicht gern zur Last falle, Victor.«

Meine Mutter verdrehte die Augen und ging zum Fenster. Mit dem Rücken zu Tante Floria starrte sie in den Lüftungsschacht, die Arme vor dem Mantel verschränkt, die Ellbogen spitz in den Ärmeln. Regen verschmierte das Glas und tauchte das Wohnzimmer in ein Putzwassergrau.

Ich stocherte an den Spitzenballen meiner Tante herum. Sie hatte Kundinnen aus Manhattan und Brooklyn, sogar aus Staten Island, die in die Bronx kamen, um sich ihre Hochzeits- und Brautjungfernkleider nähen zu lassen.

»Fass die Spitze lieber nicht an, Anthony«, sagte sie. »Ich habe was Besseres für dich.«

»Zitronenwaffeln?«

»Zu viel Zucker.« Meine Mutter drehte sich zu uns um. »Das macht ihn noch quengeliger.«

»Schöne Cordhosen, Anthony«, sagte meine Tante. »Woher hast du die?«

»Von Macy.«

»Dreh dich um. Wer hat sie gekürzt?«

»Der alte Mann mit der Nähmaschine im Fenster von Koss.«

Mein Vater berührte seine Lippen da, wo sie im Bart verschwanden, und gab mir zu verstehen, dass ich still sein sollte – *was immer die Familie Amedeo bespricht …* –, aber ich musste nun noch mehr an den alten Mann denken, der sein langes Gesicht über die Maschine gebeugt hielt. Meine Mutter brachte unsere Sachen für die Reinigung zu Koss, ebenso die Sachen, die enger, länger oder kürzer gemacht werden mussten, und der Besitzer, der hinter der Theke stand, gab sie an den alten Mann weiter, der nie sprach.

»Ich hätte sie umsonst kürzer gemacht, Leonora«, sagte meine Tante.

»Ich wollte dich nicht damit belästigen.«

Aber ich hatte meine Mutter sagen hören, wegen der Situation meiner Tante bedeute jeder Gefallen, den man annahm, eine zehnfache Verpflichtung. Deswegen durfte ich ihr nicht erzählen, dass wir die Sachen zum Ändern zu Koss brachten, wo der Dampf aus der Bügelmaschine nach Wolle und Hefe und Stärke roch.

»Kinderchen«, sagte Tante Floria zu den Zwillingen, »warum geht ihr nicht mit eurem Cousin spielen?«

Bianca und Belinda – ein Jahr älter und schwerer als ich – nahmen mich mit in ihr Schlafzimmer, wo wir auf dem Fußboden das Kitzelspiel spielten. Gewonnen hattest du, wenn du nicht zusammenzucktest, wenn an deinen Zehen oder Brustwarzen gezupft wurde oder wenn du in den Kniekehlen oder zwischen den Beinen gekitzelt wurdest. Seit wir das Spiel vor ein paar Monaten erfunden hatten, waren wir waghalsig geworden. Stoisch. Ich kitzelte Belinda, die dann Bianca kitzelte, und die mich.

Als Belinda es schaffte, dass wir beide lachen mussten, kreischte sie: »Ich habe gewonnen.«

»Nette Mädchen machen keine Kitzelspiele.«

»Und ob.« Belinda schielte und streckte die Zunge raus.

»Das sagt Schwester Lucille«, log ich.

»Schwester Lucille weiß das ja nicht.«

»Weiß sie wohl.« Ich erzählte den Zwillingen aber nicht, dass Schwester Lucille sagte, Jungenhände würden das Werk des Teufels tun. Jedes Mal, wenn die Schwester einen Jungen mit den Händen in den Hosentaschen entdeckte, schlug sie ihm mit ihrem Holzlineal auf die Handflächen – ein Schlag für jede Wunde Christi. Wenn die Schwester von dem Kitzelspiel erführe … *Sechzig Schläge. Mindestens sechzig Schläge mit dem Lineal.* Außerdem sagte Schwester Lucille, auf Schokolade zu warten, sei eine ausgezeichnete Übung, um auf den Himmel zu warten. Da die Schokolade im Adventskalender die beste Schokolade der Welt war, hatte Schwester Lucille der Klasse erklärt: »Wenn ihr euch Dinge versagt, die ihr haben wollt, gewinnt ihr zehnmal so viel für den Himmel.«

Belinda zeigte auf meine Beine. »Schwester Lucille sagt, du hast dünne Beine.«

»Er hat keine dünnen Beine«, verteidigte mich Bianca.

»Dünne Beine«, brüllte Belinda. »Und ich bin dran und darf mit ihm spielen.«

»Nein, ich.«

»Ich. Anthony, sag Bianca, dass du mein Bruder bist.«

»Nein, er ist mein Bruder.«

Ich sah mir die beiden genau an und überlegte, welcher von ihnen ich diesmal den Vorzug geben sollte.

»Ich.«

»Nein, ich.«

Oft klammerten sie sich an mich und kämpften darum, mich zu beeindrucken, Liebkind bei mir zu sein, bis ich sagte, dass ich eine von ihnen lieber mochte. Dann kämpften sie miteinander. Um mich. Ich mochte diese Verehrung nicht, aber es war besser, als dass sie beide auf mich einschlugen. Um sie abzulenken, zog ich Frogman aus der Tasche. »Guckt mal. Er kann schwimmen.« Ich zeigte ihnen das Backpulver in seinem Bein. »Wenn wir ihn in eure Badewanne tun —«

»Aber wir haben ein Kaninchen in der Badewanne.«

»Ein neues Kaninchen. Ein Kaninchen-Junge.« Belinda packte meine Hand. »Willst du es sehen? Papa hat es mir gekauft.«

»Papa hat es gewonnen«, korrigierte Bianca sie. »Mein Kaninchen.«

»Hör nicht auf sie.« Belinda zog mich zum Badezimmer, wo das Kaninchen in der Badewanne hockte, mit rosa, verängstigten Augen.

»Fasst ihn nicht an.« Bianca war gleich hinter uns. »Er gehört mir.«

Aber ich streichelte schon das weiße Fell zwischen den Ohren und flüsterte: »Na du, Kaninchen, na —«

»Er frisst deinen Finger.«

»Tut er nicht«, sagte Belinda, als ich meinen Arm zurückzog.

Bianca schnickte mit dem Schuh gegen die Badewanne. »Hör auf damit. Das ärgert Ralph.«

»Er heißt Malcolm.«

»Du kannst einem Kaninchen nicht Papas Namen geben. Du musst es Ralph nennen.«

»Malcolm.«

»Ralph.« Belinda packte das Kaninchen am Nackenfell und hievte es sich in die Arme. »Ralph liest gern Comics mit mir. Möchtest du einen Comic lesen, Ralph?«

Vor dem Kaninchen hatten zwei bemalte Schildkröten in der Badewanne der Zwillinge gelebt. Meine Mutter sagte, sie könnten nicht wachsen wie normale Schildkröten, weil ihre Panzer mit Emaillefarbe bemalt waren. Biancas Schildkröte war rosa und hieß Vanessa-Marlene, und Belindas war grün und hieß Bob. Sie wohnten in einer Schildkrötenschale aus Plastik, so groß wie ein Essteller, mit geschwungenen Seiten und mit Kies gefüllt, in der ein abgebrochener Palmenzweig mit sechs Blättern steckte. Über eine Rampe konnten die Schildkröten zu der Palme gelangen. Die Zwillinge veranstalteten auf dem Gehweg Rennen und trieben Bob und Vanessa-Marlene mit Zweigen an. Wenn die Schildkröten sich nicht bewegten, hoben die Mädchen sie an den Panzern hoch – so groß wie Walnussschalen, nur flacher – und schüttelten sie heftig, damit die Schildkröten ihre Beine bewegten, aber die Tiere zogen Klauen und Köpfe ein und versteckten sich in ihren lackierten Panzern.

Bevor Onkel Malcolm die Schildkröten kaufte, hatten sechs Küken in der Badewanne gelebt. So wurden sie in der Tierhandlung verkauft, hatte mein Onkel gesagt – »sechs Küken im Karton« –, und er hatte meine Mutter gefragt, ob wir uns mit ihm die Kosten teilen wollten. Doch sie wollte unsere Badewanne nicht mit schmutzigen Hühnern teilen. »Ich weiß nicht, wie deine Schwester so leben kann«, sagte sie zu meinem Vater. Ich mochte die Küken gern, und immer, wenn wir zu Besuch waren, versuchte ich sie auf die Hand zu nehmen. Obwohl ich sehr vorsichtig mit ihnen umging, zappelten sie und pickten mir in die Finger. Tante Floria fütterte sie mit Babynahrung, und die Küken liefen durch den Brei und verschmierten ihn in der ganzen Wanne. Bevor jemand baden konnte, fing Tante Floria die Küken ein, setzte sie in einen Karton und schrubbte ihre breiigen Fußabdrücke von dem rissigen Porzellan. Weil sie so viel Schmutz machten, blieben sie nicht lange genug, um Namen zu bekommen. Onkel Malcolm schenkte sie dem Milchmann, der eine Farm in New Jersey hatte. »Auf dem Land werden sie viel glücklicher sein«, sagte er. New Jersey war das »Land«, grün und geheimnisvoll, mit vielen Bäumen und Hühnern und Kühen.

Von allen Tieren, die in der Badewanne der Zwillinge gelebt hatten, war mir Ralph am liebsten, und als ich die samtweichen Ballen an seinen Pfoten berührte, schwor ich mir, dass ich Onkel Malcolm niemals erlauben würde, Ralph nach New Jersey zu bringen. »Ich will Ralph auf den Arm nehmen«, sagte ich.

»Nein«, sagte Belinda.

»Warum nicht?«

»Weil du dünne Beine hast.«

»Und du bist BaBelinda«, schrie ich. »BaBelinda mit fiesen Popeln im Kopf.«

Sie griff in die Wanne, bewarf mich mit einer Faust brauner Kügelchen und scheuchte mich aus dem Badezimmer, während das Kaninchen auf ihrem Arm zappelte. Wir rannten den dämmrigen Flur auf und ab, vorbei an vier brechend vollen Koffern, die mit Stricken zusammengehalten wurden.

»BaBelinda … BaBelinda …«

»Suuu-per-mannnn …«

Als Bianca an mir vorbeigaloppierte, das Cape, das Tante Floria aus verschiedenfarbigen Resten von Brautjungfernkleidern zusammengenäht hatte, hinter sich herschleifend, war ich froh, dass Riptide meine Cousinen nicht mit ins Schwimmbad nehmen durfte. Tante Floria hatte Angst, dass sie Polio bekämen, obwohl wir geimpft waren. In meiner Schule hatte der Arzt mit der Spritze an einem Ende der Cafeteria gestanden und die Schwester mit den Lutschern am anderen. Noch schlimmer als die Polio-Impfung war nur noch das Kreischen der Sirenen bei den Luftschutzübungen, wenn wir uns unter unseren Pulten verstecken mussten oder in einen fensterlosen Flur geführt wurden.

»Nur eine Übung«, sagte die Schwester dann.

»Dünne Beine …«

»BaBelinda mit den fiesen Popeln …«

»Auberginen-Zeit«, rief Tante Floria. »Essenszeit.«

»Suuu–per–mannn … Suuu–«

»Kinder –« Tante Floria stellte sich uns in den Weg. »Bitte. Müsst ihr so laut sein? Setzt das Kaninchen wieder in die Badewanne. Sofort.«

In der Küche kamen aus dem warmen Ofen die Gerüche von den Speisen meines Vaters: Knoblauch und Parmesankäse und Tomatensoße. Er stapelte eingewickelte Teller in einen Karton, den ich von früheren Umzügen her kannte.

»Ich will Flitterwochensalat«, sagte Belinda.

»Ein Haus voller Kinder zu Weihnachten, Anthony …« Mein Vater warf mir einen warnenden Blick zu. »Das wird aber schön, was?«

Meine Zunge fühlte sich sauer an. »Aber wo sollen sie schlafen?«

Die Wangen meiner Mutter sahen hohl aus, als sie kleine Töpfe in größere stellte.

Vorsichtig fragte meine Tante: »Kriegst du langsam Hunger, Leonora?«

»Nicht besonders.«

»Ich muss nur noch die Salatsoße machen.«

»Ich will Flitterwochensalat«, sagte Belinda wieder.

»Was ist das?«, fragte mein Vater.

»Salatblätter mit nix dran. Verstehst du?«

Er schüttelte den Kopf.

»Salatblätter mit nix dran, ein Pärchen mit nix an.«

»Verstehe.«

»Dieses Mädchen –« Tante Floria drehte sich zu meinem Vater um, der eine Schnur um ihren Metallbrotkasten wickelte. »Sie bringt mich zum Lachen.«

»Sie ist lustig, das stimmt. Das hat sie von dir.«

»Ich vergesse oft diesen Teil von mir.« Tante Floria legte ein paar Salatblätter für Belinda zur Seite, bevor sie Öl und Essig und Parmesankäse über den Rest gab.

»Du hast die Hosenbeine von meinem Schlafanzug zusammengenäht«, sagte mein Vater. »Den Türknauf losgedreht, sodass ich ihn in der Hand hatte. Meinen Erdbeerpudding mit Dads Rasierschaum dekoriert.«

»Das habe ich alles gemacht.« Tante Floria klang zufrieden.

»Lustig und zu Streichen aufgelegt … Das mochtest du an Malcolm, als du ihn kennen gelernt hast. Den Witzbold in ihm.«

»Kindisch und verwöhnt … Der Sohn reicher Eltern, der immer noch darauf wartet, dass sie hinter ihm herkommen und ihm ihr Geld aufdrängen. Ich vermute ja, dass seine Eltern ihn zum Weglaufen überredet haben, um ihn los zu sein. Ihr Gewinn, mein Verlust. Es interessiert ihn nicht einmal, dass ich mit Belinda zum Arzt gehen und über die Operation sprechen muss.«

»Ich will nicht, dass meine Nebenhöhlen aufgeschnitten werden«, schrie Belinda.

»Wir lassen deine Nebenhöhlen nur röntgen.«

»Ich kann dir dabei helfen«, sagte mein Vater.

»Du hast schon mehr getan als alle anderen, Victor.«

»Hör auf deine Schwester, Victor«, sagte meine Mutter. »Sie müsste es wissen.«

»Ich weiß es.« Tante Florias Mund zuckte, und dann purzelten die restlichen Wörter aus ihr heraus, als wären sie eins: »Und-ich-hoffe-nur-für-dich-dass-du-nie-auf-die-Familie-angewiesen-sein-wirst-wenn-du–«

»Es tut mir so Leid«, sagte meine Mutter.

»Und du gestattest mir nicht, dass ich mich erkenntlich zeige … Nicht einmal ein dummes Paar Hosen darf ich umnähen.«

»Es tut mir wirklich Leid.« Meine Mutter stellte die Malzmilch-Maschine, die sie gerade in Zeitungspapier wickelte, ab und nahm Tante Florias Gesicht in ihre Hände. »Wir helfen dir da durch.« Zärtlich streichelte sie meiner

Tante das Gesicht. Nach oben zu den Schläfen. Nach unten zum Kiefer.

Tante Floria schloss die Augen.

»Und dann führen wir das Leben …« Meine Mutter wartete darauf, dass meine Tante den Satz zu Ende sprach.

Und das tat meine Tante: »… an das wir uns gern gewöhnen würden.«

Ich wusste, was das hieß: eine Probefahrt in einem teuren Auto. Meine Mutter und meine Tante liebten es, sich fein anzuziehen und so zu tun, als wollten sie ein Auto kaufen. Bianca und ich mochten es, wenn sie uns mitnahmen, aber Belinda kriegte Magenschmerzen, weil die Autos neu rochen – der gleiche neue Geruch, von dem ihr in Stoffgeschäften übel wurde.

»Hier.« Meine Mutter zündete für sich und Tante Floria eine Zigarette an.

Tante Floria zog heftig daran und versuchte zu lächeln, aber ihre Stimme klang belegt. »Wir könnten ja mit dem Auto hierher kommen, es für ein, zwei Tage leihen, falls Malcolm aus seiner nächsten Stelle fliegt.«

Ich hatte sie schon früher darüber scherzen hören, dass sie Onkel Malcolm überfahren wollte, hin und zurück, zweimal. »Bis er flach wie ein Lebkuchenmann ist und vom Bürgersteig gekratzt werden muss. Dann falte ich ihn zusammen, klebe ihm eine Briefmarke auf den Po und schicke ihn zurück nach England.« Nur dass sie das bisher noch nicht gemacht hatte. Was würden seine Eltern tun, wenn sie ihn zusammengefaltet in ihrem Briefkasten fanden? Sie hatten wahrscheinlich einen großen Briefkasten, weil sie ein großes Haus hatten. Ich fragte mich, warum sie nicht Onkel Malcolms Auto benutzt hatte, um ihn zu überfahren. Vielleicht, weil er ein Auto nie lange genug hatte. An einem Tag war er gekleidet wie der Bürgermeister von England, und am nächsten Tag borgte er sich Geld für Zigaretten.

Als wir anfingen zu essen, sagte mein Vater: »Ich bezahle Belindas Röntgenuntersuchung.«

»Im Schuhgeschäft ist das Röntgen umsonst«, erinnerte ich ihn.

»Das sind andere Röntgenuntersuchungen«, sagte Tante Floria.

Trotzdem stellte ich mir Belindas Gesicht unter dem ostergrünen Licht vor, das die Knochen meines Fußes im Schuhgeschäft erkennen ließ, wenn meine Mutter mir Schuhe kaufte, die sich anfangs steif anfühlten, als wären sie aus den Knochen der Kinder geschnitzt, die in die Röntgenmaschine gefallen waren.

»Anthony –« Mein Vater legte seine Gabel hin. »Es ist viel schwieriger für deine Cousinen, ihr Zuhause zu verlassen, als für dich, dein Zimmer zu teilen.«

Tante Floria gab ihm noch ein Stück Kalbfleisch. »Ich könnte bei Mama wohnen.«

»Du warst bei Mama, als Malcolm das letzte Mal –«

»Die alte Mrs. Hudak hat ganz viel Platz«, schlug ich rasch vor. »Sie hat gern Gesellschaft. Ihr könntet aufpassen, dass niemand sie stiehlt.«

Wenn Tante Floria die Stirn runzelte, bildeten ihre Augenbrauen, genauso wie bei meinem Vater, eine durchgehende schwarze Linie. »Was soll das denn heißen?«

»Eine von diesen Nachbarschaftsgeschichten.« Mein Vater zuckte die Achseln.

»Angeblich ist unsere Hausmeisterin gekidnappt worden, als ihr Enkelsohn, der immer bei ihr wohnt, wenn seine Eltern Probleme haben, und –«

»Der, der in Leonora verknallt ist?«

Meine Mutter lachte. »Er ist ein Junge.«

»Neunzehn«, sagte mein Vater. »James ist neunzehn und alt genug, um verknallt zu sein. Und er glotzt dich immer im Hausflur an.«

»Er ist ein Junge, Floria. Glaub Victor kein Wort.«

Aber meine Tante beugte sich zu meinem Vater vor, damit ihr ja kein Wort der Geschichte entging.

»Angeblich hatte James seiner Großmutter geholfen, ihren Liegestuhl auf dem Gehweg aufzustellen, bevor er zum Trinkwasserhahn ging, und als er zurückkam, war sie weg. Mit dem Stuhl und allem. Sie behauptet, dass zwei Nonnen in einem Lastwagen gekommen sind –«

»Nonnen? In einem Lastwagen? Isst du nichts mehr, Leonora?«

»Ich bin fertig.«

»Nimm doch noch von der Aubergine oder –«

»*Ich* weiß, wenn ich fertig bin, Floria.«

Mein Vater hob die Hände, um die beiden abzulenken. »Angeblich haben die Nonnen die Armlehnen von Mrs. Hudaks Liegestuhl gepackt, sie auf die Ladefläche des Lastwagens geladen und zum Van Cortlandt Park gefahren. Niemand glaubt ihr das.«

»Ich doch«, sagte ich. »Es war ein blauer Lastwagen.«

»Du hast ihn gesehen?«

»Mrs. Hudak hat es mir erzählt.«

»Manchmal vergisst Mrs. Hudak etwas«, sagte meine Mutter. »Den Abfall rauszustellen. Und den Eingang und die Treppen zu wischen. Wir brauchen jemand Jüngeres für das Haus.«

»Sie ist noch nicht sehr alt«, sagte ich beunruhigt und war entschlossen, ihr von jetzt an mehr zu helfen, damit sie in unserem Haus bleiben konnte.

»Du solltest ihre Kleider sehen, Floria. John's Bargain Store, möchte ich wetten. Weil die Sachen auseinander fallen, wenn sie sie einmal getragen hat. Sie hat auch wegen des Speiseaufzugs gelogen und gesagt, er funktioniert nicht, bloß damit sie ihn nicht zu leeren brauchte. Als ihr Mann noch Hausmeister war, da war das Haus gepflegt.«

Aber ich mochte Mrs. Hudak viel mehr als Mr. Hudak, der letztes Jahr am Schluckauf gestorben war.

»Wie ist sie wieder nach Hause gekommen?«, fragte Tante Floria.

»Da fängt die ganze Geschichte an, ausgedacht zu klingen.« Mein Vater nahm den Aschenbecher und schob ein paar Kippen mit der Spitze seiner frischen Pall Mall zur Seite. »Warum sollte jemand eine alte Frau auf einem alten Liegestuhl kidnappen wollen?«

Mir fielen viele Gründe ein: Mrs. Hudak konnte Kängurus und Adler in den Formen der Wolken sehen; sie erlaubte mir, in ihrer Küche Limonade zu machen; sie zeigte mir, wie ich mit den Fingern vor einer beleuchteten Wand Schattentiere machen konnte; sie erlaubte mir, das Geländer im Treppenhaus mit dem Staubtuch zu reinigen; sie verscheuchte große freche Jungen von unserem Gehweg, indem sie schrie: »Ihr verdammten Scheißkerle, verschwindet dahin, wo ihr herkommt.«

Wenn Mrs. Hudak am offenen Fenster saß oder draußen auf ihrem Liegestuhl mit dem zerschlissenen Stoff, überwachte sie das Geschehen in unserer Straße. Sie verpetzte Kinder, die die Straße überquerten, ohne in beide Richtungen geguckt zu haben. Nach dem, was sie sagte, war ich das einzige Kind in der Nachbarschaft, das sie mochte, und sie schrie, wenn Kevin und ich in unserem Hof vor ihrem Fenster spielten. Ich fühlte mich hin und her gerissen, fühlte mich vorgezogen; aber ich wusste auch, dass sie nicht mehr als ein Kind auf einmal ertragen konnte. Deswegen wollte sie nicht, dass ich da war, wenn James zu Besuch kam.

»Mrs. Hudak hat zwei leere Zimmer«, sagte ich zu meiner Tante, »und sie mag Gesellschaft.«

❦

51

Dennoch – die Zwillinge zogen in mein Zimmer.

Mit ihren Zuckerstangen-Lippenstiften und ihren Puppen.

Mit dem Akkordeon und dem Dominospiel ihres Vaters.

Mit dem Superman-Cape, das Bianca mir nicht leihen wollte.

Mit den Onyx-Tieren, die Großtante Camilla ihnen aus Afrika mitgebracht hatte.

Mit dem echten Kaninchen, das in unsere Badewanne verbannt wurde.

Mit Kartons voller Kleider, immer zwei von einer Sorte, damit die Zwillinge gleich aussahen.

Nachdem sie meine Tinkertoys durcheinander gebracht hatten, machten sie die Türchen an meinem Adventskalender auf und aßen alle Schokoladenstückchen auf, und dabei war ich so streng mit mir gewesen und hatte kein einziges Türchen vor dem Tag aufgemacht, der darauf stand.

Meine Eltern bestimmten, dass ich meinen Cousinen gegenüber auf der Klappliege schlief, die Großtante Camilla manchmal auf ihre Reisen mitnahm. »Camilla kann es sich leisten, so zu reisen, weil sie keine Kinder hat«, sagten einige meiner Verwandten. Keine Kinder zu haben klang egoistisch. So egoistisch wie allein zu reisen.

Als ich abends auf der Klappliege lag, hörte ich, wie die Zwillinge in meinem Bett atmeten und mein Zimmer mit ihrem Atem füllten, und ich dachte, wenn Großtante Camilla die Zwillinge mitnähme – mitnähme und wegbrächte, und zwar sehr bald –, dann würde das auch solche Bemerkungen über das Alleinreisen zum Verstummen bringen, und auf der Rückfahrt würde sie trotzdem allein reisen, so wie sie es mochte, weil sie die Zwillinge irgendwo in der Ferne vergessen hätte, in Ägypten, zum Beispiel, *in einem Kanu, das den Nil heruntertreibt, bis die Tochter des Pharaos die*

Zwillinge findet und sie als ihre eigenen Kinder aufzieht, so wie sie es mit Moses getan hat.

Ich schämte mich, weil Kevin herausfinden könnte, dass Mädchen in meinem Bett schliefen, und erlaubte deshalb nicht, dass er zu mir raufkam, auch dann nicht, wenn er auf der Straße fünf Stockwerke unter unserem Küchenfenster stand und brüllte: »Kann Anthony zum Spielen rauskommen?«

Tante Floria begnügte sich mit der Couch in unserem Wohnzimmer. Sie drückte es so aus: »Ich begnüge mich mit der Couch.« Da sie immer in möblierten Wohnungen wohnte, hatte sie kein eigenes Bett. »Macht euch keine Sorgen um mich«, sagte sie, »ich brauche nicht viel Platz.« Es war sowieso kein Platz mehr übrig, als erst ihre Koffer und die Überzüge und die Braut-Schneiderpuppe an der Wand in unserem Wohnzimmer aufgereiht waren und unser Schiffsbild verdeckten, das aus Nägeln gemacht war und Fäden, die Segel darstellten. Sogar der Austritt zur Feuerleiter war mit Kisten und Kästen voll gestellt, sodass Santa Claus der Eingang zu unserer Wohnung verbaut war.

»Wollen wir hoffen, dass der Brandinspektor nicht kontrollieren kommt«, sagte meine Mutter.

Um sich hilfsbereit zu zeigen, stand meine Tante vor meiner Mutter auf und bereitete das Frühstück und die Schulbrote zu, bügelte die Laken, die meine Mutter schon gebügelt hatte, schrubbte den Boden hinter unserem Kühlschrank, polierte den schwarzen Deckel unseres weißen Herdes, entstaubte die Kochbücher auf unseren Küchenschränken. Sie zog mir einen Splitter aus meinem Schwurfinger, bevor ich meine Mutter damit behelligen konnte, und sie spielte mit mir Dame, besonders wenn ich sie darum bat, während sie einen Brief an Onkel Malcolm nach *Anderswo* schrieb.

Ich saß immer auf der Arbeitsfläche zwischen unserem Gasherd und dem Schneidebrett, wenn meine Tante Basilikum für ihre Pesto-Sauce hackte. Oder wenn sie den Pizzateig schlug und ihn dann hochhob und zog und auf den Fingerspitzen kreisen ließ. Es ging nicht darum, dass ihr Essen besser schmeckte als das meiner Mutter, sondern dass ich Tante Florias Freude in mir spüren konnte, wenn sie großzügig die Zutaten hinzufügte, statt sie abzumessen. So kochen zu können! Sie ließ die Schränke offen stehen, damit alles griffbereit war. Auf der Innenseite der Türen waren Theaterbesprechungen und Spielpläne angeklebt. Obwohl meine Mutter die meisten dieser Stücke nicht gesehen hatte, wollte sie doch darüber informiert sein.

Da ich den Geschmack von rohem Spaghettiteig mochte, erlaubte meine Tante, dass ich mir eine Hand voll nahm, bevor sie ihn in Streifen schnitt, die sie auf Wachspapier auf der Klappliege und dem Bett in meinem Zimmer zum Trocknen ausbreitete. Abends, lange nachdem wir die Spaghetti gegessen hatten, konnte ich noch den Teig auf meinem Kissen riechen.

Meistens ging sie morgens zur Messe und half meiner Mutter beim Einkaufen. Sie mussten nicht viel einkaufen, weil mein Vater beim Großhandel bestellte – mehr, als er für Festa Liguria brauchte –, sodass er jeden Abend ein, zwei Kartons mit Lebensmitteln nach Hause schleppte: Ich mochte die Überraschung, denn was auch immer sich im Karton befand, entsprach nicht dem, was draußen draufstand: Bernice Pfirsiche, Ajax Reinigungsmittel, Dole Ananas, Hoffman Sprudel. Es machte ihm solchen Spaß zu verkünden: »Guckt mal, was ich heute für euch habe.« Obwohl er nur frisches Brot aß, brachte er manchmal eine Packung Silvercup mit, das meine Mutter so gern aß, und wenn er mich fragte: »Worauf, sagt Buffalo Bob, sollen wir achten?«, dann wusste ich, dass er das gute Brot in seinem Karton hatte, Wonder Bread, denn in *Howdy Doody* sagte Buffalo Bob immer, man solle auf die roten, gelben und blauen Ballons auf der Verpackung achten. Ich mochte es noch mehr, wenn mein Vater die kleinen runden Kuchen von Dugan mitbrachte oder Devil Dogs von Drake.

☙

Tante Floria wollte nicht mitkommen, als wir zum Bronx Terminal Produce Market fuhren, um unseren Weihnachtsbaum auszusuchen. »Ich backe schon mal, während ihr weg seid.«

»Ich kümmere mich um das Backen, wenn wir zurückkommen«, sagte meine Mutter.

»Fahr du mal und vergnüge dich, Leonora, hörst du?«

»Und lass mir noch etwas Arbeit übrig.«

»Ich möchte behilflich sein.«

»Ich wünschte, du würdest es sein lassen.«

»Ich habe das Abendessen auf dem Tisch, wenn ihr kommt. Gebratener Blumenkohl und Hühnchen mit Fenchel.«

»Ich wünschte, du würdest es sein lassen.« Meine Mutter verschränkte die Arme.

»Es ist das Mindeste, was ich tun kann, als Dank, dass wir hier wohnen können. Wie wär's, wenn ich dir ein paar Cannolis machte, Anthony?«

Ich nickte. Cannolis waren wie riesige Teigzigarren. Du konntest sie dir zwischen die Lippen stecken. Die Ricotta-Füllung aus der Hülle saugen.

»Bist du das Eichhörnchen in deinem Lagerraum los?«, fragte sie meinen Vater.

»Selbst wenn ich es fange, darf ich es nicht umbringen. Eichhörnchen stehen unter dem Schutz der Parkbehörde.«

»Und was sollst du machen? Es durch den Winter füttern?«

»Es frisst sich durch meine Vorräte und verschmutzt alles.«

»Eichhörnchen sind so niedlich, wenn sie die Bäume raufklettern«, sagte Bianca.

»Das ist ja in Ordnung«, sagte mein Vater, »aber wenn sie im Haus sind, dann sind sie auch nur eine Art Ratten.«

»Ich kann es totschießen.« Ich schnappte mir einen Holzlöffel von unserer Arbeitsfläche, zielte mit dem Stiel auf den Boden. »Peng. Peng.«

»Wir benutzen keine Schusswaffen, Anthony«, sagte meine Mutter, »auch keine Spielzeugwaffen.«

»Gib mir den Löffel, Schätzchen«, sagte Tante Floria, »und hol deine Stiefel. Bianca und Belinda, vergesst nicht eure Ohrenwärmer, Kinder.«

Es schneite, als wir an den Reihen von Laderampen entlangfuhren, deren Türen geschlossen waren; drin, wo es warm war, befanden sich die Waren. Im Sommer, wenn die Kisten mit den Waren draußen und drinnen gestapelt waren, konnte man die Erde am Gemüse noch riechen. Aber heute standen um Zweihundert-Liter-Fässer voll rot glühender Kohlen die Männer an den Rampen und verkauften Bäume. Nachdem mein Vater den Studebaker rückwärts vor Jack's Laderampe gesetzt hatte, wo er jeden Morgen hielt, um seine Warenbestellung abzugeben, traten wir in den Geruch von Kiefernholz und Kastanien und Feuer.

Die Männer bei Jack's trugen Handschuhe mit abgeschnittenen Fingerspitzen, und sie schlugen meinem Vater auf den Rücken und verwechselten absichtlich die Namen der Zwillinge und gaben uns eine aus Zeitungspapier gedrehte Tüte mit gerösteten Kastanien. Hin und wieder stoben Funken von den Kohlen auf und vermischten sich mit den Rufen, die über den Rampenreihen hingen, während die Menschen feilschten, und wenn sie mit ihren Kränzen oder Bäumen fortgingen, wurden sie von den Bändern ihres gefrorenen Atems gezogen.

Bei Jack's schnitten die Männer die Stricke an den Weihnachtsbaum-Bündeln auf und zeigten uns nur die besten, unten herum voll und ausladend, nach oben zu einer geraden Spitze zulaufend.

Sie brüllten vor Lachen, als meine Mutter fragte: »Bei dem Preis, sind da die Kugeln schon dran?«

»Glocken.« Mein Vater verbarg sein Grinsen hinter seinem Handschuh. »Meine Frau meint Glocken.«

»Kommt aufs Gleiche raus«, sagte einer.

»Das sage ich dir schon die ganze Zeit, Victor.« Meine Mutter trat nah an die Kohlen heran, ließ die aufsteigende Wärme an ihrem frostigen Atem flackern. Das Flackern war die einzige Bewegung, während sie regungslos dastand, gebannt von dem Feuer.

Keiner der Männer sprach. Aber sie sahen meine Mutter an, wie du ein Dinosaurier-Skelett ansiehst, das du im Naturkundemuseum zu gerne anfassen würdest, aber du weißt, dass du es nicht darfst, dass du bestraft, verstoßen würdest, wenn du es wagtest. Schließlich seufzte einer der Männer. »Du Glücklicher.«

Und dann konnten sie wieder sprechen. »Du Glücklicher«, neckten sie meinen Vater, als sie den Baum auf unserem Autodach festbanden.

Auf der Fahrt nach Hause fingen meine Cousinen an zu streiten, und ich spürte sie auf der Haut wie Jucken. Ich wollte sie nicht bei mir auf der Rückbank, bei mir im Auto haben. Bianca beschuldigte Belinda, ihre Onyx-Giraffe gestohlen zu haben, und Belinda sagte, dass ich sie hätte.

»Du lügst«, sagte ich zu ihr.

»Sie gefällt mir nicht mal«, sagte sie, obwohl sie Bianca angebettelt hatte, die Giraffe gegen den Bullen zu tauschen, der lediglich ein Brocken Onyx mit Stummelbeinen war.

»Du lügst«, sagte ich noch einmal zu Belinda. Mir gefiel die Giraffe auch besser, weil sie mit den grünen Streifen im Onyx richtig schnell aussah.

»Anthony ist gemein«, sang Belinda mit ihrer Ich-sage-es-Stimme.

Um sie mir beide vom Leibe zu halten, streckte ich die Ellbogen raus. Rauch von den Zigaretten meiner Eltern ringelte sich nach oben, drückte sich flach an das Innendach unseres Autos.

»Du solltest die Männer nicht auf Gedanken bringen«, sagte mein Vater.

»Die haben doch längst Gedanken.«

»Ja, schon, aber —«

»Du magst meine scharfe Seite.«

»Nicht in der Öffentlichkeit.«

»Ach, also nur für dich?«

Belinda zerrte an meinem Ellbogen.

»Hör auf damit.«

»Ich will meine Giraffe wiederhaben«, maulte Bianca.

Meine Mutter stöhnte. »Deine Schwester hat ihren Toaster ausgepackt. Ihren Mixer. Ihren —«

»Die Mädchen können dich hören.«

Ich beugte mich vor. »Und ihren Brotkasten.«

»Richtig. Diesen scheußlichen Brotkasten mit den scheußlichen Blumen vorne drauf.«

»Die Mädchen —«

»Deine Schwester hat den Papst *und* den Kardinal aufgehängt. Unsere ganze Wohnung stinkt nach Mottenkugeln.«

»Ich habe deine blöde Giraffe nicht genommen«, schrie Belinda über mich hinweg ihre Schwester an.

»Gib sie mir wieder.«

»Ich lasse dich mit meinem Bullen spielen.«

»Floria muss sich bei uns zu Hause fühlen«, sagte mein Vater.

»Das tut sie. Glaub mir, das tut sie.«

»Ich will deinen blöden Bullen nicht.«

»Er ist nicht blöd.«

»Blöd und hässlich.«

Ich hielt die Ellbogen ausgestreckt und tat so, als sähe ich die Zwillinge nicht, obwohl sie gegen meine Arme stießen. Was geschah, wenn jemand das nahm, was du selbst aufgespart hattest? Würdest du im Himmel zehnmal so viel Adventskalenderschokolade bekommen? Oder gar keine? Und was war mit dem Fegefeuer? Wie viel Adventskalenderschokolade bekamst du im Fegefeuer, wenn du die Kinder, die sie dir gestohlen hatten, nicht verpetztest?

»Wohingegen ich mich *nicht* zu Hause fühle«, sagte meine Mutter. »Ich kann erst baden, wenn ich vorher die Badewanne von dem verdammten Kaninchen sauber gemacht habe. Es lernt, aus der Badewanne zu springen, und ich muss die Tür zu lassen, damit es im Badezimmer bleibt. Heute Morgen habe ich es hinter der Kloschüssel gefunden. Deine Schwester hat kein einziges Möbelstück, das sie ihr Eigen nennen kann, aber sie hat immer Geld für diese ekligen Viecher.«

»Was soll ich denn tun?«

»Sie bleibt für immer, Victor.«

»Es ist nur für eine Weile.«

»Sechs Monate? Zehn Jahre? So lange, wie Malcolm das nächste Mal verknackt wird? Und weißt du noch was? Du beschwerst dich über ihn und seine Umtriebe. Aber du bist auch nicht so ehrlich.«

»Vergleich mich bloß nicht mit ihm«, zischte mein Vater.

»Das ganze Zeug, das du nach Hause bringst – nicht nur das Essen, sondern Teller und Besteck und Servietten und Gläser und Weiß-der-Himmel-was-noch, wo überall ›Festa Liguria‹ draufsteht –, jemand bezahlt dafür, und mit Sicherheit bist nicht du das.«

»Ich weiß nicht, was ich sagen soll, wenn du so bist.«

»Wenn ich wie bin?«

»Du hast keinen blassen Schimmer, wie man ein Unternehmen führt, wie man Kosten abschreibt.«

Ihr erbittertes Geflüster dauerte an, während wir den Baum unsere fünf Treppen hinauftrugen, aber als meine Mutter sah, dass Tante Floria das Essen fertig hatte, wurde sie still – so still, dass sie am Tisch nicht »Amen« sagte, als Tante Floria das Tischgebet gesprochen hatte. Ich wollte, dass die beiden aufstanden, dass sie anfingen zu tanzen und zu lachen; aber es gab keine Erleichterung – für sie nicht, für keinen von uns –, und obwohl mein Vater den gebratenen Blumenkohl und das Hühnchen mit Fenchel pries, hatte er das Gesicht, das er immer bekam, wenn er fürchtete, meine Mutter zu quälen. Und ich konnte kaum schlucken. Selbst den süßen Ricotta nicht.

Bevor ich ins Bett ging, hackte mein Vater so lange an den Ästen des Weihnachtsbaums herum, bis der Baum in unser Wohnzimmer mit all dem Zeug von Tante Floria passte. Ich hasste es, wie zerrupft unser Baum hinterher aussah. Noch mehr verhunzt wurde er dadurch, dass wir ihre Stoffe und Nähutensilien unter den Baum schieben mussten, wo wir sonst die Schienen für meine Lionel-Eisenbahn auslegten.

❧

Am nächsten Morgen tat meiner Mutter der Kopf weh, und sie erbrach sich. Mein Vater musste sie am Arm wieder ins Schlafzimmer führen, wo sie bei geschlossener Tür und zugezogenen Vorhängen lag. Sie hatte normalerweise ein paar Mal im Jahr Migräne, aber jetzt klagte sie täglich darüber.

»Vielleicht bist du schwanger«, mutmaßte Tante Floria.

»Nein.« Meine Mutter presste sich mit verängstigen Augen eine Hand auf den Bauch. »Nein«, sagte sie. »Dieser Kampfergeruch macht mich krank.«

»Ich lüfte unsere Sachen im Badezimmer.«

»Dann ist der Geruch im Badezimmer.«

60

»Dann hänge ich sie eben auf die Feuertreppe.«

Aber meine Mutter legte sich ins Bett und überließ ihre Küche Tante Floria. Licht oder Geräusche oder Essen machten ihre Migräne schlimmer, und ich war froh, wenn sie schlafen konnte. Auch froh, dass sie nicht sah, wie sehr ich es genoss, mit Tante Floria für Weihnachten zu backen: Pignolata und Taralli und Mostaccioli. Drei Abende hintereinander setzte mein Vater sich den Hut auf und nahm mich mit zu Hung Min, wo wir ein paar der Männer aus seinem Backgammon-Club trafen. Während sie spielten, durfte ich meine Lieblingsspeisen für alle bestellen: Moo-Goo-Gai-Pfanne und gebratenen Reis und Frühlingsrolle und Chow Mein. Normalerweise spielte mein Vater nur am Montag Backgammon, aber jetzt schien er erpicht zu sein, aus der Wohnung zu kommen. Die anderen Männer waren viel älter als er, und ich durfte ihnen Tee eingießen und viel Zucker in die kleinen Tassen geben.

In Gegenwart meiner Mutter war er vorsichtig. Still. Einmal, als ich in ihr Zimmer kam, saß er auf der Bettkante. »Möchtest du, dass ich dir helfe, die Migräne loszuwerden?«, fragte er.

Sie zögerte. Dann bemerkte sie mich. »Anthony«, sagte sie.

Mein Vater küsste sie auf den Hals. »Wir könnten den Jungen in die Küche schicken, während wir … du weißt schon …?«

»Ich kann nicht. Nicht, wenn deine Schwester in der Nähe ist.«

An manchen Nachmittagen übten die Zwillinge den Bananen-Song auf dem Akkordeon, verzweifelt und mit großer Beharrlichkeit, weil sie sicher waren, dass die lang gezogenen Kiekser ihren Papa zurückbringen würden.

»Papa hört uns bestimmt«, sagten sie zu mir.

»Und dann findet er uns.«

Da die Schulterriemen zu lang waren, halfen sie sich gegenseitig, das Akkordeon zu halten, und sangen: »I'm Chiquita Banana and I'm here to say: I ta-ke the bananas und I run-a away ...«, während die Luft in den Blasebalg hineingepresst wurde und wieder heraus und schreckliche Töne hervorbrachte.

»Papa findet uns bald.«

Unterdessen jedoch fanden die Zwillinge mich.

Weil Kevins Schwester Keuchhusten hatte, durfte ich nicht in seine Wohnung, und Mrs. Hudak hatte gerade einen Fernseher gekauft und erlaubte nicht, dass ich redete, wenn er lief. James hatte ihr geholfen, die Möbel so umzustellen, dass sie den Fernseher von überall in ihrem Wohnzimmer sehen konnte. Früher saß sie mir gegenüber am Tisch, oder sie beobachtete die Straße von ihrem Fenster aus und sah viel interessantere Dinge als im Fernsehen, während sie gleichzeitig unser Viertel sicherer machte, aber jetzt konnte ich nur ihren Rücken und diesen Fernseher sehen. Mrs. Hudak und ich mochten Damen-Ringer, weil sie unfair kämpften, aber das sagte ich meiner Mutter nicht, weil sie bei uns im Fernsehen nichts mit Gewalt erlaubte.

Ich besuchte Mrs. Hudak nicht, wenn James da war, und er war viel da, seit er mit der Highschool fertig war. Eine Weile lang hatte er bei Sutters gearbeitet und französisches Konfekt verkauft, danach bei Mario auf der Arthur Avenue. Bisher hatte James keine neue Stelle gefunden. Er mochte mich nicht – seit ich ihn gefragt hatte, warum er puterrot wurde, wenn er meine Mutter sah.

❦

Am letzten Schultag vor den Weihnachtsferien rannte ich nach Hause in die Creston Avenue und schloss mich im Badezimmer ein, bevor meine Cousinen nach Hause kamen. Ralph hockte unter dem Waschbeckenabfluss, und ich hob

ihn hoch. Mit der freien Hand warf ich Schatten knurren-
der Hunde an die Wand gegenüber der Lampe, *Hunde, die
nach den Beinen meiner Cousinen schnappen und ihnen die Köpfe
abbeißen,* aber als mir einfiel, wie Hunde Kaninchen jagen,
hörte ich damit auf, weil Ralph mir Leid tat. Dann tat ich
mir selbst Leid, weil ich nur die Schattentiere hatte. Ich
wollte richtige Tiere. Mit Fell und mit Augen. Lebendige
Tiere. »Du bist kein ekliges Viech«, sagte ich zu Ralph und
küsste das seidige Fell auf seinem Gesicht.

»Beeil dich und zieh, Anthony.« Tante Floria klopfte an
die Tür.

Niemand sagte zu ihr, sie solle sich beeilen, wenn sie
lange duschte und dabei auf Italienisch sang, als ob − so
sagte meine Mutter − jemand sie ganz langsam erstach.

Ich flitzte an Tante Floria vorbei und aus der Wohnung
raus. Auf den Stufen in unserem Hof saß Kevin und spielte
mit seinen Autos. »Hier«, sagte er und gab mir sein gelbes
Friktionauto. Für sich behielt er das rote, und wir hoben
die Autos und rieben ihre Räder an den Betonstufen, noch
einmal, schneller, und noch einmal, bis das Renngeräusch
ein lautes Surren war und wir sie davonsausen ließen.

Mrs. Hudak klopfte ans Fenster. »Ihr macht zu viel Krach.
Verschwindet dahin, wo ihr herkommt.«

Wir sammelten unsere Autos ein und rannten über die
Straße.

»In beide Richtungen gucken«, rief sie hinter uns her.

»Los, wir spionieren ihr nach«, sagte Kevin.

Das Treppenhaus in seinem Haus war eiskalt, und die
Teerblasen auf dem Dach waren hart und rissig geworden.

»Mein Onkel Malcolm kann das reparieren.«

Kevin ließ sich auf den Bauch und die Ellbogen fallen.
»In Deckung.«

»In Deckung.« Ich war Burt the Turtle und kroch hinter
Kevin über das flache Dach, vorbei an Metallgestellen mit

Wäscheleinen, vorbei an Luftschächten. Seine Cordhose saß stramm über seinem Po, obwohl seine Mutter ihm Übergrößen im Fordham Boys Shop kaufte. Wir krochen zu den Fernsehantennen am Rand, wo Kinder nicht hindurften, und nahmen die Position für unser Spionspiel ein.

»Huhhhuuu … Huhhhuuu … Mrs. Hudak …«, brüllten wir. »Wir kriegen Sie, Mrs. Hudak.«

Aber Mrs. Hudak versteckte sich vor uns.

»Huhhhuuu … Mrs. Hudak … huhhhuuu …«

Kevin hatte Nik-L-Nips, und wir bissen den Wachsverschluss ab und tranken den Sirup, während wir den Himmel und unsere Straße beobachteten, besonders Smelly Alley, wo jeder sich verstecken konnte. Smelly Alley war am Ende unseres Blocks, ein leeres Grundstück mit Hundescheiße und Glasscherben und Essigbäumen und rostigen Dosen und − vor allem − Giftsumach. »Drei Blätter mit Schimmer, schlimmer als Todsünde, viel schlimmer«, hatte meine Mutter mir beigebracht. »Du darfst nie diese drei glänzenden Blätter berühren.« Der Reim war zwar etwas holperig, aber er prägte sich ein. Nur dass Giftsumach schlimmer war als Todsünde, denn eine Todsünde konntest du dem Priester beichten, der Absolution dafür erteilen konnte, aber wenn du Giftsumach bekamst, hattest du das fürs Leben und kriegtest es alle sieben Jahre. Aber an einem Sonntag im letzten Sommer hatte Kevin sich − als Mutprobe − nach der Messe eine Hand voll dieser glänzenden Blätter am Hals verrieben, und ihm war nichts passiert. Er sagte bloß: »Ich bin immun.« Es war ein Schock für mich, eine Enthüllung. Hier hatte es jemand gewagt, diesen Fluch der Menschheit zu berühren, und ihm war nichts passiert, und das hieß, wenn du gegen etwas immun warst, konntest du es nicht bekommen. Mir war schwindlig. Ich fühlte mich frei. Denn bei der Todsünde musste es auch so sein. Und wenn du gegen Todsünde immun warst, brauchtest du dir niemals Sorgen wegen der Hölle zu machen. Nicht einmal wegen des Fegefeuers. Aber als ich den Giftsumach berührte, bildeten sich bald auf meinen Händen und da, wo ich mir den Schweiß vom Gesicht gerieben hatte, kleine Pusteln. Sie juckten, wurden rot und bildeten heiße Blasen, aus denen eine eklige Flüssigkeit quoll. Zweimal am Tag rührte meine Mutter eine halbe Packung Maisstärke in die Badewanne, und ich lag in dem lauwarmen Wasser und spürte, wie meine Haut abkühlte, während ich Kevin beneidete, der alles hatte: Immunität gegen die Todsünde und gegen Giftsumach.

»Mrs. Hudak ist gemein«, sagte Kevin.

»Vielleicht ist sie eine russische Spionin.«

»Huhhhuuu … Huhhhuuu …«

»Lass uns Messe spielen.«

»Ich will Kommunisten nachspionieren. Huhhhuuu … Mrs. Hudak …« Kevins Gesicht war rot, obwohl es kalt draußen war. Besonders seine dicken Backen. Meine Mutter nannte ihn »Lutscher-Gesicht«, weil er wie ein roter Lutscher aussah, auf den ein rotes Gesicht geprägt ist.

»Lass uns doch heilige Kommunion spielen.«

»Wir brauchen Cracker für die heilige Kommunion.«

»Ich habe keine.« Ich zeigte über die Straße und in unsere Küche. »Wir können meiner Tante nachspionieren.«

Tante Floria und die Zwillinge aßen Minestrone an meinem Tisch, als gehörten sie dahin. Eine Etage tiefer sahen wir die Glatze, die Spitze der Zigarre und das Obere des Bauchs von Mr. Casparini, der gerade seine Briefmarkensammlung ordnete. Im dritten Stock sang Mrs. Rattner – Ananas-Sheila –, während sie ihre Schüsseln und Backformen auswusch, und ihr Sohn Nathan lernte, damit er Zahnarzt werden konnte. Die Woche zuvor, als Kevin und ich Spion gespielt hatten, hatten wir Gummibänder an Nathans Fenster geschossen und uns geduckt, bevor er uns sehen konnte; aber er hatte uns trotzdem zugewinkt und war aufgestanden und hatte sich gestreckt, als hätten wir ihn daran erinnert, eine Pause zu machen. Am nächsten Tag hatte Nathan Rattner einen verkrumpelten Umschlag in unseren Briefkasten gesteckt. Er hatte vorne draufgeschrieben: »Viel Spaß damit, Anthony«, und Gummibänder in verschiedenen Farben und Größen reingesteckt.

»Da ist sie.« Kevin duckte sich. »Huhhhuuu … Huhhhuuu … Mrs. Hudak …«

Ich brüllte mit ihm. »Wir kriegen Sie, Mrs. Hudak … huhhhuuu … huhhhuuu …!«

Aber Mrs. Hudak sah nicht auf. Sie entfernte sich von uns und zog ihren Einkaufswagen hinter sich her.

»Sie geht zu John's Bargain Store«, verkündete ich.

Kevin nickte aufgeregt. »Um andere Kommunisten zu treffen.«

⚘

Zwei Tage vor Weihnachten nahm Grandma Riptide mich zur Arthur Avenue mit – mich allein, nicht die Zwillinge –, eine Idee meines Vaters, damit ich eine Weile lang von ihnen getrennt wäre. Auf dem italienischen Markt nahm sich Riptide eine verschrumpelte schwarze Olive aus einem der Holzbottiche und lachte, als ich sie nicht probieren wollte. »Irgendwann sagst du ja, Antonio«, sagte sie und kaute die Olive, langsam, wobei sie die Augen hin und her rollte, so wie sie es immer tat, wenn sie sich auf das Kosten konzentrierte. Dann nickte sie, kaufte ein halbes Pfund von den Oliven, Broccoli, Tomaten und eine hohe Dose Olivenöl.

In dem Stinkefüße-Geschäft – so roch es da – hielt ich mir die Nase zu, während Riptide frischen Mozarella kaufte und einen der runden Provolone auswählte, die von den Balken über uns herabhingen.

Als Nächstes gingen wir zum Geflügelmarkt, wo Hühner und Truthähne mich aus ihren Käfigen beobachteten. Riptide sagte dem Geflügelmann, dass sie einen Truthahn brauche, der groß genug für ihre Familie war. »Weihnachten kommen alle.«

Er nahm einen Truthahn aus dem Käfig und hängte ihn mit den Füßen an die Waage.

»Nein. Ich möchte einen größeren.«

Aber als der Geflügelmann einen größeren brachte, sagte Riptide, der würde nicht in ihren Ofen passen.

Als er den fünften Käfig aufmachte, flüsterte er mir zu: »Letztes Mal habe ich deiner Großmutter sieben gezeigt.«

Der fünfte Truthahn baumelte an den Füßen von der Waage und verrenkte den Kopf, während er die Menschen auf dem Markt beobachtete. Sein Gesicht war genau neben meinem, und mit einem Mal bemerkte er mich. Seine Augen waren neugierig und scheu, und ich fand, dass es ein lieber Truthahn war.

»Guckt mal, wie der Truthahn den kleinen Jungen ansieht«, sagte jemand.

Der Geflügelmann lachte. »Der Truthahn guckt dich an, Antonio.«

»Gobobobob …«

»Lieber Truthahn«, sagte ich zu dem Truthahn. »Lieber —«

»Antonio hat entschieden. *Questo.*« Meine Großmutter nickte.

»Nein«, sagte ich. »Nicht diesen Truthahn.«

Aber meine Großmutter hatte entschieden, dass dies der Truthahn war, den ich wollte, und als der Geflügelmann ihn von der Waage nahm und hinter die Theke trug, hörte ich, wie der Truthahn »Gobobobob« machte. Die Theke war zu hoch für mich, und ich konnte nicht sehen, was mit meinem Truthahn geschah, aber ich wusste es, weil ich hörte, wie sich etwas drehte – es klang wie ein Rad –, und mein

Truthahn schrie so laut, dass ich einen Schluckauf bekam, und ich war mir sicher, dass sie ihm die Federn ausrupften, und als er zu schreien aufhörte und gar kein Geräusch mehr machte, wusste ich, dass sie meinen Truthahn kahl gerupft und ihm den Kopf abgehackt hatten.

❦

»Es ist für sie viel schwerer als für dich, Leonora«, sagte mein Vater.

»Mein Herz blutet für sie.«

»Es ist demütigend für sie, dass sie auf unsere Hilfe angewiesen ist.«

»Ah, aber es ist ein großes Glück für sie, dass sie dein Verständnis hat. Das ist mit Sicherheit mehr, als ich von dir bekomme.« Meine Mutter setzte sich an dem Kopfteil aus Ahornholz auf. »Mehr als Anthony von dir bekommt. Ich sage dir, für ihn ist es schlimm mit diesen Mädchen in seinem Zimmer.«

»Und ich sage dir, du kämpfst nicht fair, wenn du im Bett bleibst.«

»Oh … aber ich kämpfe nicht, Victor.« Ihre rissigen Lippen verzogen sich zu einem schwachen Lächeln.

»Ich wünschte, du würdest kämpfen.«

Sie antwortete nicht.

Er berührte ihre Schulter. »Fühlst du dich auch wohl?«

»Vielleicht fühle ich mich nie wieder wohl.«

Er warf einen Blick auf den Stapel Zeitschriften auf der Kommode, *Life* und *Look* und *Good Housekeeping*. »Möchtest du etwas zum Lesen haben?«

Als sie nicht antwortete, sagte ich: »*Life*. Das mag sie mehr als *Look*, weil mehr Bilder drin sind.«

»Ich möchte keine Zeitschrift. Ist das in Ordnung?«

»He«, sagte mein Vater, »ich habe zu tun.«

Und er war weg und ließ seine Nachtsocken auf dem

Boden liegen, wo er sie hingeworfen hatte. Meine Mutter verlangte, dass er sie im Bett trug, weil er sich die Fußsohlen mit einer klebrigen Creme einrieb.

Ich saß auf dem Fußboden neben dem Bett auf der Seite, wo meine Mutter lag, und fing mit einem Bild vom Zoo für sie an. Ich malte das Tor rot für sie an, mit Gelb und Braun, sodass es wie Kupfer aussah. Über das Tor malte ich den Löwen, den König der Tiere. Dann Bären auf den einen Bogen und Rehe auf den anderen. Auf der einen Seite saß auf dem Pfosten ein Affe, auf der anderen ein Leopard. Schildkröten trugen das Gewicht meines Tores und all seiner Tiere, einschließlich der Eulen und Kraniche. Um das Tor herum malte ich einen Ring aus Rauch. Ein Pfad führte durch das Tor, und am Ende des Pfades zeichnete ich die afrikanische Steppe, wo Strauße und Löwen sich frei bewegten.

Die Augen meiner Mutter waren geschlossen, und zwischen den weißen Kissen und der weißen Decke konnte ich nur ihr weißes Gesicht sehen, dünner als sonst, und mir kam der Gedanke, dass sie und ich – einander so ähnlich mit unseren Körpern – uns vor den Menschen mit kräftigen Körpern versteckten: vor Tante Floria, den Zwillingen, sogar vor meinem Vater, der auf dem Hochzeitsbild über der Frisierkommode einen Smoking trug und voll unbändiger Freude meine Mutter anblinzelte, die zu seiner Rechten stand, in einem langen Brautkleid, einen Arm durch seinen geschoben. »Victors Hauptgewinn-Lächeln«, nannte mein Großvater es.

Um das Foto herum standen andere Familienbilder, von denen fünf mich als Baby zeigten: auf dem Arm meiner Mutter an dem Tag, als sie mit mir aus dem Krankenhaus kam; auf dem Arm meines Vaters, der mich zum Deckenventilator hochhielt; dann jeweils ein Bild mit einem Großelternteil, außer dem Vater meiner Mutter,

69

der war gestorben, als sie zehn Jahre alt war. Als ich sie so schlafen sah, tat sie mir Leid, weil sie ohne Vater aufgewachsen war, und das brachte mich auf die Frage, warum das Fernsehen nie den Glaswachs-Vater zeigte. Vielleicht war er einfach in einem anderen Fernsehraum – und nicht tot wie der Vater meiner Mutter –, oder vielleicht war er *anderswo*. Mit einem Mal war ich mir sicher, dass ich, wenn ich nur unsere Fenster mit Glaswachs-Glocken und Schneeflocken schmücken könnte, meine Familie zurückbekommen würde, wie sie früher war – eine Mutter, ein Vater, ein Junge.

Als ich gerade dabei war, den Hintergrund meines Zoobilds mit einem Dschungel von Farnen wie auf der Tapete meiner Eltern auszumalen, rumste es laut in meinem Zimmer. Dann noch einmal. Als ich hineinging, kletterte Bianca auf mein Bett, die Arme durch die Schlaufen ihres Capes gesteckt.

»Spring nicht. Du weckst meine Mutter.«

Sie sprang. Stürzte sich auf mich. Als ich um mich trat und mich zu befreien suchte, warf Belinda sich über meine Beine, und Bianca hockte sich auf meinen Bauch.

»Lasst mich los.«

»Wenn du dich bewegst, verlierst du das Kitzelspiel.«

»Ich will euer blödes Spiel nicht spielen.«

Sie rissen mir die Jeans runter, die Unterhose.

»Lasst mich los«, schrie ich, mir war heiß und schwummerig. Von der Tochter des Pharaos gefunden zu werden, war zu gut für die Zwillinge. Nein, ich wollte, dass Großtante Camilla sie in der Wüste verlor, wo *Zwillingsschlangen sich um sie schlängeln und sie erdrosseln, wo Zwillingsbussarde das fressen, was übrig bleibt.*

»Lasst mich los! Lasst –«

»Still da, Kinder.« Tante Florias Stimme.

»Ich sag es.«

70

»Petze.«

»Du bist gemein.«

Der Werbesong »Don't be a meanie, bring me Barricini« kam mir in den Sinn. Meine Mutter liebte Barricini-Schokolade, und manchmal zog sie sich fein an und machte mit mir einen Spaziergang auf dem von Bäumen gesäumten Concourse, wo die reichen jüdischen Familien wohnten. Wir machten bei Barricini Halt, nirgendwo sonst, um Mandeln mit Schokoladenglasur zu kaufen. Im Kopf konnte ich den Barricini-Werbesong hören: »Don't be a meanie, bring me Barricini«, und der Song hämmerte in mir, und nun war ich es, der ihn brüllte: »Don't be a meanie, bring me Barricini«, ich brüllte ihn schneller, jetzt noch schneller, während die Zwillinge von mir runterrutschten.

»Don't be a meanie, bring me Barricini!«

Die Zwillinge sprangen auf mein Bett und sahen mich düster mit den blattfarbenen Augen ihres Vaters an, während ich die Unterhose und die Jeans hochzog, und als sie sich vorschoben, kreischte ich: »Dont-be-a-meanie-bring-me-Barricini, dontbeameaniebringme —«

»Bianca. Belinda. Anthony —« Tante Floria. »Was ist diesmal?«

»Barricini«, flüsterte ich zischend und wich vor meinen Cousinen zurück.

Auf dem Flur öffnete Tante Floria zwei Nonnen die Tür. *Nonnen wissen Bescheid. Nonnen wissen alles. Sie sind wegen des Kitzelspiels hier.* Ich hatte das Bedürfnis zu beichten, aber ich fürchtete, ich würde bestraft werden und keine Absolution bekommen.

»Schwestern, kommen Sie herein. Frohe Weihnachten. Kommen Sie herein.« Tante Floria sah aus, als würde sie gleich die heilige Kommunion empfangen. »Ich bringe Ihnen einen Eierlikör. Frisch von gestern. Mein Bruder hat

71

ihn bei Festa Liguria gemacht. Oder wenn Sie etwas von meinem Feigen-Früchtebrot möchten —«

»Nein danke.«

»Wir haben nur eine Minute.«

»Anthony, Schätzchen, hol deine Mutter aus dem Bett. Sag ihr, es sind die Barmherzigen Schwestern, die für die Heidenkinder sammeln, und sie haben es eilig.«

Wenn das jetzt die Nonnen sind, die mit ihrem Lastwagen Mrs. Hudak abgeholt haben? Dann holen sie auch die Zwillinge ab. Und Tante Floria. Bringen sie anderswohin. *Aber bringen sie nicht zurück.*

Ich zupfte meine Mutter am Arm. Eine Seite ihres Gesichts war faltig, und ihr Haar war flach. Normalerweise drehte sie ihr Haar vorm Schlafengehen zu Locken und wickelte Toilettenpapier darum. Langsam — als müsste sie das Gehen lernen — ging sie zu unserem Wohnzimmer.

»Die Zwillinge haben mit dem Kitzelspiel angefangen«, sagte ich zu den Nonnen, »ich habe nicht —«

Ein plötzliches Niesen unterbrach mich.

»Himmel Herrgott, Belinda.« Meine Mutter wischte sich das Handgelenk an ihrem Chenille-Morgenmantel ab. »Gesundheit, meine ich. Entschuldigung, Schwestern.«

Tante Floria schob zwei Fünf-Cent-Münzen und eine Zehn-Cent-Münze in den Schlitz des Sammelkartons, auf dem Bilder von nackten braunen Kindern zu sehen waren, die mit traurigen Gesichtern auf einem Stück Gras hockten. Ein Kind hielt den Kopf gesenkt, während die anderen darauf nach Läusen oder Schlimmerem suchten. Auf der Rückseite des Kartons war eine bekleidete Mutter mit einem bekleideten Kind, die beide ein Kreuz anlächelten. Kleidung bedeutete Rettung, und was die nackten Heidenkinder zu ihrer Rettung brauchten, war die Kleidung, die die Nonnen ihnen in dem Moment in Afrika kaufen würden, da meine Tante alle Münzen durch den Schlitz geschoben hatte. Irgendwie erwartete ich, dass diese Münzen ein lauteres Geräusch machen würden, lauter als Kirchenglocken.

Ich fühlte mich edel, als ich mir die Heidenkinder bekleidet und ohne Läuse vorstellte, und ich wartete, dass auch meine Mutter den Kindern helfen würde.

Aber das tat sie nicht. »Religion«, sagte sie zu den Nonnen, »ist nur etwas wert, wenn sie mit Mitgefühl zu tun hat, nicht damit, jemand anderem den eigenen Glauben aufzudrängen −«

»Nicht jetzt, Leonora.« Meine Tante begann, sich bei den Nonnen zu entschuldigen. »Es tut mir Leid, aber meine Schwägerin, sie ist krank.«

»Es ist arrogant, diesen Kindern in Afrika beizubringen, dass unser Gott besser ist als ihrer.« Die Augen meiner Mutter sprühten Funken. Wenn sie über Religion lästerte, wirkte das immer so bei ihr.

»Meine Schwägerin bekommt solche Migräne, dass −«

»Für uns«, sagte meine Mutter, »ist die Mildtätigkeit in diesem Jahr ganz in der Nähe.«

»Wenn das alles ist, was wir für dich sind, Leonora, Mildtätigkeit …« Tante Floria fing an zu weinen.

»Das habe ich nicht gesagt.« Meine Mutter presste sich die Fingerspitzen an die Schläfen. Ihr Nagellack war abgesplittert.

»Wir alle tun unser Möglichstes, um in dieser irdischen Welt mildtätig zu wirken«, murmelte die ältere Nonne hastig.

Die andere nickte. »In den Augen unseres Herrn ist jeder Akt der Mildtätigkeit ein Gebet.«

Meine Mutter zitterte.

»Ich wollte das Kitzelspiel nicht spielen«, gestand ich den Nonnen. »Die Zwillinge sind auf mich draufgesprungen und −«

Aber die Nonnen sahen mich nicht an. Sie sorgten sich um die Kelche in ihrer Kirche. »Die Kelche werden nicht mehr lange halten.«

»Weil sie so abgenutzt sind.«

»So dünn wie der Nagel eines Kinderfingers.«

❦

Als mein Vater mit einem Karton Lebensmittel nach Hause kam, waren die Nonnen schon lange weg, und Tante Floria hatte ihre Habseligkeiten im Flur gestapelt. Er musste darüber steigen, um zu seiner Schwester in die Küche zu gelangen, wo sie in einer Wolke von Mottenkugel- und Fischgeruch zwischen Herd und Kühlschrank hin und her lief.

»Ich ziehe aus, Victor, sobald ich dir und deiner Familie das Sieben-Fische-Gericht serviert habe. Mama sagt, sie nimmt mich und die Mädchen auf.«

Schon jetzt konnte ich mich sehen, wieder *in meinem eigenen Bett. In meinem eigenen Zimmer. Kevin und ich bauen Brücken aus Lincoln Logs. Ein Kran mit einem echten Motor aus dem Baukasten.*

»Lass uns drüber sprechen, bitte.« Mein Vater stellte den Karton auf den Tisch. An der Art, wie er sich zögernd den Mantel aufknöpfte, erkannte ich, dass er nicht wollte, dass Riptide von den Schwierigkeiten zwischen Tante Floria und meiner Mutter erfuhr.

»Deine Frau –«, fing Tante Floria an.

»Großartige Neuigkeiten«, sagte er schnell. »Das Eichhörnchen, von dem ich dir erzählt habe … heute ist es aus dem Lagerraum und durch die Küche nach draußen gerannt.«

»Deine Frau will mich hier nicht haben.«

»Eins: Das ist nicht wahr.« Meine Mutter stand in der Küchentür, den Gurt des Morgenmantels um die Taille geknotet. »Und zwei: Ich habe einen Namen.« Sie sprach mit der frostig-langsamen Stimme, die ich nicht mochte.

»Mildtätigkeit, Victor. Mehr bin ich nicht für deine Frau. Sie war kurz davor, mir ein Taxi zu bestellen, bevor du nach Hause kamst.«

»Deine Schwester hat mir befohlen, ihr ein Taxi zu bestellen.«

»Deine Frau hat jetzt also Geld, um es für Taxis zu verschwenden?«

»Für eine ganze Flotte Taxis.«

Mein Vater hob beide Hände, als wollte er eine ganze Flotte von Taxis anhalten.

Die Zwillinge lehnten an der Wand zwischen den beiden Fenstern: Bianca mit dem Daumen im Mund, die Pupillen leicht nach oben verdreht; Belinda hielt das Kaninchen in beiden Armen.

»Warum warten wir nicht bis morgen«, sagte mein Vater, »und entscheiden dann, was zu tun ist?«

Ich starrte ihn an. Wie konnte er nur, jetzt, da sie endlich bereit waren zu gehen?

Tante Floria schüttelte den Kopf.

Lass sie gehen, betete ich still. *Lass sie gehen.*

Mein Vater drückte seine Zigarette aus. »Wenigstens bis morgen, Floria? Bei all dem Schnee wird es langsam gefährlich zu fahren.«

»Ich habe deine Schwester zum Bleiben ermuntert, Victor. Ich habe mein Bestes versucht in dieser … dieser Situation.«

»Ich habe es noch mehr versucht als deine Frau.«

»Sieht so aus, als würde deine Schwester gewinnen. Wieder einmal.«

»Ich habe auch einen Namen.«

Meine Mutter stöhnte. »Ich kann das nicht.«

Bianca machte mit dem Mund ein saugendes Geräusch

um den Daumen, während sie mit der anderen Hand an der Seite ihres Capes rieb, wo der Satin ausgefranst war.

Mein Vater sah völlig hilflos aus.

Lass sie gehen. Lass sie gehen. Lass sie gehen. Mein Gebet wurde Musik in meinem Kopf, es vibrierte an meinen Schläfen zu der Melodie von *Lass es schneien. Lass es schneien. Lass es schneien.*

»Was summst du da, Anthony?«, fragte mein Vater.

Alle starrten mich an.

Ich klemmte die Lippen zwischen die Zähne. *Lass sie gehen. Lass sie gehen. Lass sie gehen.*

Mein Vater holte an der Seite des Kartons einen Schablonenkasten heraus und hielt ihn so, als wäre er unschlüssig, was er damit tun sollte. »Wenn du bleibst ... dann können die Kinder zusammen Glaswachs-Schmuck machen.«

»Aber er gehört mir!«

»Anthony —«

»Nur mir.«

Belinda setzte Ralph auf den Fußboden und war im selben Moment bei meinem Vater wie ich. Aber er gab ihr den Schablonenkasten. »Sei nicht gierig, Anthony.«

Nur mir.

Und schon rissen die Zwillinge meinen Schablonenkasten auf: Kometen und Glocken und Schneeflocken, aus dickem Transparentpapier geschnitten, Stechpalmenzweige und Weihnachtsbäume.

»Der Kinder wegen bleibe ich«, gab meine Tante nach.

Über uns standen die weißen Blätter des Deckenventilators still.

»Leg du dich hin, Leonora.«

»Ja.« Meine Mutter drehte sich zum Schlafzimmer um. »Natürlich.«

»Ich bringe dir eine Schüssel Erbsensuppe, wenn ich ausgepackt habe«, rief Tante Floria ihr nach.

»Toastmaster Mixmaster Brotkasten«, sagte meine Mutter auf. »Papst Kardinal Malzmilchmaschine …«

»Papst Kardinal Toastmaster Mixmaster …«, flüsterte ich. »Malz —«

Als sie die Schlafzimmertür hinter sich geschlossen hatte, ohne Tante Floria zu beschimpfen, wusste ich, dass es an mir war, meine Familie wieder zu kitten. Sonst würde mein Vater gestatten, dass die Zwillinge und Tante Floria für immer bei uns wohnten, und meine Mutter würde dünner und weißer, bis sie in den weißen Bettlaken verschwände.

»Kinder, teilt die Sachen mit Anthony.« Tante Floria steckte sich eine Zigarette an.

»Du auch, Anthony. Teilen.« Mein Vater lief zum Schlafzimmer.

Aber als ich eine Glockenschablone nahm, schubsten die Zwillinge mich zur Seite, und ich wollte sie bei den Schultern nehmen, sie aus meiner Wohnung schieben, ihre Puppen und Ohrenwärmer hinter ihnen herschmeißen.

Meine Tante goss rosa Glaswachs in eine Untertasse, und die Zwillinge rangelten darum, bis Belinda es schaffte, eine Ecke des trockenen Schwamms hineinzutupsen. Während Bianca die Kometenschablone gegen das Fenster klatschte, drückte Belinda den Schwamm in den Schweif des Kometen. Zuerst war das Wachs, bauchschmerzenrosa wie Pepto-Bismol, klumpig, doch als es trocknete, wurde es blasser, bis es die Farbe von tiefem Schnee hatte, in den Blut gesickert ist. Es ist komisch, was mit der Oberfläche von Schnee geschieht, wenn Blut darauf tropft. Wenn der Schnee ziemlich locker ist, sickert das Blut bis zum Grund, sodass eine fast weiße Oberfläche bleibt, und darunter werden die rosa Schichten immer dunkler, je weiter sie von dir entfernt sind, bis es so aussieht, als würde eine rote Glühbirne aus dem Schnee herausleuchten. Nur ein einziges Mal sollte ich etwas Ähnliches sehen, im Winter darauf, auf der Castle

Hill Avenue, als die Familie in dem Haus neben dem meiner Großeltern eine elektrisch beleuchtete Krippe draußen aufstellte. Nach einem Schneesturm steckten Maria und Joseph bis zur Taille im Schnee, und zwischen ihnen, wo das Jesuskind in einer Krippe mit echtem Stroh lag, drang das Leuchten durch den Schnee. Insgesamt war es natürlich etwas ganz anderes. Trotzdem fing ich an zu weinen, weil es mich wieder an Bianca erinnerte – *ich wünschte, ich müsste nie wieder Schnee sehen –*, wie sie ihre Schablone hochhielt und enttäuscht aussah, weil etwas Glaswachs darunter gesickert war, sodass ihr Stern verschmiert war. *Ganz falsch.*

»Ganz falsch«, sagte ich zu ihr.

»Weniger Wachs«, riet Tante Floria. »Denkt dran – immer abwechselnd, und ich packe inzwischen unsere Sachen aus.«

Belinda schnappte sich eine Glockenschablone und hielt sie flach gegen die Fensterscheibe, während Bianca den Schwamm in das Wachs tauchte und mit ihm über das Glas tupfte. Aus dem Wohnzimmer kam Gerumpel, als Tante Floria und mein Vater deren Sachen wieder auf die dunkle Feuerleiter hievten. Mir war klar, dass die Zwillinge mir keine Schablone abgeben würden, aber ich wollte auch nicht mehr mitmachen, weil ich wusste, wie wir von draußen aussehen würden, sollte Santa uns zusehen. *Wir drei. Hier. Zusammen. Für immer.*

Um von meinen Cousinen wegzukommen, zog ich einen Stuhl zum anderen Fenster und kniete mich darauf. Im Schnee wurde der Wassertank auf dem Paradise zu einem riesigen Echsenbiest, und auf Kevins Dach wurden die Antennen zu Menschen mit Hüten, die darauf warteten, die Straße zu überqueren. Ich presste meine Stirn an die eisige Scheibe, und als ich zu den Lichtern der Autos und Lastwagen tief unten auf der weißen Straße hinuntersah, hoffte ich, dass die Zwillinge vor Silvester, meinem Lieblingsfest, ausziehen würden, denn um Mitternacht zogen wir die Mäntel an, machten die Fenster auf, schlugen in der kalten Luft mit Löffeln auf Topfböden und riefen: »Frohes neues Jahr. Frohes neues Jahr. Frohes neues Jahr.« In meiner ganzen Nachbarschaft lehnten sich dann die Menschen aus den Fenstern – die O'Deas und die Casparinis und die Weissmans und die McGibneys und die Rattners und die Corrigans –, wir alle zusammen, Kinder und Eltern, schlugen alle auf Töpfe und riefen alle: »Frohes neues Jahr …«

Längst nicht so sorgfältig wie das Fernsehmädchen klatschten Belinda und Bianca das rosa Wachs an ihr Fenster, reihten Stechpalmenzweige und Kometen und Glocken zu Girlanden, die aussahen wie Schmierstreifen, die jemand versehentlich daran gelassen hatte, und ich fühlte mich betrogen, weil ich mir den Kasten gewünscht hatte.

»Bianca und Belinda«, rief Tante Floria, »habt ihr das Kaninchen wieder in die Badewanne gesetzt?«

»Geh du«, sagte Bianca.

»Nein«, sagte Belinda. »Du.«

»Kinder …«

»Anthony kann das machen.«

»Nein. Die, die grade geschrien hat, kann es machen. Du, Belinda. Sofort.«

Belinda sah ihre Schwester finster an. Und mich. »Fass nichts an, bis ich wieder da bin«, sagte sie drohend, nahm das Kaninchen und ging zum Badezimmer.

Schnee wirbelte mir ins Gesicht, als ich das Fenster aufmachte.

»Darfst du nicht«, sagte Bianca und zwängte sich neben meinen Stuhl.

Eisiger Wind kroch mir zwischen Ärmel und Handgelenk. »Hör mal … Hörst du das?«

»Was?«

»Dein Papa.«

»Wo?« Ihre Stirn war gerötet, ihre Stimme erwartungsvoll. »Wo ist er?«

»Spielt Akkordeon.«

»Wo? Papa —«

»Auf Kevins Dach. Pssst.« Ich legte den Finger auf die Lippen und neigte den Kopf zur Seite, als könnte ich wirklich Onkel Malcolm auf dem Akkordeon spielen hören. Jedes Mal, wenn ich an diesen Moment zurückdenke, als ich Bianca nicht davon abhielt, neben mir auf den Stuhl zu klettern, an den Moment, als mir zum ersten Mal klar wurde, dass auch ich fähig war, *anderswo* zu sein, die Schattenseite all dessen, was gut war, zu erreichen, kann ich wirklich das Akkordeon meines Onkels hören, schwach, dann in meiner Seele anschwellend. *Aber das ist jetzt.* Und an jenem Abend war es still, abgesehen von dem gedämpften Reifenquietschen im Schnee.

Ich hob meine Hand und zeigte hinüber. »Da drüben.«

Als Bianca – die Arme durch die Schlaufen ihres Satincapes gesteckt, die Ellbogen zum Flug abgespreizt – sich zu mir umwandte, schlug mir der warme Erdbeeratem ihres Candy-Lippenstifts ins Gesicht. »Ist das wahr, Anthony?«

Ich zögerte.

»Kann ich wirklich zu meinem Papa fliegen?«

Ich wünsche mir immer noch, ich könnte sagen, dass ich glaubte, Onkel Malcolm stehe auf Kevins Dach und spiele sein Akkordeon, wünsche mir, dass ich glaubte, meine Cousine könne wirklich zu ihm fliegen – wenn schon nicht jeden Tag, dann doch wenigstens an jenem Abend der Wunder. Aber ich glaubte nichts von alledem, als ich zu Bianca sagte:

»Ja.«

LEONORA 1955

Annullierungen

Den Nachmittag der Verlobungsparty ihres Mannes verbringt Leonora in ihrem Bett mit James, dem Enkel von Mrs. Hudak aus dem Erdgeschoss. James hat dunkles, lockiges Haar, und er arbeitet als Kellner downtown in einem Restaurant, wo er einen Smoking tragen muss. Aber an diesem Nachmittag trägt James gar nichts, und als er sich, das Gesicht erhitzt, unter Leonora bewegt, ist sie abgelenkt durch Bilder von ihrem Mann: Victor, wie er den Küchenboden fliest, auf den Knien, die Hosen stramm über dem Hintern; Victor, wie er die Buchhaltung für Festa Liguria macht und flucht, als er einen Fehler entdeckt; Victor, wie er vor dem Spiegel mit dem Finger sein bartloses Kinn betupft; Victor, wie er den Hals einer Frau küsst, deren Stimme Leonora wiedererkennen würde.

Ihre Freundin Schnurrbart-Sheila hat sie gefragt, ob sie gern wissen will, wie diese Elaine aussieht, und Leonora hat ihr gesagt, sie will es nicht wissen. Trotzdem … sie stellt sich Elaine als eine Blonde mit kleinen Ohrläppchen vor. Seit drei Monaten weiß Leonora, dass es Elaine gibt, hat aber nichts von der Verlobungsparty gewusst – erst als Anthony etwas davon murmelte, dass er neue Schuhe bräuchte.

»Aber ich habe dir gerade erst Turnschuhe gekauft.«

Er zog an seinen Fingern, als wollte er unsichtbare Handschuhe abstreifen.

Es machte Leonora wahnsinnig, ihn so zu sehen, wahnsinnig und besorgt. Aber sie schaffte es, dass ihre Stimme sanft blieb. »Was ist es diesmal?«

Die Knochen in seinem Gesicht lagen so dicht unter der Haut, dass es aussah, als würden sie durchschimmern, bläulich-weiß. Er zog sich von ihr zurück. Von der ganzen Familie. Oft sprach er viele Stunden kein Wort, es sei denn, sie zwang ihn zum Sprechen.

Er brauchte zwei Tage, um es ihr zu sagen: »Dad sagt, ich kann zu seiner Verlobungsparty nicht in Turnschuhen kommen.«

❧

James umfasst Leonoras Hüften. »Fast −«, keucht er und dreht sich mit ihr, bis sie, immer noch verbunden, auf der Seite liegen. »Ich bin fast da.«

Ungefähr jetzt müsste Anthony an einem langen Tisch sitzen, mit Victor und Elaine und ausgewählten Mitgliedern beider Familien. Ein merkwürdiger Plan − sich, obwohl noch verheiratet, zu verloben. Obwohl Leonora Victor angeboten hat, sich scheiden zu lassen, will er das überhaupt nicht. Victor will eine Annullierung, damit er und Elaine richtig in der Kirche heiraten und die ewigen Gelöbnisse ablegen können, die gleichen Gelöbnisse, die Victor vor zwölf Jahren mit Leonora abgelegt hat. Vielleicht wird ein Wort anders sein − »lieben« statt »leben«: »Solange wir beide lieben« −, damit Victor sich einer Neuen zuwenden kann, wenn sich auch diese Liebe abnutzt. Hat man erst einmal eine Ehe aufgegeben, argwöhnt Leonora, wird es leichter, eine zweite Ehe aufzugeben. Und noch leichter mit der dritten und denen, die danach kommen. Schon jetzt kann sie *in einer Reihe die zukünftigen Frauen ihres Mannes sehen, die hinter einem Einwegspiegel stehen, so wie Jack Webb eine Reihe von Verdächtigen in* Dragnet *aufstellt und einen Zeugen befragt:*

*»Schauen Sie genau hin. Gibt es an diesen Menschen irgendetwas,
das Sie wiedererkennen?«*

Was sie selbst betrifft, so will Leonora sich keinen zweiten Ehemann vorstellen.

Ein Liebhaber hingegen ist etwas anderes.

☙

James brüstet sich damit, ein fantastischer Liebhaber zu sein.
Das hat er Leonora gesagt. »Ich bin ein fantastischer Liebhaber«, sagte er. Doch dann verdarb er es, weil er fragte:
»Oder?« Dennoch stimmt es. Beim Sex ist James wirklich
sehr gut. Fantastisch. Victor verhält sich, wenn es um Lust
geht, eher katholisch, aber James wird nicht müde, neue
Stellungen auszuprobieren.

James mag Veränderungen: Er hat bei einem Radiosender gearbeitet, bei einem Gemüsehändler, einer Tankstelle, einer Bäckerei und in verschiedenen Restaurants. Er
möchte wieder Hundezüchter sein, aber wenn jemand ihn
fragt, welche Hundesorten er gezüchtet hat, gesteht er, dass
er einmal einen Cockerspaniel besessen hat. Eine Weile.
»Mit ausgezeichneten Papieren. Ich wollte gerade meinen
Zwinger vergrößern, als ich das Angebot bekam, bei einem
Radiosender in New Jersey zu arbeiten, und da habe ich
den Hund bei Freunden in Queens gelassen ...«

Das einzig Konstante in James' Leben ist, dass er immer
wieder zu seiner Großmutter zurückkehrt, die ihn keine
Miete zahlen lässt. Er ist lieb zu seiner Großmutter. Leonora
erinnert sich, dass sie das dachte, als James erst zwölf war
und die Fenster seiner Großmutter von außen putzte. Als
er von der Leiter sprang, um Leonora zu helfen, Anthonys
Kinderwagen die Stufen herunterzutragen, sah er sie mit den
Augen eines Mannes, nicht eines Jungen an, und sie lachte,
fühlte sich beschwingt in der Üppigkeit ihres Körpers nach
der Schwangerschaft, und sich ihren Platz in den Fantasien

83

dieses Jungen vorzustellen, amüsierte sie – *für ihn ist sie die erste Frau überhaupt* –, und als sich seine gierigen Augen auf ihre geschwollenen Brüste hefteten, neckte sie ihn: »Was bist du für ein hübscher Junge«, ohne sich je vorzustellen, dass er neun Jahre später ihr Geliebter werden würde.

Leonora vermerkt genau die verschiedenen Positionen im Bett, freut sich an ihrem Körper, dem Körper einer Frau, deren Geliebter viel jünger ist als sie, dieser Geliebte, der sie schon als Junge angestarrt hat. Wie viel Vergnügen hatte es ihr bereitet, ihn zum Erröten zu bringen, wenn sie ihn anlächelte. Bis er erwachsen wurde und nicht mehr errötete, sie aber immer noch anstarrte. Wie an jenem Morgen, als Victor mit seinen Kartons und Koffern ausgezogen war, während sie im Schlafzimmer stand, unfähig, einen Schritt zu machen. Voller Angst, dass sie in dieser Haltung erstarren würde, zwang sie sich, einen Fuß vor den anderen zu setzen, aus dem Zimmer und aus der Wohnung und die Treppe hinunter, entschlossen weiterzugehen, bis sie sich nicht mehr auf jeden Schritt konzentrieren musste. Im Hausflur lehnte James an der Wand bei den Briefkästen, als wartete er auf sie, und sie starrte zurück.

Sie sprachen nicht, als er ihr die Treppe hinauf folgte und sie durch Schichten frischer und schaler Gerüche, die aus den Wohnungen waberten, stiegen, als würden sie verschiedene Länder durchqueren: Fisch im ersten Stock, obwohl es nicht Freitag war; Zimt im zweiten, wo es fast immer süßlich vom Backen roch; im dritten Hühnersuppe, leicht säuerlich, weil sie zu lange geköchelt hatte.

Sie brauchten nicht zu sprechen, als Leonora ihn in ihr Schlafzimmer führte, weil ihrer beider Fantasien sich überlagerten, als hätten sie sich zahllose Male in einem Film gesehen, den sie selbst gemacht hatten.

❦

Als Victor zum ersten Mal wieder in die Wohnung kam, schloss Anthony sich in seinem Zimmer ein.

»Möchtest du nicht in den Zoo gehen?«, schrie Victor durch die massive Tür.

Keine Antwort.

»Danach gehe ich mit dir zum White Castle … da holen wir uns Hamburger mit Massen von gehackten Zwiebeln.«

Während er versuchte, Anthony zum Rauskommen zu bewegen, flüsterte er Leonora zu: »Ich habe mit Vater Bonneducci gesprochen. Er sagt, die Kirche ist nachgiebiger geworden, was Annullierungen angeht.«

Sie bedeutete ihm, von der Tür seines Sohnes wegzukommen. »Wie kann man eine Ehe annullieren, wenn es ein Kind gibt?«

»Das habe ich ihn auch gefragt. Aber wie Vater Bonneducci sagt, kommt das häufig vor.«

»Ein Kind wird einfach für null und nichtig erklärt?«

»Sag so was nicht.«

»Wie kannst du erwägen, ein Kind für null und nichtig zu erklären, angesichts der Tatsache, dass das Kind deiner Schwester gestorben ist?«

»Lass Bianca da raus.« Er ging hinter ihr her in die Küche. »Der Vater sagt —«

»Versteck dich nicht hinter ›der Vater sagt‹.« Leonora ist mit dieser Religion aufgewachsen, die für sich in Anspruch nimmt, der Weg zu Gott zu sein. Sie ist skeptisch gegenüber jeder Gruppe, die sich für überlegen hält, besonders gegenüber dem Katholizismus, der Priester als Werkzeuge anbietet, um die unreinen Teile der Seele bei der Beichte herauszuschneiden – das Abtöten deiner Sünden –, und ein Opfer verlangt. Aber für Leonora ist ein Opfer Gift: Es gibt sich als Gabe aus und ist vor lauter Widerstreben geronnen.

»Also, der Vater sagt …« Victor steckte sich zwei Finger

in den Kragen, zerrte an dem Stoff. »Der Vater sagt, wir können nicht in der Kirche heiraten, wenn –«

»Jetzt heiratest du den *Der-Vater-sagt*?«

»Sag so was nicht.«

»Deine Mutter wird glücklich sein. Ein Sohn im Klerus. Also … fast *im* Klerus.«

»Du weißt, was ich meine.«

»Dann *sag* den Namen der Frau, die du heiraten willst. Es sei denn, du schämst dich dieser Frau.«

»Jedenfalls, er kann … Elaine und mich nicht in der Kirche trauen, wenn ich geschieden bin. Weil er seinem Bischof gegenüber loyal ist.«

»Nicht Gott, sondern dem Bischof?«

»Sag so was nicht.«

»Und wo ist deine Loyalität, Victor?«

»Sag so was nicht.«

»Warum sagst du nicht dem *Der-Vater-sagt*, dass eine Scheidung wenigstens ehrlich ist. Weil anerkannt wird, dass da mal eine Ehe war.«

»Aber wenn wir sie annullieren –«

»Sie ist Teil meiner Geschichte, Victor, diese Ehe mit dir. Und ich werde froh sein, sie mit einer Scheidung zu beenden – glaub mir das –, aber ich werde nicht so tun, als hätte es sie nie gegeben.«

»Das bedeutet eine Annullierung gar nicht.«

»Was bedeutet denn eine Annullierung sonst?«

»Dass es … also, dass es nie richtig war …«

Sie spürte, wie sich ihre Arme anspannten, und als sie zu sprechen versuchte, wich er vor ihr zurück, als könnte er ihren Zorn fühlen.

»Nicht richtig in den Augen der Kirche«, sagte er schnell.

»Und in deinen Augen?«

»Frag das nicht.«

»War es in deinen Augen richtig, Victor?«

»Sie fragt, ob es richtig war.«

»Ja, weil *sie* – wenn du schon von mir in der dritten Person sprechen musst – wohl zu wissen verdient, ob es in den Augen *ihres* Mannes richtig war.«

»Ja.«

»Was ja?«

»Es war richtig.«

Sie reagierte nicht.

»Eine lange Zeit. In Ordnung?«

»Richtig in Ordnung?«

»Und jetzt ist es nicht mehr richtig.«

»Wie kannst du sie dann annullieren? Guck dir das Wort an. Annullieren. Entwerten. Nichtig machen –«

»Das ist nicht eins von deinen verdammten Kreuzworträtseln.«

»Zu schade. Die löse ich meistens. Null und nichtig machen. Ausstreichen. Verleugnen –«

»Es ist bloß ein Wort.«

»Ein Wort, ja. Das hat Judas auch geglaubt, und natürlich hat das zu einem Beutel voller Geld geführt, zu Halsschmerzen und Verrat.«

»Jetzt kommst du wieder mit deinen schrägen Bibelgeschichten. Hör zu, es ist mir schnurz, wie sie ihre Regeln einhalten, indem sie darum herumlavieren. Aber sie müssen das tun.«

»Warum müssen sie das tun, Victor?«

»Warum?« Er sah unglücklich aus.

»Ja, warum?«

»Weil … es diese Regeln seit Jahrhunderten gibt.«

»Und deswegen sagen sie uns, wir sollen eine Lüge leben, indem wir verleugnen, dass wir miteinander verheiratet waren? Was bedeutet das für unseren Sohn? Dass er unehelich ist?«

»Sag das niemals.«

»Sie fummeln am Leben der Menschen herum. Und an der Wahrheit. Siehst du das nicht?«

»Und was soll ich jetzt machen?«

»Geh zu Elaine. *Der-Vater-sagt* hat dir seinen Segen erteilt, sie zu ficken.«

⚘

»Wein oder Kakao?«, fragt sie James.

»Kakao.«

»Das dachte ich mir. Immer noch der Geschmack eines Jungen.«

»Wirklich.« Er macht ein missmutiges Gesicht.

»Im Bett hast du den Geschmack eines Mannes.«

»Erzähl mir mehr.«

Als sie aus der Küche kommt, mit seiner Tasse Kakao und ihrem Glas Wein – eine edle Flasche weißer Bordeaux, den sie für diesen Tag gekauft hat, nicht der Großmarkt-Chianti, den Victor von der Arbeit anschleppt –, hat James ihr Kissen am Kopfteil aus Ahornholz aufgebauscht, damit sie neben ihm im Bett sitzen kann. Er hat den Aschenbecher geholt – ein Werk Anthonys aus der ersten Klasse, Muscheln von den Bermudas, die auf eine Untertasse geklebt sind – und ihre Leselampe so ausgerichtet, dass seine flache Hand einen Schatten an die Wand wirft. Der Daumen ist aufgerichtet, der Zeigefinger gekrümmt, und wenn er den kleinen Finger auf und ab bewegt, wird der Schatten zu einem bellenden Hund.

»Lass das«, sagt Leonora scharf.

»Hat mir meine Grandma gezeigt.«

»Dir und Anthony.«

»Na und?«

»Du kommst mir dann …« Sie zündet sich eine Zigarette an, hält den Rauch so lange wie möglich inhaliert, um nicht

88

das zu sagen, was sie ohnehin sagen wird. »Es erinnert mich daran, dass du dem Alter nach meinem Sohn viel näher bist als mir.«

»Soll ich lieber eine Schattenkatze machen?«

»Du kapierst es nicht.«

»Nein, ich verstehe es nur zu gut.« Er trinkt aus ihrem Glas. »Geschmack eines Jungen, meine Fresse.«

»Heißt das, dass ich jetzt deinen Kakao trinken muss?«

»Es heißt, dass ich beides kriege.« Er lacht. Macht es sich in den Kissen bequem, erzählt ihr von dem Restaurant, das er in Southampton aufmachen möchte: »Französische Küche. Einer meiner Freunde von der Arbeit, ein Koch aus Paris, steigt mit ein.«

Großartige Pläne. Wie immer. Es ist unmöglich, sich zu merken, wo James gewohnt hat, während er dies oder das gemacht hat, und Leonora hat es aufgegeben, die Dinge, die James gemacht hat, von denen zu trennen, die er machen möchte. Die meisten von Anthonys kleinen Freunden haben diese Unterscheidung zwischen Fantasie und Wirklichkeit gemacht, aber bei James vermischen sie sich noch. Doch es ist genau diese Eigenschaft, die James sicher macht. Weil Leonora sich nie in Liebe zu ihm verlieren wird. Mit das Beste an ihrer Affäre ist, dass sie zeitlich begrenzt ist.

James reibt seine Füße an ihren rauen Sohlen.

»Und was machst du jetzt?«

»Du hast Schwielen.«

»Und wie.« Sie hockt sich neben ihn. Fährt mit der Zunge in die Kuhle an seinem Schlüsselbein. Schmeckt das Salz von frischem Schweiß.

Er hält den Atem an. Murmelt: »Schwielen …« Ohne die Überzeugung von eben.

»Plus, ich bin tausend Jahre älter als du.«

»Gut.«

Sie folgt seinem Geruch über seinen Bauch, umgeht aber

die Lenden, neckt ihn, obwohl er sich ihr entgegenwölbt. Dann begutachtet sie seine Füße, sie sind weich und schmal mit langen Zehen. Haarlos. Victor hat kurze Zehen mit dichten Haaren, rissige Sohlen, die er mit Vaseline einreibt und mit losen Socken bedeckt, die er im Bett trägt, um keine Flecken in die Bettwäsche zu machen.

»Du hast die Füße eines Kleinkinds«, erklärt sie James. »Du *bist* ein Kleinkind.«

»Meine Großmutter hat mir immer teure Schuhe gekauft … nie zu eng.«

Nachdem Victor ausgezogen war, fand sie einen seiner Socken unter dem Bett, noch von seinem Fuß geformt, und sie spürte abrupt den Verlust, als geschähe er in diesem Augenblick. Obwohl sie mit Victor fertig war, seit jenem Nachmittag im letzten Februar, als Anthony an seinem Schreibtisch Hausaufgaben machte und sie aus dem Zimmer ging, um in der Küche das Telefon abzunehmen.

❧

Eine Frauenstimme, tief, fast wie die eines Mannes. »Ich würde Sie nicht anrufen, wenn ich nicht so besorgt um meine Schwester wäre.«

»Ihre Schwester? Wer —«

»Elaine. Sie kennen sie nicht. Aber Ihr Mann kennt sie. Und ich kann es nicht länger mit ansehen. Wie sie darauf wartet, dass Sie ihn gehen lassen.«

Leonoras Gesicht fühlte sich kalt an. Das Telefon fühlte sich kalt an. Und ihre Hände um den Hörer fühlten sich kalt an. Es war die vertraute Kälte, ihr eigen in Notfällen, die alles verlangsamte und erstarren ließ, damit die Panik nicht an sie herankam. Leonora liebte diese Kälte. Liebte die Isolierung. Die Klarheit. Liebte es, dass sie sich darauf verlassen konnte, dass diese Würde für sie da war. Und innerhalb dieser Kälte wusste sie, dass die Frau die Wahr-

90

heit sagte. Nicht, weil Leonora Victor nicht traute – es war komplizierter, hatte mit Bestrafung zu tun. So vieles hatte sich wie Bestrafung angefühlt seit Biancas Tod. Bestrafung der Mutter, die kein Kind verloren hatte. *Wenigstens kein schon geborenes Kind. Nachdem dir das erspart geblieben ist, bist du bereit, fast alles aufzugeben, selbst deinen Glauben an deinen Sohn. Und stattdessen mit einem Maß an Misstrauen zu leben.*

Nicht, dass jemand Anthony die Schuld gegeben hätte.

»Der arme Junge ...«, hatten sie geflüstert.

»Das Mädchen wollte Superman sein.«

»Sprich mit mir, Anthony.«

»Du konntest nichts tun, um Bianca davon abzuhalten.«

»Zeuge ihres Sturzes zu sein ...«

»Sie hatte immer versucht zu fliegen.«

»Du musst etwas essen.«

»... so entsetzlich für ihn.«

Sogar Floria, verstört von Trauer, sagte: »Lasst ihn in Ruhe. Er soll das nicht noch einmal durchmachen.«

Nachdem dir der Verlust deines schon geborenen Kindes erspart geblieben ist, bist du sogar bereit, deinen Mann herzugeben. Absicherung gegen weitere Verluste.

»Mrs. Amedeo?« Tiefe Stimme. Zögernde Stimme. »Es tut mir Leid, dass ich diejenige bin, die –«

»Erzählen Sie mir von Ihrer Schwester«, sagte Leonoras kalte, langsame Stimme.

»Sie lieben sich. Sie wollen zusammen sein. Nur dass Vic sagt, Sie wollen nicht in eine Scheidung einwilligen.«

»Seit wann sind ... Vic und Ihre Schwester ein Liebespaar?«

»Seit etwas über einem Jahr.«

»Welcher Monat?« Leonora musste wissen, ob es vor oder nach Biancas Tod angefangen hatte.

»Warum wollen Sie –«

»In welchem Monat hat es angefangen?«

»Im Januar.«

Vor einem Jahr und einem Monat … kurz nachdem wir Bianca beerdigt haben. Victor geht allein zur Beerdigung, vertritt uns drei, weil wir nicht wollen, dass Anthony den Sarg sieht. Ich bleibe den ganzen Tag bei ihm, gehe mit ihm ins Museum of Natural History. In den Wochen danach versuche ich andere Dinge mit ihm zu unternehmen, die normal sind. Ein Film im Paradise: Abbott and Costello Go to Mars. *Gehe mit ihm in die Bibliothek in der Bainbridge Avenue. Lade Kevin und Schnurrbart-Sheila zu Jahn's ein, wo wir unter einer bunten Glaslampe sitzen und Banana Splits essen. Und dann – eines Abends spät – lache ich, lache plötzlich, weil Victor nach Hause kommt und sich den Bart abrasiert hat. Schäme mich wegen Bianca, dass ich lache, aber lache weiter, weil mir das Lachen das Gefühl gibt, lebendig zu sein. Sage zu Victor, dass ich ihn nicht erkannt hätte, wenn ich ihm auf der Straße begegnet wäre. Wo sein Kiefer vorher von dem Bart kantig gerahmt war, hat er jetzt ein rundes, blasses Kinn. Aber wenigstens hat er kein fliehendes Kinn, obwohl ich ihn einmal damit gehänselt habe:* »Hast du deswegen einen Bart?« *Ein Tal zwischen Oberlippe und Nase, ziemlich ausgeprägt. Ich reibe meine Wange an seiner, necke ihn.* »Als hätte ich einen anderen Mann. Wie sicher … eine Affäre innerhalb unserer Ehe.« *Sein glattes Gesicht an meinem erinnert mich an meinen ersten Kuss – Stevie Klein in der Highschool –, und ich habe ein vages Gefühl von Untreue. Aber es ist ein Grad von Untreue, den ich aushalten kann. Genießen sogar. Aber Victor entzieht sich meiner Umarmung, verweigert sich, als ich ihn verführen will. Ich ziehe mich zurück, denke, dass ich warte, bis er sich einen neuen Bart wachsen lässt, denn das ist der Mann, den ich kenne. Nicht dieser Fremde, dessen glattes Gesicht ihn ausweichend, schwer fassbar macht. Ihn zu Vic macht.*

Dessen Zurückhaltung nichts mit Leonoras Begierde zu tun hatte, sondern mit dieser Elaine, die entweder eine Schwester hatte oder am Telefon so tat, als wäre sie ihre eigene Schwester. In dem Fall war Leonora beeindruckt von Elaines Bereitschaft, für Victor zu kämpfen, war sie selbst doch nicht im mindesten bereit, für ihn zu kämpfen. »Sie mögen wohl keine Bärte?«, fragte Leonora sie.

»... Nein. Aber was hat das mit —«

»Wann treffen sie sich, Ihre ... Schwester und Vic?«

»Donnerstags. Donnerstagabends.«

Donnerstags. Diese Abende, die Victors Woche aufteilen. Abende, an denen er Listen für die Tage vorbereitet, an denen er am meisten zu tun hat — Samstage und Sonntage.

»Und normalerweise montags. Zum Mittagessen.«

»Natürlich.« *Montags. Sein einziger freier Tag. Der Tag zum Besorgungenmachen.*

»Und was wollen Sie von mir?«

»Ich will es Ihnen nur sagen.«

»Ja.«

»Damit Sie Bescheid wissen.«

»Ja.«

»Und um herauszufinden, ob Sie bereit sind, Vic gehen zu lassen. Oder ob er lügt.«

»Vic lügt nie. Glauben Sie mir.«

»Er möchte mit ihr zusammen sein.«

»Mit Ihrer ... Schwester, ja. Das haben Sie mir jetzt gesagt. Und Sie? Was möchten Sie selbst?«

»Ich bin ihre Schwester.« Die Stimme, jetzt höher. »Und ich möchte das Beste für sie, aber ich bin besorgt —«

»Mein Herz blutet für Sie.«

»Ich bin besorgt um —«

»Besorgt um Elaine. Außer sich wegen Elaine. Verzweifelt. Beunruhigt. Aufgewühlt —«

»Er hasst es, wenn Sie so mit Worten spielen.«

»Hat er das Ihnen gesagt? Oder Ihrer Schwester?«

»Ich muss Schluss machen.«

»Sie haben Ihre Fragen gestellt. Haben Sie jetzt die Höflichkeit, meine zu beantworten. Wie haben Sie und Victor sich kennen gelernt?«

Pause. Länger als eine Minute. Aber sie war noch dran. »Bei einem Essen, das er ausgerichtet hat, da ... da, wo Elaine arbeitet.«

»Wie hat es zwischen Ihnen angefangen?«

»Ich kann nicht.«

»Wie hat es angefangen?«

»Fragen Sie ihn.« Und sie war weg, Elaine oder Elaines Schwester.

Leonora legte den kalten Hörer auf. Steckte die Hände zum Wärmen in die Achselhöhlen. Nahm den Hörer wieder auf und rief Schnurrbart-Sheila an. »Kann Anthony heute bei Kevin übernachten?«

»Sicher. Was ist los?«

»Etwas, das Victor und ich erledigen müssen.«

»Du klingst nicht gut. Bist du —«

»Ich kann nicht darüber sprechen, Sheila.«

»Schick Anthony rüber. Jederzeit. Hörst du?«

Den dünnen Hals über das marmorierte Schreibheft gebeugt, saß Anthony auf seinem Bett neben seinem Lieblingsspielzeug, Robert dem Roboter, silbergrau, mit Rädern und Armen, die sich bewegen ließen.

»Du solltest an deinem Schreibtisch sitzen«, ermahnte Leonora ihn, »sonst verdirbst du dir die Augen und bekommst einen krummen Rücken.«

Ohne sie anzusehen, rutschte er vom Bett.

»So wichtig ist es nicht«, sagte sie, sie konnte seinen Gehorsam nicht ausstehen. »Du kannst auf dem Bett sitzen bleiben.«

Er hielt inne. Sein Blick sprang von seinem Bett zu Leonora, dann wieder zum Bett, und als sie seine Wange berührte – das Dreieck seiner mageren Wange –, zuckte er zusammen, sagte aber nichts. Er hatte versucht, mit Schul-

94

terzucken und Nicken durchzukommen. In der Schule
kam er im Schriftlichen gut zurecht. Deshalb versuchten
die Nonnen nicht allzu sehr, ihn zum Reden zu bringen.
»Wir haben noch andere Kinder, die so schüchtern sind wie
Ihr Anthony«, versicherten sie Leonora.

»Aber vorher war er nicht so«, sagte sie dann. Was sie
den Nonnen nicht erklären konnte, war, wie er sich in der
Erinnerung an die fallende Bianca verfangen hatte, wie er
die Erinnerung in einem so engen und kleinen Raum weg-
geschlossen hatte, dass der Rest von ihm nur noch mürbe
und leicht zu zerdrücken war.

Leonora wusste, wie das war, weil sie einen ähnlich engen, kalten Raum in sich trug. Seit ihrer Kindheit. Nur war
dieser Raum in ihr nach und nach immer enger geworden,
während für Anthony im Moment von Biancas Sturz alles
auf einmal passiert war, und er hatte noch nicht gelernt, den
Raum zu seinem Schutz zu benutzen, so wie sie es jedes
Mal getan hatte, wenn ihr Vater die Fäuste hob. *Vierundfünfzig Tage in meinem Leben. Mit großen Abständen dazwischen.
Vier Jahre lang. Dann nicht so große Abstände. Du zählst sie.
Vermerkst sie hinten in deinem Fotoalbum. Ein flacher Strich für
jeden. Vierundfünfzig Tage der Fäuste, ohne Vorwarnung. Und
die Angst, die bei Beginn jedes Tages auf dich wartet* – »Wenn du
was sagst, dann kriegst du es erst recht« –, bis dein Vater stirbt.

Nicht jetzt. Sie küsste ihren Sohn oben aufs Haar. *Denk
jetzt nicht daran.* »Weißt du was?«, sagte sie. »Kevins Mom
sagt, du kannst heute bei ihnen übernachten.«

Anthony verschränkte seine mageren Arme.

»He … du magst Kevin. Er ist dein bester Freund.«

Er nickte.

Wenn sie wüsste, wie sie den kalten, engen Raum in ihm
aufbrechen könnte, ohne den Rest von ihm zu verletzen,
hätte Leonora es getan. So überredete sie ihn sanft. »Nimm
deine Schulsachen mit.«

Er legte seinen Bleistift in seinen Davy-Crockett-Stifte-kasten und schob den Holzdeckel zu.

»Schlafanzug. Anziehsachen für morgen. Möchtest du etwas essen, bevor du gehst?«

Er blinzelte, als wäre er unfähig, sich zu entscheiden.

In letzter Zeit hatte sie abgewartet, bis er seine Wahl ge-troffen hatte, aber heute drängte sie ihn. »Ich mache dir ein Salamibrot, während du deine Sachen packst.«

Er verzog das Gesicht, als wäre Essen widerwärtig, eine Verpflichtung, die ihn zu einem Gefangenen bei Familien-mahlzeiten machte. Wenn sie bedachte, wie gern er früher gegessen hatte, doch jetzt interessierten ihn nicht einmal mehr Süßigkeiten. Süßigkeiten und Wörter.

»Du isst nicht genug. Siehst du, jetzt höre ich mich an wie deine Tante Floria.«

Trotzdem aß er nicht, und als er gegangen war – er ging nur widerstrebend, sehr widerstrebend –, machte sich Leonora ein Bad. Wusch sich die Haare und trocknete sie, ließ sie auf die Schultern fallen. Während die ganze Zeit ihr Herz – langsam und kalt – in ihrer Brust schlug. Sie malte sich eine dünne schwarze Linie über die Augenlider, als machte sie sich fertig, um downtown in eine Show zu gehen. Sie tuschte sich die Wimpern, malte sich die Lippen dunkelrot an, knöpfte sich das Seidenkleid zu, das Floria für sie genäht hatte, und als sie sich ins Wohnzimmer setzte, mit Blick zum Flur, sah sie sich selbst wie auf einer Bühne – eine Frau, die auf ihren untreuen Ehemann wartet –, und sie konnte das Drama würdigen, sowie das Potenzial für ein noch größeres Drama. Denn das erwartete sie in dem Mo-ment, wenn der Vorhang sich hob: Drama mit Kulissen und Kostüm, Drama bei den ersten Worten. Sie wollte von dem Drama auf die Bühne getragen werden, bis sie ganz Teil des Dramas war, vergaß, dass sie in einer dunklen Reihe saß.

Sie wollte, dass es ganz wirklich war.

So wirklich wie Victors überraschter Ausdruck, als er hereinkam und sie sah, fein gemacht und ruhig.

»Hallo«, sagte er aufgeräumt und verhielt sich so, als wäre nichts Ungewöhnliches daran, dass sie ihn so erwartete.

Sie betrachtete sein nacktes Gesicht – betrachtete es unverwandt, feierlich – und fühlte sich ohne Worte ausdrucksstark.

»Wie war dein Tag, *mia cara*?«, fragte Victor.

»Wo ist Anthony?«, fragte Victor.

»Wahrscheinlich bei Kevin. Stimmt's?«, fragte Victor und spielte weiter seine Rolle.

Sie überlegte, ob es für Anthony auch so war, wenn er nicht sprach. Sie alle mit Wörtern um sich herumtanzen zu haben? Ganz und gar nicht schlecht. Eine gewisse Macht, ein Vergnügen sogar, lag darin, den anderen das mit den Wörtern zu überlassen.

»Ich verstehe. Du hattest heute Abend keine Lust zu kochen?«, fragte Victor.

»Gehen wir zum Essen aus?«, fragte Victor.

»Erzähl mir von Elaine«, sagte sie ruhig.

Sein Gesicht verzerrte sich. War aschfahl. Erschrocken. »Was meinst du damit?«

In dem Moment lernte Leonora warten. Lernte alles, was eine Frau, die so zappelig war wie sie, in einem ganzen Leben über das Warten lernen musste. Während ihr Mann seine linke Manschette aufknöpfte. Während er sie zweimal umkrempelte. Während er mit der anderen anfing. Während sie eine Fluse auf dem Teppich bemerkte.

Langsam ließ Victor sich auf dem Stuhl nieder, der am weitesten von ihr entfernt war.

Sie zählte die Bilderrahmen, die an der Wand hinter ihm hingen: fünf.

Zählte die Gesichter der Familie auf dem Foto von Anthonys Erstkommunion: zehn.

Zählte die Nägel in dem Fadenbild von dem Segelschiff: vierundsiebzig.

Sagte: »Ich weiß, Vic.« Und spürte, wie er kämpfte. Sich wehrte. Aber sie zog ihn hinein. Fühlte sich stark und schön und kalt, als sie ihn hineinzog. »Ich weiß das von dir und Elaine.« Sie war – auf der Bühne und im Zuschauerraum – beide, sie war und beobachtete diese Frau, die so außerordentlich ruhig wirkte; die Frau, deren schwarzes Haar ihren dünnen Hals umrahmte; die ihren Mann nicht direkt ansah; deren Augen den Weinranken und Blättern auf dem Teppich folgten, den Weinranken nach draußen folgten, zur Feuerleiter, an den Wäscheleinen entlang und wieder hinein, an den Wänden entlang und zu den Bilderrahmen über ihm. Fünf. »Aber ich möchte von dir etwas über sie hören, Victor.«

Sie zog ihn noch weiter hinein, bis seine Wörter zwischen ihnen auf den Boden klatschten und zu dickem Eis gefroren, so dick, dass es ihn daran hinderte, sie zu erreichen, und so dünn, dass jedes Überqueren gefährlich war. Sie ließ ihn sprechen. Die Gewohnheit der Beichte. Sünden gegen Absolution einzutauschen. Saß so still wie der Priester im Beichtstuhl, verbarg alle Empörung, alle Traurigkeit, alle Wut, und immer wenn Victor zögerte, sagte sie: »Ich weiß«, und drosch auf ihn ein mit ihrem brutalen Schweigen, bis er sagte, Elaine habe ihn verführt.

»Oh, bitte«, sagte Leonora.

»Ich schwöre dir, ich wollte nicht, dass es zu Sex kam.«

»Was hast du denn geglaubt, wozu es kommen würde? Zum Radschlagen? Purzelbaumschlagen?«

»Es ist die Wahrheit. Sie hat mich verführt.«

»Und du hast stillgehalten, während sie dich verführt hat. Natürlich. Was hättest du auch sonst tun können? Das war beim ersten Mal, richtig? Erzähl mir doch, wie oft hat sie dich im Laufe der Monate verführt?«

»Ich mache mit ihr Schluss.«

»Tu es nicht für mich.«

»Was sagst du da?«

»Dass du auf dich gestellt bist. Dass du mich schon verlassen hast«, sagte sie und war benommen vor unendlicher Einsamkeit. »Hab wenigstens den Anstand zuzugeben, dass du an der Affäre beteiligt bist. Nicht, dass Anstand dabei eine Rolle spielte.«

»Es tut mir Leid. Wirklich. Ich will uns. Dich und mich und Anthony.«

»Und Elaine. Und Elaines Schwester.«

»Sie hat keine Schwester.«

»Richtig.« Leonora fühlte sich an einen Dokumentarfilm erinnert, den sie einmal über einen Nachmittag in einer Ehe gesehen hatte. Die Unterhaltungen zwischen der Frau und dem Mann waren bizarr – das unablässige Bohren in den Gedanken des anderen, ihr kleinliches Gerangel um die Zuneigung ihrer fünf Hunde, ihre ungeschickte Zusammenarbeit beim Aufräumen der verdreckten Küche –, aber nachdem Leonora aufgehört hatte, sich zu wundern, warum die Leute den Regisseur in das private Durcheinander ihres Lebens hineingelassen hatten, wurde ihr bewusst, dass für die beiden das alles normal war, und wenn der Regisseur irgendwelchen anderen zwei Menschen folgen würde, die sich nahe standen – Victor und ihr folgen würde –, nur für ein paar Stunden, würden auch sie bizarr erscheinen: die Dinge, die sie im Privaten taten, wie sie im Privaten sprachen, die Wörter und die Gesten und die Gewohnheiten. Nur dass die meisten Menschen so klug waren, das nicht einem Regisseur vorzuführen. Dennoch bestand die Wirkung des Films für Leonora darin, dass sie erstaunt darüber war, was die Menschen für normal hielten, denn für diese Frau und diesen Mann war das, was sie über sich enthüllt hatten, keineswegs bizarr. Zumindest nicht halb so bizarr wie dieses Gespräch mit Victor.

Noch nicht einmal zehn Prozent so bizarr wie Victor fragen zu hören: »Willst du, dass ich Elaine jetzt anrufe? Und ihr sage, dass ich sie nicht mehr sehen werde? Das tue ich. Wenn du das willst. Ich rufe sie jetzt direkt an. Um dir zu beweisen, dass ich mit ihr Schluss mache.«

»Erwartest du, dass ich ein Telefongespräch als Beweis akzeptiere? Nachdem du mich ein Jahr und einen Monat lang belogen hast?«

Seine Lippen bewegten sich, als würde er rechnen.

»Wie vielen Verführungen warst du in einem Jahr und einem Monat ausgeliefert?«

Er griff nach dem Telefonhörer. »Du kannst mithören, was ich ihr sage.«

»Das würdest du ihr antun? Dass deine Ehefrau zuhört, wenn du dich von deiner Geliebten trennst? Meinst du nicht, sie hat etwas Besseres verdient?«

Victor starrte sie an.

»Hab wenigstens den Mumm, es ihr persönlich zu sagen. Du kannst nicht jemanden ficken −«

»Ich hasse es, wenn du dieses Wort benutzt.«

»Und ich hasse es, wenn du dieses Wort mit einer anderen *tust.*«

»Es tut mir Leid. Ich habe gesagt, es tut mir Leid.«

»Du kannst nicht jemanden ein Jahr und einen Monat lang ficken und dann am Telefon Schluss machen.«

»Du schickst mich zu ihr zurück?«

»Hast du Angst, sie verführt dich wieder?«

❧

Leonora fährt mit den Fingern durch James' Haar − so lockiges Haar, dass ihre Finger sich darin verfangen −, dann seine Wirbelsäule entlang, über seinen Hintern, der flacher ist als Victors. Als sie fester drückt, spürt sie, wie er sich vor Lust windet. Wenn sie nicht mit James zusammen ist, denkt sie kaum an ihn.

»Was ist zwischen dir und Mr. Amedeo passiert?«

Einen Moment lang denkt sie, er meint Victors Vater; dann wird ihr klar, dass er Victor meint. »Welchen Namen habe ich, wenn du an mich denkst?«, neckt sie ihn. »Mrs. Amedeo?«

»Leonora. Ich habe immer an dich als Leonora gedacht, wenn ich mir vorgestellt habe, dass ich dies mit dir tue.«

»Gute Antwort … Ich sage dir, was zwischen mir und Mr. Amedeo passiert ist. Eine andere Frau ist in unsere Ehe getreten.«

James lachte.

»Das ist nicht komisch gemeint.«

»Aber wie du es gesagt hast. Als hättest du sie in deine Ehe eingeladen.«

»Weit davon entfernt.«

»Weißt du, was schön ist?«

»Sag's mir.«

»Dass wir uns gegenseitig benutzen, ohne so zu tun, als wäre es etwas anderes.«

»Ich benutze dich nicht. Ich halte nichts davon, jemanden zu benutzen. Und ich —«

»›Benutzen‹ ist das falsche Wort. Ich meine —«

»Ficken?«

»Ja … ficken.«

»Dass wir miteinander ficken, ohne so zu tun, als wäre es Liebe … das gefällt mir.«

❧

Sie haben es wirklich versucht, sie und Victor. Mit ihrer Ehe versucht, nachdem er Elaine verlassen hatte. Versucht, mehr zusammen zu sein. Versucht zu sprechen und versucht zuzuhören. Aber Leonora machte den Fehler, dass sie verstehen wollte – nicht nur, warum Victor untreu gewesen war, sondern auch, wie ihre eigene Entscheidung aussehen würde. Deshalb ermutigte sie ihn, sie in seine Träume, seine Fantasien mit hineinzunehmen. »Keine Geheimnisse zwischen uns, Victor. Keine Lügen.«

Und er machte den Fehler, sie zu seiner Vertrauten zu machen. Alles der Ehrlichkeit zuliebe. Auch weil sie die Einzige war, mit der er über Elaine sprechen konnte.

Sie verbarrikadierte ihre Eifersucht in ihrem kalten, ruhigen Herzen; zuckte nicht, wenn er ihr gestand, wie oft er an Elaine dachte; wurde Zeugin seines bohrenden Schmerzes, als er den Namen seiner Geliebten laut sagte: *Elaine;* verstand, dass er diese Erregung spüren musste, wenn er laut den Namen sagte: *Elaine.* Denn so war es auch für sie gewesen, als sie angefangen hatte, Victor zu lieben: den Klang seines Namens zu kosten, *Victor;* jemanden zu brauchen, der den Klang mithörte: *Victor.*

Er bot ihr mehr, als sie wollte: wie er sich vorstellte, dass Elaine genau in dem Moment an ihn dachte, wenn er an sie dachte –

»Und was dachte?«

– wie er geträumt habe, dass Elaine an der White Plains Road vor ihm in die El gestiegen war, als es regnete.

»Hat sie sich nach dir umgedreht?«

– und dass er ihr gefolgt sei, ohne dass sie es gemerkt hatte, zum Bahnhof Crotona Park und von dort zu ihrer Wohnung –

»Wie sieht sie aus, ihre Wohnung?«

– mit den grünen Küchenschränken und dem lila Teppich, lila Blätter auf Lila, und dass sie noch nicht richtig in der Wohnung waren, als sie sich schon zu lieben begannen –

»Ficken«, sagte Leonora. »Das ist nicht Liebe.«

– in ihren nassen Sachen, an die Tür gelehnt –

»Du hast nichts ausgezogen?«

– und wie er sich vorgestellt habe, dass er das Hemd auszog und Elaine das Grübchen an seiner Schulter küsste und –

»Du hast kein Grübchen an der Schulter«, flüsterte sie, harsche Wut in der Kehle.

»Doch, habe ich.«

»Nein.«

»Doch.« Er zeigte steif auf seine rechte Schulter. »Hier«, sagte er.

»Ich wüsste es doch, wenn du ein verdammtes Grübchen an deiner verdammten Schulter hättest.«

»Möchtest du es sehen?«

»Verschon mich.«

Weil er das Ehegelöbnis, das ihr heilig war, zerstört hatte, stellte sie seinen Glauben in Frage, seine Beziehung zu seinem Gott, und versuchte, das zu zerstören, was ihm heilig war. Wann immer er sich aus diesen schonungslosen und merkwürdigen Gesprächen herauswand, erinnerte sie ihn daran, dass sie lieber wissen als spekulieren wollte. Was sie so untereinander schufen, war eine gierige und albtraumhafte Ehrlichkeit. Tage und Stunden verbrachten sie damit, diese Ehrlichkeit mit ihrem Schmerz zu nähren, mit der Befriedigung, dass sie ihre Ehe am Leben erhielten, bis die Ehrlichkeit so massiv geworden war, dass sie nach mehr verlangte.

☙

»Ich bin verrückt nach deinem Körper«, sagt James zu ihr.

Er ist wirklich verrückt nach ihrem Körper. Er hat es ihr gesagt. Viele Male. Leonora glaubte anfangs, er sage das einfach deshalb, weil manche Männer glauben, sie müssten einer Frau sagen, sie liebten sie, sobald sie die Hände in ihrer Wäsche haben. Nicht, dass sie viel Erfahrung gehabt hätte, aber sie liest genug, um zu wissen, dass James in der Tat verrückt nach ihrem Körper ist.

»Du bist fantastisch im Bett«, sagt er, als er rittlings auf ihr sitzt. »Ich war nie mit einer Frau zusammen, die Sex so gern hat wie du.«

Einen Augenblick lang ist sie beschämt. *Unersättlich.* Sie möchte nicht unersättlich sein, wenn es um Essen oder Sex geht.

Doch James drängt schon in sie hinein. »Bin ich der beste Liebhaber, den du je hattest?«

»Der beste«, sagt sie und beschließt, dass nicht einmal Scham sie ablenken soll, als sie dem Drängen zwischen ihnen nachgibt.

⚹

Als Victor an jenem Morgen kam, um Anthony abzuholen, trug er einen Smoking und war mit einem Hoffman-Soda-Karton beladen. »Guck, was ich dir heute mitgebracht habe.«

»Ich kann es nicht glauben, dass du an deinem Verlobungstag Lebensmittel für mich anschleppst.«

»Ich habe dir Schokoladen-Doughnuts von Dungan mitgebracht und eine Butterschale und –« Wenn sie ihn nicht davon abhielt, dann würde er jeden Tag bei der Arbeit zwei Kartons packen, einen, den er ihr vorbeibrachte, und den anderen, den er mit nach Hause zu Elaine nahm. »Warum, Victor?«

»Weil wir eine Butterschale brauchen.«

»Wir?«

Er sah sich in dem Zimmer um, als wollte er sich versichern, dass sie die Möbel nicht umgestellt hatte, ohne ihn zu fragen. Sie bekam dadurch Lust, die Couch ins Badezimmer, das Bett mitten ins Wohnzimmer zu zerren. Nur damit er verunsichert wurde.

»Anthony ...«, rief sie.

Er machte die Tür auf, als hätte er die ganze Zeit dahinter gestanden; er hatte einen neuen Anzug an, dazu die schwarzen Schuhe, die Victor für ihn gekauft hatte.

»Dein Vater ist so weit.«

»Ich bringe ihn dir am frühen Abend zurück, wenn du einverstanden bist«, sagte Victor, aber er wartete, als hoffte er, sie würde ihn daran hindern, mit diesem Unsinn fortzufahren. Der Kragen seines neuen Hemds scheuerte an der Haut, drückte eine Rille in seinen Hals.

Sie verspürte ein seltsames Gefühl von Endgültigkeit, eindeutiger als an dem Tag, als er ausgezogen war. Die Schläfen taten ihr davon weh, und sie presste die Fingerspitzen darauf.

»Wieder Migräne?«, fragte Victor.

»Du kannst nichts dagegen tun.«

»Also ...« Das nervöse kleine Grinsen trat in sein Gesicht, das Grinsen, das sie charmant gefunden hatte, als sie sich kennen lernten.

»Denk gar nicht dran.«

»Also dann ...« Er zauste Anthony die Haare.

Aber der riss den Kopf zur Seite. Er war normalerweise gereizt, bevor Victor ihn abholte, und wütend, wenn er wieder zu Hause war.

»Was hast du dem Jungen über mich erzählt?«, hatte Victor sie gefragt. »Er ist zufrieden, wenn er bei mir ist, und ich verstehe nicht, warum er zwischen den Besuchen so verschlossen ist, warum er sich weigert, mit mir am Telefon zu sprechen.«

»Gib nicht mir die Schuld«, hatte sie gesagt. »Er macht seine eigenen Beobachtungen.«

An einem Nachmittag im letzten Monat, als sie den Bus genommen hatte, um Anthony von Victors winziger Wohnung am Westchester Square abzuholen, saßen die beiden vor dem Haus auf den sonnigen Stufen; Victor hatte die Arme lose um Anthony gelegt, der mit dem Rücken zu ihm saß. Victors linke Hand lag auf Anthonys Brust, und Leonora wünschte sich, die beiden würden diese Berührung im Gedächtnis bewahren, Victors Hand auf Anthonys Brust, einfach so, und sich die Berührung in Erinnerung rufen, wann immer sie einander vermissten.

»Also dann …«, sagte Victor noch einmal und fuhr sich mit der Hand über das Kinn, als suchte er nach seinem verlorenen Bart. »Anthony, wir beide sollten uns besser auf den Weg machen.«

Als Leonora sich vorbeugte, um ihren Sohn auf die Wange zu küssen, empfand sie ein gewisses Maß an Befriedigung, dass er vor *ihrer* Berührung nicht zurückschreckte und dass Victor das bemerkte. »Ich wünsche dir einen richtig guten Tag mit deinem Dad«, sagte sie zu ihm, als wäre es ein regulärer Besuch, als wäre sie nicht um ihn besorgt. Wenigstens hatte ihr Schwiegervater ihr versprochen, sich zu Anthony zu setzen. Und es gab noch andere in der Familie, Belinda eingeschlossen.

Sie horchte auf die Schritte der beiden im Flur, auf der Treppe, bis sie nichts mehr hören konnte. Mit geschlossenen Augen rieb sie sich die Schläfen. Ein Orgasmus war die beste Medizin bei Migräne, aber James arbeitete noch, und zum Masturbieren hatte sie keine Lust. Sie war rastlos. Suchte nach einer Beschäftigung, bis er kam, damit sie nicht an Victor und Elaine denken musste. Sie drehte das Radio an, feilte sich die Nägel, blätterte durch alte Hefte von *Look* und *Good Housekeeping*, und als sie auf Anleitungen für dekorative Tafelaufsätze stieß, beschloss sie, den absurdesten zu machen, einen essbaren Korb.

Bei Russ auf der 183sten Straße kaufte sie das Gemüse,

das sie brauchte, dann kaufte sie eine Packung Pall Mall im Süßwarengeschäft. Als sie die Straße überquerte, sah der alte Schneider im Fenster bei Koss von seiner Nähmaschine auf. Im Hebrew National Deli stellte sie sich für ein Roggensandwich mit Pastrami und einen Dr.-Brown's-Sprudel an, den sie trank, während sie an ihrem Küchentisch arbeitete und Teigstränge zu einem Korb flocht. Aber sie hatte keine Lust, das Sandwich zu essen, weil sie an dem Teig naschte. Wie Anthony zog sie rohen Teig jedem Gebäck vor, mochte es, wie der Teig in ihr anschwoll wie ein Licht und sich ihren Formen anpasste, ohne dass sie ein Völlegefühl hatte.

Während der Korb im Ofen war, nahm sie das Nudelholz und rollte rote und gelbe Paprika flach, aus denen sie mit Keksformen Blumen ausstach. Sie schnitzte Radieschenrosen, modellierte Stiele aus Spargelstangen und Blätter aus Erbsenschoten. Ihre Farne waren Frühlingszwiebeln und Stangensellerie, die in lange Streifen geschnitten wurden, und sie arrangierte sie gerade um die Blumen in dem warmen Korb, als James an der Tür klingelte. Sie warf einen letzten Blick auf ihr Werk, ungläubig staunend. Nichts war, was es schien: Ihr geflochtener Korb war nicht Rattan, sondern Teig, und ihre Blumen waren keine Blumen, sondern Gemüse. Insgesamt sah ihr Tafelaufsatz genauso aus wie in der Zeitschrift: falsch.

❦

Als sie die Innenseiten von James' Oberschenkeln streichelt, bäumt er sich zu ihr hin. Sie ist erstaunt, dass ihr Sex ohne Liebe möglich ist. Erstaunt und ein bisschen selbstgefällig. Ein weiterer Vorteil der vielen Orgasmen ist, dass sie kaum Migräneanfälle hat.

Er berührt ihre linke Augenbraue mit dem Ringfinger. »Woher hast du das?«

»Ich bin damit geboren.«

»Sieht fast so aus, als hätte dich der Blitz dort getroffen.«

»Der Blitz …« Sie lächelt. Sieht sich selbst *still unter einem Baum stehen, als der vom Blitz gespalten wird. Sie bleibt unversehrt – die einzige Veränderung ist ihre Augenbraue. Wie das Erkennungszeichen des Blitzes. Tochter des Blitzes. Der Blitz selbst. Schnell und heiß und mächtig.* Als Kind hat sie immer die linke Gesichtshälfte vom Fotoapparat ihrer Mutter weggedreht, um diese Augenbraue zu verstecken, die fast ganz weiß war, bis auf ein paar schwarze Haare, da, wo sie begann. Aber Victor liebte die, wie er sagte, helle Seite ihres Gesichts, und dann liebte auch Leonora sie. Ihr Hochzeitsfoto, das sie gerahmt hat, zeigt sie, das Gesicht ganz zum Fotoapparat gewandt, die Augenbraue so weiß wie ihr Kleid.

Als James ihre Augenbraue mit dem Daumen nachfährt, ist sie gerührt, dass auch er diese Einzigartigkeit an ihr würdigt. Obwohl er so jung ist. Vielleicht war er von Anfang an reifer, als sie gedacht hatte.

Aber er zerstört diese Illusion. »Hast du je daran gedacht, sie schwarz zu färben, wie die andere Augenbraue?«

»Ich möchte sie nicht schwarz färben.«

»Werd nicht so böse. Ich meine, du lackierst dir die Fingernägel. Und du trägst Lippenstift. Und –«

»Diese Augenbraue ist mein Markenzeichen.«

»Ja, sicher. Nur dass –«

»Was?« Sie setzt sich auf. Greift nach dem Weinglas.

»Ach, egal.«

»Nur dass – was?«

»Dass du absolut umwerfend aussehen würdest, wenn du die Augenbraue färbtest.«

»Vielleicht will ich nicht absolut umwerfend aussehen.«
Sie hört die Schärfe in ihrer Stimme und denkt, wie viel schneller dieser Mann vor ihrer Kantigkeit zurückweicht als

Victor. James ist ihr da nicht gewachsen. Kann seine Kanten nicht an den ihren reiben und ein Feuer entfachen. Nicht wie Victor. Deshalb tut ihr James Leid. Deshalb überlegt sie, wie viele Männer sie mit ihren Kanten verletzen wird. *Ich hoffe, viele.*

Sie stellt ihr Glas ab, sie streckt die Hand nach James aus, fährt mit der Zunge über die dunklen Locken auf seiner Brust, zieht ihn dicht an ihre Haut heran, erregt von seiner raschen Lust, die die Bilder von Victor, der auf einen fernen und trügerischen Altar zugeht, auslöscht.

❦

Minuten nachdem James gegangen ist, ertönt ein Klopfen an der Tür, und sie öffnet sie im Bademantel, weil sie denkt, er muss etwas vergessen haben. Aber es ist Victors Schwester in ihrem schwarzen Partykleid, das ihr früher genau gepasst hat, aber jetzt an ihr herunterhängt, mit Abnähern an den falschen Stellen und einem langettierten Saum, der zippelt.

»Was ist denn?« Leonora schiebt eine Hüfte in die Türöffnung, damit Floria draußen bleibt.

»Ich wollte sicher sein, dass es dir gut geht.«

»Mir geht es sehr gut.«

»Darf ich reinkommen?« Kein Make-up. Nur Flächen fahler, beweglicher Haut. Und der breite, bewegliche Mund mit einem Leberfleck im linken Mundwinkel.

»Ich wollte gerade ein Bad nehmen.«

»Nur für ein paar Minuten? Du brauchst auch nicht mit mir zu sprechen.«

»Bist du hingegangen?«

»Er ist mein Bruder.«

»Und ... wie war sie denn, diese Verlobungsparty?«

»Zum Kotzen. Ich konnte nicht bleiben.«

»Oh.« Leonora tritt zur Seite. Lässt sie herein. »Anthony ... wie hat er —«

»Still. So, wie er jetzt immer ist, du weißt ja? Aber nicht unglücklich.«

»Zu denken, dass ich mich je damit abfinden würde, dass er ›nicht unglücklich‹ ist.«

»Er und Belinda haben Domino gespielt. Meine Eltern sitzen mit ihnen zusammen. Und Malcolm.«

»Ich möchte baden. Ich bin so ... müde. Und —«

»Ich dachte mir, wir könnten etwas Besonderes brauchen.« Floria kramt in ihrer großen Handtasche: der Geruch von Mottenkugeln ...

Leonora fächelt sich mit einer Hand vor der Nase. Sie hasst diesen Geruch.

... eine Packung Lucky Strike ... zwei halb leere Flaschen, eine schwarz, eine durchsichtig. Floria reicht sie Leonora. »Sambuca. Ich habe sie gestohlen.«

Leonora grinst. »Bei Victors Party?«

»Macht es dir was aus?«

»Darauf trinken wir.« Aus dem Mahagoni-Buffet holt Leonora zwei der goldgeränderten Schnapsgläser mit der Aufschrift »Festa Liguria«, die Victor einmal mitgebracht hat, als er das Essen für eine Bar-Mizwa geliefert hatte.

»Kaffeebohnen. Hast du Kaffeebohnen, zum Glückbringen?«

»Nur gemahlenen Kaffee. Ich hole ihn. Bleib du hier.«

Aber Floria folgt Leonora zur Küche, die sie seit Biancas Sturz nicht mehr betreten hat. Sie hat nie mit Leonora über Biancas Tod gesprochen. Eine Zeit lang konnte sie es nicht einmal ertragen, in diesen Teil der Creston Avenue zu kommen, obwohl sie nur fünf Minuten entfernt in der Ryer Avenue wohnt, in einer Erdgeschosswohnung, für die Riptide die Kaution und Victor die erste Monatsmiete gezahlt haben.

»Ich hole den Kaffee.« Leonora hindert sie daran, die Küche zu betreten. »Wirklich.«

Floria geht an ihr vorbei. »Ich glaube – ich glaube, ich bin so weit, dass ich es kann.« Aber in der offenen Küchentür schwankt sie, ihr Rücken gibt nach, bevor sie sich hineinzieht, eine Hand tastet nach der Wand, als wäre sie auf einem Ozeandampfer. Leonora war noch nie auf einem Ozeandampfer, wenigstens nicht auf dem Meer – nur auf der *Queen Mary* und der *Mauretania*, als sie Tante Camilla abgeholt hat –, aber sie hat gelesen, wie man, selbst wenn man wieder an Land ist, sich noch Tage lang an den Wänden festhältst, weil man das Gefühl hat, dass der Boden unter einem wankt. Und so bewegt sich Floria jetzt.

Leonora packt sie am Arm. »Hier.« Führt sie zu einem Stuhl mit dem Rücken zu den Fenstern. »Setz dich hier hin.« Sanft drückt sie Floria herunter, spürt ihre Schultern durch das Kleid wie Balken. »Weißt du, was ich bald mal mit dir machen möchte?«

»Nein.«

»In die Stadt gehen und die teuersten Kleider anprobieren, die wir finden können.« Leonora weiß, dass Floria kein größeres Wohlbehagen kennt als auf ihrer Haut das Gefühl von teurem Stoff, auf eine Art verarbeitet, wie man sie nie im Kaufhaus Alexander finden würde.

»Meinetwegen«, sagt Floria ohne Begeisterung. Über ihr schneidet der Ventilator durch das Licht, lässt es blinken, als würde der ganze Raum atmen. Aber in Wirklichkeit ist es Florias Atem, Atem, um den du ringen musst.

Leonora erinnert sie: »Früher hast du diese Ausflüge sehr gemocht, wir zwei, ohne Kinder, groß in Schale.« Sie erinnert Floria daran, wie sie in die teuersten Geschäfte auf der Madison Avenue oder der Fifth Avenue gegangen sind und Kleider anprobiert haben, die mehr als eine Jahresmiete kosteten. Floria machte dann Bemerkungen über die Qualität der Verarbeitung, verglich sie mit ihren Säumen, ihren Nähten. Im Umkleideraum begutachtete sie den Schnitt, holte das Notizbuch mit ihren Zeichnungen und Stoffmustern und Bildern aus Zeitschriften hervor und machte rasch eine Skizze: wie ein Abnäher angesetzt, eine Taille gefasst, ein Kragen drapiert war.

»Ich kann mich noch daran erinnern, wie du den Saum bei Bergdorf Goodman skizziert hast.«

»Ich kopiere nicht alles, was ich sehe.«

»Natürlich nicht. Nur die Einzelheiten, die dir zusagen.«

»Eine Idee in ihrer Gänze zu stehlen ist unmoralisch.«

»Aber sich von der Idee eines anderen inspirieren zu lassen ist etwas anderes.«

»Wir brauchen Kaffeebohnen.«

»Wir machen es so.« Leonora leckt ihren rechten Zeigefinger an, steckt ihn in die Kaffeedose und leckt sich die braunen Krümel vom Finger. »Ziemlich eklig. Siehst du?«

Floria versucht es. Verzieht das Gesicht.

»Es wird besser, wenn wir mit Sambuca nachspülen.«

»Welchen möchtest du?«

»Den schwarzen. Er ist dicker. Fast wie Öl.«

»Du würdest Öl nicht trinken.«

»Okay, nicht Öl. So ähnlich wie Kaffeelikör?«

»Der schwarze ist nicht dicker.«

»Bist du etwa eine Sambuca-Expertin?«

»Der schwarze wirkt nur dicker, weil der klare Sambuca wie Wasser aussieht.«

»Er fließt auch wie Wasser. Schneller als der schwarze.«

»Wir müssen einfach ein paar Experimente durchführen.« Endlich gelingt Floria ein Lächeln.

Wenn das dazu erforderlich ist, dann wird Leonora mitspielen. »Das müssen wir unbedingt.« Sie macht einen Knoten in den Gürtel ihres gelben Bademantels. »Lass mich noch ein paar Gläser holen.« Aber sie kann sich nicht rühren, kann den Blick nicht abwenden von dem Lächeln, einem nach innen gerichteten Lächeln, das ein bisschen das Licht in Floria zurückbringt und Leonora an die Liebe erinnert, die sie früher verband, die Liebe zu ihren Kindern, wenn sie sich über den Zwillingsbuggy und über Anthonys Kinderwagen beugten, wenn sie mit den Kindern zum Karussell im Palisades Park gingen und sie zwischen den Engelsflügeln des Schwans festgurteten, wo die Kinder sicher waren, die zu klein waren, um auf den Pferden zu reiten, die sich auf Pfählen auf und ab bewegten. »Gläser«, sagt sie zu sich und saust ins Wohnzimmer. Kommt mit den zwei Flaschen und vier Schnapsgläsern zurück. Stellt sie umständlich auf dem Küchentisch vor Floria auf.

Die dort steif sitzt.

Die sagt: »Ich habe dich vermisst.«

»Ich habe dich auch vermisst.«

Die sagt: »Ich habe Angst vorm Schlafen.«

»Vor Albträumen?«

»Davor, nicht schlafen zu können.«

»Hast du versucht, rückwärts zu zählen?«

»Früher habe ich mich gefreut, schlafen zu gehen. Jetzt bin ich den ganzen Tag und die ganze Nacht müde, und ich kann trotzdem nicht schlafen.«

»Das geht vorüber«, sagt Leonora.

Von Malcolm – der sich erstaunlich hingebungsvoll um Floria gekümmert hat, der es seit seiner Entlassung aus dem Gefängnis vier Monate nach Biancas Tod geschafft hat, nicht wieder rein zu kommen, der immer noch seine Stelle bei Stabildächer hat – weiß Leonora, dass Floria manchmal tagelang im Bett bleibt, einmal sogar elf Tage, und dann selten badet oder isst. Wenn Leonora sie während dieser Anwandlungen besucht, scheint Floria langsam, träge zu sein; sie vergisst, was Leonora gesagt hat, kaum dass diese es gesagt hat, vergisst, was sie gerade tun wollte. Sie erlaubt Leonora nicht, ihr beim Aufstehen zu helfen, will nicht sprechen, sich nicht einmal im Bett aufsetzen, sondern liegt nur da, ohne Kissen unter dem Kopf. Sie, die immer pünktlich mit ihren Nähaufträgen war, versäumt jetzt Termine. Ihre Traurigkeit kann durch einen schiefen Saum zum Ausbruch kommen. Durch eine gesprungene Eierschale. Einen verlorenen Handschuh …

Im letzten Oktober hatte Malcolm Floria aus dem Bett und nach Montauk geschleppt, ein Sonderangebot in der Nebensaison, drei Nächte für den Preis von zweien, weil er hoffte, dass ihr Spaziergänge am Strand gut tun würden. Und das war auch so. Eine Weile. Bis die Traurigkeit sie wieder ergriff. Größer wurde, immer größer als das, was sie ausgelöst hatte. Floria bewegungsunfähig machte.

Die Familienmitglieder blieben abwechselnd bei ihr, wenn Malcolm arbeiten war und Belinda in der Schule. Einmal stand die Wohnungstür offen, als Leonora kam. Sie ging über den kurzen Flur in die Küche, wo Floria eine braune, höckrige Couch zwischen den Herd und ihre Nähmaschine gequetscht hatte. Es gab kein Wohnzimmer. Weinen war aus dem Schlafzimmer hinter der Küche zu hören.

Dann Belindas Stimme. »Mach das nicht. Bitte, hör auf –«

Floria saß auf dem Boden, wiegte sich, wimmerte.

Schnell kniete Leonora sich vor sie, legte beide Arme um sie und wiegte sich mit ihr. »Musst du nicht zur Schule?«, fragte sie Belinda.

»Ich bin nicht gegangen.« Belindas Blick war verängstigt. »Mama hat Knuddel auf dem Boden im Vogelkäfig gefunden.« So, wie sie es sagte, wusste Leonora, dass der Papagei tot war.

»Was hast du mit ihm gemacht?«

»Ich habe ihn in ein Geschirrtuch gewickelt.«

»Ich nehme ihn mit.«

114

Belinda sah sie entsetzt an. »Aber du darfst ihn nicht in den Müllschlucker tun.«

»Natürlich nicht«, log Leonora. »Ich beerdige ihn.«

Wärme stieg von Florias Kopfhaut zu Leonoras Gesicht auf. Der Gras-und-Essig-Geruch von Tränen.

Leonora wiegte sich, verlangsamte allmählich das monotone Vor und Zurück und flüsterte: »Wird schon gut«, obwohl sie wusste, dass es nie mehr gut werden würde — weder für Floria noch für Belinda, für keinen von ihnen.

❦

»Und diese Elaine …« Floria zündet sich eine neue Zigarette an der Kippe ihrer letzten an. »Sie sabbert beim Sprechen.«

Leonora lacht laut.

»Willst du eine Beschreibung?«

»Nein.« Leonora schüttelt den Kopf. Zuckt mit den Schultern. Sagt: »Ja.«

»Du möchtest ihr gern den Mund abwischen.«

»Mehr«, fordert Leonora.

»Sie hat schlaksige Beine und vorstehende Gesichtszüge.«

»Vorstehende Gesichtszüge?«

»Na ja … diese Lippen. Und ihre Stirn steht auch vor, und ihr Kinn.«

»Typ Neandertaler?«

»Nicht ganz. Aber in etwa diese Richtung.«

»Ich bin so glücklich für Victor.« Als Leonora den schwarzen Sambuca aufmacht, trifft der Lakritzgeruch sie, bevor sie eingießen kann. »Er ist doch dicker«, beharrt sie und sieht zu, wie er sich in den zwei Gläsern verteilt.

Floria macht den klaren Sambuca auf. Gießt ihn platschend in die anderen beiden Schnapsgläser. »Die gleiche Konsistenz.«

115

»Sie ist blond, stimmt's?«

»Eine blonde graue Maus. Dünnes Haar.«

»Graue Maus … dünnes Haar.« Leonora beugt sich vor, lässt ihr volles Haar nach vorn fallen. Schüttelt es zurück. Seufzt. »Mein Haar ist zu schwer.«

»Du Arme.« Floria zieht die Nadeln aus ihrem Knoten. Schiebt die Hände unter ihre üppige Mähne. »Zu schwer. Meins auch.«

Sie grinsen sich an, heben die Gläser, trinken.

Leonora erschaudert. »Der Klare riecht nach Medizin. Der Schwarze ist wie Lakritz.«

»Sie riechen gleich.«

»Gut.« Leonora steckt sich eine ihrer Pall Malls an. »Wenn du glaubst, dass sie gleich sind, kannst du auch den klaren trinken.«

»Ich trinke beide.« Floria taucht einen Finger in die gelb-schwarze Kaffeedose. Ihr Gesicht ist so, dass Leonora Zutrauen hätte, wenn sie ihr jetzt zum ersten Mal begegnete, ein Gesicht, das kantig ist, ohne schmal zu sein, unauffällig, ohne hässlich zu sein. Und all das fügt sich zu einer seltsamen Schönheit.

»Du siehst schön aus«, sagt sie zu ihr.

Floria macht Schielaugen, schiebt die Zunge aus dem linken Mundwinkel.

»Wie viele Probiergläser hast du getrunken, bevor du hierher gekommen bist?«

Floria nimmt einen Schluck von dem klaren Sambuca, lutscht an ihrem Finger, seufzt und nimmt noch einen Schluck. Mit einem Mal ist ihr Gesicht wieder düster.

»He …« Leonora versucht, sie zu sich herüberzuziehen, weg von sich selbst, von der Trauer, von diesem Fenster. Sie kann es gut, andere zu sich herüberziehen, wenn sie will. *Kaltes Feuer. Leuchtendes Feuer.* Ebenso gut kann sie andere von sich fern halten. *Die Kälte ohne das Feuer.* Sie beugt sich zu Floria herüber. »Ich erkläre dir jetzt, was mit dem klaren Sambuca nicht stimmt. Er beißt dich, nachdem du ihn runtergeschluckt hast. Wie die Schlange in Evas Paradies.«

»Jetzt verstehe ich, woher Anthony seine Kreativität hat.«

Aber Leonora will nicht, dass Floria Anthony erwähnt. Nicht in diesem Raum. Denn ihn zu erwähnen bedeutet, noch mehr an Bianca zu erinnern. Ohnehin spürt Leonora, wie der Tod ihrer Nichte hochkommt, hier zwischen Floria und ihr, und sie will ihn unten halten, weil sie entsetzliche Angst hat, dass Floria Anthony die Schuld gibt. *Ich täte das. Denn wenn Anthony gestorben wäre, würde ich Bianca in alle Ewigkeit die Schuld geben.* Sie spürt, welche Anstrengung es kostet, den Tod unten zu halten. Weil da gleichzeitig so viel anderes ist, was sie auch unten halten muss – nicht nur Biancas Tod, sondern alles andere, was mit ihr verbunden ist. *Bianca und Belinda als Babys, dunkel und winzig, wie sie zueinander gerollt in einer Wiege liegen, Zwillingsbabys, deren Geburtsgewicht zusammen genau dem entspricht, was Anthony ein Jahr später bei der Geburt wiegt. Siebeneinhalb Pfund.*

Ein Kind entspricht zweien.

Und entspricht einem.

༂

Beim letzten Mal merkte Leonora erst, dass sie schwanger war, als Floria und die Zwillinge an jenem Weihnachtsfest bei ihnen einzogen. Migräne, dachte sie, und als Floria sagte: »Vielleicht bist du schwanger«, hatte Leonora nein gesagt, aber sie spürte sie – in dem Moment –, die Schwere, vertraut und beängstigend, *die dich runterzieht, obwohl du weißt, dass du nur eine Woche über die Zeit bist und dass das Kind, das sich bildet, so gut wie nichts wiegt. Und obwohl du dir vorstellst, wie du es hältst und fütterst, kannst du selbst nichts essen. Was immer du dir reinzwingst, du brichst es raus. Du übergibst dich, heiß und*

117

plötzlich. Spürst, wie Nahrung durch dich hindurchschießt, mit einer heißen, dunklen Schärfe. Während du hohl bleibst. Und dennoch glaubst du, dass Platz sein muss für das, was auch immer sich in dir bildet, Kind oder Tumor oder Abgrund, und deswegen hältst du still, ganz still, eine Wiege für dein Kind. Du wagst es nicht, deinem Mann oder seiner Schwester zu gestehen, dass du schwanger bist, weil du nicht willst, dass sie dich stützen, dass sie sich sorgen, du könntest auch dieses verlieren, schon trauern, obwohl du dieses Kind vielleicht behalten kannst und sehen wirst, wie es zwischen deinen Schenkeln hochgehoben wird. Du winkst ihre Besorgnis fort, sagst ihnen, dass du Migräne hast. Du bleibst sanft und sicher. Weil du es willst, du willst dieses Kind. Und du überzeugst dich selbst, dass du es kannst. Du befiehlst deinem Körper, dieses Kind festzuhalten. Schließlich ist es nicht für lange, das Leben deines Kindes in dir, verglichen mit der Lebensspanne, die es außerhalb von dir leben wird. Doch schon spürst du, wie dein Körper sich weigert, wie er seine egoistische Wärme für niemanden außer für dich hortet, obwohl du deinem Kind Schutz gewähren willst. Schon verändert sich etwas in dir, verschließt sich allem, außer dir selbst. Du spürst, wie dein Kind dir entgleitet, aus deinem Körper ausgestoßen wird, aus dem Leben. Weil du zu egoistisch bist. Obwohl der Arzt sagt, dass das nicht stimmt und dass du keine Kontrolle darüber hast, weißt du in der Tiefe dieser dunklen Bosheit, dass es immer um dich geht. Um deinen Egoismus, an dem du nichts ändern kannst, obwohl du das möchtest. Den Egoismus, für den dein Vater dich bestraft hat. Den Egoismus, der dazu führt, dass wieder ein Kind aus dir herausfällt. Herausfällt, nur Wochen, nachdem Bianca aus eurem Leben gefallen ist. Und Bianca auf ihrem blutigen Weg folgt. Deswegen gibst du es keinem anderen gegenüber zu, dass du wieder ein Kind verloren hast, auch Victor gegenüber nicht. Denn wie lässt sich deine Trauer mit der seiner Schwester vergleichen?

Leonora kann sich nicht vorstellen, wie es sein muss, wenn dein bereits geborenes Kind vor dir stirbt. Die natürliche Reihenfolge durchbrochen wird.

Jetzt haben sie und Floria beide nur ein Kind: Anthony, der scheu und still geworden ist, und Belinda, die verstört wirkt, während sie über ihrer Mutter wacht, deren Hochzeitskleider nicht mehr wie versprochen fertig werden und die sich damit beschäftigt, Puppen zu machen. Es fing damit an, dass Floria eine große Puppe für Belinda machte, damit sie sich nachts nicht in einem Zimmer fürchtete, das für zwei eingerichtet war. Obwohl die Puppe aus Leinen war, sah sie Bianca auffallend ähnlich. Ihre Haare waren aus braunem Garn, und Floria stickte Mund und Wangen und Augen wie die Biancas.

Verdammt gespenstisch, dachte Leonora, als sie die Puppe zum ersten Mal sah. Aber Belinda liebte die Puppe über alles. Nannte sie Belinda-Puppe. Nahm sie mit ins Bett. In die Schule. Zum Arzt. Wenn Floria für Belinda ein Kleid nähte, nähte sie ein dazu passendes für die Puppe. *Verdammt gespenstisch*. Dann fragte Belindas Lehrerin, Schwester Marguerite, ob Floria wohl gern eine Puppe für ihre Nichte machen würde. Floria benutzte Fotos als Vorlage, machte die Puppe magerer und kleiner als die Belindas. Gelbes Garn für das Haar, das der Puppe in einem Zopf über den Rücken hing. Zusammenpassende grüne Kleider für die Puppe und für Schwester Marguerites Nichte.

Ihre Bezahlung: Fünf Wochen lang Gebete. Der erste Kunde, der mit Geld bezahlte, war Belindas Arzt, der die Puppe bewunderte, die Belinda im Arm hielt, während ihre Nebenhöhlen untersucht wurden, und der Floria fragte, ob sie interessiert sei, Puppen für seine beiden Töchter zu nähen. Allmählich gingen weitere Anfragen ein von Leuten, die eine von Florias Puppen gesehen hatten. Sie gaben ihr Fotos. Haarsträhnen, um die Farbe anzupassen. Die Tante des Arztes schrieb aus Connecticut. Fragte, ob Floria auch Puppen dorthin schickte. Jemand anders hatte Verwandte in Texas. In Wyoming.

Bisher hat Floria Puppen in neun Staaten verschickt; jede unterscheidet sich nach Aussehen und Alter, je nachdem, für wen sie ist: ein Kleinkind, eine Fünfjährige, sogar eine Zwölfjährige, deren Eltern sie zurück in die Kindheit locken wollten.

Leonora glaubt, dass es Floria nicht gut tun kann, diese Puppen zu machen, aber als sie Floria sagte, was niemand sonst in der Familie zu sagen wagte, wollte Floria das nicht hören. »Es hat nichts mit Bianca zu tun«, sagte sie.

Malcolm ist der Einzige, der stärker geworden ist, und er ist rührend zu Floria, außer dass er sie mit diesen gespenstischen Puppen ermutigt. Er erledigt den Versand, setzt die Preise fest. »Verschenke nie dein Talent«, sagte er zu Floria, »außer an die Kirche.«

❦

Floria probiert den schwarzen Sambuca mit großer Konzentration. Taucht ihren Finger in die Kaffeedose. Leckt ihn ab und trinkt wieder.

»Bei dem klaren Sambuca meine ich eben«, erklärt Leonora, »dass er beißt, nachdem du ihn runtergeschluckt hast. Und dann steigt er dir wie Feuer in den Kopf. Nimm mal einen Schluck von dem schwarzen. Nur zum Vergleich.«

Floria vergleicht. Schmatzt mit den Lippen.

»Merkst du nicht, dass der schwarze kompakter ist?«

Floria schüttelt den Kopf. »Sag mir bitte, dass ich Halluzinationen habe.«

»Meinetwegen. Du hast Halluzinationen. Warum?«

Floria zeigt zu der Arbeitsfläche, wo Leonoras Tafelaufsatz in zweifelhaftem Glanz steht. »Was um Himmels willen ist das ... da?«

»Ein essbarer Blumenkorb, den ich aus Gemüse gemacht habe.«

»Warum?« Floria schüttelt ihr Päckchen Lucky Strike.

Als nichts herauskommt, zerdrückt sie das Päckchen und zündet sich eine von Leonoras Zigaretten an. Sie rauchen beide. »Warum hast du das gemacht? Es ist grässlich.«

»Nicht so grässlich wie deine gespenstischen Puppen.« Entsetzt über das, was sie gesagt hat, steht Leonora auf. Beugt sich über ihren Korb: Nichts ist, was es scheint, und jetzt umso mehr, weil die Teigzöpfe Risse bekommen haben und die Frühlingszwiebeln welk werden und die Radieschenblüten schäbig geworden sind. »Ziemlich grässlich«, sagt sie. »Du hast Recht.«

Floria antwortet nicht.

»Es tut mir Leid.«

Floria nickt.

»Und um es wieder gutzumachen, gebe ich dir den Korb mit nach Hause.«

»Kommt nicht in Frage.«

»Er gehört dir.«

»Ich könnte ihn nicht ansehen.«

»Er gehört dir, zusammen mit all den Töpfen und Schüsseln und Backformen und Servietten und Tischdecken und Gläsern, die dein Bruder hier angeschleppt hat, weil er sie abschreiben konnte.«

»Wir könnten den Tafelaufsatz mit zu der Party nehmen.«

Leonora fängt an zu lachen. »Das machen wir. Er ist so falsch wie Victors Versprechungen.«

»Aber letztendlich ... ist dieser Korb zu schön für ihn.«

»Stimmt.« Leonora setzt sich und nimmt einen langen Schluck. Schließt die Augen. »Fühl mal, wie der schwarze sich hinter deiner Nase zusammenrollt, aber nicht höher steigt, nicht bis in den Kopf wie der klare.«

»In deinen Kopf, nicht meinen.«

»Ich spreche von Köpfen im Allgemeinen. Nicht von deinem.« Leonora nimmt wieder einen Schluck, steckt die

Fingerspitze in den Kaffee, singt die Kaffee-Erkennungs-melodie: »… auch das Geld vom Millionär bringt keinen bess'ren Kaffee her.«

»Wenn du das Geld eines Millionärs hättest, was würdest du dann kaufen?«

»Einen neuen Papst. Neue Bischöfe. Neue *Priester*.«

»Und ich würde ein Haus kaufen. Mit einem Extrazimmer für meine Nähsachen. Mit einer Veranda vorne und einem Garten.«

»Und ich würde schwarzen Sambuca kaufen. Weil er über den Gaumen hochsteigt und sich dann zurückrollt. Wie Lakritz.«

»Eher wie Anis.«

»Dann sind wir ja einer Meinung. Denn Lakritz kommt aus dem Samen der Anispflanze.«

»Nein. Von der Lakritzpflanze.«

»Du willst nie einer Meinung mit mir sein. Das ist eine Haltung, die nichts mit Fakten zu tun hat.«

»Hol das Lexikon.«

»Was kriege ich, wenn ich Recht habe?«

»Wenn du Recht hast … erzähle ich dir von dem schlechtesten Liebhaber, den ich je hatte.« Floria legt sich die Hand auf den Mund. »Vergiss, dass ich das gesagt habe. Trink noch was. Dann vergisst du es bestimmt.«

»Und ich dachte die ganze Zeit, du bist rein wie Kommunionswein in die Ehe gegangen.«

»Wein ist Wein.«

Leonora zieht ihren Stuhl an die Schränke heran, steigt darauf und holt das Lexikon aus dem Stapel Kochbücher oben auf den Schränken. »Lakritz …« Sie blättert die Seiten um. »Lak … Lak … Lak –«

»Komm runter, bevor du was kaputtmachst.«

»Nur wenn du mir von deinem schlechtesten Liebhaber erzählst.«

»Du zuerst.«

»Wer sagt denn, dass ich auch einen schlechtesten hatte.«
Sie wackelt. Findet das Gleichgewicht wieder. »Schlechter
als was?«

»Schlechter als andere Liebhaber.«

»Oh.«

»Jede Frau hat mindestens einen.«

»Wie viele hast du gehabt?«

»Komm da runter, sonst erzähle ich dir nicht von dem
Leopardenmann.«

Leonora steigt vom Stuhl und zieht ihn wieder an den
Tisch. »Ja?«

Aber Floria zögert es hinaus. Sie hält die Kaffeedose
schräg, schüttelt sie, bis sie ein Häufchen Kaffee auf der
Plastikdecke hat, macht in der Mitte eine Vertiefung, als
wolle sie Hefe ins Mehl tun.

»Leopardenmann?«

»Leopardenmann.« Floria tupft sich mit den Fingern auf
die Zunge. Nimmt dann von dem schwarzen Sambuca.
Fährt an den lila und goldenen Buchstaben auf der Flasche
entlang, an der Flaschenrundung, an dem Hals, der so lang
ist wie der Flaschenbauch.

Leonora mag es, wenn Floria so ist, lustig und ein bisschen verrucht. Und ohne eine Spur dieser Traurigkeit.
»Lass mich raten. Der Leopardenmann schwang sich von
den Kronleuchtern.«

»Hätte er das mal ... Er war für die Rolle angezogen.
Knappe Unterhosen mit Leopardenmuster. Wie diese dünnen Halstücher im Five-and-Ten.«

»Deine Mutter hat mir mal eine Bluse mit diesem Muster
geschenkt, und ich musste einen von diesen vermaledeiten
Bedankemichbriefen schreiben, auf denen sie besteht, obwohl ich die Bluse scheußlich fand.«

»Du hast sie jedes Mal getragen, wenn Mama kam.«

»*Nur* wenn deine Mutter kam.«

»Wenigstens bekamst du es erst beigebracht, Bedanke-michbriefe zu schreiben, als du Victor geheiratet hast. Ich musste es tun, seit ich schreiben konnte, und ich musste jedes Mal erwähnen, wie das Geschenk benutzt wurde. Zum Beispiel: ›Liebe Tante Camilla! Ich schreibe diesen Brief mit dem schönen Füller, den du mir aus Spanien zu meinem neunten Geburtstag mitgebracht hast …‹ Oder: ›Liebe Mrs. Cohen! Heute habe ich die gelbe Strickjacke an, die Sie für mich gestrickt haben. Sie ist so flauschig …‹ Victor und ich mussten in jeden Brief eine Zeichnung des Geschenks legen. Ein Foto, soweit vorhanden.«

»Fotos? Ich erzähle dir was von Fotos. Vier Tage nach Anthonys Geburt kam deine Mutter mit Manicotti und einem Fotoapparat; ich musste Anthony die verschiedenen Sachen anziehen, die die Leute ihm geschenkt hatten, und ihn zwischen die Sofakissen packen – vier Tage alt war er da, Floria, vier Tage –, und sie hat Fotos gemacht. Auf jedem Foto ein anderer Strampler. Baby umhosen, Auslöser drücken, Baby umhosen, während mir das Blut von der Geburt an den Oberschenkeln runterlief, und als Anthony unwillig wurde, hat sie ihm eine halbe Stunde für ein Nickerchen zugebilligt, danach hat sie ihn geweckt und weitergemacht.«

»Baby umhosen, Auslöser drücken … ich habe auch eins von diesen Fotos. ›Liebe Floria! Danke für den süßen Baumwollanzug mit der zitronengelben Entenapplikation. Wie du auf dem Foto sehen kannst, ist es einer von Anthonys Lieblingsstramplern …‹«

»Ist das nicht schwülstig? Herr im Himmel, deine Mutter hat die ganze Zeit hinter mir gestanden, während ich diese Briefe schrieb. ›Liebe Mrs. Bennett! Vielen Dank für das entzückende Jäckchen, das Sie für Anthony gestrickt haben. Wie Sie auf dem Foto sehen können, ist es eins von Anthonys Lieblingsjäckchen …‹«

»Baby umhosen, Auslöser drücken, Baby umhosen. Mama war so sauer auf dich.«

»Auf mich? Ich habe doch die verdammten Bedanke-michbriefe geschrieben.«

»Aber *ihr* hast du keinen geschrieben.«

»Weil ich mich bei ihr persönlich bedankt habe.«

»Zählt nicht. Außerdem hast du die Briefe an andere mit deinem und Anthonys Namen in der ersten Zeile unterschrieben, Victors aber darunter gesetzt.«

»Na und?«

»Mama hat gesagt, das zeige, wo deiner Meinung nach Victors Platz in deiner Familie war.«

»Deine Mutter —« Leonora schlägt die Hände flach auf den Tisch, in den Schatten des Deckenventilators, der sich auf der durchsichtigen Plastikdecke, die über der geblümten Tischdecke liegt, selbst nachjagt. Sie fühlt sich in den Familienmustern der Amedeos gefangen, in dem engen Kreis, der sich trifft, um jeden Pups zu feiern und die gleichen langweiligen Klatschgeschichten zu erzählen. »Ich will eine Annullierung von deiner Mutter. Das ist doch eine Beziehung, die eine Annullierung verdient. Eine Beziehung, die nie richtig war. Wenigstens ist das Victors Voraussetzung für eine Annullierung.«

Dadurch, dass sie Victor loswird, hat sie vielleicht die Chance, seine ganze Familie loszuwerden. Sie kann sich von jedem lossagen. Das hat sie sich bewiesen, als sie sich von ihrem Vater lossagte, indem sie ihm den Tod wünschte.

Wenn es nur alles schlecht gewesen wäre.

Dann könnte sie ihren Vater endgültig hinter sich lassen. Aber als Anthony zwei war, fuhr sie mit ihm nach Rockaway, ließ ihn zum ersten Mal Zuckerwatte probieren, fuhr mit ihm Karussell. Als sie mit ihm zum Wasser ging, kam ihnen ein Mann auf einem Pferd entgegengeritten. Im Schutz seiner Arme saß ein Mädchen von fünf oder sechs und sang im weichen Licht der Sonne. Und in jenem Moment wünschte sich Leonora, dass auch sie sich an einen Sommernachmittag erinnern könnte, an dem sie die Arme *ihres* Vaters schützend um sich gefühlt hatte, das Schaukeln des Pferdes unter ihnen – Vater, Kind –, oder irgendeine andere Erinnerung, eine gute, bevor die anderen anfingen. Sie, ein Mädchen von fünf oder sechs, das im Kreis seiner Arme sang, in dem weichen Licht dieser erfüllenden Sonne sang.

Es hätte sein können.

Und als sie sich umdrehte, um dem Pferd nachzusehen, überkam sie bei der Erinnerung plötzlich ein Glücksgefühl. *Es war auch so. Das Glücksgefühl, klein zu sein und zu reiten – nicht auf einem Pferd, sondern auf den schmalen Schultern meines Vater unter einem roten Schirm. Er beeilt sich, um zur Straßenbahn zu kommen, während ich vor mich hinsinge, mein Haar gegen den Stoff des Regenschirms gedrückt wird und die Straßenlaternen von oben meine rote-rote Welt erleuchten …*

Es ist ein Moment des reinen Glücks, ein Moment, der Leonora für den Rest ihres Lebens tragen wird, wenn sie einen Pakt mit sich selbst schließt, die Angst vor ihrem Vater zu vergessen, seine auf sie einschlagenden Fäuste zu vergessen. *Vierundfünfzig Tage der Fäuste ohne Vorwarnung. Fäuste ohne Grund. Fäuste, die dich umbringen könnten, wenn vierundfünfzig Tage zu vierundfünfzig Wochen würden. Oder vierundfünfzig Monaten.*

»Der Blinddarm«, hatte Leonoras Mutter erklärt, als er starb.

Es musste ein plötzlicher Tod gewesen sein. Natürlich. Ein Tod, den er nicht verhindern konnte. Sein Blinddarm, der in ihm platzte. Das. Und nicht, dass er sich erschossen hatte, auf dem Parkplatz von Sing-Sing.

☙

»Nimm dir noch Sambuca und hör mir zu«, sagt Floria. »Bitte. Mama ist bei allen so. Einen Moment liebt sie dich. Im nächsten meckert sie an dir rum. Und glaub mir, bei dir ist sie nachgiebiger als bei mir und Victor.«

»Ich werde daran denken, ihr dafür einen richtigen Bedankemichbrief zu schreiben.« Leonora hält die klare Flasche schräg und gießt ihnen beiden vorsichtig ein. Nur ein Fingerbreit Flüssigkeit ist unter dem blauen Schild mit dem Bild des Kolosseums übrig.

»Denk dran, dass du sie Riptide nennst. Denk mal drüber nach. Eine Riptide zieht dich ins Meer hinaus, beachtet nicht deine Schreie, bestimmt die Richtung, in die du gezogen wirst. Das Einzige, was du tun kannst – du kannst warten, bis sie nachlässt. Lass dich von ihr ziehen, ganz entspannt, und dann nutz die erste Möglichkeit, um aus der Strömung herauszuschwimmen.«

»Sehr gut.«

»Das hat sie mir beigebracht … über Schwimmen.«

»Ich werde Anthony nie zwingen, Bedankemichbriefe zu schreiben.«

»In gewisser Hinsicht bewundert Mama deinen Mumm.«

»Weil sie dadurch noch mehr kleinkriegen kann?«

»Ich dachte, du wolltest von dem Leopardenmann hören.«

»Warum hast du nur zwei Flaschen mitgebracht?«

»Mal langsam.«

»Hast du das dem Leopardenmann auch gesagt?«

»Hätte ich das bloß … Nein, bei ihm war alles Verkleidung und Gymnastik. Ich fand ihn die ganze Zeit peinlich. Ich meine, er hat sich nicht gerade von den Kronleuchtern geschwungen –«

»Warum nicht?«

»– und hat sich auch nicht auf die Brust geschlagen und

ist nicht auf allen vieren herumgesprungen … aber ich hatte immer das Gefühl, dass er auf einer Kostümparty war und dass ihm jeden Augenblick bewusst werden würde, wie albern er aussah.«

»Und – hast du es mit ihm gemacht?«

»Klar. Es war nur nicht … sehr aufregend. Er hat bei einem Horn & Hardart Automatenservice gearbeitet und Lebensmittel hinter die kleinen Glastüren geräumt. Wenn ich zu einer Show downtown ging, dann bin ich da immer wegen des Rahmspinats reingegangen, den Mama mag.«

»Die Petits fours sind das Beste. Sogar wenn du sie dir nur durch den Zellophandeckel der Schachtel ansiehst …«

»Hast du mal den Reispudding probiert? So weich, und diese Rosinen …«

»Zu flüssig. Jetzt hör auf, mich mit Reden übers Essen abzulenken.«

»Tapioka?«

»Fischaugen.«

»Der Leopardenmann war älter als ich, aber ich hatte schon vor ihm zwei Freunde und wusste, dass es sich besser anfühlen konnte.«

»Du hast es mit denen auch gemacht?«

»Und dann bin ich zur Beichte gegangen.«

Leonora starrt sie an. »Ich beneide dich.« Sie hat das Gefühl zu glühen, als hätte jemand sie in Lakritz gebadet. Innen und außen. Es strömt durch ihren Kopf. Glühend. Überzieht ihre Zehen und ihre Kniekehlen. »Ich hatte auch einen schlechtesten Liebhaber.« Sie denkt blitzschnell, versucht, Florias Leopardenmann zu übertrumpfen, aber in Wahrheit hatte sie vor Victor keinen Liebhaber, hatte nur einen Jungen in der Schule geküsst, Stevie; mehr haben sie nicht gemacht, dieser eine Kuss, und sie war Victor während ihrer Ehe nie untreu geworden – aber er ihr, der Hurensohn. Ihre einzige andere Erfahrung ist James. Nur dass

James nicht in die Kategorie der schlechtesten Liebhaber gehört. Außerdem ist er eindeutig Teil ihrer Gegenwart. Teil von heute. »Mein schlechtester Liebhaber … hat es nur in einem Bereich zur Perfektion gebracht – im Bett.«

»Und das hat ihn zu deinem schlechtesten Liebhaber gemacht?«

»Denn sobald er anfängt zu sprechen … ich meine, er schneidet dermaßen auf, dass es mir für ihn peinlich ist. Er sagt so Sachen wie: ›Ich arbeite im Beförderungsbereich‹, obwohl er einfach nur Taxi fährt. Oder er sagt: ›Ich züchte Hunde‹, obwohl er nur einen miesen Cockerspaniel hat. Experte für alles und nichts.« Schon bei dem Gedanken an James fühlt Leonora sich weit offen, wunderbar und geschwollen.

»Du siehst so aus, wie ich mich beim Zahnarzt fühle.«

»So schrecklich?«

»Kommt drauf an.«

»Victor sagt, du hast immer schon eine seltsame Einstellung zu Zahnärzten gehabt.«

»Und was hast du noch über mich herausgefunden?«

»Jede Menge. Dass du dir gern die Zähne aufbohren lässt. Und ich finde immer noch mehr heraus.«

»Dieser junge Hudak in eurem Haus –«

»Dass du deinen Hüfthalter anbehalten hast, als du das erste Mal mit Malcolm geschlafen hast.«

»Hat Malcolm dir das erzählt?«

»Victor, und der hatte es von Riptide, die –«

»Ich will lieber nicht anfangen zu raten, wo meine Mutter es gehört hat.«

»Warum wolltest du mit Malcolm nicht ficken, nachdem du mit anderen gefickt hattest?«

»Bloß weil ich vorher gefickt hatte, heißt das doch nicht, dass ich auf Bestellung ficke.«

»Das ist das erste Mal, dass ich dich ›ficken‹ sagen höre.«

»Du sagst es so oft, das reicht für uns zwei. Oh, Mist –
jetzt bist du diejenige, die mich ablenkt. Dieser junge Hudak … hatte der nicht einen Cockerspaniel?«

Leonora macht ein ausdrucksloses Gesicht.

Floria lächelt vor sich hin, malt mit dem Kaffeepulver
Muster auf der Tischdecke, indem sie die Weinranken und
Blumen auf dem Stoff unter dem durchsichtigen Plastik
nachzieht. Sie leckt sich zwei Finger ab, spült den Kaffee-
staub mit einem Schluck Sambuca hinunter. »Du machst
es doch nicht etwa mit dem Jungen? Sag, dass du es nicht
machst. Aber du *machst* es mit ihm, Leonora. Stimmt's?
Ich weiß, dass der Junge Taxi gefahren ist. Dass er einen
Cockerspaniel hatte. Du *machst* es mit ihm?«

»Er ist kein Junge.«

»Himmel, Leonora.« Breites Gelächter steigt aus Florias
Bauch auf wie Blasen vom Grund eines Aquariums. »Du
genehmigst dir einen Babypudding.«

»Er ist einundzwanzig. Und viel härter als Pudding.«

»Warum bist du dann so eingeschnappt wegen Victor?«

»Wenigstens habe ich gewartet, bis meine Ehe vorbei
war.«

»Ich bin mir nicht so sicher, dass sie vorbei ist. Victor
würde sofort nach Hause kommen, wenn du ihn ließest.«

»Da irrst du dich aber.«

»Er spricht mit mir, Leonora. Er ist mein Bruder.«

»Dann lass deinen Bruder sprechen. Und du kannst zuhören. Ich habe so viel zugehört, mehr kann ich nicht. Ich
will nicht, dass dein Bruder mir erzählt, wie er von Elaine
geträumt hat und wie er Elaine gern mitten am Tage auf
irgend so einem blöden Teppich fickt.«

»Er sagt, es hätte dir nichts ausgemacht, als du es rausge-
funden hast. Du hättest nicht geweint oder so.«

»Das will er auch noch? Mir beim Weinen zugucken, als
Abschiedsgeschenk für ihn?«

»Ich habe ihm gesagt, dass du leidest. Dass du es nur nicht zeigen könntest.«

»Ich *wollte* es nicht zeigen. Und ich will wirklich nicht über ihn sprechen, Floria.«

»Solange du nur weißt, dass er zu dir zurückkommen würde, auf der —«

»Und was soll ich dann mit ihm anfangen?«

Floria sieht sie an, unverwandt.

»Hat *er* dich mit den Flaschen geschickt?«

»Ich habe dir gesagt, ich habe die Flaschen gestohlen. Aber ich kenne meinen Bruder. Er und diese … Frau, sie passen nicht zusammen.«

»Also, ich will ihn nicht.«

»Wollen … soll ich dir von dem einzigen Mann erzählen, den ich wollte?«

»Außer den Männern, die du *gehabt* hast?«

»Ich bin ihm nur einmal begegnet – an meinem Hochzeitstag. Er war Malcolms Trauzeuge.«

»Julian.«

»Du erinnerst dich an ihn.«

»Julian Thompson. Ich habe mit ihm getanzt.«

Florias Blick wird scharf.

»Er war ein sensationeller Tänzer.« Leonora krümmt den Rücken. »Nicht halb so attraktiv wie Malcolm. Aber was für ein Tänzer. Er ist Möbelschreiner, stimmt's? Ich erinnere mich hauptsächlich an ihn, weil Victor so eifersüchtig wurde. Es war erst unsere zweite Verabredung. Also … Julian Thompson … Hast du es mit ihm auch gemacht?«

»Natürlich nicht. Es war mein Hochzeitstag.«

»Gut … und am Tag danach?«

»Das reicht.«

»Oder du hättest ein, zwei Wochen warten können.«

»Ich bin keine Schlampe.«

»Natürlich nicht. Entschuldige bitte. Erzählst du mir trotzdem von Julian Thompson?«

Floria zögert.

»Es tut mir Leid, dass ich mich über dich lustig gemacht habe.«

»Na gut … Malcolm hatte in Hartford eine Weile ein Zimmer bei Julians Eltern gemietet. Du weißt schon … nachdem er England verlassen hatte, als er überall und nirgends wohnte.«

Leonora nickt.

»Er blieb fast ein Jahr in Hartford. Freundete sich mit Julian an. Jahre später hat er ihn zu unserer Hochzeit eingeladen. Als Trauzeuge und um die Limo zu fahren. Typisch Malcolm – eine Stretch-Limo ohne Fahrer zu mieten –, grandios und billig. Es schneite, als Julian mich zur Kirche St. Nicholas of Tolentine fuhr, und als wir ankamen, machte er die Tür auf und griff nach meinen Händen. Ich sage dir, ein Schlag zuckte mir die Arme hinauf, durch den ganzen Körper hinunter und über die Beine in den Erdboden – so etwas ist mit Malcolm nie passiert, und ich wusste, ich war im Begriff, einen riesigen Fehler zu begehen, wenn ich Malcolm heiratete. Julian sah mich mit so viel Bedauern, so viel Zärtlichkeit an, dass ich mir sicher war, er fühlte das Gleiche. Aber da stand ich, am ganzen Leib zitternd, sollte die Kirchenstufen in dem Hochzeitskleid hinaufgehen, das ich genäht hatte, und an Papas Arm durchs Kirchenschiff zum Altar gehen, wo Malcolm in einem Anzug wartete, den er sich von einem Nachbarn geliehen hatte – was hätte ich sonst tun sollen?«

»In die andere Richtung davonlaufen?«

»Es kam mir nie in den Sinn, dass ich das konnte.« Floria zieht die Unterlippe zwischen die Zähne. »Jetzt vielleicht.« Sie nickt. »Vielleicht würde ich es jetzt tun.«

»Was ist aus Julian geworden?«

»Ich habe ihn seit damals nicht mehr gesehen. Er hat im darauf folgenden Januar geheiratet, und wir konnten es uns nicht leisten, zu seiner Hochzeit zu gehen. Aber wir haben uns Weihnachtskarten geschickt, manchmal Fotos, ihr Sohn Mick, unsere Mädchen –« Floria zieht den Kopf zwischen die Schultern, als wäre sie geschlagen worden.

Unsere Mädchen.

Schnell legt Leonora ihre Hand über Florias.

»Es ist immer da.« Floria dreht ihre Hand unter Leonoras um, Handfläche an Handfläche. »Nur manchmal vergesse ich es und höre mich sagen: ›die Zwillinge‹ oder ›die Mädchen‹.«

»Es gibt keine Worte, die dir sagen können, wie schrecklich Leid es mir tut«, flüstert Leonora. »Jeden Tag. Jede Stunde.«

»Jeden Tag … jede Stunde …« Floria biegt ihre Finger nach oben und verschränkt sie mit Leonoras. Ihre Nägel sind perfekte Ovale, nicht lackiert. »Weißt du, wie oft ich mich frage, was passiert wäre, wenn ich in eurer Küche bei ihr geblieben wäre? Oder wenn ich ein paar Sekunden eher reingekommen wäre?«

»Mir geht es genauso. Ich sehe mich, wie ich Bianca anschreie, sie soll von dem Fenster wegkommen.«

»Wie ich schreie, sie soll das Cape ausziehen. Wie ich das Fenster zuschlage. Und es wird alles so wirklich, dass ich die kalte Luft an den Armen spüre … den Schnee sehe.«

»Es tut mir so Leid …« Obwohl Leonora darauf gewartet hat, dass Floria jenen Tag erwähnt, und es sich ausgemalt hat, ist doch nicht wiederhergestellt, was sie erhofft hat, die eigentümliche, zuverlässige Nähe. »So sehr Leid.« Leonora senkt den Kopf und drückt die Lippen auf den Knoten von Fingern zwischen ihnen, presst fester mit ihren Fingern. Und dennoch scheint Floria unerreichbar. Unversöhnlich.

Seit Biancas Tod hat Leonora Angst, dass die Gewalttätigkeit ihres Vaters in ihrem Sohn fortleben könnte, ist verstört, weil es eine Gewalttätigkeit ist, die nicht zu ihrem Sohn passt. Aber sie hatte auch nicht zu dem Vater gepasst, bevor die Gewalttätigkeit angefangen hatte, zu dem Vater, *der mich unter dem roten Regenschirm trägt, dem Vater, der mit mir nach Far Rockaway fährt, zu seinem Lieblingsrestaurant, das nicht breiter ist als ein Flur. Gebratenes Huhn und Pommes frites und Maisbrei. Als ich fertig gegessen habe, kommt ein großer schwarzer Mann herein, beugt sich über meinen Teller, betrachtet die Hühnerknochen und die Haut. »Was hast du da gesessen, mein Mädchen? War es ausgezeichnet und schmackhaft?« Ich sage ja, sage, es war ausgezeichnet und schmackhaft, und er lacht zusammen mit meinem Vater. »Ich nehme das Gleiche«, sagt er zu dem Kellner. Und mein Vater zwinkert mir zu und sagt: »Eine exzellente Wahl.«*

Sie hatte geglaubt, sie hätte die Angst am Grab ihres Vaters zurückgelassen, aber sie ist jetzt hier bei ihr, die Angst um ihren Sohn, und in Florias Gesicht ist eine Traurigkeit, die Leonora überzeugt, dass auch sie sich um Anthony ängstigt. Florias Finger sind länger als ihre eigenen, runder, bilden größere Abstände, als wenn Leonora die eigenen Finger miteinander verschränkt, und als Floria ihre Finger löst, fühlen sich diese Abstände wie geschnitzt an, für immer da, und Leonora wappnet sich für jede Anschuldigung, die Floria gegen Anthony erheben könnte.

»Er ist jetzt geschieden«, sagt Floria.

»Oh – du meinst Julian.«

»Was meinst du – ob er mich wohl vergessen hat?«

Leonora teilt den Rest des klaren Sambuca auf, ein paar Tropfen mehr für Floria. »Vielleicht wartet er auf dich.«

»Sei nicht albern.« Floria legt die Stirn auf den Tisch. »Ich bin so müde.«

»Soll ich dir ein Bett auf der Couch machen?«

»Nein. Ich mache nur für ein paar Minuten die Augen zu, dann gehe ich. Manchmal bin ich sicher, es ist die wichtigste Liebe, die ich gekannt habe. Weil sie ... so geblieben ist wie an jenem einen Tag.« Florias Stimme schwindet. »Wir ... hatten nie Gelegenheit, uns gegenseitig zu enttäuschen oder ...«

»In einer Ehe hättet ihr reichlich Gelegenheit dazu gehabt.«

Floria seufzt. Atmet tief ein. Noch einmal. Lässt ein zartes Schnarchen hören.

Sie schläft immer noch tief und fest am Tisch, als Victor Anthony nach Hause bringt. Er zieht die Stirn kraus, als er sie da sieht, sagt aber nichts. Leonora sagt auch nichts. Sie schweigen, als sie Anthony die Schuhe aufbinden – nass vom Regen – und ihm aus seinem Anzug helfen. Schlapp vor Erschöpfung erlaubt er ihnen, dass sie ihn ins Bett bringen, ihn fest zudecken. Leonora vermutet, dass er sich jünger stellt, als er ist, damit sie beide bei ihm bleiben.

Victor küsst ihn auf die Stirn. »Schlaf gut.« Er geht hinter Leonora in den Flur.

»Geh jetzt«, sagt sie zu ihm.

»Können wir uns nicht eine Weile hinsetzen?«

»Ich habe heute schon gesessen.«

»Ich meine, uns hinsetzen und sprechen.«

»Ich habe heute schon gesprochen.«

»Bitte.«

»Wozu?«

»Ich weiß nicht. Ich weiß nicht einmal, was ich dir sagen will. Nur, dass ich jetzt noch nicht gehen will.«

»Will, will, will ...«

»So ist es nicht.«

»Warum gehst du nicht nach Hause zu Elaine und –«

135

»Das ist nicht zu Hause.«

»– und überlegst mit ihr, was du *willst*.«

»Dies hier hat nichts mit Elaine zu tun. Und es –«

»Das ist am Tag deiner Verlobung mit ihr eine unglaubliche Feststellung.«

»Ich weiß«, flüstert er.

»Ich kann dir dabei nicht helfen, Victor.« Leonora geht um ihn herum, legt ihm beide Hände auf die Schulterblätter – *Wie lange ist es her, seit ich dich berührt habe? Wie lange?* – und schiebt ihn zur Tür. Den ganzen Tag ist sie an der Tür gewesen, hat gewartet, dass jemand geht oder kommt. Hat sie geöffnet. Geschlossen. Öffnet sie jetzt für Victor, der immer weiterredet.

Redet über das Reden. »Wie soll ich wissen, was ich eigentlich sagen *will*, bevor ich anfange, es zu sagen?«

Mit der Hand verschließt sie ihm den Mund und zieht sie nicht weg, als er ihre Finger küsst, ihre Arme, ihren Hals. Sie wirft die Tür zu, schüttelt ihren Bademantel ab, hilft ihm mit dem lächerlichen Kummerbund. Sie steht mit dem Rücken an der Wohnungstür, und zwischen ihnen ist ein Drängen, ungestümer denn je, Lust und Gefahr, während Floria und Anthony ganz in der Nähe schlafen. Sie fühlt sich schwerelos, als er sie hochhebt, schwer, als sie sich öffnet und um ihn herum herabsinkt – *und es könnte immer so sein, wieder so sein* –, doch als sie schon beinahe kommt, fühlt sie sich desorientiert, weil alles neu ist und doch nicht neu.

Und dann weiß sie es. Und ist wütend. »Du hast von dieser Frau gelernt.«

»Ich liebe dich.«

»Du hast verdammt nochmal von dieser Frau ficken gelernt.«

»Du bist die Einzige, mit der ich zusammen sein will.«

»Warum versuchst du nicht, sie zu ficken, während ihr

beide Kopfstand macht?« Sie greift nach ihrem Bademantel auf dem Teppich. Wankt einen Augenblick und denkt – absurd –, dass es fast Zeit für die blanken Fußböden des Sommers ist, und sie nimmt sich vor, den Teppichmann anzurufen, damit er die Teppiche abholt und sie reinigt und bis zum Herbst lagert. »Erinnere mich daran, den Teppichmann anzurufen.«

»Darf ich bleiben?«

Sie schleudert ihm die Bauchbinde entgegen.

»Du hast auch gelernt. Denk darüber nach. Wir haben beide gelernt.«

Sie schiebt ihn zur Tür hinaus. Schließt hinter ihm ab. Als sie nach Anthony sieht, schläft er auf dem Bauch. Am Küchentisch schnarcht Floria leise, und Leonora deckt sie mit der orange-grünen Decke zu, die Riptide ihr gehäkelt hat.

In ihrem Schlafzimmer sieht Victor ihr von dem Hochzeitsfoto aus zu; seine Augen verbrennen ihr die Haut.

»Nein«, sagt sie zu ihm.

Wir haben beide gelernt.

»Wage es bloß nicht«, sagt sie zu ihm und fühlt sich schmutzig, obwohl er ihr Ehemann ist. Bei James hat sie sich nicht schmutzig gefühlt.

Aber Victors Augen ruhen auf ihr, forschend.

Also sorgt sie dafür, dass er damit aufhört. Nimmt den Silberrahmen von der Wand, legt ihn mit dem Foto nach unten auf die Kommode aus Ahornholz. So. Jetzt kann er sie nicht mehr sehen. Er ist aus ihrem Leben verschwunden. Vor allem auch wegen heute Abend.

❧

Am Morgen fühlt sich ihr Kopf leicht an, von einem fast angenehmen Sambuca-Kopfweh, das hinter ihren Wangenknochen schwebt wie Teil ihres Atems. Sie wickelt das

Hochzeitsfoto in ein altes Handtuch, doch kaum hat sie es hinter die Schallplatten im Wohnzimmer gesteckt, vermisst sie es auch schon, vermisst, wie sie als Braut ausgesehen hat, anmutig und überzeugend. Sie holt das Foto hervor und wickelt es aus. Und da ist sie. *Anmutig. Überzeugend.* Das Einzige, was bei dem Foto nicht passt, ist Victors Anwesenheit. Ihr fällt der Laden für Gebrauchtmöbel auf der Jerome Avenue ein. Sie war nie drin, obwohl sie auf dem Weg zum Kosmetiksalon daran vorbeikommt, und sie hat ein mit der Hand geschriebenes Schild im Fenster bemerkt:

RESTAURIERUNG IHRER GELIEBTEN FOTOS!
PERSONEN, HAUSTIERE, MÖBEL, PFLANZEN
UND DEKORATIONEN KÖNNEN ENTFERNT ODER
HINZUGEFÜGT WERDEN.
WIR REPARIEREN RISSE, TILGEN FLECKEN
UND ERSETZEN FEHLENDE TEILE.
IHRE ORIGINALE SIND BEI UNS SICHER.
AUSFÜHRUNG ALLER ARBEITEN SEIT 1921
IN UNSERER WERKSTATT

Sie hat sich immer gefragt, was das für Leute sind, die andere von ihren Fotos entfernen lassen, aber als sie über die Pfütze vor dem Geschäft steigt und die Tür aufmacht, fällt es ihr kein bisschen schwer, dem Mann hinter der Theke den verzierten Rahmen auszuhändigen und ihn zu bitten, Victor zu entfernen.

Als der Mann nickt, rutscht sein Toupet ein wenig nach vorn. Es ist glänzend und schwarz und sieht aus wie aus einem Stück gegossen. Seine Augen sind wissend und traurig, als würde er seine ganze Zeit damit zubringen, untreue Ehemänner verschwinden zu lassen, und Leonora hat das Gefühl, dass er in dem Moment, da du sein Geschäft betrittst, weiß, dass deine Ehe zu Ende ist. Was verrät dich?

Der Schwung deiner Lippen? Deine abgekauten Fingernägel? Der Zorn in deinen Augen?

Für seine Dienste verlangt er einen hohen Preis, aber Leonora ruft sich in Erinnerung, was Victor für Verlobungspartys ausgibt, für neue Anzüge und Schuhe. Während sie an kleinen Dingen spart und sich knauserig vorkommt. Sparen, immerfort sparen. Im Auto haben sie einen Karton mit Eiswaffeln, und wenn sie zu Carvel's auf der Webster Avenue fahren, kauft Victor nur zwei Vanille-Softeis und füllt von jeder etwas in eine Eiswaffel für Anthony ab. Drei für den Preis von zweien. *So sparen sie Pennys.* Und Nagellack – wie sie die Flasche bis auf den Grund aufbraucht und dann Nagellackentferner hinzufügt, um den Rest noch zu verlängern, obwohl sich der Lack nicht gleichmäßig auf die Nägel auftragen lässt und immer abblättert. *Pennys.*

Während sie dafür bezahlt, dass Victor von dem Hochzeitsfoto entfernt wird, verspricht sie sich, auf dem Weg nach Hause den teuersten Nagellack zu kaufen.

❧

An diesem Abend ruft Victor an und möchte sprechen.

Jeden Abend ruft er an.

Jeden Abend sagt sie, er soll stattdessen mit Elaine sprechen.

Jeden Abend sagt er, er hat die Sache mit Elaine beendet.

Jeden Abend sagt er, er möchte zu ihr und Anthony nach Hause kommen.

Am Ende der Woche geht Leonora wieder in das Geschäft für Gebrauchtmöbel. In dem ziselierten Rahmen ist sie allein übrig, immer noch anmutig und immer noch überzeugend in ihrem weißen Kleid, aber wo vorher Victors Arm unter ihren geschoben war, steht jetzt ein taillenhohes Postament, wie es sie in jedem Museum gibt, und ihr linker Ellbogen – für immer in der ursprünglichen Haltung angewinkelt – ruht auf der Marmorplatte. Hinter dem Postament hängen die einretuschierten Falten eines langen Vorhangs.

»Haben Sie es so gewollt?«

Einen Moment lang glaubt sie, er fragt, ob sie ihre Ehe die ganze Zeit so hätte haben wollen. »Jetzt will ich es so«, sagt sie zu ihm.

Als sie mit dem eingewickelten Foto unter dem Arm herauskommt, tritt eine Frau in einem ausgestellten Mantel aus dem Coffee Shop am Ende des Blocks, hebt ihr Gesicht in den sanften Wind und lächelt vor sich hin. Leonora saugt die Luft ein – Knospen und frisches Grün. Die Frau geht mit anmutigen, fließenden Schritten, und Leonora weiß, dies ist eine Frau, die das Alleinsein genießt. Und Leonora wünscht sich, auch auf diese Weise allein sein zu können. Schon jetzt sieht sie sich einen Coffee Shop oder das Theater verlassen, in einem ausgestellten Mantel, das Gesicht strahlend vor Freude, weil sie allein ist. Sie spürt, wie ihr Schritt leichter wird, und als die Frau näher kommt, wird ihr Lächeln inniger, als würde sie Leonoras Gedanken kennen, und sie hebt die Arme, bereit, jemanden zu umarmen. Ein bisschen zu überschwänglich für Leonora. Dennoch, sie verlangsamt den Schritt, wappnet sich. In dem Moment eilt ein dünner Mann mit einer Sonnenbrille – er muss die ganze Zeit ein paar Schritte hinter Leonora gegangen sein – an ihr vorbei und in die Arme der Frau, deren Licht die ganze Zeit für ihn da war. *Seinetwegen?*

Leonora kann kaum noch atmen, und sie muss sich an die Mauer lehnen, als die beiden sich umarmen und küssen. Der Verkehr rollt an ihr vorbei, Frauen mit Kinderwagen, Leute mit Einkaufstaschen auf Rädern, während Leonora sich diesen ersten Anblick einer Frau, die sich am Alleinsein freut, zu bewahren versucht. Hatte sie zunächst nur die Frau wahrgenommen, so ist sie jetzt überwältigt von allem anderen um sich herum: das Stottern eines Presslufthammers, ein schriller Streit in einem Hof, zwei kleine kläffende Hunde. Im Geruch des Frühlings Ruß und Abgase. An der linken Körperseite fühlt sie den Silberrahmen, und als sie den Arm fester an den Körper presst, damit der Rahmen nicht herunterfällt, hat sie das Gefühl, dass sie es ist, die aus einem Rahmen in einen anderen getreten und hinter einen retuschierten Vorhang geraten ist. Wo sie Victor finden wird.

Und da weiß sie, dass sie ihn anrufen wird.

∿

Am ersten Abend, an dem sie wieder zusammen sind, kommt er mit einem Bernice-Pfirsiche-Karton voller Esswaren, als wäre er nie fort gewesen. Dieser Teil des Zusammenseins fühlt sich vertraut an, aber im Bett fühlt sich sein Körper nicht vertraut an, und sie lässt ihn nicht an sich heran. Obwohl sie am Tag seiner Verlobung im Flur Sex hatten. Gerade deshalb.

Nachdem sie die Nachttischlampe ausgeknipst hat, richtet sie ihr Kissen, schlägt wie immer so lange darauf, bis es richtig ist, wartet auf seine Frage.

Und er fragt. »Fühlst du dich auch wohl?«

Es tröstet sie, das Ritual dieser Frage –*Fühlst du dich auch wohl?* – macht ihr bewusst, wie sehr sie die Geschichte dieses Rituals vermisst hat, die vor Jahren mit der gleichen Frage angefangen hat. Als Victor die Frage am nächsten Abend und am Abend danach wiederholte – *Fühlst du dich auch wohl?*– oder sogar im Auto, wenn sie zappelig war, hatte es sie geärgert, wie jedes Mal, wenn er sich wiederholte, aber aus diesem Ärger entwickelte sich eine gewisse Zärtlichkeit, bis sie schließlich auf die gewohnte Frage wartete. *Fühlst du dich auch wohl?*

141

So ist es auch mit anderen Dingen zwischen ihnen, die sich vom Zufälligen zum Frustrierenden, vom Frustrierenden zum Liebgewordenen gewandelt haben. Und deswegen hat sie ihm erlaubt zurückzukommen. Wegen der Gewohnheiten. Wegen Anthony. Wegen der unvermeidbaren Zärtlichkeit zwischen ihnen. Weil ihnen die Zeit nicht ewig gehören wird. Wegen der Frau in dem ausgestellten Mantel. Trotz der Frau in dem ausgestellten Mantel.

Sie weiß, dass sie es Victor schwer machen wird. Ihn auf dem Weg zurück zu ihr schwitzen lassen wird. Das macht sie für sich selbst – nicht für ihn. Höchstwahrscheinlich wird sie ihm nicht vertrauen, wenn er nicht bei ihr ist, wenigstens viele Monate lang nicht. Bis sie sich allmählich nicht mehr vornehmen muss, hart gegen ihn zu sein. Und vielleicht kommt dann ein Tag, an dem sie nicht fragen muss, wo er ohne sie war, ein Tag, wenn sie sich mit ihrer Liebe nicht zurückhalten muss.

Als sie vor Morgengrauen erwacht, liegt er auf der Seite und betrachtet sie, als hätte er gar nicht geschlafen. Der Mond übermalt sein glattes Gesicht, *Gesicht des Mondes, glatt und bleich, Gesicht eines Mannes, dessen Haut so glatt und bleich ist wie der Mond* –

Er legt eine Fingerspitze an ihren Halsansatz. »Du hast dich zu mir gedreht, während du schliefst, *mia cara*.«

Sie schluckt. Spürt seine Haut an ihrem Hals.

»Dein Körper hat sich zu mir umgedreht. Ich habe mich nicht bewegt. Dein Hals –«

Er bricht ab. Sein Blick ruht auf dem Hochzeitsfoto über der Kommode.

Sie wartet, dass er fragt, warum er nicht mehr auf dem Bild ist.

»Dein Hals«, sagt er, »lag plötzlich an meinem Handgelenk. Ich habe deinen Puls am Handgelenk gefühlt. Es war … schön.«

Ihr Puls flattert an seiner Fingerspitze, so wie er ihn am Handgelenk gefühlt haben musste – schön, luftig –, und plötzlich ist sie froh, dass Victor da ist. Seine Berührung macht es ihr möglich, sich vorzustellen, wie es sein wird, wenn sein Körper den ihren ganz berührt, bald, hundertfach das Gefühl jetzt von ihrer Haut an seiner Fingerspitze. Noch nicht, beschließt sie. Und spürt, wie sie sich öffnet. Öffnet –

Aber er sagt: »Ich dachte, so muss es sich anfühlen, wenn man ein Baby in sich trägt.«

»Nicht«, sagt sie warnend. Er geht so vorsichtig mit ihr um. Dankbar, dass er zu Hause sein darf, bei ihr und Anthony. Und er versteht immer noch nicht, dass diese Worte sie innerlich wie Messer durchschneiden.

»Diese Art der Nähe« – *Gesicht eines Mannes, dessen Haut so glatt und bleich ist wie der Mond –,* »als hätte man das Baby schon unter der Haut …«

Sie sieht sich allein, in diesem Bett, nach Victors Tod, während sie sich daran erinnert, wie sein Gesicht in der ersten Nacht ausgesehen hat, als er nach seinem Seitensprung wieder zurückgekehrt war – *Gesicht des Mondes, glatt und bleich, Gesicht eines Mannes, dessen Haut so glatt und bleich ist wie der Tod –*

»Und ich dachte«, murmelte Victor, »dass das etwas ist, das nur Frauen erfahren, aber als dein Hals an meinem Handgelenk war, da habe ich verstanden, wie es sein muss, schwanger zu sein.«

»Das kannst du nicht«, sagt sie. »Das kannst du nicht verstehen.« War ihre Ehe die ganze Zeit schon so? Auch in den Momenten, als sie geglaubt hatte, sie würden sich kennen? Ist es für ihn so einfach? Was ist mit den Nuancen? Den Rillen und den Falten?

»Nicht das Gleiche, natürlich«, sagt er. »Nur fast das Gleiche.«

»Es ist überhaupt nicht so, wie schwanger zu sein«, sagt sie entschieden.

Aber sie sagt ihm nicht, dass schwanger zu sein Angst zu haben bedeutet. *Wenn du das Erste verloren hast, weißt du nicht mehr, wie du ohne Angst ein Kind austragen kannst. Das Kind und die Angst fangen gleichzeitig an, in dir zu leben, und beide wachsen in dir, bis das Kind aus dir herausblutet. Während die Angst in deinen Schoß zurückweicht, bereit, das nächste Kind einzuhüllen. Die Schande, dass wieder ein Kind aus dir herausgefallen ist. Das Geflüster: »Leonora hat wieder ein Kind verloren …« Jedes Mal fällt das Kind eher aus dir heraus. Vier verloren. Nur eins geboren: Anthony. Der deine erste Schwangerschaft war. Ein Acht-Monats-Kind. Lebendig. Eine Schwangerschaft, noch unbelastet von Angst. Anthony, der einen Monat, nachdem du Victor geheiratet hattest, in deinem Bauch zu wachsen anfing. Seitdem sind alle anderen aus dir herausgefallen: nach fünf Monaten, nach drei Monaten, nach zwei Monaten; und das Letzte hat sich kaum in deiner Gebärmutter einnisten können, bevor dein Körper es ausgestoßen hat. Erstaunlich zu denken, dass du jetzt schon fünf Kinder aufziehen könntest. Gott bewahre. Wenn du die Wahl hättest –*

Denk nicht nach.

Trotzdem, wenn du die Wahl hättest – würdest du lieber eins oder fünf großziehen? Aber wenn du eine andere Wahl hättest? Zwei Kinder? Drei? Mit zwei oder drei Kindern kämst du zurecht. Aber die Frage, der du dich nähern musst, ist: fünf oder eins? Und die Antwort ist grausam. Eins. Wenn du die Wahl hättest. Angesichts der vier, die aus dir herausgefallen sind. Nein. Du hättest das eine gewählt.

»Deinen Puls in meinem Körper zu spüren«, sagt Victor zu ihr, »war heilig.«

Zweites Buch

—𝓮𝓸—

FLORIA 1975

Zur rechten Stunde

Die italienischen Wörter ihrer Kindheit, die Floria wieder einfallen, haben mit Musik und mit Essen zu tun. Ihr Vater, der seine Opernplatten hört: heilige Zeit. Ihre Mutter beim Kochen: heilige Zeit. *Un bel di vedremo. Fragole. Scarola. La forza del destino. Costoletta. Una furtiva lagrima. Insalate. Tarantella. Dolce.*

Es ist ihre erste Reise nach Ligurien, und sie ist allein nach Santa Margherita gekommen, in dieses Hotel, das jahrhundertelang ein Kloster war. Vielleicht haben sich die Nonnen in den Kriegsjahren zerstreut und dann vergessen, sich wieder zu versammeln. Manche haben vielleicht geheiratet. Ein anderer Altar. Nicht nur ein Bräutigam im Geist.

Es ist von seltsamem Reiz, in diesem Kloster zu sein, als Frau, die Kinder empfangen und geboren hat. Katzen kommen an ihr Fenster, als sie ihre schwarzen Strümpfe herunterrollt, als sie ihren Koffer auspackt. Sie hat nur leichtes Gepäck: ihr schwarzer Nylonunterrock dient ihr auch als Nachthemd, ihr schwarzer Regenmantel als Bademantel, ihre schwarzen Sandalen als Hausschuhe.

Zwei Katzen lehnen sich an ihr Fenster, als erwarteten sie, dass das Glas unter dem Druck ihrer Körper nachgeben würde: eine safrangelbe Katze mit weißen Pfoten und eine braune Katze, deren Fell unter dem Braun die verschwommene Zeichnung einer wilderen und größeren Katze preisgibt. Tief unter den Katzen liegt ein Hof, und jenseits des

Hofes erheben sich die Ziegeldächer roter und ockerfarbener Gebäude. Dahinter der Bogen des Hafens, wo die Adern des Landes die Hügel mit dem Meer vereinigen.

❦

Der Sonnenuntergang verschwimmt in der Dämmerung, und eine alte Frau erscheint in der Luke eines nahen Daches: erst ihr Kopf, dann ihre Arme, ihre Taille, als sie schwerfällig aus dem Treppenschacht steigt. Ihr Schultertuch – in dem gleichen unglaublichen Türkis wie die geschwungene Bucht hinter ihr – verhüllt ihr Haar und die Schultern ihres roten Bademantels. Als sie Essensreste in die Dämmerung wirft, stürzen aus allen Himmelsrichtungen Tauben wie fallende Kinder, flattern um sie herum, bis sie zu einer Erweiterung von ihr werden: ein Körper mit zahllosen Köpfen und Flügeln, die sofort als einzelne Vögel aufgestoben wären, hätte jemand eine abrupte Bewegung gemacht.

In den Hügeln hinter der alten Frau kann Floria das Dorf ausmachen, in dem ihr Vater geboren ist. Nozarego. Der Name erinnert sie an Nazareth, beschwört Bilder von Olivenhainen, Geldwechslern im Tempel, Esel auf staubbraunen Pfaden. In Nozarego ist das größte Gebäude die Kirche, wo ihr Vater seine Erstkommunion gefeiert hat. Im Jahr darauf zog seine Familie nach Mestre, eine Stadt, die – so hat er Floria erzählt – so ausufernd und hässlich ist wie Nozarego einheitlich und schön. Als seine Familie auf einem Frachter von Genua nach New York fuhr, glaubte er, dass er irgendwann nach Nozarego zurückkehren würde, aber er war nie wieder da, obwohl er Dörfer lieber mag als Städte und die Bronx als etwas Vorübergehendes ansieht. Zu laut, sagt er gern, zu verwirrend, zu trostlos. Dennoch, mit der Zeit hat er die Bronx lieben gelernt, weil sie ihm Arbeit bei einem Schrotthandel gab, weil er sich dort eine Doppelhaushälfte in der Castle Hill Avenue leisten konnte,

148

wo er den tiefen Raum unter der Treppe zu einem Musikzimmer mit einer schrägen Decke umbaute.

Vor zwei Jahren, als Floria fünfzig wurde, schenkten ihre
Eltern ihr diese Reise nach Ligurien, aber sie hat so lange
gebraucht, um herzukommen, weil ihr Vater sie gebeten
hatte, das Grab seiner Großeltern zu besuchen, weil sie
schon genug Tote in ihrem Leben hat.

»In vielen Dörfern«, sagte ihr Vater zu ihr, »liegen die
Friedhöfe da, wo die Erde die höchste Erhebung hat. Damit die Toten es leichter haben, den Weg in den Himmel
anzutreten. Wenn wir sie so weit nach oben tragen, wie
die Erde es gestattet, können wir so lange wie möglich an
ihrer Reise teilhaben, und wir erleichtern ihnen den Teil
der Reise, den sie allein unternehmen müssen. Aber zuerst
müssen wir die Toten verlassen.«

Floria weiß das von damals, als sie ihre Tochter begraben hat. An Biancas Grab ergriff ihr Vater ihre Hände, sein
Gesicht ausgetrocknet, seine Augen glänzend, als horteten
sie jeden Tropfen Flüssigkeit in seinem Körper. »Als ich ein
Junge war —« Ihm versagte die Stimme. »Alles, was Bianca
vom Himmel trennt, ist diese Schicht Erde. Die Toten können nur aufsteigen, wenn keine Sterblichen zusehen. Und
wir müssen sie lassen ...«

Floria holt das Foto ihres Vaters hervor, das sie nach Italien mitgenommen hat: Am Tag seiner Erstkommunion,
und er steht vor der Kirche aus Stein, der Boden ein großes
Mosaik aus immer größer werdenden Kreisen. Seine Augen sind auf den Friedhof hoch oben gerichtet, und seine
Hände halten die Kommunionskerze, als wäre sie das Band
an seinem Drachen. Floria stellt das Bild neben den Fernseher auf den Schreibtisch neben ihrem Bett, nimmt die
Vase mit den Mimosen weg, deren kleine gelbe Kügelchen
welk sind.

»Noch nicht«, sagt sie zu dem Jungen auf dem Foto.

Im Badezimmer wirft sie die Mimosen in den Abfall-eimer, und als sie die Vase ausspült, wird ihr in einem plötz-lichen Anflug von Erröten derart heiß, dass sie sich von den Oberschenkeln bis zum Scheitel feucht fühlt. Seit sie nicht mehr blutet, kommt ihr dieses Glühen wie ein Ausgleich vor, den sie gegenüber den Tagen des Blutens bevorzugt. Sie weiß, wie sie es übersteht, nämlich indem sie nachgibt, indem sie daran denkt, dass die plötzliche Hitze in höchs-tens fünfzig Sekunden vorbei ist und dass die Feuchtigkeit – besonders unter ihren Brüsten, wo das weiche Gewicht von Fleisch an Fleisch ihren Schweiß verbirgt, als wäre er ver-boten – wieder trocknet.

Sie stellt sich Malcolm neben sich vor, wie er gekrümmt auf der Seite liegt, nicht in der Löffelstellung, sondern ihr zugewandt, Knie an ihren Knien, Handflächen an ihren Handflächen. Und sie stellt sich vor, wie sie die Hand ih-res Mannes nimmt und zu der feuchten Haut unter ihren Brüsten führt und flüstert: »Fühl mal! Fühl doch mal, Mal-colm«, und ihn sich wärmen lässt an ihrem geheimnisvollen Feuer.

Der Ehemann ihrer Jugend wäre davon fasziniert gewe-sen, wie sie riecht, wie sie schmeckt.

Der Ehemann ihrer Jugend hätte sie ohne zu zögern berührt.

Aber der Ehemann, der Malcolm in der Summe ihrer gemeinsamen Jahre geworden ist, würde sich von ihr ab-wenden, wäre nicht mehr neugierig, nicht mehr erfinde-risch.

Der Ehemann, der Malcolm geworden ist, wäre von ih-rer plötzlichen Hitze abgestoßen.

Floria fragt sich, ob auch die Nonnen, ob auch sie von dieser plötzlichen Hitze befallen waren? Sprachen sie miteinander darüber? Würden sie das tun, in einer Gemeinschaft von Frauen? Floria kann die Nonnen spüren, *wie sie innerhalb der Wände dieses Klosters beten und schlafen, wie sie über die Terracottafliesen des Hofs gehen, sich an die weißen Säulen lehnen, am Rand des Marmorbrunnens sitzen, wo das Wasser von den Händen nackter Engelchen tröpfelt. Einige der Nonnen sind noch junge Mädchen. Kein Verlust für ihre Mütter, sondern ein Segen. Wenigstens geben einige Mütter das vor. Eine Tochter im Kloster. Ein Sohn im Klerus. Gebenedeit seist du unter den Frauen. Gebenedeit, weil du dein Kind verloren hast. Junge Mädchen, die sündigen oder ertrinken oder fortgehen aus den Dörfern, wo sie aufgewachsen sind, fort aus den dünen- und erdfarbenen Steinhäusern, die inmitten dunkelgrüner Weinberge an den Hügeln geschachtelt sind. Das Echo von Tauben – ihr Gurren, ihre Krallen auf den Ziegeldächern – kriecht an den Steinwänden entlang, verfolgt die Mädchen durch enge Straßen, die nach Mangos und frisch ausgenommenem Fisch riechen.*

Als Floria ein Kind war, fürchteten sich die Nonnen in ihrer Schule vor der Leidenschaft des Fleisches und verwandelten die Leidenschaft der Mädchen in keusche Ekstase, die so rein war wie die weißen Gewänder der jungen Postulantinnen, die auf ihren ewigen Bräutigam am Kreuz über dem Altar zuschwebten. So wie viele ihrer Klassenkameradinnen träumte auch Floria davon, Postulantin zu werden, aber sie fand zwei Gründe dagegen. Erstens: Sie fürchtete sich davor, eine Nonne wie Schwester Gabriella zu werden, die glaubte, sie habe achtzehn Jahre lang das Baby des Erzengels Gabriel in sich getragen, weil die Schwestern eifersüchtig waren und ihr nicht erlaubten, das Baby des Erzengels zur Welt zu bringen. Und zweitens: Sie konnte sich nicht vorstellen, wie sie sein würde, hätte sie das weiße Gewand der Postulantin erst einmal abgelegt. Es hatte nichts damit zu tun, dass sie für immer Schwarz tragen müsste. In Schwarz fühlte sie sich elegant. Die meisten ihrer Sachen waren schwarz, so sehr Teil von ihr wie der Geruch ihrer Haut. Oder ihr Name.

»Du bist nach Floria in *Tosca* genannt«, hatte ihr Vater ihr erzählt, als sie alt genug war, das zu verstehen, und Floria stellte sich vor, wie Puccini und ihr Vater Namen erwogen, während sie, Knie gegen Knie, im Musikzimmer ihres Vaters saßen, wo er gerade genug Platz für zwei Stühle hatte. Gesang ließ die Rundungen seines Victrola-Geräts anschwellen, strömte durch goldene Fäden und glitt an der schrägen Decke zu dem Fenster hinunter, das auf die Gasse hinausging.

Wenn ihr Vater bei der Arbeit war, hielt er die Tür verschlossen; doch abends ließ er Floria hinein – ihren Bruder nicht, obwohl sie zwei Jahre jünger war als Victor. »Weil du weißt, wie man bei Musik leise sein muss«, sagte er zu ihr. Was sie noch mehr liebte als die Musik, war der Anblick seines Gesichts, wie es sich weitete, wenn er seine Opern hörte, so weit wurde, dass Licht von seiner Haut floss.

Niemand fing mit dem Abendessen an, auch Gäste nicht, solange er nicht aus dem Musikzimmer gekommen war, und selbst wenn Florias Spucke sich schon um ihre Zunge herum sammelte, wusste sie, dass sie erst essen durfte, wenn er am Tisch saß, ihrer Mutter zunickte und den Suppenlöffel hob.

૪

So früh im Februar ist das Hotel leer, bis auf Floria und die Signora hinter dem Empfangstisch, die so alt ist wie Floria und ein strenges Gesicht mit breiten Lippen hat, die in einem geheimnisvollen und andeutungsvollen Schmollen geschlossen sind. Die Signora trägt Kostüme, wie sie Jackie Kennedy trug, als sie noch im Weißen Haus wohnte, aber im Gegensatz zu Jackie Kennedy, die viele kurze Jacken mit

152

passenden engen Röcken besaß, hat die Signora zwei: ein steinfarbenes Tweedkostüm mit Silberknöpfen und eins aus Wolle in der Farbe von Erdbeeren, bevor sie ganz reif sind. Drei Tage lang trägt die Signora das gleiche Kostüm, dann drei Tage lang das andere. So wird Floria daran erinnert, dass die Zeit vergeht.

Und sie erinnert sich selbst daran: *Jetzt ist es sechs Tage her, seit ich angekommen bin.*

Jetzt sind es neun Tage.

Im Frühstückszimmer, das früher die Kapelle war, hängt immer noch ein Weihwasserbecken neben der Tür. Auf dem Marmoraltar hat die Signora genug Speisen für zwölf Personen, die nie kommen werden, aufgebaut – verschiedene Käse und hauchdünne Scheiben Schinken, luftig gedrehter Blätterteig, aus Blutorangen gepresster Saft –, als wartete sie darauf, dass die Nonnen zurückkehrten.

Während Floria isst, überlegt sie, ob der Signora das Hotel gehört. Wenn ja, wie kann sie es sich leisten, es nur für den einen Gast zu öffnen, das ganze Essen bereitzustellen und die frischen Blumen? Die Etagen zwischen der Eingangshalle und Florias Zimmer unter dem Dach scheinen leer zu sein. Vielleicht ist das Hotel nur für Reparaturen geöffnet, und Gäste sind eher zufällig da. Gestern hat ein alter Mann ein paar Fliesen in der Halle ausgewechselt, und heute Morgen bauen zwei Männer im Hof ein Gerüst auf. Sie schieben und hämmern zerkratzte Stangen in Messingverbindungen, legen Bretter über jeden Abstand zwischen jeweils zwei Stangen. Der Kleinere der beiden, gedrungen, mit bedächtigen Bewegungen, klettert über die Bretter wie ein Turner, anmutig und mühelos, während der andere Mann sich mit einer Gehemmtheit bewegt, die Floria an Anthony erinnert. Auch er hat die Angewohnheit, sein Gesicht oder den Hals zu berühren, als müsste er sich versichern, dass er noch da ist.

Anfangs hat sie Anthony geliebt, als wäre er ihr Sohn, und durch ihn hat sie auch seine Mutter lieben gelernt. Als sie Leonora kennen lernte, mochte sie sie überhaupt nicht – zu dünn, zu respektlos –, aber als sie beide Mutter wurden, wuchs zwischen ihnen eine Freundschaft, impulsiv und vertraulich. Und auch dies ist ein Verlust für Floria: Sie liebt Anthony nicht mehr, als wäre er ihr Sohn. Stattdessen fühlt sie sich in seiner Nähe beklommen. Weil sie nicht mit Sicherheit weiß, was er mit Biancas Sturz zu tun hatte. Und es doch weiß. Und sich schämt wegen dieses Wissens. Und das Wissen als Geheimnis für sich behält. So viele Dinge, die man in dieser Familie geheim halten muss. *Dinge, über die wir nicht sprechen.* Sie spricht nicht darüber, wann sie sich zum ersten Mal in Anthonys Nähe beklommen fühlte.

Siebenundzwanzig Jahre ist es her, aber sie kann ihn noch sehen, ein kleiner Junge in einer orangefarbenen Jacke, der mit Bianca und Belinda auf dem Spielplatz im St. James Park spielte, Sandkuchen backte, Löcher für sein Auto buddelte. Als er aus der Sandkiste kletterte, lächelte er ein Engelslächeln und wackelte auf das Klettergerüst zu, wo ein kleiner Junge mit einem Spielzeuglaster spielte. In seinen ausgestreckten Händen bot Anthony ihm sein gelbes Metallauto an, aber in dem Moment, als der Junge danach griff, schnappte Anthony sich den Laster.

Er brüllte, als Floria ihm den Laster wegnahm. »Wo hast du nur gelernt, etwas anzubieten, um etwas Größeres dafür zu bekommen?« Um ihn abzulenken, setzte sie ihn wieder in die Sandkiste, und ein paar Minuten lang spielte er mit Belinda und Bianca, doch schon bald kletterte er wieder heraus und strebte – mit dem gleichen Engelslächeln – auf das Klettergerüst zu und streckte sein Auto aus. Anthony wollte gerade den Laster des Jungen ergreifen, als Floria ihn hochhob, und während er sich wand und um sich trat,

154

machte sie sich schon Sorgen um ihn, über diese Stunde, diesen Tag hinaus.

❦

An manchen Tagen isst Floria in kleinen Trattorien, wo ihr Alleinsein sich über ihren Körper hinaus ausbreitet, so sichtbar ist, dass es den Paaren und Familien an den anderen Tischen Unbehagen verursacht. Es ist nicht wie das Alleinsein, das sie in jenem Frühling vor so langer Zeit empfand, als sie Ferien ohne Malcolm und die Zwillinge machte. Fünf Tage in Montauk, in einem kleinen Hotel am Meer. Wie sie es genoss, allein in einem Restaurant zu sitzen, das zu bestellen, worauf nur sie Lust hatte, in diesem Moment, ohne für ihre Familie zu planen und vorzubereiten. Und da sie wusste, dass sie nach fünf Tagen wieder zurück sein würde, umhüllte ihr Alleinsein sie, stärkte sie. Denn weil sie dieses Alleinsein gewählt hatte, empfand sie zu Malcolm und ihren Töchtern eine intensive Verbindung, die ihr Alleinsein nicht minderte.

Aber eines Abends, als sie die mitleidigen Blicke der Menschen an den anderen Tischen spürt, sogar die des Kellners, wird Floria bewusst, dass sie hier, in Ligurien, ihr Alleinsein ohne diese Verbindung trägt: eine Frau, die nur noch ein Kind hat, eine Frau, die unsicher ist, ob sie bei ihrem Ehemann bleiben wird. *Ohne Malcolm?* Es ist das erste Mal, dass sie dies denkt, so unmittelbar, aber er schockiert sie nicht, dieser Gedanke, er ist bereits vertraut, als hätte er sich über die Jahre in ihr herausgebildet.

Ohne
Malcolm
Ohne Malcolm

Der Kellner geht durch den Raum, ein großes Tablett auf der Schulter. Er trägt teure Schuhe ohne Socken. Sieht aus wie ein Schauspieler, der einen Liebhaber oder einen

155

Gangster spielen könnte, der dich um den Verstand fickt, wie Leonora sagen würde, oder dir in einer dunklen Gasse die Kehle aufschlitzt, beides mit gleicher Leidenschaft und Geschicklichkeit. Als er stehen bleibt und Floria ansieht, wahrscheinlich, weil er gemerkt hat, dass sie ihn anstarrt, lächelt er, nimmt das Tablett von seiner Schulter, hebt es mit beiden Händen hoch und lässt es fallen, sodass alle im Restaurant aufschrecken. Aber er verneigt sich, als wäre er in der Tat Schauspieler, schwingt einen Arm auf die Brust und durch die Luft, fordert Applaus. Floria lacht und klatscht in die Hände; sicher, dass es kein Missgeschick war, dass er dies schon einmal gemacht hat, dass es seine Art zu flirten ist; und schon applaudiert der Mann am Nachbartisch, dann andere; sie applaudieren und lachen mit ihr, während der Schauspieler seine Bühne fegt. Das Summen der Gespräche, vorher schon angeregt, wird danach lebhafter, schließt sie jetzt mit ein.

Im Hotel ist die Glühbirne neben ihrem Bett durchgebrannt. Als sie in der Rezeption anruft, kommt die Signora in ihr Zimmer und behauptet, Floria habe genügend andere Lampen.

»Aber diese Lampe benutze ich zum Lesen im Bett.«

Mit einem raschen Rascheln von Nylon-Oberschenkeln geht die Signora aus dem Zimmer, und ihr Missmut, als sie wiederkommt, ist wie eine Schale auf Florias Haut, und Floria bemüht sich nicht um Worte, während die Signora die Glühbirne auswechselt.

Im Morgengrauen, halb geweckt von leisem Schnarchen, streckt sich Floria und greift nach ihrer ersten Zigarette. Sie mag das samtige Röcheln in ihrem Hals, bevor sie richtig aufwacht, genießt das Vibrieren des Schnarchens, wo es sie am Gaumen kitzelt. Gelegentlich verschwindet es, sobald sie zuhört, als hätte es eine eigene Identität, aber normalerweise kann sie ihm nachspionieren, zulassen, wie seine zarte

Stärke sich in ihrer Stimme ausbreitet. Erwacht sie morgens schnarchend, fühlt sich ihre Stimme stärker an, und diese Stärke wirkt sich den ganzen Tag über auf ihren Gang, auf ihre Gedanken aus.

Auf dem Weg zum Frühstück ist Floria bereit, die Signora zu ignorieren, aber die steht schon neben dem Weihwasser und begrüßt Floria, die offenen Hände erhoben, als wollte sie Floria von ihren Sünden lossprechen. Ich kann das auch, denkt Floria, meine Hände so erheben. Und sie tut es. Die Signora lächelt, führt sie an einen der aufwändig gedeckten Tische, wo jede weiße Serviette in der Form einer Bischofsmütze gefaltet ist. Wie an jedem Morgen ist Floria der einzige Gast. Es ist offensichtlich, dass die Signora diese Arbeit lieber mag als ihre Hausmeisterpflichten. So würde es mir auch gehen, denkt Floria, plötzlich beschämt, weil sie darauf bestanden hat, dass die Signora die vielen Treppen hinaufsteigt, um eine einzelne Glühbirne auszuwechseln.

꙼

Als sie ein paar Tage später wieder in die Trattoria kommt, ist der Liebhaber-Gangster-Kellner nicht da. Zwei Frauen und ein kleines Mädchen treffen nach ihr ein, aber sie schnappen sich den Tisch, auf den Floria gewartet hat. Ganz elfenbeinfarben gekleidet, ähneln sie Gestalten aus *Der große Gatsby*: elfenbeinfarbene Hüte und Haut, elfenbeinfarbene Kleider und Haare. Ihre Profile: geübte Eleganz und Gleichgültigkeit. Zögernd gestattet Floria der Kellnerin, ihr bei ihnen am Tisch einen Platz zu geben. Ohne auf die Karte zu sehen, bestellt sie eine Portion *trofie*. Aber die Frauen diskutieren über die Speisekarte in schnellem Italienisch und wählen *antipasti, primi piatti, piatti secondi* und zeigen, dass ihnen Floria und das Mädchen, das mit einem Gummihai und einer Barbie-Puppe spielt, gleichgültig sind.

157

Im Lampenlicht, das von auf der Bar aufgereihten Flaschen mit Olivenöl und Paprikaschoten abprallt, schiebt das
Mädchen Barbies Beine zwischen die Kiefer des Hais. Wie
Elemente aus verschiedenen Jahrhunderten, die aufeinander stoßen, denkt Floria. Als ihre Pasta mit grünen Bohnen und Basilikumsoße kommt, isst sie hastig. Die Frauen
reichen sich abwechselnd ein Fernglas und schauen durch
das Fenster in die tiefblaue Nacht, während das Mädchen
verschiedene Hai-und-Barbie-Kombinationen ausprobiert:
Barbies Haare zwischen den Gummizähnen des Hais, eins
der Beine Barbies im Rachen des Hais.

Als Floria kaum die Hälfte ihres Gerichts gegessen hat,
bezahlt sie und tritt auf die dunkle Straße hinaus. Mit einem
Mal ist die vertraute Angst wieder da. *Angst davor, Angst zu
haben.* Sie geht schneller, versucht sie abzuschütteln. Vor ihr
ist eine Frau, das Haar bedeckt, und als sie in eine Kirche
geht, folgt Floria ihr. Sie taucht die Finger in das Stein-
becken mit Weihwasser, bekreuzigt sich – »Im Namen des
Vaters und des Sohnes und des Heiligen Geistes« – und
kniet zum Beten nieder, wie sich das an Orten, die heilig
sind, gehört. Aber seit Biancas Tod entzieht sich ihr das
Gebet. Die Kirche ist schlechtes Theater geworden: Sich
wiederholende Gesten und Worte sind ohne Bedeutung.
Dennoch, sie ist nicht wie Leonora, die Respektlosigkeit
kultiviert und liebend gern gegen die Kirche wettert. Sie
wünscht sich, Leonora wäre jetzt hier bei ihr. Dann hätte
sie nicht solche Angst.

Eine andere Frau tritt ein. Beugt das Knie und fängt
an zu weinen. Florias Vater hat ihr von solchen Frauen in
Italien erzählt. »Sie betreten eine Kirche, irgendeine, und
fangen auf der Stelle an zu weinen. Für sie ist es ein Reflex,
wie der Speichelfluss vor dem Essen.« Aber Floria beneidet
sie um diese Fähigkeit zu weinen. Sie kann nicht weinen.
Kann nicht beten. Kann nicht zu dem zurückkehren, was,

wie sie jetzt weiß – aber nicht wusste, solange Bianca lebte –, ein Zustand der Gnade war. Danach setzte die dunkle Traurigkeit ein. Als sie nicht aus dem Bett aufstehen, in ihre Hausschuhe schlüpfen, sich anziehen konnte. Sie konnte sich genau vorstellen, was getan werden musste:

> *Die Beine aus dem Bett gleiten lassen*
> *Die Füße in die Hausschuhe schieben*
> *Aufstehen*
> *Zum Schrank gehen*
> *Den Bademantel vom Haken nehmen*
> *Einen Arm in den Ärmel stecken*
> *Dann den anderen*
> *Die Knöpfe zumachen –*

Aber es war zu viel zu tun. Zu viel zu bedenken. Immer wieder stellte sie sich die Reihenfolge vor, aber die Verbindung zwischen ihrem Willen und ihrem Körper war abgerissen. Überwältigt von allem, was sie nicht tun konnte, blieb sie im Bett. Zu entscheiden, ob sie ein Kissen wollte, war eine schwierige Aufgabe. An manchen Tagen war das die einzige Entscheidung, die sie treffen konnte. Der Weg von ihrem Bett zur Tür war eine unüberwindbare Entfernung. Und selbst in den Stunden, wenn sie es schaffte aufzustehen, wurde alles, was sie einmal gern gemacht hatte – nähen, Musik hören, lesen, Stoffe kaufen –, zu einem Berg, den sie abtragen musste. Und wofür? Sie hatte nichts, worauf sie sich freuen konnte. Außer, dass sie den Berg mit all den Dingen, die sie nicht getan hatte, abtragen musste, damit er nicht auf sie fiel.

Wenn er nicht schon auf sie gefallen war. Denn sie hatte das Gefühl, als lebte sie unter dem Berg – ohne Luft, ohne Licht. Jedoch nicht die ganze Zeit. Sie war nicht die ganze Zeit so. Manchmal kroch sie mit riesiger Anstrengung unter dem Berg hervor, zwang sich, die Beine aus dem Bett gleiten zu lassen, ihre Füße in die Hausschuhe zu schieben, aufzustehen, zum Schrank zu gehen, ihren Bademantel vom Haken zu nehmen, einen Arm in den Ärmel zu stecken, dann den anderen, die Knöpfe zuzumachen, sich die Zähne zu putzen, das Gesicht zu waschen, zu kochen, sogar zu nähen.

Sie entdeckte, dass sie manchmal, wenn sie von zu Hause weg war, das ausführen konnte, was sie machen musste. An anderen Tagen schaffte sie es nur, die Wohnung zu verlassen, und dann wanderte sie in der Nachbarschaft herum, entfernte sich immer weiter von der Wohnung, war erleichtert, wenn es regnete, damit andere nicht ihr Gesicht sähen.

Wichtig war, dass sie von einer Stunde zur nächsten kam. Von einem Tag zum nächsten. Am Anfang war es wegen Belinda. Die sie zwang aufzustehen. Die darauf bestand, dass sie ihr vorlas oder wenigstens Worte aneinander reihte. Obwohl Floria sich Mühe gab, vergaß sie den Anfang eines Satzes, bevor sie am Ende angekommen war. Sie las den Satz noch einmal. Vergaß ihn. Starrte an dem Buch vorbei. An ihrer Tochter vorbei.

»Versuch es noch einmal.« Belinda zerrte an ihr.

»Nicht … ich bin so müde.«

»Lies mir vor, Mama. Jetzt!«

Aber sie traute sich nicht zu, ihre Tochter zu versorgen. Hatte Angst. *Angst davor, Angst zu haben.* Angst davor, andere könnten sehen, dass sie Angst davor hatte, Angst zu haben. Die Angst war ganz anders als alles, was sie vorher gefühlt hatte, und sie wusste nicht, ob ihr Leben jemals wieder normal sein würde. Mit Schlafen und Schweigen schirmte sie sich vor anderen ab. Nähaufträge wurden nicht fertig. Eine Hochzeit musste verschoben werden. Floria brachte Unglück.

Die Mutter der Braut sagte ihr das: »Sie bringen Unglück. Wissen Sie denn nicht, dass eine verschobene Hochzeit bedeutet, die Ehe wird nicht halten?« Sie nahm Floria das nicht fertig gewordene Brautkleid ab, mit allen Stecknadeln, obwohl Floria sich so viele Gedanken gemacht hatte, welcher Ausschnitt für diese Braut, die einen knochigen Brustansatz hatte, aber einen viel zu tiefen Ausschnitt wollte, am besten wäre. »Ich suche mir eine andere Schneiderin, die das Kleid fertig näht«, erklärte die Brautmutter Floria. »Ihr Ruf ist ruiniert. Dafür sorge ich. Denn Sie ruinieren das Leben meiner Tochter.«

»Seien Sie dankbar«, flüsterte Floria.

»Wofür?«

»Seien Sie dankbar, dass Ihre Tochter lebt.«

»Drohen Sie mir nicht.«

»Dankbar. Seien Sie dankbar.« Floria glitt an der Brautmutter und dem halb fertigen Brautkleid vorbei und ließ die Tür offen stehen.

Als Malcolm sie fand, saß sie auf einer Schaukel im Slattery Park und hielt einen Kieselstein umklammert. »He.« Er setzte sich neben sie, legte seine Hand auf das harte Tal zwischen ihren Schultern. »Was hast du da?«

Sie schloss die Finger noch fester um den Stein und spürte, wie sich seine Form, seine Farbe für immer in ihre Haut eingruben.

Malcolm beugte sich zu ihr. »Sag es mir.« Seine Stimme freundlich, eindringlich.

Sie erlaubte ihm, ihre Finger zu lösen und ihre Hand zu öffnen. Hörte sich selbst zu, als sie ihm erzählte, wie sie die Mutter der Braut stehen gelassen hatte, wie ihr plötzlich der Gedanke gekommen war, um wie vieles leichter es doch sein würde, nicht lebendig zu sein. »Und da habe ich den Stein aufgelesen. Weil er mir Angst gemacht hat, der Gedanke. Und ich habe den Stein festgehalten und mir versprochen, weiterzuleben.«

161

»Das ist gut.« Malcolm wollte nach dem Stein greifen.

Aber Floria schloss die Finger darum. »Du warst nicht einmal da.«

»Du weißt, dass ich darum gebeten hatte, mich zu ihrer Beerdigung zu lassen, mit jemand vom Büro des Sheriffs hinzufahren. Du weißt, dass sie mir gesagt haben, solche Entscheidungen würden nie schnell getroffen, dass es einen Verfahrensweg einzuhalten gilt.«

»Ich weiß ... du warst nicht da, als sie starb.«

Er zuckte zusammen.

»Und *dafür* kannst du nicht Verfahren und Regeln die Schuld geben.«

»Ich gebe nur mir die Schuld dafür. Wenn ich an dem Tag da gewesen wäre —«

»Nein«, sagt sie. »Ich habe das auch gemacht, mich gefragt ... wenn ich bei den Mädchen und Anthony in der Küche gewesen wäre ...«

»Wenn ich dir versprechen würde, dass ich nie mehr ins Gefängnis komme – würdest du mir glauben?«

»Wenn? Entweder du versprichst es oder du versprichst es nicht. Frag mich nicht, was ich glauben würde, für den Fall dass.«

»Ich verspreche es. Ich verspreche, dass ich nie wieder etwas tun werde, wofür ich ins Gefängnis komme. Und ich bitte dich nicht, mir zu glauben, bis ich es dir bewiesen habe.« Er umschloss ihre Faust mit der Hand. »Wir nehmen ihn mit nach Hause, deinen Kieselstein.«

»Nein.

»Dann hast du ihn als Erinnerung.«

»An das Leid?«

»An die Gewissheit, dass du dies überstehen wirst.«

Obwohl sie den Kieselstein nicht behalten wollte, hatte sie nicht die Energie, sich Malcolm zu widersetzen, aber als er die Wohnungstür aufmachte, weigerte sie sich, hineinzugehen. »Ich fürchte mich davor, ihn in der Wohnung zu haben.«

»Es ist nur ein Stein.«

»Er wird mich daran erinnern, wie … ich mich gefühlt habe, als ich ihn fand.«

»Soll ich ihn wegwerfen?«

»Nein, nein. Das ist … gefährlich. Denn er bedeutet beides – das Nicht-leben-Wollen und mein Versprechen, am Leben zu bleiben.«

»Dann lass mich ihn wieder dahin zurückbringen, wo du ihn gefunden hast.«

»Nicht zum Spielplatz.«

»Irgendwohin im Park, wo du nie hingehst. Ich lass mir was einfallen.« Sanft öffnete er ihre Faust. Nahm den Kieselstein, eiförmig, besprenkeltes Sandgelb.

Zwei Stunden war er fort, und als sie ihn fragte, wo er den Stein hingelegt hatte, sagte er: »Ich habe mir verschiedene Verstecke überlegt, aber keins fühlte sich richtig an, bis ich einen Spalt zwischen zwei Felsen fand. Da habe ich deinen Kieselstein reingeschoben, da ist er gut aufgehoben. Vielleicht möchtest du ihn eines Tages zurückhaben.«

»Nein.« Doch schon stellte sie sich vor, dass sie dorthin gehen würde. Spürte die Gefahr. Das Versprechen. »Würde ich ihn finden?«

»Ich würde ihn für dich finden«, versicherte er ihr.

❧

Im Dämmerlicht der Kirche knien noch andere – hauptsächlich Frauen –, murmeln mit schnellen Lippenbewegungen, der Glaube eine Angewohnheit, ein Geburtsrecht. Über dem Seitenaltar stillt eine verblasste Madonna das Jesuskind. Floria ist begeistert – sie hat noch nie eine barbusige Madonna gesehen – und fragt sich, wer der Künstler ist. Sie ist froh, dass es nicht Michelangelo ist. Ihre Mutter hatte ihr dringend geraten, sein Grab in Florenz zu besichtigen, aber nach allem, was Floria über Michelangelo gelesen hat, musste es in seiner Nähe ziemlich anstrengend sein. Zu sehr wie ihre Mutter: fähig und fordernd.

Überall um Floria herum beten Frauen. Kennen einige von ihnen die Art von Traurigkeit, die nie wieder einfach nur Traurigkeit sein kann, wenn du erst einmal weißt, was darunter auf dich wartet? Traurigkeit ist die Falltür ins Leere. Nicht, dass sie sich jedes Mal öffnet, wenn du darüber gehst. Aber du bist dir der Leere bewusst. Voller Angst vor der Leere. Voller Angst vor der Liebe. Voller Angst vor dem Zorn. Wegen dieser Gewissheit hat sich die Grenze geändert. Obwohl du allmählich Tage erlebst, an denen du darauf vertraust, dass der Boden hält.

Als Floria ihre Stirn gegen die verschränkten Finger lehnt, fällt ihr der Fußboden mit dem uralten Steinmosaik auf: verblichene Töne von Grau und Terracotta. Das blasse Taubengrau … sie wird Überzüge in dieser Farbe machen, Vorhänge und Kissen in Terracotta nähen. Sofort kommt sie sich oberflächlich vor. Sie ist in der Kirche, Herrgott nochmal, umgeben von Gebeten und Tränen und heiligen Statuen. Trotzdem … sie kann sich Stoffe besorgen. Ihre Mutter bitten, eine passende Decke zu häkeln. Und eine passende Vase hat sie schon.

Als sie die Kirche verlässt, hängen Nebelfetzen über der Piazza wie die Flügel riesiger Vögel, und in diesem Nebel nähert sich ihr eine Familie, vollendet gekleidet, und die Eltern halten zwischen sich das Kind an den Händen, ein Mädchen von acht oder neun Jahren, das über seinem Samtkragen den Schattenhimmel anlacht und wie eine Marionette hüpft, mit zuckenden Knien und ausholenden Ellbogen, so wie Kinder an den Händen ihrer Eltern schwingen. Der Pelzmantel der Frau umfließt sie wie ein Cape, und in diesen fließenden Bewegungen, in dieser Verspieltheit scheint die Familie privilegiert. Der Nebel und die Bögen der Piazza trennen sie vom Rest der Welt, von allen, die nicht dieses Ausmaß an Glück gekostet haben.

Wenn ich sicher sein könnte –

Wenn ich sicher sein könnte, dass Bianca bei Eltern wie diesen ist – nicht länger mir gehört, aber so vollendet umsorgt in einer Welt, wo ich sie jetzt nicht berühren kann –, ist es vielleicht am ehesten das, was ich vom Himmel wissen werde. Oder vielleicht ist das überhaupt mit Himmel gemeint: flüchtig zu sehen, dass jemand, den du liebst, in ewiger Geborgenheit ist. Doch als die Familie näher kommt, sieht Floria mit Entsetzen, dass der Marionettentanz des Mädchens – so schwebend zwischen beiden Eltern – die einzige Art ist, wie es überhaupt gehen kann. Seine verbogenen Gliedmaßen zucken, wenn es sich nach vorn wirft, der Mund zum Himmel offen, nicht mit Lachen, sondern mit einem endlosen Klagelaut.

❦

In ihrem Hotelzimmer zieht Floria sich aus, ohne das Licht anzumachen, schlüpft nackt zwischen die Laken. Sie schüttelt eine Zigarette aus der Packung, zündet im Dunkeln ein Streichholz an, ihre Kehle lechzend nach diesem Zug, und zwingt sich zu glauben, dass die Eltern das Mädchen bei Einbruch der Nacht zur Kirche brachten, damit es geheilt würde.

Und dass es geheilt wird.

Geheilt werden muss.

Doch mit einem Mal ist das Mädchen Bianca – *ewig schwebend, ewig fallend –*, und Floria drückt ihre Zigarette aus, presst eine Hand auf den Mund. *Betrogen.* Betrogen um den ersten Anblick des Mädchens: so heiter und glücklich und beschützt; betrogen um die Vorstellung eines Lebens für das Mädchen, so wie sie sich all die Jahre ein Leben für Bianca vorgestellt hat. Sie gemessen hat – wie sie aussehen würde, was ihr wichtig wäre – an den Veränderungen Belindas. Sich dafür geniert hat, wie sie sich an ihre überlebende Tochter geklammert hat. Eine Mutter, die zu sehr bemüht ist, die zu viel anbietet. Aber Belinda hat gelernt, sich dieser klebrigen Liebe zu entziehen, in der Schule, im College, in der Ehe. Statt zu Hause zu wohnen, als sie an der New York University studierte, war Belinda in ein Studentenwohnheim gezogen. Und nach ihrer Heirat mit Jonathan mieteten sie sich eine Dreizimmerwohnung im West Village, statt zurück in die Bronx zu kommen.

Was früher Belindas Zimmer war, ist jetzt Florias Nähstube, doch das Bett ist immer frisch bezogen, falls Belinda jemals über Nacht bleiben möchte. Aber Belinda befindet sich ständig auf der Flucht vor Floria und plant ihr Entkommen, bevor sie ankommt. Wenn Floria gegen diese Flucht ankämpft, sich ins Zeug wirft und noch mehr anbietet, wird die Flucht umso dringender, wird unumgänglich. In letzter Zeit ist Belinda jedoch auch auf der Flucht vor Jonathan, der auf aggressive Weise reinlich ist, sich nach jeder Mahlzeit die Zähne putzt, mehrmals am Tage duscht, und soweit Floria sehen kann, bereitet sich Belinda auf eine Flucht vor, die drastischer ist als alles, was sie bisher versucht hat.

❦

Als die Signora Floria den Saft eingießt, öffnet sie die Lippen und lächelt, und ihr hübsches Schmollen ist kein Schmollen mehr, sondern die Art, wie ihre Lippen sich um ihren vorstehenden Kiefer und die Zähne arrangieren müssen.

»*Grazie.*«

Sonne durchschneidet das rote Fruchtfleisch in Florias Glas – *Blut Christi, Blut des Lamms Gottes* –, und sie überlegt, wie es für jemanden von einem anderen Planeten wäre, wenn er in eine Messe geriete. Das Fleisch unseres Erlösers, gegessen von Priestern und Sündern. Amen. Barbarische

Riten. Eindeutig ein Leonora-Gedanke. Floria nimmt sich vor, ihr davon zu erzählen.

Aus der Halle kommt das Klick-Klack der schnellen Absätze der Signora, während sie nach den Blumen sieht oder, vielleicht, nach den Lieferungen. Das Licht schält Schatten von den weißen Säulen im Hof, und Engel versprühen Wasser von ihren Handflächen. Haben die Nonnen diese nackten Engel wirklich ausgesucht? Oder war es die Signora? Leonora würde sich für die Nonnen entscheiden: »*Als Ausgleich für all die Kleider, die sie anziehen müssen. Aber warum haben sie nicht ausgewachsene nackte Engel genommen?*«

Vor ein paar Tagen hat das Hämmern nachgelassen, und nachdem die Männer das Gerüst mit einem grünen Netz umhüllt hatten, gingen sie. Gestern kam der Maler mit Eimern und Pinseln und schwebte hinter dem Netz, als wäre er in dem wässrigen Glas des Aquariums auf Coney Island, wohin Floria mit den Zwillingen gegangen war. Belinda mochte das Aquarium, doch Bianca wimmerte: »Es zerbricht gleich«, und zeigte auf das Glas. Sofort nahm Floria sie auf den Arm und versprach ihr, das Glas würde nicht zerbrechen, aber Bianca war untröstlich. »Das Glas zerbricht ... dann zerbrechen die Fischlein ... und dann —« Floria hielt ihre Nase an Biancas Nase, Auge an Auge. » Dir wird nichts geschehen. Ich verspreche es.«

Als Floria sich die dritte Zigarette des Morgens anzündet, fragt sie sich, welche Versprechen die Signora gebrochen hat. Hastig rollt sie zwei Scheiben Schinken zusammen, versteckt sie in ihrer Serviette und eilt die Treppe – sechzig Stufen insgesamt – zu ihrem Zimmer mit den massiven Deckenbalken hinauf, auf denen die Tonbäuche der Dachziegel ruhen. Sie macht das Fenster auf, kommt sich hinterlistig vor, weil die Signora etwas dagegen hätte, dass die Katzen gefüttert werden, und als sie Schinkenstreifen auf

die Dachziegel wirft, schnalzt sie mit der Zunge – »hier …
hier … hier« –, und Katzen strömen auf das Dach in langen, fließenden Schatten, drei, dann acht, ein anmutiger
Schwarm in der Form eines Fächers.

❧

Sie tritt aus der polierten Tür des Hotels, lässt die Bucht
hinter sich und fühlt, wie die Stadt sich um sie herum mit
ihrem Labyrinth öffnet, der verschwiegene Schatten noch
einer engen Seitenstraße, die plötzliche Helligkeit noch einer Piazza. Einige der Grundmauern riechen nach Kampfer und feuchten Steinen, nach Katzenpisse. Der Kampfer
macht ihr nichts aus. Wie ihre Mutter bindet sie Mottenkugeln und Lavendelzweige in quadratische Musselinlappen,
die sie dann zwischen die nicht gebrauchte Kleidung steckt,
und ihren Kunden rät sie, das Gleiche zu tun. »So halten
die Sachen«, sagt sie ihnen.

Sie mag es, um Ecken zu biegen, dem Unerwarteten zu
begegnen, Gesichter zu beobachten. Ladenbesitzer haben
draußen Kisten mit Gemüse und Obst aufgebaut. Sie hört
gern die italienischen Wörter. In der Highschool war ihr
und Victor der Akzent ihrer Eltern peinlich, und erst als
sie beide selbst Kinder hatten, wussten sie die italienischen
Gebräuche, die Sprache zu schätzen. Wenn sie Obst und
Gemüse in der Hand hält, muss sie an ihre Mutter denken,
die eine Göttin des Essens ist, eine Priesterin des Essens;
deren Hände zart und präzise arbeiten, während sie davon
schwärmt, wie sie Kastanien in Rotwein einlegt, Broccoli
schält und Knoblauchknollen zerteilt. Die dabei poetisch
wird, brillant.

»Da lebt die Seele eurer Mutter«, sagt ihr Vater gern.

Victor, der die Gabe fürs Kochen geerbt hat, wusste, dass
er ein fahrendes Restaurant haben wollte, wie er es nannte, als er noch zur Grundschule ging und miterlebte, wie

168

zwei Frauen den zehnten Hochzeitstag seiner Eltern ausrichteten. Mit siebzehn fing er an, für einen Party-Service
in Throgs Neck zu arbeiten, und bevor er dreißig war, hatte
er seinen eigenen Party-Service.

Eine hagere Frau schimpft mit drei Jungen, die um ihren
Gemüsestand herum mit einem Ball kicken. Die Fußgelenke der Frau sind zart, wackelig, und immer wenn der Ball in
ihre Nähe kommt, hebt sie drohend den Stock, als wäre sie
ein Dirigent und wollte verhindern, dass ihr Orchester ihr
entgleitet. Rasch stellt Floria sich zwischen die Frau und die
Jungen, verweilt, während sie eine Hand voll getrockneter
Feigen kauft, doch als sie von dem Stock geschubst wird
und die Frau sie anschreit, geht sie weg und isst ihre Feigen,
als sie an einem Fischmarkt vorbeikommt. Sie geht unter
Wäscheleinen entlang, die zwischen Fenstern gespannt sind
und von Laken und Handtüchern und Unterwäsche durch-
hängen, alles weiß, außer einer roten Bluse. Als Mädchen
wollte Floria genau so eine Bluse haben.

Ein Mann kommt mit einem winzigen Hund an einer
Leine auf sie zu. »Ratte an einer Schnur«, würde Victor
dazu sagen. Er entdeckt sofort Ratten in Parks, in U-
Bahn-Tunneln, vergleicht sie mit Eichhörnchen, mit
kleinen Hunden, mit Tauben: fliegende Ratten. Er hasst
in der Nähe ihres Elternhauses den kleinen Park, wo die
Menschen den Tauben Brotstücke zuwerfen, trotz seiner
Warnung, dass Taubenfüttern Ratten anzieht. Im Winter,
wenn das Unkraut vertrocknet am Boden liegt, kann man
im Streichelzoo die Ratten sehen. So nennt Anthony den
Park. Normalerweise ist er ganz still, aber wenn er einen
Witz macht, ist der bizarr. Streichelzoo. Du starrst so lange
auf den Boden, bis du eine Bewegung siehst, und wenn
du in die Hände klatschst, stieben Ratten davon, und die
toten Pflanzen zittern noch lange, nachdem die Ratten verschwunden sind. Es ist fast so, als würde man einen Stein in

einen Teich werfen und zusehen, wie sich das Wasser von
dieser Stelle aus kräuselt.

ॐ

Manche Straßen haben keine Gehwege, und sie muss die
Fahrbahn mit Autos und Mopeds teilen. Als ein Bus auf sie
zukommt, presst sie sich flach an ein Schaufenster. Drinnen
liegt auf einem Satinkissen eine Gemme mit einem Profil, das ihrem ähnelt, als wäre sie auf eine verlorene Vor-
fahrin gestoßen. Sie zögert. In Italien – davor hat man sie
gewarnt – erwarten die Ladenbesitzer, dass du etwas kaufst,
wenn du ihr Geschäft betrittst. Trotzdem geht sie in das Geschäft. Kauft sich die Brosche. Steckt sie sich am Kragen fest,
staunt über ihre Verschwendung. Betritt andere Geschäfte,
als hätte der Kauf der Brosche alle Genügsamkeit dahin-
schmelzen lassen. Kauft Shampoo, das nach Äpfeln duftet.
Frische Mimosen in einer Zellophanhülle. Eine Lotion, die
dreimal so teuer ist wie die, die sie sonst kauft. Eine ovale
Schale mit einem Muster in Terracotta und Taubengrau.

Im Schaufenster eines Schuhgeschäfts sieht sie elegante
schwarze Pumps und fragt, ob sie sie anprobieren kann.
Obwohl selbst die größte Größe zu eng ist, versucht die
Verkäuferin, Florias rechten Fuß in das steife Leder zu
zwängen; ihre flatternden Hände schlagen in einer univer-
salen Sprache vor, dass Floria ein paar Schnitte in das Leder machen kann – da und da und da –, damit die Schuhe
passen.

»Nein, *grazie*.«

Aber die Frau löst bereits die Riemen an Florias anderer
Sandale, um auch diesen Fuß zu zerquetschen.

»Nein, *grazie*.« Floria ist sich sicher, dass die Frau ein,
zwei Zehen abschneiden würde, damit die Schuhe passen.
Sie sieht die Verkäuferin schon, *wie sie nach hinten in den
Laden zeigt. »Kommen Sie in unseren speziellen Anproberaum.«*

Sie vor ein blutbeflecktes Becken platziert, wo andere Kunden zurechtgestutzt worden sind.

»Nein«, sagt Floria und macht sich davon, ihre Sandalen offen, schlappend. Sie bückt sich, um sie zu befestigen, und auf dem Weg bergab schätzt sie die solide Verbindung mit dem Erdboden, die ihre Füße ihr geben. Sich vorzustellen, dass es sie früher bekümmert hat, größere Füße zu haben als Malcolm. *Nicht mehr.*

Um den Weg zurück zum Hotel zu finden, geht sie auf den offenen Himmel über der Bucht zu, wo die Laute von Tauben und Autos sich nicht überlagern wie in den engen Straßen, sondern nach oben treiben. Von der Bucht aus kann sie sich orientieren, indem sie die Promenade entlanggeht und an der *farmacia* durch die Nebenstraße, die zum Hotel führt und zu der Signora mit dem flüchtigen Schmollen, das da ist, solange sie nicht spricht und daran denkt, mit geschlossenem Mund zu lachen.

❦

Vor ihrem Hotelfenster starrt die safrangelbe Katze zu Floria hinein, die badet. Auch mit den Katzen zu Hause – kleinere Exemplare als diese italienischen Katzen – fühlt sich Floria nie ganz wohl. Katzen, so ist es ihr seit ihrer Kindheit vorgekommen, haben etwas Bedrohliches, das sich unter ihrer Geschmeidigkeit regt, unter ihrer Schnelligkeit, die in der Intensität nur ihrer Reglosigkeit gleichkommt. Immer wenn Bianca und Belinda sie um ein Kätzchen baten, hatte sie ihnen gesagt, dass Katzen andere Haustiere jagen – besonders Küken und Papageien.

Als Floria die neue Flasche Lotion aufmacht, hat sie das Gefühl, beobachtet zu werden. Sie blickt zum Fenster, wo eine schwarze Katze hockt, als wäre die safrangelbe Katze verwandelt worden. Ihr schwarzes Fell ist lang und borstig, wie das Haar der amerikanischen Studenten, die hier mit

171

Rucksäcken ankommen, nachdem sie über den Klippen-pfad zwischen den Dörfern der Cinque Terre gewandert sind, und die ihr Brot und ihren Käse auf den Kirchen-stufen oder auf Bänken am Steg essen.

In New York ist es noch zu kalt dafür, aber hier ist es möglich, ohne Mantel am Hafen spazieren zu gehen.

Und auf den alten Stufen zu sitzen, die von der Sonne gewärmt werden.

Oder zu beschließen, am Morgen nach Nozarego zu wandern.

❦

Floria vermeidet die Autostraße, geht den Hügel auf alten Fußpfaden hinauf, die sich an den Hintertüren der Bauern-häuser entlangwinden. Manche der aus Stein gemauerten Häuser sind in die Bergflanke gebaut. Sie fühlt sich wie ein Eindringling, folgt überwachsenen Pfaden, die zu Stu-fen führen, Stufen, die zu Pfaden führen, die länger nicht benutzt worden sind, obwohl sie sich seit Jahrhunderten durch diese Hügel oberhalb des Meeres schlängeln.

In der Luft hängt der Geruch von Salz und Erde. Floria fühlt sich gelenkig und stark, als sie an terrassierten Oliven-hainen und Weinbergen vorbeiwandert. Von ihrem Vater weiß sie, dass der Boden steinig ist, sich schwer bearbeiten lässt. Ohne diese Steinmauern würde die Erde sicherlich die steilen Berghänge hinuntergespült werden. Aus der Nähe kann Floria das unregelmäßige Muster erkennen, in dem die Steine in die Mauer gesetzt sind, aber immer wenn sie nach oben blickt, sieht sie die grüne Hügelflanke, die von zahnartigen Grenzlinien zerschnitten wird. Unter ihr: das Glitzern des Meeres und die Ziegeldächer der einfachen Häuser, an denen sie vorbeigekommen ist. In einem Oli-venhain blitzt Sonne durch die Bäume, senkt sich auf etwas Glitzerndes auf dem Pfad. Wassertropfen? Ein Spinnennetz?

Nein. Als Floria sich hinunterbeugt, steigt der Geruch von Rosmarin und Thymian zu ihr auf. Silber ... ein Ring. Nein, zwei Ringe ... glatt, abgetragen. Einer ein Ehering. Der andere ein Ring aus vier miteinander verwobenen Knoten, angelaufen auf der Innenseite. Jemand muss die Ringe hier verloren haben, jemand mit schmalen Händen, denn sie sind zu eng für Florias Ringfinger.

Sie möchte sie dem Besitzer wiedergeben oder sie wenigstens im Dorf zurücklassen. *Der Priester. Der Priester wird es wissen.* Um die Ringe nicht zu verlieren, steckt sie sie sich auf den kleinen Finger der linken Hand und ist sich im nächsten Moment des Unglücks und der Freude eines anderen Menschen an ihrer Haut bewusst. Dennoch lässt sie die Ringe am Finger stecken und folgt dem Weg zur Kirche. Riesig und still hängt eine Glocke in der Öffnung des Turms. Vor der Kirche befindet sich ein kunstvolles Mosaik aus Kieselsteinen − weiß und schwarz und grau und rotbraun −, die einen Kreis mit einer Krone in der Mitte bilden, der umgeben ist von größeren Kreisen mit Rauten, in denen wiederum kleine Kreise sind. Ein großer Kreis aus weißen Steinblüten fasst das Muster ein. Floria hat solche Mosaike vor mehreren Kirchen gesehen, jedes einzigartig und doch schlicht. Aus dem geschaffen, was das Land bereithält, sind diese Mosaike mit Kunstfertigkeit und Geduld gelegt worden und viel erlesener als jene aus Gold und Edelsteinen, die die Gemeinden arm gemacht haben.

Acht Paneele aus angelaufenem Messing und bernsteinfarbenen Blitzen bilden die Kirchentür. Aber sie ist verschlossen. Und ein Priester ist auch nicht da. Hinter der Kirche erhebt sich der Friedhof; dorthin zu gehen, hat sie ihrem Vater versprochen. Vielleicht ist der Priester dort. Sie berührt die Ringe − *Unglück und Freude von jemand anderem, nicht von mir* − und betritt den steinernen Pfad, zählt zwan-

173

zig Stufen, bis sie zu einem Absatz kommt. Die restlichen Stufen sind höher. Neununddreißig. Dann noch drei zur Seite, wo ein Tor in die Friedhofsmauer eingelassen ist.

Drinnen hängen Gießkannen an einem Gestell neben einem Wasserhahn. Floria stellt sich Trauernde in Schwarz vor, die allein hierher kommen, um einen gestorbenen Ehegatten oder ein totes Kind zu besuchen. Wie sie die Gießkannen am Wasserhahn füllen und zu den Nischen für die Toten tragen; Nischen, die in die Mauer eingelassen sind; versiegelte Fächer, durch Plaketten und Fotos der Toten gekennzeichnet; eine Frau mit dünnen Lippen, deren weißes Haar zu einem strengen Knoten gedreht ist; ein Mann in schwarzem Anzug und Zylinder auf einem Pferd; eine Frau Mitte fünfzig, die aussieht, als wäre sie dem Vergnügen nicht abhold gewesen. Ziemlich viele Tote haben Fotos, die nicht der Zahl der Jahre entsprechen, die sie gelebt haben: Gesichter ohne Falten und volles Haar, aber eine Lebensspanne von siebzig oder achtzig Jahren.

Manche Blumen sind frisch, aber die meisten sind künstlich, ihre Blätter vom Wetter so gebleicht, dass sie verwelkt aussehen, echt. Ein paar Fächer sind leer, lang genug für einen Körper. *Diese Höhle wartet auf dich. Nicht in die Erde wie Bianca. Was ist schlimmer, beerdigt zu werden oder in einem versiegelten Fach zu liegen? Dunkelheit, so oder so. Unter Verschluss. Kaufst du diese letzten Zellen im Voraus, so wie du zu Hause Grabstätten kaufst? Besuchst du deine noch leere Zelle und starrst hinein, wann auch immer du diese steilen Stufen erklimmst, um die, die bereits tot sind, zu besuchen? Suchst du das Foto aus, das du auf deiner Plakette haben willst, wenn du erst einmal in dem versiegelten Fach bist? Welches von Biancas Bildern würdest du aussuchen? So schwer, sie von Belinda zu unterscheiden. Immer zusammen: In deinem Bauch, in der Wiege, sich im Schlaf berührend.*

Fast jeden Sonntag nimmt Floria den Zug zum Gate of Heaven und sitzt auf der Steinbank vor Biancas Grab. Malcolm geht nur selten, Belinda fast nie, obwohl sie früher mitgekommen ist.

Ein Mann mit nackter Brust grinst auf seiner Plakette, ein alternder Gigolo-Typ mit einer goldenen Kette auf der gebräunten Brust. *Ich bin der einzige lebendige Mensch hier. Keine Trauernden. Kein Priester.* Sie bleibt vor einer Plakette mit einem alten Mann und einem jungen Mann stehen – beide heißen Giulio Mastino. Obwohl der eine Giulio 1891 geboren wurde und der andere 1945, ist ihr Todesjahr das gleiche: 1972. Großvater und Enkel? Sind die beiden Giulios am gleichen Tag zusammen gestorben? Bei einem Unfall? An der gleichen Krankheit? Oder hat sich ihr Tod lediglich im gleichen Jahr ereignet? Und wenn ja, wer ist zuletzt gestorben? Es ist absolut wichtig, dass Floria das weiß. Wegen ihres Vaters und Bianca. Weil es für einen Großvater weitaus tragischer ist, den Tod eines Enkelkinds zu erleben. Sie hofft, dass den Giulios der gegenseitige Verlust erspart geblieben ist, dass sie zusammen gestorben sind.

Und dann findet sie die Plakette, die ihr Vater ihr beschrieben hat. »Sie sticht heraus … leicht zu finden, weil sie so auffallend ist.« In weißen Marmor gehauen, reitet ein Matrose auf einem Delphin zu einem Kreuz im Himmel hinauf. »Wenn du den Matrosen gefunden hast, zähle drei Plaketten in Richtung Tor. Das ist die Stelle, wo deine Urgroßeltern ruhen. Sie haben sich kennen gelernt, als er durch Ligurien wanderte, und eine Woche später haben sie in Nozarego geheiratet. Und sind ihr Leben lang dort geblieben.« Eine gemeinsame Plakette mit einem Foto von einer Frau und einem Mann, beide alt, aber sein Bild ist genau über ihrem eingravierten Namen, und ihr Bild über seinem Namen. Er hat sie um acht Jahre überlebt, mit Sicherheit lange genug, um das Negativ umdrehen zu lassen, damit das Foto zum Namen passte. Hat er erwogen, das zu tun? Oder hat ihm die Verdrehung gefallen?

Als Floria wieder hinunter zur Kirche geht, findet sie eine Nische mit zwei Statuen in der niedrigen Mauer neben der Messingtür: Ein Mädchen kniet vor einer Madonna, von deren gefalteten Händen zwei Rosenkränze hängen. Floria zieht die Ringe von ihrem Finger, legt sie zu Füßen der Madonnenstatue. Jemand, vermutet sie, wird die Ringe sehen und – in einem so kleinen Dorf – erkennen. Sie stellt sich vor, wie diese Person anderen davon erzählt. Und wieder anderen.

Und aus dieser Vorstellung erheben sich dann beunruhigende Fragen. Wenn nun eine Frau die Ringe auf dem Weg hat fallen lassen, weil für sie ihre Ehe zu Ende ist? Wenn diese Frau nun die Ringe zu Füßen der Madonna missversteht und für ein Zeichen hält, dass sie an ihrer Ehe festhalten soll? Wenn nun das ganze Dorf das als Wunder deutet?

Floria möchte nicht die Bürde eines Wunders.

Und sie ist sich ihrer eigenen Ehe nicht sicher genug, um einer anderen eine lebenslängliche Ehe aufzuerlegen. Sich vorzustellen, dass eine einfache Tatsache – wie diese Ringe zu finden und sie vor die Madonna zu legen – als Wunder missdeutet werden könnte. Sie greift nach den Ringen. Hebt sie aber nicht auf. Vielleicht sind Wunder genau das: Missdeutungen. Aber wenn es nun keine Missdeutung gäbe? Wenn sie durch das Finden der Ringe Teil des Wunders wurde? Und was sind dann Wunder? Ereignisse, die wir nicht nach unserem Belieben planen oder manipulieren können? Ereignisse, die uns Glauben abverlangen und für die wir mit unserer Hingabe bezahlen müssen?

❦

Als Floria in dieser Nacht im Bett liegt, wünscht sie sich, sie hätte die Ringe da liegen gelassen, wo sie sie gefunden hat. Vielleicht hatte jemand sie absichtlich dort hingelegt. Doch warum dann auf einem überwucherten Pfad außerhalb des Dorfes? Nicht der Ort, wo man das aufbewahrt, was einem teuer ist. Es sei denn, es ist einem nicht mehr teuer. Doch dann findet eine Fremde die Ringe, legt sie vor die Madonna, und jetzt muss die Besitzerin der Ringe glauben, dass es ein verdammtes Wunder ist, ein Wunder, das sie nicht will, ein Wunder, das sie, weil es Zeugen – das ganze Dorf – gibt, verpflichtet, bei dem Mann zu bleiben, von dem sie sich die ganze Zeit trennen will.

Früh am nächsten Morgen macht Floria sich erneut nach Nozarego auf, entschlossen, die Ringe bei der Madonna zu holen und sie wieder in den Olivenhain zu bringen. Aber die Pfade sehen alle gleich aus, Feigenbäume und Olivenbäume und bemooste Steinmauern. Als sie zur Kirche kommt, liegen die Ringe nicht mehr zu Füßen der Statue. Bestürzt sieht sie sich um, sieht nach oben. Jemand hat der Madonna die Ringe an einem goldenen Band um den Hals gehängt, an einem dieser dünnen Bändchen, die in Geschäften beim kostenlosen Verpacken von Geschenken verwendet werden. Als Floria die Ringe berührt, spürt sie die Möglichkeit von Wundern. Vielleicht ist genau das Glaube und nichts anderes: der Glaube an die Möglichkeit von Wundern. Selbst wenn du das Werkzeug dieses Wunders bist, wird es dadurch nicht zu einem falschen Wunder: Es entsteht einfach aus verschiedenen Elementen. Und dann ist vielleicht das eigentliche Wunder das, was es in dir verwandelt, was es hervorruft, verändert.

Glaube war der Atem ihrer Kindheit, und Wunder waren so normal wie das Wetter oder Sprache oder Hunger. *Wenn du so früh zum Glauben kommst, kannst du dich nie mehr ganz davon befreien. Vielleicht lehnst du die Regeln der Kirche ab, aber der Mystizismus bleibt dir im Blut. Denn so hat alles angefangen, da berühren sich alle Religionen – in diesem Mystizismus, in diesem Wissenskern, dass es etwas gibt, das größer ist als du. Es geht über den Glauben hinaus, über den Zweifel, sogar über deine Einwände. Und vielleicht ist das gut, denn es vertäut dich in einem Bewusstsein, das über dein eigenes hinausgeht, in einem gemeinsamen Bewusstsein, genährt von Jahrhunderten des Glaubens, der Herausforderungen und Zweifeln widerstanden hat. Aber wie dann — innerhalb dieser Tradition des Glaubens — den Tod eines Kindes erklären? Wie du versucht hast, deine Stimme zu Gott hin zu verlieren, wie du gegen den Habitus des Glaubens gewütet hast, der dich wie ein Nonnenhabit umhüllte.* Der Habitus, das Habit — du hast sie dir nicht ausgesucht. *Seltsam. Habitus, Habit. Der Habitus des Glaubens, der durch deinen Körper strömt, mächtiger als der Habitus der sexuellen Begierde. Denn der Glauben ist viel älter, lebt schon länger in dir.*

Über ihr bewegt sich plötzlich etwas — eine winzige grauhaarige Frau kehrt den Balkon des Pfarrhauses. Sie vermeidet es, Floria anzusehen, und fegt mit dem Besen immer wieder langsam über dieselben Stellen. Dann öffnet sich die Vordertür des Pfarrhauses, und ein alter Priester tritt heraus, geht über das Mosaik in den Friedhof. Obwohl er so tut, als sähe er Floria nicht an, will er sich wahrscheinlich versichern, dass sie die Ringe nicht stiehlt. Einen Augenblick lang will sie den Priester fragen, ob er etwas über die Besitzerin weiß; aber diese Frage gehört zum gestrigen Tag, und seit gestern ist so viel geschehen: Die Ringe sind in die Legenden des Dorfes eingegangen, in die religiöse Überlieferung. Sie zu stören wäre ein Sakrileg. Floria hat die Aufgabe erfüllt, die ihr ein launischer Gott zugewiesen hat, und jetzt kann sie das Wunder mit seinen Auswirkungen nur noch geschehen lassen.

❦

In jener Nacht ist die plötzliche Hitze ihres Körpers so stark, dass Floria erwacht und die Decken zurückwirft. Ihre Waden tun ihr weh vom Bergsteigen. Sie liegt ohne Decke da, noch benommen dreht sie die Fußgelenke, wackelt

178

mit den Zehen, lässt den Schweiß auf der Haut abkühlen. Wenn sie ganz ruhig bleibt, geht es schneller vorbei. Am längsten bleibt der Schweiß ganz oben an der Stirn, wo ihr Haaransatz ist. In den ersten Jahren ihrer Ehe waren sie und Malcolm oft um diese Zeit zusammen wach, und einer von ihnen murmelte dann: »Bist du auch wach?«

Wie sie sich an seine Hartnäckigkeit – zärtlich und lachend und ungestüm – in der ersten Nacht erinnert, in der sie zusammen waren, in dem Hotel, wo Malcolm wohnte, denn seine Vermieterin war wütend auf ihn, weil er ihr Fahrrad gegen einen Satz Golfschläger eingetauscht hatte. Floria hatte den Büstenhalter ausgezogen, aber den Hüftgürtel anbehalten, obwohl sie ihn sich in dem erhitzten Hin und Her zwischen ihnen am liebsten vom Leib gerissen hätte.

Als junger Mann war Malcolm rastlos, voller Pläne und Begeisterung, und das machte ihn zwar zu einem aufregenden Liebhaber, aber es machte ihn auch verantwortungslos. Nachdem sie geheiratet hatten, stellte sie fest, dass er immer mehr wollte, als was er zu Hause und bei der Arbeit hatte, mehr wollte, als das Gesetz erlaubte, bis das Gesetz ihn bestrafte. Trotzdem umgarnte er sie jedes Mal, wenn er aus dem Gefängnis kam, betörte sie und brachte sie mit seiner Begierde in Verlegenheit – anfangs nur Begierde nach ihr, doch bald schon Begierde nach dem nächsten Vorhaben, das ihm die leichte, unerschöpfliche Geldquelle erschließen würde. Doch obwohl er ein Schlawiner war, wusste Floria, er war ihr treu. Viele Jahre lang bemühte sie sich darum, dass er innerhalb des Gesetzes blieb, während er nach Schlupflöchern suchte. Sie wollte einen Ehemann ohne diese Rastlosigkeit, aber mit demselben Feuer; und viele Jahre lang verstand sie nicht, dass sein Feuer und seine Ruhelosigkeit demselben Impuls entsprangen und dass ohne diesen sein Blut verdicken, verklumpen würde. Es geschah allmählich, gab eine allgemeine Beruhigung, und Floria war so erfreut darüber, wie verlässlich Malcolm wurde, wie besonnen als Ehemann und Vater, dass sie versuchte, darüber hinwegzusehen, dass er seltener zu ihr kam. Schließlich war er willens genug, wenn sie mit dem Sex begann. Schließlich arbeitete er härter. Schließlich kam er jeden Abend zu ihr nach Hause. Bis dann allmählich sie ruhelos wurde.

Floria zieht das Laken gerade, das sich um sie herum verheddert hat. Mühelos könnte sie die Art Frau sein, die sich den Ehering vom Finger zieht. Die ihn auf einen überwucherten Weg wirft. Die ihren Mann hinter sich lässt. Die sich in das Leben aufmacht, das sie will. Die Gott und alle Engel anfleht, dass nicht irgendein Dummkopf vorbeikommt und ihren Ring findet und versucht, ihn ihr zurückzugeben. Sie weiß noch nicht, was für ein Leben das ist, das sie haben möchte, nur dass sie sich diesem Leben jetzt – hier, allein – näher fühlt als seit Jahren.

Zu denken, dass der Ehemann ihrer Jugend der ideale Partner für diese mittlere Spanne ihres Lebens gewesen wäre – ein Mann, der seine Hände unter ihre Brüste legen, den abkühlenden Glanz auf ihren Aureolen verreiben würde. Aber vielleicht würde nur eine andere Frau das tun, würde sich an einem solchen Moment erfreuen. Einen Moment lang stellt sie sich die Hand einer Frau auf ihren Brüsten vor und ist erregt. Als sie sich zum ersten Mal zu einer Frau hingezogen fühlte, war sie in der achten Klasse und schwärmte für Schwester Francine; sie konnte sich im Unterricht nicht konzentrieren, weil sie sich vorstellte, dass die Schwester zu ihr kommen und ihr über das Haar streichen würde. Immer das Haar, nichts unterhalb der Stirn. Ihre Fantasien gingen nie weiter als bis zur Stirn. Das war die süßeste Schwärmerei ihres Lebens, weil sie einiges darüber lernte, was es heißt, eine Frau zu sein. Natürlich war nichts Körperliches geschehen.

Auch mit Emily-aus-dem-Stoffgeschäft geschah nichts Körperliches. Es passierte alles in Florias Fantasien. Anfangs machte es ihr Spaß, in das Stoffgeschäft zu gehen und Emilys Meinung zu ihren Mode-Entwürfen zu erfahren; doch dann nistete Emily sich in ihre Seele ein, eine Gefahr für Florias Vorstellung von sich selbst, für ihre Ehe. Um Emily aus ihrer Seele zu vertreiben, kaufte sie Stoffe in anderen Geschäften, warf Emilys Schnittmuster weg, trachtete nach dem, was vertraut und sicher in ihrer Familie war, vertraut und sicher in ihr selbst. Aber Emilys Abwesenheit war stärker als ihre Anwesenheit: Ihre Abwesenheit höhlte Floria aus, nistete sich tiefer ein, als wäre mehr Platz für Emily frei gemacht worden. Zu der Zeit war es verwirrend, mit Leonora zu tanzen. Wenn die nun Florias Sehnsucht nach Emily spürte? Wenn sie es missdeutete als etwas, das – Gott bewahre – ihr galt? Noch schlimmer, wenn dieses Verlangen – einmal ausgelöst – von Floria wegspringen und sich wie ein Floh an jede Frau heften würde, einschließlich – Gott bewahre – der Frau ihres Bruders.

Vor dem Hotelfenster ist die Nacht dunkler als zu Hause mit den Straßenlaternen und Neonschildern. Floria berührt sich, lässt sich in die Fantasie von der Frauenhand auf ihrer Brust sinken – *das-bin-ich-das-bin-ich-das-bin-ich* – und fragt sich plötzlich, ob es für Tante Camilla und Mrs. Feinstein auch so ist. Und wundert sich, dass sie sich das nicht schon eher gefragt hat. Vielleicht, weil die ganze Familie entschlossen zu sein scheint, die Beziehung zwischen den beiden als Freundschaft zu sehen, eine günstige Gelegenheit, Wohnung und Interessen zu teilen. Eine Freundin, mit der zusammen sie wohnen kann. Ins Kino gehen kann. In ein Restaurant.

Es gibt einen Mann, den würde Floria gern berühren, Julian Thompson, und in dem Moment, da ihre Gedanken sich ihm zuwenden, spürt sie auf ihrem Bauch, auf ihrer Brust seine Hand, die ihren Schweiß mit Freude, mit Ehrfurcht berührt. Was würde Julian denken, wenn sie ihm aus Italien eine Postkarte schickte? Oder wenn sie ihn anriefe, sobald sie wieder in der Bronx ist? Würde er sagen: »Ach ja, ich erinnere mich an dich«, oder: »Ich habe mich an dem Tag, als du Malcolm geheiratet hast, in dich verliebt.« Aber das wird erst geschehen, wenn sie Malcolm verlassen hat – und plötzlich weiß sie, dass sie das tun wird. Zur rechten Zeit.

❧

Wieder Dämmerung, und Floria wartet auf die alte Frau, die die Tauben füttert. Als die aus dem Treppenschacht auf das Dach tritt – langsam, unter Schmerzen –, achtet Floria darauf, sich nicht zu rühren. Die alte Frau verweilt nicht, füttert nur die Vögel, ohne Hast oder Zuneigung, als würde sie zum Beispiel Taschentücher bügeln oder Teller auf den Tisch stellen. Bald verschwindet sie wieder im Treppenhaus, kommt aber mit einer Gießkanne zurück. Sie neigt die lange Tülle und füllt mehrere Schüsseln. Und dann ist sie fort. Wieder eine Aufgabe erledigt, bis morgen. Ihre Tage drängen sich zu einer Folge von Tagen aneinander, jeder Tag wie dieser.

Wie wenig ich doch von ihr weiß, denkt Floria, als sie ausgeht, um sich etwas zum Essen zu kaufen. Im Eckladen, wo getrockneter Fisch von Haken hinter der Theke hängt, schlüpft eine weiße Katze – glatt und wohl genährt – an Florias Beinen vorbei und durch die Tür hinaus, bevor Floria diese schließen kann. Die Besitzerin schüttelt den Kopf, wirft der Katze Essensbröckchen zu. In der Glasvitrine wird das Essen auf langen Platten warm gehalten – Pesto-Lasagne, Broccoli, panierte Kalbsschnitzel, geschichtete Scheiben von *melanzana* ... Floria zeigt auf die winzigen gebratenen Zucchinischeiben. Auf das Käse-Focaccia. Auf die *torta di acciughe* – Anchovis-Pastete.

182

In ihrem Zimmer packt sie ihre Speisen aus, streift die schwarzen Strümpfe ab und knöpft sich das Kleid auf. Mit einem Gefühl köstlicher Dekadenz sitzt sie im schwarzen Unterrock auf ihrer Matratze, isst, während sie das italienische Shopping-Programm guckt: Armbänder, Bratpfannen, Kleider, ein Messer-Set.

Als sie die Reise plante, hatte sie sich zunächst vor dem Alleinsein gefürchtet. Deswegen musste sie fahren – so leicht ist das, so kompliziert –, um sich selbst zu beweisen, dass sie das Alleinreisen immer noch genießen kann; um aufs Neue zu lernen, sich von ihrem Alleinsein umhüllen zu lassen; um sich daran zu erinnern, dass sie sich nicht an ihre noch lebende Tochter klammern darf; um die Zeitblasen mit sich selbst zu füllen und nicht mit anderen, wie sie es zu Hause tun kann, wo sie bei Victors Festa Liguria vorbeischaut, mit ihrer Mutter in der Castle Hill Avenue auf den Markt geht, mit Leonora bei Sutter's einen Kaffee trinkt.

Mit der Gabel schiebt sie die Anchovis zur Seite. Zu salzig. Sie trinkt ein Glas Wasser. Zieht die Haarnadeln aus ihrem schwarzen Knoten und lässt die Haare auf die Schultern fallen. Zappt zu einem Sender, der Rettungsaktionen zeigt. Obwohl sie die Worte des Nachrichtensprechers nicht versteht – besorgte Blicke, hervorquellende Augen –, bastelt sie sich die Geschichten anhand der Bilder der Menschen zusammen, die festsitzen: auf havarierten Schiffen, in brennenden Häusern, in eingeschneiten Autos. Obwohl jede Gefahrensituation anders ist, ähneln sich die Menschen, weil sie Situationen überleben, die sie hätten umbringen können. Nicht einfach überleben, weil eine Katastrophe abgewendet wurde. Nein. Diese Menschen überleben Katastrophen, die sich ereignet haben. Katastrophen, die andere getötet haben. *Wer entscheidet darüber? Ich hätte das für Bianca getan, hätte ihren Tod übernommen. In welcher Form auch immer.* So wie die Mutter Oberin in *Der Dialog der Karmeliterinnen*, die einen langen und schrecklichen Tod stirbt, obwohl sie ihr Leben lang über den Tod meditiert hat. Dennoch erträgt sie ihn, weil sie glaubt, dass es ein Tod ist, der einem anderen gehört, und dass – im Tausch – dieser Mensch einen friedlichen Tod haben wird. Floria hat die Oper mit ihrem Vater gesehen, der jedes Mal, wenn eine der Nonnen zur Guillotine trat, zusammenzuckte.

Sie stellt das Essen zur Seite. An das Kopfteil gelehnt, reibt sie sich mit den Daumen die Schläfen und fleht den Nachrichtensprecher an, dass er die Geschichte eines Kindes – irgendeines Kindes – bringt, das einen Sturz aus einem Fenster im fünften Stock überlebt hat. Sie hat von solchen Fällen gehört, und sie sehnt sich nach einem Beweis, dass die Geschichte ihrer Tochter anders hätte enden können.

Auch meine Geschichte.

Wie wäre ich jetzt, wenn ich das Leben einer Mutter lebte, deren beide Töchter erwachsen, ausgezogen sind? Vielleicht wartete ich ungeduldig, dass sie endlich ein Zuhause in der Welt außerhalb meiner Mauern finden, dass sie zu mir nur zu Feiern und in Notfällen zurückkehren würden.

Aber so muss sie vorsichtig sein, dass sie nicht zu viel für Belinda tut, dass sie keine Vertraulichkeiten von ihr erwartet. Dann würde Belinda weglaufen. Belinda hat ihre tote Zwillingsschwester für Floria gegenwärtig gehalten, für alle in der Familie, besonders für Anthony. Wenn Floria bei Familientreffen bemerkt, wie er Belinda beobachtet, weiß sie instinktiv, dass er in Wirklichkeit Bianca sieht, und diese Sichtweise teilt sie mit Anthony – sie können Belinda nicht ansehen, ohne Bianca zu sehen. In solchen Momenten fürchtet sie sich zu erfahren, was er denkt, falls er in einer seiner gesprächigen Stimmungen sein sollte, so wie sie sich vor der Wahrsagerin geängstigt hatte, zu der Leonora sie in dem Sommer vor Biancas Tod geschickt hatte, eine Frau mit olivfarbener Haut aus einem Land Zentraleuropas, die Biancas Tod sehen konnte, indem sie ihren Daumen auf Florias Hals legte, sich aber weigerte, Floria zu warnen.

☙

Als Floria den Fernseher abschaltet, glimmt die Mattscheibe noch ein paar Sekunden, wird dann dunkel. Floria nimmt ihre schmutzige Wäsche mit in die Badewanne. Wie lange Gräser gleiten Blusen und Strümpfe und Unterwäsche an ihren Hüften vorbei, zwischen ihren Schenkeln hindurch, leicht, so leicht. Floria schöpft eine Hand voll Shampoo-Schaum von ihrem Haar und reibt ihn in ihre Kleider, spült sie, bis kein Schaum mehr herauskommt. Sie werden über Nacht trocknen, und am Morgen werden sie nach Apfel duften, wie ihre Haare.

Der hohe Rand der Wanne schmiegt sich an die Biegung ihres Halses und ihrer Wirbelsäule, und als sie vor Zufriedenheit seufzt, spürt sie die Katzen da draußen in der Nacht, wie sie lauschen, schnurren. Sie dreht das warme Wasser zu einem dünnen Strahl auf, nimmt sich vor, wach zu bleiben, aber schon schläft sie ein, schwebend und warm, warm und träumend. *Träumt, sie reist mit einem Bus. In einem fremden Land, das sie nicht benennen kann. Safrangelber Staub fegt über die Landschaft, hüllt Esel und Tempel ein, während die gebleichte Straße den Bus schon in die nächste Szene des Traums zieht; die Reifen holpern; blaue Himmelsvierecke hüpfen in den offenen Fenstern. Drinnen ist es warm, so warm. Zwei lange schmale Bänke sind an den Längsseiten des Busses verschraubt. Die meisten Fahrgäste sind Bauern, olivfarbene, faltige Gesichter. Floria kann ihre Sprache nicht verstehen. Die Männer tragen zerschlissene Jacken und Hüte, die sie tief in die Stirn gezogen haben. Die Frauen haben Tücher unter dem Kinn geknotet. Die Röcke, mehrere übereinander, einst bunt, sind jetzt verschossen und rot und gelb bekleckert. Blut und Eiter? Flecken von Gemüse und*

185

Obst? In den Tiefen der Röcke und zwischen gespreizten Knien
balancieren die Frauen große Körbe. Was Floria bei sich trägt, ist
so klein, dass es in eine Hand passt: eine offene, mit rosa Watte
gepolsterte Schachtel, wie es sie bei Woolworth zum Ausstellen
von Schmuck gibt. Oben auf dem Rosa liegt Bianca, kaum fünf
Zentimeter lang und perfekt geformt. Es ist völlig normal, dass sie
diese Größe hat. Die Sonne bäckt das Metalldach des Busses auf
dem langen Straßenstück, das von offenen Feldern gesäumt wird.
Heiß, zu heiß. Dann der Tritt auf die Bremse. Körbe purzeln
um – Tomaten, Zwiebeln, Paprika … rollen unter die Sitze.
Floria hält ihre kleine Schachtel sicher fest. Aber als sie genau
hinsieht, ist Bianca nicht mehr da. Verzweifelt guckt Floria unter
der rosa Watte nach. Nichts. Sie kann nicht atmen. Die anderen
Frauen sind schon auf dem Boden und lesen das Gemüse unter
den Bänken auf. Floria fällt auf die Knie und versucht, ihnen ver-
ständlich zu machen, dass sie ihr Kind verloren hat. Sie strahlen
sie an, nicken, häufen Tomaten und Zwiebeln und Paprika in
ihre Körbe. Setzen sich wieder. Während Floria noch durch den
Bus kriecht und versucht, Luft in ihre Lungen zu bekommen,
herumkriecht und an Beinen vorbei in die dunklen Ecken späht,
wo –

Wasser –

In ihren Augen –

Ihrem Mund –

Heißes Wasser. Seifenwasser.

Sie spuckt es aus. Hustet, während sie sich hochschiebt
und den Wasserhahn abdreht, der sich heiß anfühlt. Der
Hals tut ihr weh, und sie hat Angst, wieder in ihren Traum
gezogen zu werden. Denn sie weiß, wohin es sie führen
wird: dass sie ihre Tochter nie mehr finden kann. Führen
wird zu dieser Gewissheit. Dieser Geschichte. Dieser Angst
vor der Traurigkeit. Doch sie gibt dem nicht nach, steigt
aus der Badewanne, trocknet sich ab, sucht etwas, das ihren
Hals lindern kann. In der Hoffnung, ein bisschen von dem

Blutorangensaft zu finden, den sie jeden Morgen bekommt, schlüpft sie in ihren schwarzen Regenmantel, geht barfuß die Steinstufen hinunter bis zur Empfangshalle, die jetzt leer ist, und in den Frühstücksraum.

Die Tische sind schon gedeckt, aber der Altar ist noch leer, bis auf eine Vase mit einem Arrangement von Blumen, die frisch sind, als hätte jemand sie im Mondlicht gepflückt. Im Hof ist die Luft um den Springbrunnen herum blau und dumpfer als Luft tagsüber. Unter den Netzen sieht das Gerüst surreal aus; luftige Stufen führen über die Dächer hinaus und verschmelzen zu einem schimmernden Pfad oberhalb der Stadt, wo uralte Götter vielleicht gern wandeln würden.

Ein Schatten löst sich von der Wand bei dem Marmoraltar. Die Signora. »Möchten Sie, dass ich Ihnen etwas bringe?«

»*Grazie*, nein. Wann schlafen Sie?«

Mit geschlossenen Lippen lächelt die Signora ihr geheimnisvolles Lächeln, als wollte sie sagen: »*Wer braucht denn Schlaf?*« Sie deutet auf einen Stuhl, und als Floria sich darauf setzt, stellt sich die Signora vor sie.

Das Erdbeerjackett schwingt gegen Florias Gesicht, als die Signora ihr beide Hände auf die Schultern legt, Handflächen, die sich schwielig anfühlen, sogar durch den Stoff von Florias Mantel, als die Signora ihr die Schultern knetet, so wie sie Brotteig kneten würde, der unter ihrer Berührung aufgehen soll, gleichmäßig und zart und geübt; in jede Bewegung legt die Signora das Gewicht ihres Körpers, wenn sie sich vorbeugt, und ihr Jackett verströmt den Geruch von Kirche – Myrrhe und Staub und Kerzen –, der Floria an ihre Schwärmereien als Schulmädchen erinnert, Schwärmereien, von denen sie geglaubt hatte, dass sie allein ihr Geheimnis seien. Doch sie ist nicht mehr das Mädchen, das die Postulantinnen auf dem Weg zum Altar beneidet.

187

Sie ist die Frau in einem Kloster in Italien, auf ihren Schultern die Hände einer anderen Frau, und sie verschmilzt mit der Bewegung des Körpers dieser Frau.

Einst haben Nonnen in diesem Raum gebetet. Erreichten jene, die mehr Fantasie als andere Nonnen hatten, eine höhere Stufe der Verschmelzung mit ihrem Bräutigam? War es nur Florias Mangel an Fantasie, der sie davon abgehalten hat, Nonne zu werden?

Aber jetzt hat Floria die Fantasie. »Was haben Sie verloren?«, fragt sie.

Die Hände der Signora gleiten höher, um Florias Hals zu streicheln.

»Was ist der schlimmste Verlust in Ihrem Leben gewesen?«, beharrt Floria.

Als sie den Kopf nach hinten neigt, um in das Gesicht über ihr zu schauen – einzigartig und doch so vertraut in der Kombination der Züge: Nase, Mund, Augen, Ohren –, wünscht sie sich, eine Sprache zu können, die sie mit der Signora verbindet: Doch im gleichen Moment wird ihr klar, dass sie keine Wörter zwischen sich brauchen, dass sie sich auf die Berührung verlassen können, auf Blicke, und wenn die Signora die Knöpfe ihres Erdbeerjacketts öffnen, Florias Hand nehmen und zu der Haut unter ihren Brüsten führen sollte, dann würde Floria den abkühlenden Schweiß mit Freude berühren und wiedererkennen. Der Katze nicht unähnlich, die die Zeichnung einer wilderen Katze trägt, fühlt Floria sich manchmal innerlich wilder, als sie es andere sehen lässt, wild und kühn und – obwohl es eitel ist, das zu denken – zauberhaft. Schon jetzt weiß sie, dass das, was sich wie ein Sog zu der Signora anfühlt, weit mehr bedeutet, und diesmal hat sie keine Angst davor, wohin es sie führen wird.

Zunächst nimmt sie das Mysterium ihrer Empfindungen in sich auf, als die Signora sich neben sie setzt. Nebeneinander blicken sie in den stillen Hof hinaus, wo jahrhundertelang Nonnen umhergegangen sind, dem quadratischen Grundriss des Hofes folgten, Lippen Gebete murmelten und Seufzer der Verzückung. Und vielleicht saßen einmal beim Morgengrauen zwei Nonnen hier in dieser Kapelle, und als der Steinfußboden die alten und kalten Gerüche verströmte, wie du sie nur an Orten der Andacht findest, streckte eine Nonne ihre Hand nach der anderen Nonne aus, so wie Floria jetzt eine Hand über die gefalteten Hände der Signora legt, während sie beide das sich verändernde Licht zwischen den Säulen betrachten.

BELINDA 1979

Ganz gewöhnliche Sünden

In meiner Familie war das Priesteramt hoch angesehen. Als mein Cousin und ich heranwuchsen, überlegten die Verwandten manchmal, ob er Priester werden würde. Nicht dass Anthony von einer solchen Neigung gesprochen hätte. Aber die Größe seiner Schuld war ein idealer Ausgangspunkt für einen Priester, der nach Erlösung strebte. Nicht Erlösung für sich selbst – diese Bitte würde von Gott als gierig beurteilt werden und musste zuletzt kommen, in der richtigen Reihenfolge und allein als Ergebnis seiner Gebete für andere –, sondern Bitten um Erlösung für diejenigen, die ihm nahe standen. Das hieß: die Verwandten. Die sich allerdings nicht zeigten.

Aber Anthony wollte nicht Priester werden. Anthony wollte Koch werden. Und er bewarb sich bei einer Kochschule, wurde angenommen, schien zufriedener, als ich ihn seit unserer Kindheit erlebt hatte, lachte sogar, als meine Mutter und Riptide ihn damit quälten, dass er zu dünn war.

»… mehr als dünn.«

»Extrem dünn.«

»Kostest du die Dinge nicht, dir ihr in der Schule kocht, Antonio?«

»Hoffen wir, dass er eine Stelle in einem Restaurant findet, wo es zu seinem Job gehört, alles zu kosten.«

»In großen Mengen.«

Nach der Hälfte des ersten Ausbildungsjahres schnappte Papa ihn sich. »Nur ein paar Stunden in der Woche«, beredete er ihn, »nur vorübergehend … während ich mein Geschäft wieder aufbaue.«

Das war die Dachdeckerei EZ. Obwohl Papa dieses Unternehmen rasch verlor, gründete er es neu als Ideale Dächer. Neue Anfänge. Neue Namen. Discount Dächer. Empire Dächer. Anthonys wenige Stunden wurden zu wenigen Tagen. Wurden zu Vollzeit. Zu Überstunden. Dächer Engros.

Dann begegnete ich Franklin und nahm ihn Jesus weg, und jetzt hatten wir in meiner Familie zwei Männer, die eigentlich Gott gehörten, die eigentlich die Verwandten anführen sollten in dem strengen und unaufhörlichen Anstieg zu dem einen Himmel, der ausschließlich für Katholiken da ist.

❧

Aber Franklin glaubte an einen Gott, der andere in den Himmel lässt, sogar Protestanten und Whirlpool-Verkäufer. An einen insgesamt großzügigeren Gott. Franklin glaubte außerdem an Wunder, was mir recht war, da er unsere erste Begegnung als Wunder betrachtete. Es geschah bei einem Picknick, mit dem er bei St. Raymond, Riptides Gemeinde, begrüßt wurde, und er aß gegrillte Spare Ribs mit solch gesegneter Konzentration, seine Lippen und Finger waren so dunkel von der würzigen Soße, dass ich ihn kosten wollte. Ich wusste nicht richtig, was der Ausdruck »klarer Knochenbau« bedeutete, bis ich Franklin sah, der von seinen Knochen definiert wurde: von ihrer Länge, von ihrer Anmut, von einem Mangel an Fleisch, das ihre köstliche Form verborgen hätte. Klarer Knochenbau.

»Du starrst den Priester an.« Riptide stieß mich in die Seite.

Der Priester hob den Blick in meine Richtung, warf sich das rote krause Haar aus der Stirn.

»Belinda? Der Priester merkt, dass du ihn anstarrst.«

Riptide war es, die mich zu dem Picknick geschleppt hatte, obwohl es ihr selten gelang, mich zur Messe zu schleppen. Sie war es auch, die das mit mir und Franklin durchschaute, als sie mich in der folgenden Woche jeden Morgen in der Frühmesse bemerkte. Da ich nur zwei Blocks von der St. Catherine's Academy entfernt wohnte, wo ich Musik unterrichtete, war es offensichtlich, dass ich einen ziemlich langen Umweg machte, um in die Kirche zu kommen. Um ihren Fragen zu entgehen, eilte ich davon, sobald Franklin meine Zunge mit der Kommunionsoblate berührt hatte. Aber am Mittwoch meiner zweiten Woche erwartete mich Riptide auf den Stufen von St. Raymond; robust und adrett stand sie da, die Handtasche baumelte von den verschränkten Armen. »Es ist wichtig, dass du diese Anziehung als das erkennst, was sie ist«, verkündete sie, »sie als das genießt, was sie ist, sie mit deinem ganzen Körper spürst.«

»Wovon redest du eigentlich?«

»Wir hatten attraktive Priester in dieser Gemeinde, als ich jung war.«

»Schön für dich.« Ich ging weiter.

Aber sie blieb neben mir. »Deine Lust mit Liebe zu verwechseln, wäre naiv.«

»Himmel Herrgott, Großmutter. Der Mann ist Priester.«

»Stimmt.«

»Du schockierst mich höllisch.«

Wir waren an der Ecke der Castle Hill Avenue, und ich blieb stehen, um mich von ihr zu verabschieden, aber sie ging mit mir weiter, zum Westchester Square, wo ich einen Bus zur Schule nehmen musste.

»Als ich in deinem Alter war, Belinda, da dachte ich, ich hätte den Sex erfunden.«

»Das hast du auch. Es steht in allen Enzyklopädien der Welt: ›Natalina Amedeo erfand den Sex im Jahr des Herrn 1920.‹ Das war doch das Jahr, in dem du Grandpa geheiratet hast?«

»Ja, aber den Sex habe ich drei Jahre, bevor ich ihn kennen lernte, erfunden.«

»Nicht mit Grandpa?«

»Sei nicht frech.« Sie hielt ohne zu schwitzen mit mir Schritt, was, da war ich mir sicher, das Ergebnis davon war, dass sie jeden Tag ihre Meile in Großtante Camillas Pool schwamm.

»Dann ist hier die Korrektur: Natalina Amedeo erfand den Sex im Jahr des Herrn 1917, als sie −«

»− glaubte, dass ihre Eltern Sex für immer aufgegeben hatten.«

»Hatten sie wahrscheinlich auch.«

»Alle jungen Leute wollen das glauben. Sie sind so naiv in allen anderen Dingen, dass sie sich einreden, sie wüssten mehr über Sex als ihre Eltern … wenigstens *ihre* Art von Sex. Als gäbe es so viele verschiedene Arten.«

»Zweiundachtzig, um genau zu sein.«

Sie sah mich von der Seite her an.

»Wollte nur mal testen.«

»Genieße die Lust, Belinda.«

»Wirklich, Grandma.«

»Wirklich. Lehn dich in die Lust hinein.«

»Das klingt so, als würdest du vom … Segeln sprechen.«

»Schleuse deine Lust in deine Leidenschaft für Musik. Lass sie dort auf der höchsten Note balancieren. Mach dir klar, dass es normal ist, und kasteie dich deswegen nicht.«

»Wie soll ich mich denn gleichzeitig hineinlehnen und schleusen und balancieren und kasteien?«

»Halte deine Lust auf dem höchsten Ton fest.« Sie packte mich am Ärmel, sodass wir beide stehen blieben. »Bedenke, du nimmst der Kirche nichts weg. Solange du die Dinge nicht verkomplizierst, indem du es körperlich machst. Lass dich von der Lust nähren. Hab Spaß dabei. Deine Mama – ihr ging es von dem Moment an so, als sie Julian sah, wie dir mit diesem Priester. Fünftausend Kerzen, die alle auf einmal brennen. Sie hätte Malcolm am Altar stehen lassen und mit Julian wegfahren sollen. Nur dass sie dann nicht dich und Bian– Nur dass ich dann nicht dich hätte. Oder du dann nicht du wärst, nicht wahr?«

»Willst du damit sagen, dass sie die ganze Zeit eine Affäre mit Mr. Thompson hatte?«

»Natürlich nicht. Sie begehrte ihn nur voller Lust. Schade eigentlich, dass sie ihre Lustgefühle nicht humorvoll sah. Sie hätte sie genießen sollen. Zu ernst … Du bist mehr wie ich. Aber sie wird sich revanchieren.«

»Revanchieren, wofür?«

»Wir revanchieren uns an unseren Kindern. Weil sie uns verlassen. Wir revanchieren uns, indem wir ihnen die Liebe unserer Enkel stehlen. Warte nur, sobald du Kinder hast, entreißt dir deine Mama ihre Liebe.«

»Da gibt es nichts zu entreißen. Weil ich keine Kinder bekommen werde.«

»Dann solltest du dich lieber von dem Priester fern halten. Wenn er das Priesteramt aufgibt, dann nicht nur für eine Frau. Er ist der Typ Mann, der Kinder will.«

»Ich habe gerade gesagt, ich werde keine –«

»Und merk dir dies für deine Enzyklopädien der Welt: Natalina Amedeo erfand den Sex im Jahr des Herrn 1917, und nicht zwangsläufig mit dem Mann, den sie schließlich heiratete.«

195

Franklin wusste erst vier Monate später, dass er bereit war, das Priesteramt aufzugeben, als ich nicht mehr damit zufrieden war, Glückseligkeit mit ihm in der Fantasie zu genießen – im Schleusen und Hineinlehnen und Balancieren und Kasteien in erstaunlichen Stellungen –, und ihm bei der Beichte sagte, dass ich nicht schlafen konnte.

»Und woran liegt das?«, fragte er aus der dunklen Nische hinter der geschnitzten Trennwand, die gertenschlanken Finger vor den Augenbrauen verschränkt.

Der Beichtstuhl roch nach schalem Weihrauch und muffigem Samt. Als Kind habe ich mir die meisten Gerüche nach den Schilderungen anderer vorgestellt, bis meine Nebenhöhlen operiert wurden und ich begriff, wie es war, wenn Gerüche frei durch mich hindurchzogen.

»Warum können Sie nicht schlafen?«, fragte Franklin.

Ich zitterte. Starrte auf die blasse Haut seiner Handgelenke, wo sie in dem schwarzen Tuch verschwanden. Ich stellte mir an meinen Händen seine nackten Schultern vor, die Haut dort glatter als an den Oberarmen. Und, wie so oft, ersetzte die Vorstellung die Handlung, wurde stärker als die Handlung, veränderte die Luft zwischen ihm und mir.

Machte seine Stimme eindringlich und wachsam, als er fragte: »Warum?«

Als ich mir die Haut seines Rückens vorzustellen versuchte, drückte sich die Kühle der Steinmauern an mich, erinnerte mich daran, dass ich in der Kirche war, wo dieser Mann – dieser Priester – bei jeder Messe das Blut Christi trank. Ich war seit Jahren nicht zur Beichte gewesen, obwohl ich eine Liste von Sünden angesammelt hatte, die mich sicherlich ein Dutzend Leben lang im Fegefeuer festhalten würden – und mich sogar in die Hölle schleudern würden, wenn ich bedachte, was ich im Begriff war zu tun. Dennoch ... dennoch sagte ich es, obwohl hundert Stimmen in mir versuchten, mich zurückzuhalten, die Stimmen der Verwandten, meiner Vorfahren, ganz Italiens.

Ich sagte: »Ich kann nicht schlafen, weil ich immer an Sie denken muss.«

❧

Als ich Franklin den Verwandten vorstellte, zuckten manche von ihnen zusammen, wenn ich ihn berührte – oft, absichtlich, damit sie sich daran gewöhnten, dass wir zusammen waren. Sie wussten nicht recht, ob sie ihn bitten sollten, das Tischgebet zu sprechen, eine Ehre, die sie jedem anderen besuchenden Priester angeboten hätten. Aber dieser Priester war ein in Ungnade gefallener Priester, und ich war Maria-Magdalena-ohne-Erlösung, hatte seinen Fall aus der Tugendhaftigkeit in mein Bett verursacht.

Nur dass Franklin bis dahin noch nicht in mein Bett gefallen war.

Franklin schlief auf meiner Couch.

Obwohl er willens war, das Priesteramt aufzugeben, war er nicht willens, das Zölibat aufzugeben, hielt da an den katholischen Regeln fest, und er tröstete mich, indem er schwor, dass er mit Zittern darauf wartete, mit mir zu schlafen. Und ich hielt mich zurück, bedrängte ihn nicht.

Unterdessen verbrachten wir manchen Abend mit anderen Ex-Priestern und Ex-Nonnen. Es muss sie da draußen schon die ganze Zeit gegeben haben, aber sie waren nicht im mindesten wie die Nonnen und Priester meiner Kindheit: Manche von ihnen trugen Shorts oder rauchten, und Franklins Freundin Ruthie fluchte noch schlimmer als meine Tante Leonora. Von Ruthie lernte ich auch, Ex-Nonnen aus knapp zweihundert Meter Entfernung zu erkennen, an ihren vernünftigen Schuhen und dem kurzen Haar, das auf Höhe der Ohrläppchen gerade abgeschnitten war.

Franklin war fasziniert von Menschen, die *nicht* schon im Alter von zwölf Jahren entschieden hatten, dass sie berufen waren. »Wie alt warst du, als du zum ersten Mal einen Jungen in dich hinein gelassen hast?«, fragte er eines Morgens, als wir uns bei der Kaffeekanne trafen. Äste schlugen gegen die Scheiben und machten aus der Küche ein Baumhaus, einen geheimen Ort, wo man ohne Vorhänge leben konnte.

»Fünfzehn.«

»Wo?«

Ich zeigte auf meinen Schritt.

Er lachte laut.

»In Freedomland«, sagte ich. »Hinter dem New-Orleans-Mardi-Gras-Karussell.«

»Du bist so mutig.«

»Sagst du das allen jungen Mädchen, die zu dir zur Beichte kommen?«

»Nur dir.« Franklin zog mich an sich, Hüfte an Hüfte, als wollten wir einen formvollendeten Tango auf das gelb und orangefarben gemusterte Linoleum der Wirtin legen. »Erinnerst du dich an die Melodie? ›Mommy and Daddy take my hand, take me out to Freedomland, two ninety-five is all you pay in Freedomland all day …‹«

✌

Franklin war zwölf, als er von seinem Pferd fiel, mit dem Kopf an die Steinmauer des Nachbarn schlug und sich auf die Knie erhob, unverletzt und mit der Gewissheit, dass Gott ihn für das Priesteramt auserwählt hatte.

»Und dabei war er nicht einmal katholisch«, erzählte mir seine Mutter, als Franklin mit mir nach White Plains fuhr, damit ich seine Eltern kennen lernte. »Er hatte einfach zu viele Filme über junge Priester gesehen.«

Sein Vater nickte. »Nach seinem Reitunfall bestand

198

Franklin darauf, auf eine katholische Schule zu wechseln. Sehr untypisch für unseren Franklin, dieses Ausmaß an Hartnäckigkeit.«

»Sehr untypisch«, sagte seine Mutter.

»Eigentlich nicht«, sagte Franklin. »Ihr habt mir beigebracht, immer nach Zeichen Ausschau zu halten.«

Seine Eltern sahen sich an, verdutzt, setzten dann eine Miene der Toleranz auf. Da sie Unitarier waren, wussten sie, dass sie tolerant sein mussten. Doch in den Wochen vor unserer Hochzeit dankten sie mir mindestens dreimal dafür, dass ich Franklin das Priesteramt ausgeredet hatte. »Wir haben versucht, es zu verhindern.« So viel zur Toleranz der Unitarier.

Trotzdem zeigten sie mehr Toleranz, als Franklin und ich von meinen Verwandten erfuhren – außer von Tante Leonora, natürlich, die sich für Toleranz einsetzt. Für die Verwandten war unsere Ehe unvorstellbar – man denke, eine geschiedene Frau und ein in Ungnade gefallener Priester –, noch unvorstellbarer als die Tatsache, dass wir nicht in einer katholischen Kirche heiraten durften. Und doch wirkte die Zeremonie in der VFW-Halle, die Onkel Victor gern für Festa Liguria mietete, seltsam katholisch, nicht nur, weil unter unseren Gästen mehrere Ex-Nonnen und Ex-Priester waren, sondern hauptsächlich deshalb, weil ich schreckliche Angst hatte, dass jemand aufstehen könnte, als der Friedensrichter fragte, ob irgendjemand einen Einwand erhebe. Jede katholische Braut, die ich kenne, hat sich vor dieser Unterbrechung gefürchtet, und unsere Eheschließung war dazu geeignet, dass eine ganze Legion von Bischöfen intervenierte.

Aber der Friedensrichter stellte diese Frage gar nicht, und als Franklin laut und deutlich sagte: »Ich will«, konnte ich nur daran denken, dass damals, als Jonathan »Ich will« gesagt hatte, Franklin noch im Priesterseminar war, beim

Morgengrauen in der Kapelle betete und die Geschichte des Glaubens studierte.

❦

Nachdem wir die Speisen gegessen hatten, die Onkel Victor als Geschenk mitgebracht hatte, nachdem wir zu der Akkordeon-Band getanzt hatten, nachdem Anthony hinausgegangen war, nachdem wir den Hochzeitskuchen angeschnitten hatten, fragte Papa, ob wir ihm helfen könnten, einen Namen für eine weitere neue Firma auszudenken.

»Es sollte ›Dach‹ oder ›Dachdecken‹ darin vorkommen. Etwas, das die Leute sich merken.«

»DGUND«, sagte Tante Leonora ohne Zögern.

»DGUND …« Er sah sie neugierig an.

»Genau.« Sie tippte mit ihrem roten Fingernagel auf die weiße Tischdecke, als tippte sie die Buchstaben für Papa.

Nachdem sein fünftes Dachdecker-Unternehmen, Dächer Engros, eingegangen war, hatte ihm für kurze Zeit eine Tankstelle gehört, die einzige Tankstelle, die ich kannte, zu der eine Reinigung mit einem blinkenden Schild gehörte: »Ihr Lieblingsjackett, gratis gereinigt, mit jeder Tankfüllung, Minimum 7 Gallonen.« Darauf folgte ein weiteres Kombi-Unternehmen: Ein höhlenartiges Fahrradgeschäft, das sich abends in ein Kino verwandelte. Schließlich kehrte Papa wieder zum Dachdecken zurück: Es war das, was er gelernt hatte, was ihm Spaß machte. Und da er Anthony – der die Kochschule abgeschlossen hatte, aber nicht als Koch arbeitete – für das Büro und die Betreuung seiner gelegentlichen Mitarbeiter hatte, konnte Papa auf den Dächern arbeiten. Als Anthony die Gelben Seiten vorschlug, suchte Papa Namen vom Anfang des Alphabets aus, damit mögliche Kunden ihn gleich finden würden – Aktuelle Bedachung, Alles fürs Dach – doch beide Male hatte sich der Name geändert, bevor die Gelben Seiten erschienen.

»DGUND ...« Papa formte mit den Fingern ein Rechteck und sah hindurch, als ob die Finger die Buchstaben umrahmten. Dann bewegte er die Finger weiter, bis sie Mama umrahmten, die ganz in Pfirsich war, eine der wenigen Gelegenheiten, bei denen ich sie etwas anderes als Schwarz tragen sah. Sie hatte das weiße Kleid, das sie letztes Jahr gekauft hatte, als sie Mr. Thompson heiratete − *Nenn mich doch bitte Julian* −, gefärbt und eine leichte pfirsichfarbene Spitzenweste entworfen, die sie darüber trug. Ihr Haar war immer noch kürzer als zuvor, nach ihrem Hochzeitshaarschnitt von der Madison Avenue, der ungefähr zehnmal so viel gekostet hatte wie ein Haarschnitt in der Bronx.

»Wie findest du DGUND?«, fragte Papa sie.

»Kommt drauf an, was es heißt.«

Papa nickte energisch.

Seit ihrer Scheidung gingen er und Mama entspannter und fröhlicher miteinander um als während ihrer Ehe. Da er derjenige war, der verlassen worden war, war ich manchmal böse auf Mama, und selbst als er anfing, sich mit Frauen zu treffen, kam mir auch das wie ihre Schuld vor.

An dem Tag, als ich Mr. Thompson kennen lernte, fühlte ich mich ihm gegenüber unbehaglich, weil er so begierig darauf war, Hartford zu verlassen, sein Möbelgeschäft in die Bronx zu verlegen, damit er in Mamas Nähe sein konnte. Für mich kam das alles zu plötzlich. Ich fühlte mich an dem Tag, als er Mama heiratete, ihm gegenüber unbehaglich, und dann fühlte ich es wieder an meinem Hochzeitstag, das gleiche Unbehagen, obwohl Mama und ich jetzt beide zum zweiten Mal verheiratet waren. Aber wie sie da so saßen − sie ganz in Pfirsich, ihre Schulter an seiner, als könnte sie es nicht abwarten, mit ihm ins Bett zu kommen, mit diesem Mann, der beschlossen hatte, dass sie nicht rauchen durfte. Ich hatte mich deswegen mit ihm angelegt, aber er sagte, er wolle, dass sie länger lebte. Er wollte nichts davon hören, dass die Frauen in meiner Familie sehr alt wurden und rauchten, so viel sie wollten.

Ich spürte, dass Mama mich ansah, und als sie mir zuzwinkerte, dachte ich daran, wie wir zwei heimlich rauchten, auf ihrer Feuerleiter oder über ihren Herd gekauert, und hastige Züge machten, während der Ventilator den Rauch abzog, und Hustenbonbons kauten, um den Atem zu vertuschen. Als Verschwörerinnen kamen Mama und ich gut miteinander aus, aber unsere natürliche Haltung war Flucht und Jagd. Ich floh immer noch vor ihrer Trauer, weil ich meine nicht entfachen wollte. Ich konnte nicht ihr Ersatz für Bianca sein, und doch war ich die Einzige, die wie Bianca aussah. Im Spiegel war aber nur ich – ohne Bianca. *Das Ich, das ihre Abwesenheit bestätigt. Mein Ebenbild, das unter der Erde vermodert. Wie lange dauert das? Bleibt irgendetwas von uns übrig? Rippe oder Schädel oder Oberschenkelknochen? Das Herz ist schon längst weg. Vielleicht verschwindet das Herz immer als Erstes. Bei Jonathan war es jedenfalls so. Und der Körper muss einfach folgen.* Als kleines Kind war ich kräftig – wir waren beide, Bianca und ich, kräftig und groß –, und doch bin ich jetzt dünn, als hätte der Tod meines Zwillings mir das Fleisch genommen.

Hin und wieder hasste ich sie.

Weil sie tot war.

Weil die anderen ihre Abwesenheit liebten.

Und dennoch, um Mamas überschüssige Liebe zu spüren, ließ ich manchmal zu, dass sie mich zu Bianca machte, wurde gierig für sie zu Bianca und nährte mich von einer Liebe, die nicht mir galt, obwohl ich nie genug für sie sein würde, obwohl sie mich nicht ohne Trauer ansehen konnte. Wie hatte ich um Mamas Liebe gekämpft, versucht, dass sie der heftigen und verwirrenden Liebe, die ich für sie empfand, entsprach. Und wie ich immer verlor, weil eine tote Tochter mächtiger war als eine Tochter, die noch lebte.

Einmal, glaube ich, hat Mama verstanden, was es für mich bedeutete, denn sie weinte und umarmte mich fest und sagte: »Ich will dir das doch nicht antun, dich nicht zu meinen beiden Töchtern machen.« Und ich löste mich aus ihren Armen und sagte: »Ich weiß nicht, was du meinst.«

༂

»DGUND …«, sagte Papa langsam. »Das ist griffig, Leonora. Aber was bedeutet es?«

»Dächer, günstig und nicht dauerhaft.« Tante Leonora zuckte nicht mit der Wimper.

In dem Moment kam Anthony herein. Er blieb an der Tür stehen, als wollte er gleich wieder gehen.

Franklins Eltern sahen sich verdutzt an, stellten dann ihren Gesichtsausdruck identisch auf Toleranz um.

»Hast du das aus einem deiner Kreuzworträtsel?«, fragte Papa Tante Leonora.

»Ich habe es mir ausgedacht.«

»Ein Original. Natürlich.«

Mein Großvater fing an zu husten, und Anthony hielt sich zurück, war wachsam, wie so oft. Bei ihm gab es entweder dieses Schweigen oder aber übermütigen Spott, bei dem er sich hart an der Grenze zum Zynismus bewegte, als wollte er, dass wir ihn zusammenstauchten.

»Wir haben noch ein paar Stücke Hochzeitskuchen«, verkündete Onkel Victor. »Oder vielleicht möchte noch jemand etwas von der gefüllten Kalbsbrust oder –«

»Ja«, sagte Franklin. »Kalbsbrust für mich, bitte. Und ich möchte auch noch von deinen Spaghetti.«

Wir alle starrten auf meinen Bräutigam, während er die Spaghetti in fünf Zentimeter lange Stücke schnitt, und als mein Großvater als Erster wegschaute, schwor ich mir, dass ich Franklin beibringen würde, die Spaghetti in der Mulde eines Löffels auf die Gabel zu drehen.

»Heben wir nochmal das Glas«, schlug mein Großvater mit seiner sanften Stimme vor. »Setz dich, Anthony. Heb mit mir dein Glas auf unsere hübsche Braut und ihren —«

»Ich wette, du hast noch andere Originalvorschläge«, sagte Papa provozierend zu Tante Leonora.

»Also, wenn du lieber etwas Kürzeres hättest …«

»Etwas Kürzeres, ja.« Wie üblich unterstrich er jedes Wort mit den Händen. Doch nur seine Hände bewegten sich. Der restliche Körper sah steif aus. Früher hatte er seine Worte mit dem ganzen Körper hervorgebracht, doch seit die Gauner von Qualitätsdächer ihm die Hände gebrochen hatten, konnte Papa anscheinend nicht mehr richtig sprechen. Akkordeon zu spielen war Teil seiner Sprache gewesen, aber er hat nie wieder gespielt.

»Du könntest das N weglassen und einfach nur DGUD haben«, sagte Tante Leonora.

»Dächer, günstig und dauerhaft?« Er grinste wie ein Schuljunge, der unbedingt für die richtige Antwort gelobt werden möchte.

Aber sie verbesserte ihn. »Durchlässig.«

Mindestens vier der Verwandten sprachen stumm die Wörter: »Dächer, günstig und durchlässig«, und in dem Moment, das wusste ich, empfanden wir alle eine gewisse Schadenfreude angesichts Papas Zwangslage. Dazu Schuldgefühle wegen dieser Schadenfreude. Niemand kam Papa zu Hilfe. Auch ich nicht. Denn Tante Leonora hatte ein Recht auf ihre Wut.

Wut, weil Papa ihren Sohn ausbeutete.

Wut, weil ihr Sohn sich ausbeuten ließ.

Ich hatte nie verstanden, warum Anthony sich eine Arbeit ausgesucht hatte, bei der er auf Dächer klettern musste, aber als er an meinem U-förmigen Hochzeitstisch saß, gespenstisch still, und seine Mutter beobachtete – ein jedes ihrer Wörter eine Waffe in ihrem Kampf, ihn zurückzugewinnen –, fragte ich mich, ob es für ihn eine seltsame Erlösung war, im Tausch gegen das Leben meiner Schwester für Papa zu arbeiten. Selbst wenn Papa eine merkwürdige Rache ausbrütete, hatte Anthony sich zu seinem Komplizen gemacht.

Plötzlich war ich sein Schweigen, sein jämmerliches Schweigen leid. Früher dachte ich, es sei ein Spiel, bei dem er sich traute, ein Familienessen durchzustehen, ohne zu sprechen. An einem Nachmittag am Jones Beach im letzten Sommer, als ich ihm meine Sonnenschutzcreme anbot und er den Kopf schüttelte, beschloss ich herauszufinden, wie sich diese Art zu schweigen anfühlte. Ich sah ihn weiter an, in dem vollen Bewusstsein, dass Anthony im Gegensatz zu Papa, der nahm, was er kriegen konnte, Schwierigkeiten hatte, auch nur ein Kompliment oder eine zweite Tasse Kaffee oder meine Sonnenschutzcreme anzunehmen. Lieber kriegte er einen Sonnenbrand. Wollte er noch mehr leiden.

Ich wartete weiter. Still. Aber ich hielt es kaum zwei Minuten aus. »Kriegst du lieber einen Sonnenbrand?«, schrie ich ihn schließlich an.

Er sah gequält aus.

»Was willst du, Anthony? Noch mehr leiden?«

Er sprach immer noch nicht.

»Bleib liegen. Verdammt nochmal.« Ich sprang von meinem Handtuch auf, schraubte die Flasche auf, schmierte Creme auf seinen Rücken, und als er sich wand, sagte ich: »Bleib einfach liegen.«

❧

Anthony war an dem Morgen nicht dabei, als meine Zwillingsschwester beerdigt wurde, mit ihren Lieblingsspielsachen im Sarg, mit Nik-L-Nips und Bazooka-Kaugummi und Esspapier und Chuckles, mit ihrer Tiny-Tears-Puppe, die echte Tränen weinen konnte, aber nicht mit dem Superman-Cape, das sie so im Stich gelassen hatte.

Ich steckte Papas Dominospiel in den Sarg meiner Schwester, weil er nicht zu ihrer Beerdigung kommen durfte. Als er aus dem Gefängnis anrief, weinte er, und ich versprach, etwas zu finden, das ihm gehörte, und es Bianca mitzugeben.

Danach, im Haus meiner Großeltern, wo wir eine Weile wohnten, flüsterte Anthonys Vater Großtante Camilla zu, dass Anthony an dem Tag, als Bianca gestorben war, aufgehört habe zu sprechen. Beim Anblick von Essen wurde mir übel, aber die Erwachsenen häuften mir Linguine und Bohnen und eine Scheibe von Riptides Weihnachtstruthahn auf einen Teller. Ich trug den Teller nach oben, und als ich ihn unter dem Bett meiner Großeltern versteckte, erschreckte mich das plötzliche Donnern eines startenden Flugzeugs; als ich aufsah, musterte mich der Jesus mit der Sommerbräune und den neugierigen Augen von dem Bild über der Kommode.

Schnell nahm ich den Teller und trug ihn nach draußen, wo die Luft so grau war wie die Holzverschalung. Die Wellen darin sahen aus wie die Wellen in Pappe, aber als ich einen Fingernagel darauf drückte, hinterließ er keinen Abdruck. Ich hob den Deckel vom Milchmannkasten und stellte meinen Teller hinein. Gegen den trüben Himmel sah das schmiedeeiserne Geländer meiner Großeltern wie eine Tuschezeichnung aus. So sahen auch die leeren schmiedeeisernen Blumenkästen aus, die an den Mauern unter den Fenstern im Erdgeschoss festgeschraubt waren; aus den Fenstern drangen Stimmen und sogar Lachen zu mir heraus. Wie konnte heute jemand lachen?

Mit einem Mal musste ich pinkeln. Aber wenn ich wieder ins Haus ging, würden sie mir nur einen neuen Teller mit Essen geben. Ich suchte nach etwas Hohem, um mich dahinter

zu hocken. Aber wenn jetzt wieder ein Flugzeug vorüber-
flog, noch niedriger? Ich beschloss, im Stehen zu pinkeln,
wie ein Junge. Ein Stückchen die Gasse hinunter, die an der
Doppelhaushälfte meiner Großeltern entlangführte, schob
ich die Finger unter meinen schwarzen Rock und drückte
so zu, dass mein Pipi vorn herausspritzen musste. Trotzdem
wurden meine Hände nass. Überrascht war ich, wie warm
mein Pipi war, und das findest du nicht heraus, wenn du es
einfach in eine Toilettenschüssel laufen lässt.

Ich bekam Anthony weder am nächsten Tag noch am
Tag danach zu sehen.

Dreiundzwanzig Tage lang bekam ich Anthony nicht zu
sehen.

Nicht an Silvester, was wir nicht feierten.

Nicht, als im Januar die Schule anfing.

Seine Eltern schickten ihn nicht in die Schule, behielten
ihn zu Hause, als wäre sein Leid größer als meins. Ich fühlte
mich betrogen, weil ich zur Schule gehen musste; dabei war
doch *meine* Schwester gestorben.

Nach dem, was mir gesagt wurde, gingen Anthonys Eltern mit ihm zu Ärzten, weil er immer noch nicht sprach –
kein einziges Wort –, und als einer der Ärzte anregte, dass
es das Beste für Anthony wäre, ein paar Wochen woanders
zu verbringen, fuhren sein Vater und unser Großvater mit
ihm nach Kanada.

»Warum sie auf eine Jagdreise gekommen sind, begreife
ich nicht«, sagte Riptide. »Oder warum sie glauben, dass
eine Reise nur mit Männern dem Jungen gut tut. Das ist
doch verrückt.«

»Vielleicht sind wir gerade alle ein bisschen verrückt«,
sagte meine Mutter.

Obwohl ich ein Jahr älter war als Anthony, durfte ich
nicht mit nach Kanada. Es bekümmerte mich, dass ich ihn
mehr vermisste als meine Schwester.

In jenen dreiundzwanzig Tagen zogen wir in möblierte Zimmer in der Ryer Avenue, und ich wurde von der St.-Margaret-Mary-Schule auf die St.-Simon-Stock-Schule umgemeldet. In jeder Wohnung, in der ich bisher gelebt hatte, waren die Möbel anders und waren für mich die Möbel des Vermieters, denn alle Vermieter verschmolzen zu einer Person, die die Macht hatte, unsere Kaution zu behalten, wenn wir noch mehr Kratzer oder Flecken auf die Möbel machten, als sie ohnehin schon hatten. »Vorsichtig mit den Möbeln des Vermieters«, ermahnte mich Mama, weil es sehr wichtig war, dass wir unsere Kaution erstattet bekamen, die dann die Kaution für die nächste Wohnung wurde. Und es gab immer eine nächste Wohnung. Manchmal zogen wir heimlich um, mitten in der Nacht, weil die Miete überfällig war. Die einzigen Möbelstücke, mit denen wir umzogen, waren Mamas Nähmaschine, ihre Schneiderpuppe, die uns wie ein zusätzliches Kind folgte, und der Fernseher, den Onkel Victor uns geschenkt hatte.

Ich mochte den Fernsehbischof, Bischof Sheen, der immer auf mich zukam, als wollte er aus dem Bildschirm treten, mit gefalteten Händen, um jede neue Wohnung zu begutachten. Dann breitete er die Hände aus und erinnerte mich daran: »Glaube an das Unglaubliche, und du kannst das Unmögliche tun«, und dann sah ich mich um und stellte plötzlich fest, was Mama schon tat, um die Wohnung zu verbessern: Sie wusch die Wände ab, rieb Tische und Stühle mit Zitronenöl ein, versteckte auch die hässlichsten Polster unter sauberen Bezügen – gestreifte Baumwolle im Sommer, grüner Samt im Winter –, die Bänder und Falten hatten, sodass sie auf Sofas jeder Größe und alle Stühle passten und jede Wohnung sofort vertrauter machten.

Die meisten Stoffe kaufte sie im Ausverkauf bei Prings, wo die Ballen so hoch gestapelt waren, dass ich nicht drübergucken konnte. Da meine Augen von den neuen Stoffen brannten, wusch Mama die Stoffe oder, wenn das nicht ging, lüftete sie wenigstens, bevor sie anfing, zuzuschneiden und zu nähen. Miss Pring – Emily-vom-Stoffgeschäft nannte Mama sie – sah immer sehr erfreut aus, wenn Mama ihr neue Entwürfe zeigte oder ihr für besondere Stoffe dankte, die Emily für sie in einem Hinterzimmer aufgehoben hatte. Emily-vom-Stoffgeschäft sprach mit Mama darüber, wer sich scheiden ließ, wie sehr die Leute Mamas Hochzeitskleider mochten. Emily-vom-Stoffgeschäft sagte, Mama habe besonders feine Hände, und zeigte mir, was sie damit meinte, indem sie Mamas Hände in ihre nahm, bis Mama ihre Hände wegzog. In jeder neuen Gegend fand Mama schnell neue Freundinnen, und ich mochte diese Frauen lieber als Emily-vom-Stoffgeschäft, deren Atem an den Stoffen hängen blieb, von denen mir die Augen brannten.

Stoffe, die Mama sich leisten konnte, waren nie so teuer wie die, die sie für ihre Kundinnen verarbeitete und von denen sie die Reste aufhob, um etwas für mich daraus zu machen. Am wenigsten Stoff brauchte sie für ärmellose Blusen. Deshalb hatte ich einige teuer aussehende Blusen, die Mama mir nicht zu tragen erlaubte, wenn die Kundinnen wieder zu ihr kamen. Ich konnte mich zwar nie daran erinnern, welche Kundin welchen Stoff gebracht hatte, aber Mama wusste es immer, denn sie war der Überzeugung, dass alles, was dir einmal durch die Hände gegangen ist, im Gedächtnis bleibt. »Es gibt mir Auftrieb, wenn ich dich in guten Kleidern sehe«, sagte sie.

Großtante Camilla hatte gute Kleider, elegante Kleider; und ich sehnte mich nach solcher Eleganz, sehnte mich danach, nicht arm zu sein. »Camilla hat Glück«, sagten die Verwandten, »eine Freundin zu haben, mit der sie die Kosten für die Wohnung teilen kann. Deswegen kann sie es

209

sich leisten, an der Upper East Side zu wohnen.« Begriff jemand von ihnen, was es mit der Liebe zwischen ihr und Mrs. Feinstein auf sich hatte? Es kam ihnen wahrscheinlich nicht in den Sinn. Sie sagten Tante Camilla, sie solle Mrs. Feinstein zu Familienessen mitbringen, aber sie tat es nur selten. »Mrs. Feinstein besucht ihre eigene Familie«, sagte sie. Sie neckten sich untereinander über diese Besuche bei Camilla, denn Mrs. Feinstein hatte Antikisierungs-Utensilien und antikisierte alles um sich herum mit Streifen und goldenen Blättchen. »Pass auf«, sagten sie, »wenn du nach Hause kommst, siehst du auch ganz antik aus.«

✿

Zu wissen, dass ich Anthony bald, wenn er erst einmal aus Kanada zurück war, ganz für mich haben würde, war nicht das einzig Gute daran, dass ich keine Schwester mehr hatte. Ich hatte außerdem mein eigenes Zimmer. Und meine Eltern nahmen mich ernster als zuvor. Außerdem gefiel mir das Haus in der Ryer Avenue besser als unser letztes, weil die Backsteine glitzerten, wenn die Sonne darauf fiel, und weil ich nicht länger Angst davor haben musste, den Abfall zu den Mülleimern im Keller zu bringen, sondern ihn einfach in den Müllschlucker zur Verbrennungsanlage werfen konnte. Der Hausmeister stellte die Asche für den Müllwagen auf den Bürgersteig. An manchen Abenden konntest du den Rauch aus meinem Schornstein aufsteigen sehen, und einmal schwebte ein brennendes Stück Papier auf dem Rauch nach oben und brannte einen Moment lang wie eine Sternschnuppe.

Immer wenn Mamas Traurigkeit kam, hielt ich meine Restfamilie zusammen; ich lief zum Geschäft und kaufte ein, zog den Wecker auf, setzte Wasser für Hot Dogs und Spaghetti auf. Das waren die zwei Sachen, die ich zubereiten konnte, und ich mischte sie, schnitt die Würstchen in

Scheiben und rührte sie in die Spaghetti, während die noch kochten. Margarine verhinderte, dass sie klebrig wurden, aber wir hatten nicht immer Margarine da.

Eines Nachmittags Anfang Januar fand ich Mama auf dem Bett, weinend, das Gesicht im Kissen, der Rock bis zum Hüftgürtel hochgerutscht. Ich strich mit einer Hand zwischen ihren Schultern auf und ab. »Ich bin da«, sagte ich, »ich bin da.«

Als Papa nach Hause kam, versuchte er, Mama umzudrehen.

»Nicht«, wimmerte sie.

Aber er zog so lange, bis sie schwankend im Kreis seiner Arme stand.

»Floria«, flüsterte er. »He, Mädchen —«

Sie hustete. »Ich kann nicht.«

»Nimm meinen Atem.« Papa blies sich in die Hand, legte sie leicht gewölbt über den Mund. »Tu so, als sei es deiner.«

»Ich – ich —«

»Schluck ihn runter. Tu so, als sei es deiner.«

»Mach doch, Mama. Schluck«, schrie ich. Meine Familie war schon von vier auf drei geschrumpft, und obwohl wir auch früher, wenn Papa *anderswo* war, drei waren, so waren wir immer wieder vier geworden. Nur jetzt würden wir nie wieder vier sein. Denn jetzt war Bianca fort, nicht Papa, und das hieß, wenn er wieder *anderswo* war, dann wären wir eine Weile nur zu zweit, Mama und ich, und wenn Mama sich am Husten verschluckte und starb und beerdigt wurde, dann wäre ich ganz allein. »Schluck«, schrie ich sie an. »Schluck Papas Atem. Jetzt, habe ich gesagt.«

»Entschuldigung.« Mamas Gesicht war verschmiert, ihr Mund offen.

»Belinda«, sagte Papa, »stell die Dusche an. Auf heiß. Und lass die Tür zu.«

Ich rannte ins Badezimmer, hob mein Kaninchen aus der Badewanne, setzte es in seinen Karton neben dem Klo und wartete, dass das Wasser heiß wurde. Komisch, Wasser aus der Dusche laufen zu sehen, ohne dass jemand drunterstand. Dampfwölkchen wie weiße Blumen. Tante Leonora sagte, weiße Blumen seien nicht so kräftig wie Blumen mit Farbe. Ich mochte Tante Leonora, obwohl Großmutter Riptide mir gesagt hatte, dass Tante Leonora hübsch egoistisch sei; aber ich konnte nur sehen, dass Tante Leonora hübsch war, und wenn hübsch das Gleiche wie egoistisch war, dann wollte ich auch hübsch egoistisch sein. Die weißen Dampfblumen breiteten ihre Blüten um die Lampe aus, versteckten Risse in der Decke, kringelten Tapetenränder. Biancas Sarg war von weißen Blumen umgeben gewesen. Wenigstens war sie kein Heidenkind.

Als Papa hereinkam, trug er Mama über der Schulter. Er presste Mamas Beine mit einem Arm an seine Brust und ließ sich auf dem Klodeckel nieder; er schob den Kaninchenkarton mit einem Fuß zur Seite und ließ Mama runterrutschen, bis sie auf seinen Knien saß und in seinem Arm lehnte. »Dampf macht es leichter«, sagte er. »So ist es recht, gut so, Floria Mädchen, schön weiteratmen.«

Ich packte mein Kaninchen an den Nackenfalten und nahm es auf den Arm. »So ist es recht, gut so, Ralph. Schön weiteratmen.« Ich hatte viele Tiere gehabt, obwohl ich eigentlich immer nur einen Hund gewollt hatte. Aber wir hatten nie genug Platz. Immerhin war Ralph das größte meiner Tiere. Und es gab kleine Hunde, die so groß waren wie Ralph. Ich nieste.

»Gesundheit.« Schweiß rann Papa über die Stirn. Sein Kinn lag auf Mamas Haar.

Als ich so auf dem Badewannenrand hockte, wünschte ich mir, ich könnte auf seinen Knien sitzen.

»Lass uns rechnen üben«, sagte er.

Ich rutschte näher an ihn heran.

»Also, dann … stell dir vor, du hast zwölf Schokoladenriegel. Du willst die Hälfte für dich behalten und die Hälfte —«

»Ich will sie alle behalten.«

»Dividieren heißt teilen.«

»Ich will aber nicht teilen.«

»Aber wenn du dividieren kannst, dann kannst du genau aufpassen, dass du nie betrogen wirst.«

»Du würdest mich nicht betrügen.«

»Dich nicht.«

»Ich teile sie mit Anthony.«

»Also, wenn du die Hälfte deiner Schokoladenriegel deinem Cousin abgibst, wie viele hast du dann für dich übrig?« Papas Stimme klang belegt, weil die Dampfblumen sich um jedes Wort wickelten. Wo sonst der Spiegel war, war jetzt ein milchiges Viereck.

»Sechs.«

»Richtig. Zwölf dividiert durch zwei ist sechs. Zwölf Schokoladenriegel, die von zwei Kindern geteilt werden, ergeben sechs. Und wenn du diese zwölf Schokoladenriegel mit Anthony und Onkel Victor teilen wolltest?« Er hob eine Hand von Mamas Oberschenkel mit einer Bewegung, als schüttelte er ein Paar Würfel, die mit der richtigen Zahl in Mamas Schoß rollen würden.

»Vier.«

»Ausgezeichnet. Das heißt also, zwölf dividiert durch drei ist vier.«

Ich nieste, und als Papa auf seine Hemdtasche zeigte, griff ich hinein. Wie immer war sein Taschentuch frisch und gefaltet, weil er es nur für mich dabeihatte. Ich putzte mir die Nase.

»Ich weiß, dass du es schaffen kannst, Floria Mädchen.« Seine Stimme und die Blumen wurden zu Mamas Atem —

füllten ihre Lungen und kamen ohne Widerstand wieder heraus –, bis ihre Traurigkeit zu heißem Nebel zerschmolz. Plötzlich platzte ihr Atem gurgelnd aus ihr heraus.

Ich lachte, und wegen Mamas Traurigkeit hatte ich sofort das Gefühl, schlecht zu sein, weil ich gelacht hatte.

Aber Papa zwinkerte ihr zu. »Ich wette, du wusstest nicht, dass Mütter rülpsen können.«

»Sie weint nicht mehr.«

Papa legte die Hand unter mein Kinn und bog mein Gesicht zurück; in der Mitte seiner hellbraunen Augen fand ich mein wirkliches Ich, nicht Bianca, die nicht mehr da war, die aber ihre Anziehsachen dagelassen hatte, sodass ich eine Weile lang alles doppelt hatte, Röcke und Blusen und Kleider und Nachthemden. Aber aus den meisten Sachen war ich herausgewachsen, bis auf die grünen Röcke und die gestreiften Strickjacken. Wenn Mama jetzt etwas nähte, machte sie nur ein Teil. Für mich. Nur manchmal machte sie noch ein kleineres Teil für die Puppe, die immer gleich groß blieb, so wie auch meine Zwillingsschwester immer gleich groß blieb, auf Fotos und in Träumen, größer als die Puppe, aber immer noch so groß, wie sie vor der Beerdigung gewesen war. Manchmal liebte ich die Puppe, weil sie fast wie Bianca aussah. Und manchmal war sie mir unheimlich. Aus demselben Grund.

Als Papa sich vorbeugte, fielen ihm die Haare über die Augen und verdeckten mein Spiegelbild. Er schob sich die Finger zwischen Kragen und Hals. Wo sein Hemd am Körper klebte, war es nass.

Aber die Hitze schien Mama nichts auszumachen. Eine Seite ihres Gesichts lehnte an Papas Brust, und ihre Lippen waren halb geöffnet, geschürzt. Als sie sprach, war ihre Stimme schläfrig. »Du hast vergessen, deine Schulsachen auszuziehen.«

Ich wusste, dass es ihr besser ging, denn sie verlangte

immer, dass ich meine braune Schuluniform auszog, sobald ich nach Hause kam.

»Ich bin … klitschnass …« Sie rieb das Gesicht an Papas Hemd. Zerknautschte es.

»Setz das Kaninchen hin, Belinda, und trockne dich ab. Und gib mir eins von den Handtüchern da.« Er trocknete Mamas Gesicht und Hals ab. Ihre Handgelenke und Arme. »Ich mache dir heiße Milch mit Honig.«

Ich ging hinterher, als er Mama in die Küche trug.

Bevor er sie auf der grünen Couch absetzte, umarmte er sie fester. »Möchtest du das Radio anhaben?«

»Mach das Fenster zu, schnell.« Sie fing an zu weinen. »Ich kann nicht glauben, dass ich das Fenster offen gelassen habe.« Normalerweise machte Mama im Morgengrauen die Fenster auf, wenn alle anderen noch schliefen, und schloss sie, bevor ich aufstand. Aber heute war das Fenster offen. »Ich darf die Fenster nicht offen lassen und alle in den Tod treiben.«

»He –« Papa machte das Fenster zu und packte sie an den Schultern. »He, Mädchen. Du musst damit aufhören. Du musst aufhören, dich zu ängstigen. Belinda, hol deiner Mama eine Zigarette.«

Als ich nach ihrer Packung griff, blieb ich mit dem Daumen an dem rissigen Tisch hängen. Wo die weiße Farbe abgescheuert war, war das Holz matt und gemasert. Ich zündete eine Zigarette für Mama an.

»Schaefer is the one beer to have when you're having more than one«, sang jemand im Radio.

Um Mama aufzuheitern, sang ich den Rest des Werbesongs, obwohl ich den Geschmack von Bier nicht mochte. Wenn ich Bier gemocht hätte, würde ich Rheingold trinken, wegen Miss Rheingold. In Lebensmittelgeschäften gab es Wahlurnen mit Bildern von Mädchen, die ein ganzes Jahr lang die nächste Miss Rheingold im Radio und im Fernsehen sein wollten. Mama und ich hatten für ein Mädchen gestimmt, das Haar wie wir hatte, dick und dunkel. »My beer is Rheingold, the dry beer«, stand auf ihrem Bild. Ich hoffte, dass das dunkelhaarige Mädchen gewinnen würde, denn wenn es ihr gelang, dann konnte ich vielleicht auch das Miss-Rheingold-Mädchen werden, wenn ich mit der Highschool fertig war.

Schon jetzt konnte ich mein Bild in Lebensmittelgeschäften sehen, damit die Leute für mich stimmten. »My beer is Rheingold, the dry beer«, sang ich.

»Hör sie dir an, Malcolm«, sagte Mama.

❦

Als ich Anthony endlich wieder sah, Mitte Januar, sagte er, sein Ohr tue ihm weh, und brachte mir zwei Überraschungsgeschenke mit: rosa Kaugummi mit Sammelbildern von ausländischen Flaggen und Wachslippen mit Kirschgeschmack und einem Lakritz-Schnurrbart. Aber als ich sie auf meine Lippen drückte, spürte ich den Zahnabdruck eines anderen in dem roten Wachs.

»Das sind benutzte Lippen.«

»Ich habe sie einmal versucht. Nur einmal.«

Ich lutschte an den Spitzen des Schnurrbarts. »Ich habe auch eine Überraschung für dich.«

Hinter unserem Haus, wo der Backstein grau von Frost war, fasste ich unter meinen karierten Rock, schob den Unterleib vor und ließ einen erstaunlichen Bogen von Gelb sprudeln, der einen Trichter in den Schnee machte. Ich dachte, Anthony wäre beeindruckt, aber er stieß mit dem Fuß gegen ein Büschel vereisten Unkrauts, dessen Rippen gekrümmt und brüchig waren.

An dem Abend bekam ich Prügel, weil ich mit Anthony unanständig gespielt hatte. Ich erklärte nicht, dass ich ihm nur gezeigt hatte, wie ich pinkeln konnte, wehrte mich

216

nicht gegen die Bestrafung, denn ich verstand, dass es eine alte Strafe war, die zu mir gehörte und die mich allmählich einholte – nicht, weil ich gepinkelt, sondern weil ich die Onyx-Giraffe gestohlen hatte. »Welche Hand?«, hatte Großtante Camilla gefragt, aber Bianca hatte die Giraffe bekommen, weil sie sich schnell entschieden hatte. In der anderen Hand war ein Onyx-Bulle, plump, während die Giraffe anmutig war, aber Bianca wollte sich nicht mit mir abwechseln, wollte nicht tauschen. Was war ich bereit zu tauschen? Zu verlieren? Verloren hatte ich, so glaubte ich, meine Seele, als ich die Giraffe in einem Paar Socken versteckte, und aus dem Verstecken wurde Stehlen, weil Bianca starb. Ich wollte ihr die Giraffe zurückgeben, wollte sie zwischen Kissen und Dominospiel stecken, aber ich war nie allein an ihrem Sarg. Weil ich Angst hatte, dass jemand mich mit der Giraffe sehen würde, behielt ich sie in der Tasche und legte nur lila und rosa Esspapier neben ihren Ellbogen.

In den Jahren nach ihrem Tod wurden Anthony und ich mehr zu Geschwistern, waren weniger wie Vetter und Cousine – die einzigen Kinder in einer Familie von Erwachsenen. Wir sahen beide gern Filme, und wir hatten denselben Lieblings-DJ, Alan Freed auf WINS, der uns mit Rock 'n' Roll, mit Elvis, mit Bill Haley und den Comets bekannt machte. Wir sprachen nicht über meine Zwillingsschwester. Niemand sprach über meine Zwillingsschwester. An dem Tag, an dem sie aus unserem Leben gefallen war, hatte sie alle Geschichten über sich mitgenommen und mich mit Fragmenten über mich zurückgelassen, die sich nicht wahr anfühlten. Geschichten von unserer Erstkommunion wurden zu Geschichten über *meine* Erstkommunion. Geschichten, wie wir am selben Tag laufen lernten, wurden zu Geschichten, wie *ich* laufen lernte.

Bis dahin hatte ich Geschichten geliebt, weil die Verwandten sich dabei gegenseitig anspornten. »Erzähl du den Teil.« »Nein, erzähl du. Du kannst das so gut.« In ihren Geschichten wurden auch die Menschen, die lange vor meiner Zeit gelebt hatten, für mich wirklich. Geschichten lieferten mir oft Stücke von zusätzlichen Geschichten, die vielleicht erst eine Woche oder gar einen Monat später beendet wurden. Und vielleicht nicht einmal von der gleichen Person. Aber sie wurden immer beendet. Außer der Geschichte, wie Bianca aus dem Fenster gefallen war. Diese Geschichte hatte kein Ende. Weil nur Anthony es kannte.

So viele Arten zu fallen. Davonlaufen vor Mamas hohlen Schreien, die mir folgen wie die Schreie von Zugvögeln. Jetzt habe ich Anthony nur für mich. Sehe schon, wie Anthony und ich einen Schneemann bauen, meinem Kaninchen beibringen, auf den Hinterbeinen zu stehen, wie wir Fahrrad fahren, wenn es Frühling wird. Um zu sehen, ob ich noch dieselbe bin, klettere ich auf das Waschbecken vor dem Spiegel. Mein Gesicht ist flach. Alle meine Knochen sind geschmolzen, und hinter den geschmolzenen Knochen ist nichts. Ängstlich berühre ich meinen Kiefer … Ohren … Wangen … Hals … Brust … Taille … Bauch … Beine … Erleichtert, dass ich hinter meinen geschmolzenen Knochen noch da bin. »Jetzt kannst du Bianca zurückkommen lassen«, bete ich.

Franklin und ich hatten ein langes Wochenende als Flitterwochen, und wir fuhren in dem Oldsmobile, das wir von seinem Vater geliehen hatten, an der Küste New Jerseys entlang. Als Kind hatte ich mich danach gesehnt, in New Jersey zu leben, weil ich es mir als eine endlose Wiese mit Küken und Schildkröten und Kaninchen vorgestellt hatte. Folglich war es nur logisch, dass ich mir meine Zwillingsschwester auch in New Jersey vorstellte, wo sie sich bereitmachte, in die Bronx zurückzufliegen.

Als Franklin und ich in Cape May ankamen, fanden wir ein protziges Hotel mit Nebensaison-Preisen; es lag unmittelbar am Strand, hatte einen überdachten Swimmingpool und diese kleinen Halsabschneider-Kühlschränke. Franklin war einunddreißig Jahre, zwei Monate und elf Tage alt, und er war noch nie gefickt worden. Er wollte zurückfordern, was er all die Jahre für Gott gegeben hatte – bereitwillig gegeben, gewährt –, und er forderte es mit einem solchen Eifer zurück, mit solcher Ekstase, dass es ein heiliges Gefühl war, ihn zu ficken.

Draußen: Wellen und das Halblicht des Mondes, Salz in der wässrigen Luft. Drinnen: so viele Dinge, die dieser neue Ehemann und ich noch nicht voneinander wussten. Er war von einer Unschuld, die mir das Gefühl gab, unendlich viel weiser zu sein, obwohl ich nur zwei Jahre älter war. Als ich meine Hände die Landschaft seiner Haut erforschen ließ, wo sie sich rau anfühlte, wo sie sich seidig anfühlte, ging mir auf, dass ich jetzt erfuhr, worüber ich damals, im Beichtstuhl, nachgesonnen hatte – die Richtung, in der seine Haare auf dem Rücken wuchsen, die vier kleinen Leberflecken zwischen seinen Schulterblättern –, und ich dachte: So ist das also, wenn man eine unbekannte Gegend im ersten Jahr, das man dort verbringt, entdeckt.

Nachdem wir uns geliebt hatten, schmiegte ich mein Gesicht an seine Schulter, legte eine Hand unten auf seinen flachen Bauch. »Hast du das gemeint, als du sagtest, du würdest mit Zittern darauf warten, mit mir zu schlafen?«

»Das. Ja.« Er küsste mich. Fest. Liebte mich mit seiner Seele und mit seinem Körper, und ich konnte spüren, dass er nicht bereute, das Priesteramt für mich aufgegeben zu haben. Er hatte es mir schon gesagt, aber als ich es in meinem Körper spürte, wurde Überzeugung daraus. Ich war nicht eifersüchtig, dass er das Priesteramt vermisste – es

219

wäre seltsam gewesen, wenn er es nicht vermisst hätte –, aber es gab einen Unterschied zwischen Bereuen und Vermissen, und das Zusammensein mit anderen Ex-Priestern und Ex-Nonnen half ihm über das Vermissen hinweg.

»Fünfzehn? Beim ersten Mal ...«

Ich tauchte einen Finger in die Höhlung unter seinem Schlüsselbein, ließ ihn leicht kreisen. »Ich bin bekannt dafür, dass ich Sachen früh mache. Es fing schon damit an, dass ich als Kind die Geschenke vorzeitig aufmachte. Ich habe ein Talent dafür, Geschenke vorzeitig auszuschnüffeln. Eine Woche vor meinem fünften Geburtstag ... spielte ich mit einer Babypuppe, die ich im Musikzimmer meines Großvaters gefunden hatte; sie konnte Bäuerchen machen. Immer wenn Riptide mich mit einem Geschenk ertappte, das sie versteckt hatte, fragte sie: ›Möchtest du nicht lieber überrascht werden?‹«

»Überrasch mich ...«

Ich streichelte sein Schamhaar, seine Erektion. »Als ich Riptide sagte, dass ich lieber Bescheid wüsste, als überrascht zu werden, erzählte sie mir immer die gleiche Geschichte ... Wie sie sich mit sieben, als sie noch in Italien lebte, in das Schlafzimmer ihrer Eltern geschlichen und ein Geschenk aufgemacht habe, das sie zu ihrer Erstkommunion bekommen sollte, und wie sie während der Messe einen Krampf bekam und die Oblate ihrer Erstkommunion ins Kirchenschiff erbrach.«

»Vielleicht –« Franklin erhob sich gegen meine Hand. »Vielleicht hat der Priester ihr eine verdorbene Oblate gegeben.«

»Sag das Riptide.«

»Ich zeige ihr die Statistik des Vatikans über verdorbene Kommunionsoblaten ...«

»Ich kam mir vor wie eine Diebin.«

Franklin hob den Kopf, sein Adamsapfel der letzte Schliff

des Bildhauers. »Ein Geschenk vorzeitig zu öffnen macht dich nicht zur Diebin.«

Ich dachte an die Onyx-Giraffe auf dem Boden des Aktenkartons zwischen alten Steuerbescheiden. Aber ich sagte zu Franklin: »Eine Diebin, weil ich dich gestohlen habe. Dich Jesus gestohlen habe.«

»So sehe ich das nicht.« Franklin vergrub einen Arm zwischen meinen Schenkeln. Legte die hohle Hand über meine Scham.

Ich drückte mich nach unten. »Ich weiß nicht viel von Dieben. Das stimmt nicht. Papa hat immer —«

»Hier, jetzt —« Franklin schwang sich auf mich.

Ich presste mich nach oben, ihm entgegen, spürte ihn in mir, dringend und tief. »Grandma Riptide —«

»— die in diesem Moment bei uns im Bett ist —«

»— ist mit lauter Schuldgefühlen aufgewachsen, und sie hat sich alle Mühe gegeben, sie an mich und Mama weiterzugeben. Ich bin der Auffassung, es ist besser, dich von dem ganzen Scheiß fern zu halten. Ich meine, wenn etwas anfängt, sich schwer oder schief anzufühlen, dann schüttele ich es ab. Mama dagegen hält daran fest und versucht herauszufinden, was sie falsch gemacht hat.«

»Das ist nicht die … Zeit, um über … Schuld nachzudenken.« Fast. Er war fast da. Schwer und schnell und fast da.

»Langsam …« Ich bäumte mich gegen ihn. »Langsam … Denk an Grandma Riptide.«

»Das hemmt mich völlig.«

»Wo es um Sex geht, ist sie ziemlich radikal.«

Er stieß heftiger zu.

»So wie ich es sehe, ist es das Gewissen – ihre Art Gewissen —, warum du dich schlecht fühlst.«

»Ich stelle mir das Gewissen als …« Schneller jetzt. »… etwas vor, das einem bei Entscheidungen hilft. Etwas Instinktives.«

Instinktiv …

In-stink-tiv … ein Pulsschlag jetzt, das Wort *in-stink-tiv …* ein Echo überall in meinem Körper.

In-

stink-

tiv …

In-

stink-

tiv …

In –

»Franklin? Ich liebe dich –« Aber ich hörte Jonathans Stimme. »*Du findest instinktiv die Sonne und legst dich rein. Wie eine Katze.*«

stink-

tiv …

In-

stink –

… ein Echo überall in meinem Körper, drängend und süß –

»*Du bist wie eine Katze, Belinda. Du findest instinktiv die Sonne und legst dich rein.*« Ein anderer Ehemann, das gleiche Bett – »*Du inspirierst mich, Belinda. Macht es dir etwas aus, wenn ich das aufschreibe?* ›*Wie eine Katze findest du instinktiv die Sonne und legst dich rein.* ‹«

tiv …

In-

stink-

Tagsüber arbeitet Jonathan beim Finanzamt, aber abends entwirft er Grußkarten. »Ich weiß, ich bin nah dran«, sagt er immer, wenn Hallmark seine Karten ablehnt, und –

»Ich liebe dich«, sagte mein anderer Ehemann, dieser neue Ehemann, die Kehle emporgewölbt. »Ich liebe –«

tiv …

In-

Franklin. Seine Hand zwischen uns, sein Daumen streichelt meine Klitoris –

In-stink-tiv …

In-

stink-

tiv … ein Echo, ein Pulsschlag –

In-

»Franklin? Ich liebe dich –«

Jonathan, der wieder eins dieser lächerlichen Bücher kauft: Wie
Sie aus Ihrem Hobby einen erfolgreichen Beruf machen,
ohne das Haus zu verlassen. *Jonathan, der davon träumt, An-
spruch auf den Steuernachlass für Heimarbeiter zu haben, seine
Grußkarten zu entwerfen, während er auf unsere Kinder aufpasst.
Wie oft –*

Franklin, der mir den Schweiß von den Schläfen küsst.

stink-

tiv …

*– soll ich Jonathan sagen, dass ich mich nicht mit eigenen Kin-
dern sehe? Und wie oft redet er abends von unseren Kindern –
Kind-ern, immer im Plural –, und ich lasse zu, dass er sich damit
in den Schlaf redet? Bis es eines Abends gefährlich erscheint, ihm
zuzuhören, wie er über Kind-er redet, weil er mich vielleicht überredet, stärker ist als mein Wille.*

»*Zu viel von mir ist noch mit Bianca verschwunden.*«

»*Was soll das heißen?*«

»*Ich will nicht mehr reden.*«

»*Ich glaube, es heißt, dass du Bianca als Sündenbock für alles
benutzt, was du nicht fühlen möchtest.*«

»*Nicht mit mir. Mit mir kannst du keine Kinder haben.*«

Aber er setzt seine geduldige Stimme ein: »*Du wirst noch Kinder haben wollen. Es ist eine Sache der Biologie, Belinda.*«

Ich gehe auf ihn los. »*Sag mir nicht, was ich will.*«

*Da ist er still. Fast eine ganze Minute lang ist er still. Und dann
wirft er mir vor:* »*Du tust nur das, was dir gut tut.*«

Ich küsste Franklin. »Er war nicht wie du.«

»Wer?«

»Jonathan.«

»Wahrscheinlich macht es nichts, wenn noch einer mehr bei uns im Bett ist. Deine Großmutter haben wir schon da.«

»Lass uns ein neues Bett kaufen.«

»Damit noch mehr Leute Platz haben?«

»Es stammt aus dieser anderen Ehe.«

»Wir kaufen ein neues Bett.«

»Jonathan hat gesagt, ich tue nur, was mir gut tut.«

»Warum sollte irgendjemand das nicht tun?«

»Du bist kalt, wie eine Katze.« So fasst Jonathan mich zusammen, als er mir schließlich glaubt, dass ich keine Kind-er will.

»Was hast du nur dauernd mit Katzen?«, frage ich ihn. »Erst redest du von Katzen und der Sonne, und jetzt auf einmal sind Katzen kalt.«

Aber er schleudert mir die letzten Worte zu. »Manche Katzen fressen ihre Jungen, Belinda.«

⚘

Franklin war Katzen gegenüber zurückhaltend. Unsere Vermieterin hatte zwei streunende Katzen angenommen, und als wir von der Hochzeitsreise zurückkamen, strichen sie Franklin um die Beine. Er war beunruhigt, weil er mit Pferden aufgewachsen war, und bei allem, was kleiner war, bestand Gefahr, dass ihm Franklins breite Hände wehtaten. Obwohl er sich wegen seiner Größe schlaksig fühlte, war für mich die Art, wie seine Knochen miteinander verbunden waren, voller Schönheit. Bei den meisten Menschen fallen dir zunächst Haare und Augen auf, aber bei Franklin nahmst du die Knochen wahr. Klar und harmonisch. Klarer Knochenbau. Wenn er den Katzen den Rücken streichelte, dann vorsichtig und mit einem Finger; aber sie suchten ihn,

lehnten sich an seinen Finger, als wollten sie ihm Zärtlich-
keiten beibringen, die er noch nicht erwogen hatte.

In unserem Schlafzimmer packte er Dutzende von winzigen Schnapsfläschchen aus dem Halsabschneider-Kühl-
schrank im Hotel aus.

»Wann hast du die genommen?«

»Als du unter der Dusche warst.«

»Also ... du nimmst, was du möchtest, aber dann sagst du
es am Empfang und bezahlst, wenn du abreist.«

Franklin sah grün um die Nasenflügel herum aus, als
wäre er gerade wegen schweren Altardiebstahls verurteilt
worden. »Ich dachte, sie seien gratis ... wie die Seife und
die Handtücher und die Notizblöcke.«

»Seife, ja. Handtücher, nein. Notizblöcke, ja. Du hast
es nicht gewusst. Wahrscheinlich hat das mit dem Priesterseminar zu tun.«

Natürlich musste er dann das Hotel anrufen und beichten. Und natürlich wussten sie schon über die Flaschen Bescheid, nicht jedoch über die Handtücher, und sie sagten
ihm, sie würden uns eine Rechnung über vierundneunzig
Dollar schicken.

»Mehr als das Zimmer gekostet hat.« Franklin sah entsetzt aus.

»Gott sei Dank hast du die Vorhänge dagelassen.«

Die ganze Woche über regte er sich darüber auf, wie
viel alles kostete, dass er eine Arbeit finden musste, und es
zeigte sich, wie wenig Erfahrung er im Umgang mit Geld
hatte, denn er war unmittelbar aus der Obhut seiner Eltern
in die der Kirche gekommen.

»Wie geht die Arbeitssuche voran?«, fragte Papa, als er
eine Woche später bei uns vorbeikam.

»Franklin bewirbt sich um Lehrerstellen«, sagte ich
schnell.

»Bisher noch nichts«, sagte Franklin.

Papa nickte. »Die ganze Gegend hier ist schwer katholisch.« Er musterte Franklin eindringlich. Ich hatte diesen Ausdruck schon gesehen: bei Papa und bei Raubtieren im *National Geographic*. Und so war es auch, denn er sagte zu Franklin: »Sag mir Bescheid, wenn ich irgendwas tun kann.«

»Danke«, fing Franklin an. »Ich –«

»Franklin braucht keine Hilfe.«

»Ich spreche von Rat, Belinda.«

Danach rief Papa jeden zweiten Tag mit Angeboten an. »Wir richten dir etwas Leichtes ein …«

Franklin und ich bekamen Streit. Immer denselben Streit: Er beharrte darauf, dass Papa ihm half, und ich beharrte darauf, dass es alles Manipulation sei, die Aufrichtigkeit eines Betrügers.

»Etwas Kurzfristiges …«, schlug Papa vor.

Aber es gab bereits zwei Generationen, die ihn stützten: erstens Onkel Victor, der nicht Papa zuliebe half, sondern um Mama das Leben zu erleichtern, und dann Anthony, seit inzwischen fast fünfzehn Jahren. Wenn ich Papa gewähren ließ, würde er Franklin und zukünftige Generationen zu sich locken und jede Ausbeutung wie eine gute Gelegenheit klingen lassen.

In meiner Familie waren wir daran gewöhnt, dass Papa seine gescheiterten Unternehmen als Erfolge darstellte, aber er hatte auch eine andere Seite, eine großzügige Seite, die bedeutete, dass er einer der Ersten war, wenn das Rote Kreuz um Blutspenden bat – da war es unerheblich, dass er vielleicht dem hinter ihm Wartenden ein günstiges Geschäft aufschwatzte. Mama hatte die Theorie, dass seine Großzügigkeit direkt mit Spiel und Profit verknüpft war. Wie »Schokolade für Jesus« – die Schokoladenriegel, die in silberne und rote Folie eingepackt waren, mit einem Bild des Jesuskinds darauf, und die Papa mir half, von Tür zu

226

Tür zu verkaufen; ich bekam den ersten Preis, einen Satz
Sammelbilder von Heiligen, die sowohl Jungfrauen als auch
Märtyrerinnen waren, weil ich mehr »Schokolade für Jesus«
verkauft hatte als irgendjemand in der Geschichte von St.
Simon. Außerdem meldete er sich freiwillig für die Klei-
dersammlung zur Fastenzeit, und er war regelmäßig einer
der Betreuer bei unseren Schulausflügen ins Museum of
Natural History und zum Zoo im Central Park, wo wir darauf warteten, dass das Flusspferd die Betonrampe hinunter-
rannte und sich in das trübe Wasser stürzte und dabei die
Glaswand voll spritzte, die uns von ihm trennte. Ich hatte
Angst, das Flusspferd könnte sich an den Kanten des Beckens verletzen, das kaum groß genug für vier Flusspferde
war, falls alle nebeneinander hineingequetscht wurden.

❦

Nachdem Franklin fast ein Jahr lang als Dachdecker ge-
arbeitet hatte, rutschte ihm die Leiter weg, als er die Schoß-
rinne auf dem Dach von Our Lady of Mercy versiegelte.
Zwei Stunden saß er auf dem steilen Dach fest, bis eine
Nonne, die das Wasser der Altarblumen wechselte, seine
Hilferufe hörte.

»Es ist ein Zeichen«, sagte ich zu ihm, »dass Gott plant,
dich zurückzuholen.«

Franklin lachte. »Du und deine Fantasie, Belinda.« Sein
Adamsapfel schwebte in seiner eleganten Kehle nach oben.

»Das haben die Nonnen in der Grundschule auch immer
gesagt: ›Belinda, du hast zu viel Fantasie. Du füllst die Lü-
cken, die du nicht verstehst, mit deiner Fantasie aus.‹ Sieh
mal, wohin es mich gebracht hat.«

»Wohin denn?« Sein rotes Haar fiel nach vorn.

»Zu dir. Als ich dich bei dem Picknick von St. Raymond
sah, habe ich mir ausgemalt, dass wir zusammen sein würden.«

Er rieb seine Nase an meinem Hals. »Es ist nicht so, dass du das ganz allein gemacht hast.« Er roch nach Teer und Ziegeln und Sonne und Schweiß.

Obwohl ich mich darüber aufregte, dass er auf Dächern arbeitete, liebte ich diesen Geruch an ihm. Jonathan roch immer nach Seife und Zahnpasta, und ich schwöre, dass das meine Liebe zu ihm abgetötet hat. Als wir uns an der NYU kennen lernten, arbeiteten wir als akademische Hilfskräfte in der Musikfakultät. Er war eigen, was Gerüche anging, aber ich dachte, das sei auf Essensgerüche beschränkt, denn er beschwerte sich, wenn jemand von uns etwas zum Lunch mitbrachte, das einen starken Geruch hatte – Thunfisch oder Knoblauch oder Erdnussbutter. Um ihn zu necken, kaufte ich Hot Dogs oder Fisch bei Straßenhändlern. Ich war mir immer noch nicht ganz sicher, wie Jonathan und ich von diesen gequälten Blicken zum Altar kamen, aber es hatte teilweise mit seiner Stimme zu tun. Er und vier andere Musikstudenten, die sich die Grand Concourse Troubadours nannten, führten Opern konzertant auf, und als ich meinen Großvater zu *Die Regimentstochter* mitnahm, sagte er: »Dein Freund Jonathan hat eine Stimme, bei der du vergisst, wo du das Auto geparkt hast.« Die einzige andere Stimme, über die Grandpa das je gesagt hat, war die von Mario Lanza.

Ich war erstaunt, dass Jonathans Mund solche Klänge hervorbringen konnte; schließlich bewegte er kaum die Lippen, wenn er aß oder küsste. Er konnte besser singen als küssen. Aber seine Stimme war voll, großzügig; und er machte großzügige Geschenke: Socken mit Noten darauf, Briefpapier mit einem Samtakkordeon in einer Ecke, Unterhosen mit einer gestickten Geige im Schritt …

❧

»Hast du irgendwelche Vögel gesehen, als du auf dem Kirchendach warst?«, fragte ich Franklin.

»Was hat denn das mit —«

»Denk nach. Irgendwelche Vögel?«

»Eine Taube.«

Ich riss das Zellophan von einem Eisbergsalat. Legte ihn auf unsere orange-gelbe Arbeitsfläche. »Könntest du mir bitte Ruthies Schüsseln reichen?«

Ohne sich zu recken, griff Franklin zum obersten Regalbrett und holte zwei große Schüsseln herunter, ein Ostergeschenk von Ruthie. Ostergeschenke waren bei Ex-Nonnen beliebt. Die meisten machten nicht viel bei Geburtstagen, aber Ostern regte zu Extravaganz an. Bei Ex-Priestern war es dasselbe … höllisch verrückt darauf, Ostern zu feiern, besonders Marv, der mit Chris, einem Polizisten, zusammenlebte. Letztes Jahr hatten sie uns selbst bemalte Eier geschenkt, und Marv hatte aus der Osterliturgie vorgelesen.

»Ich glaube, ich habe ein paar Tauben auf dem Dach gesehen«, gab Franklin zu.

»Das ist der Beweis. Auf Bildern sieht der Heilige Geist wie eine Taube aus. Er hat sogar den Namen eines Vogels – Papa… Papa …«

»Paraklet.«

»Wie auch immer du ihn nennen willst – er plant, dich zurückzuholen. Und er benutzt meinen neunmalklugen Vater als heiliges Werkzeug.«

»Irgendwie … finde ich es schwierig, mir deinen Vater in der Rolle eines heiligen Werkzeugs vorzustellen.« Franklin hob mich vom Linoleum der Vermieterin hoch. Die Vermieterin mochte Gelb und Orange, nicht nur auf dem Fußboden, sondern auch an den Wänden, die mit schaumigen Sonnenausbrüchen tapeziert waren, die keinerlei Ähnlichkeit mit der schräg stehenden Sonne dieses Spätnachmittags hatten. »Ich arbeite gern für deinen Vater«, sagte Franklin, obwohl er von Papas Konflikten mit dem Gesetz – nicht dem Gewissen – wusste, wenn Papa hinter dem Glücksgeld her war, dem Geldesel; Geschäfte ausheckte, die zu speziell waren, als dass sie legal sein konnten; von Freunden und Verwandten Geld borgte und es nicht zurückzahlte; andere dazu überredete, seine Arbeit für ihn zu erledigen.

»Kirchendächer sind nicht sicher.« Ich riss den Eisbergsalat auseinander.

Franklin nahm das knackige Herzstück und biss hinein, kaute, die Lider gesenkt; so drückte sein Körper Glückseligkeit aus. »Ich entdecke, wie gern ich im Freien arbeite.«

»Gehört alles zu der Manipulation.« Ich träufelte Blauschimmelkäse-Dressing auf den Salat, schnitt das Stück gefüllte Kalbsbrust, das Onkel Victor vorbeigebracht hatte, in Scheiben. Es roch genauso gut wie damals, als er gefüllte Kalbsbrust für unsere Hochzeit gemacht hatte – nach Rosmarin und Schinken und heißer Wurst und Knoblauch –, und wenn er von einer Lieferung etwas übrig hatte, dann hob er es für uns auf. Wir aßen alle bei Festa Liguria mit, sogar Mama, obwohl sie jetzt einen verantwortungsvollen Ehemann hatte. Mindestens zweimal im Monat kam Onkel Victor bei jedem in der Familie vorbei. Ich war misstrauisch bei Opfern, aber ich merkte, dass es ihm Spaß machte, uns zu versorgen, und ich genoss seine Großzügigkeit, genoss, was gern gegeben wurde: Essen und Lachen, eine Stunde zusammen.

Ich stellte Ruthies Osterschüsseln hin. »Weißt du, was mir an Marv und Chris gefällt? Dass sie noch mehr als du und ich gegen den Papst sündigen, zumindest in einem Punkt.«

»Wie kommst du jetzt auf Marv und Chris?« Franklin nahm sich ein Stück Wurst und Kalbfleisch. »Ich mag das Zeug zu gern.«

»Ruthies Schüsseln … von da zu Ostergeschenken … von da zu Ex-Nonnen … Ex-Priestern …«

»Alles sehr logisch.« Er leckte sich die Finger ab. »Dein Mut, dich in Scharmützel mit dem Papst einzulassen – wie imaginär sie auch sein mögen –, nötigt mir Ehrfurcht ab.« So redete Franklin manchmal. Vornehm. Erhaben. Deswegen glaubte ich immer noch, dass er ein anregender Lehrer sein würde.

Ich griff nach dem obersten Knopf seines Jeanshemds. Öffnete ihn. »Der Papst hat schon zu viele Scharmützel gewonnen. Während meiner ganzen Kindheit. Jahrhunderte hindurch.«

»Ich wusste gar nicht, dass er so alt ist.«

»Ist doch egal, welcher Papst.« Ich bedeckte seine Lippen mit dem linken Zeigefinger, fuhr mit dem anderen Zeigefinger an seinem schönen Hals hinunter, dann mit gleichem Abstand zu den Brustwarzen zum nächsten Knopf hinunter. »Es ist das Amt des Papstes. Die Macht. Alle diese Glaubenssätze, die du nicht hinterfragen darfst.«

»Eine Menge Glaubenssätze sind kulturell und historisch bestimmt. Und wirklich bedeutungslos. Wie die Jungfrauengeburt.« Er küsste mich.

Ich arbeitete mich mit den Händen zum nächsten Knopf vor. »Dieses ganze Einüben von Schuldgefühlen … Warum werde ich immer noch von den Chorälen verführt, den Gerüchen?«

»Vielleicht sind für dich die Rituale erhalten geblieben, obwohl der Glaube schwächer geworden ist. Für mich ist es im Grunde andersherum. Mein Glaube ist so fest wie immer, aber ich suche mir meine Rituale selbst aus.«

»Wie die Beichte?«

»Ja, aber nicht als Sakrament.«

»Nein, aber das Zuhören.« Die Blätter drehten ihre Unterseite zum Himmel, sagten Regen voraus, suchten Regen.

»Ich glaube, Großtante Camilla sieht dich als Beichtvater ohne die direkte Leitung zum Himmel, aber mit mehr Mitgefühl. Deswegen vertraut sich auch mein Grandpa dir an. Du richtest nicht. Und du würdigst das Geheimnis des Glaubens.«

»Genau das hat mich zum Priesteramt hingezogen. Zur Ehe. Das Mysterium.«

»Ich verspreche, mysteriös zu bleiben.« Ich lehnte mich an ihn. »Meine Brustwarzen – berühr sie.«

Aber das Telefon klingelte, und Franklin ging dran, als ich gerade sagte: »Bitte nicht.«

»Nein, überhaupt nicht …«, sagte er. »Ich freue mich jedes Mal, deine Stimme zu hören.«

»Brustwarzen«, flüsterte ich.

»Was für eine großartige Idee … Aber besprich das besser mit deiner Tochter.« Er reichte mir den Hörer.

»Keine Brustwarzen.«

»Hättet ihr Lust, mit uns zum Äpfelpflücken zu dieser Obstplantage in Southampton zu fahren? Wir nehmen den Zug, und ich bringe alles für ein Picknick mit und –«

»Ich kann Äpfelpflücken nicht ausstehen.«

»Das ist nicht wahr.«

»Ich weiß.« Es hatte mir immer Spaß gemacht, mit dem Zug zu fahren und abends mit Taschen voller Äpfel nach Hause zu kommen und – wenn das Meer noch warm genug war – mit getrocknetem Salzwasser an den Schienbeinen.

»Aber ich weiß nicht, ob wir Zeit dazu haben. Kann ich es erst mit Franklin besprechen?«, fragte ich.

»Sicher … Julian und ich sind den ganzen Abend zu Hause.« Mamas Stimme war heiser vor Traurigkeit, weil ich nicht hocherfreut war, von ihr zu hören.

Eine solche Traurigkeit konnte dich genauso beherrschen wie übertriebene Unterweisung in Religion. Das hatte ich von Tante Leonora gelernt, die von außen zu uns gekommen war, die sich immer noch außen vor fühlte, obwohl sie schon lange vor meiner Geburt in der Familie gewesen war. Aber ich kam von innerhalb der Familie. Wie auch Anthony. Ich glaube, Tante Leonora hat nie richtig dazugehört, weil sie, abgesehen davon, dass sie von außen kam, auch nicht gläubig ist – jedenfalls glaubt sie nicht an den katholischen Gott meiner Familie –, und sie prahlte gern mit ihrem Unglauben wie auch mit ihrem Misstrauen gegenüber Politikern, die sagten, sie erfüllten Gottes Willen. Familie konnte vieles bedeuten. Wärme und Liebe und Essen und Kirche. Kirche und Strafe. Kirche und Drohungen. Familienzusammenhalt war das Beste, was ich kannte, und das Schlimmste. Das Schlimmste, glaube ich, für meine Tante Leonora, die jedes Jahr Madalyn Murray O'Hair zehn Dollar spendete, weil die erreicht hatte, dass der Oberste Gerichtshof das Beten in öffentlichen Schulen verbot. Tante Leonora reagierte auf organisierte Religion ebenso allergisch wie auf Kampfergeruch, während für Mama und Riptide Kampfer bedeutete, dass du das, was dir gehörte, gut pflegtest.

Ich machte Schluss, nachdem ich versprochen hatte, zurückzurufen, und einen Moment lang vermisste ich Jonathan, der Entschuldigungen mit solcher Aufrichtigkeit vorbringen konnte: ein verstauchter Knöchel, Proben, ein Platter. Aber bei Franklin wurde jede Ausrede zur Peinlichkeit, weil er zu aufgeregt war, sich an Einzelheiten zu erinnern. Ich versuchte jedoch, mit ihm zu üben. »Wir erzählen Mama, dass Freunde deiner Eltern aus einem anderen Staat an dem Tag zu Besuch kommen, an dem sie zum Äpfelpflücken fahren will.«

»Was soll ich ihr sagen, wenn sie wissen will, wie sie heißen?«

»Das fragt sie nicht.«

»Aber wenn doch –«

»Such dir irgendeinen Namen aus.«

»Und wenn sie fragt, was für einen Beruf sie haben? Oder wie viele Kinder?«

Ich legte ihm die Hände auf die Schultern und schüttelte ihn leicht. »Das entscheidest du.«

»Aber wenn ich sage, drei Kinder –«

»Franklin!«

»– und du sagst vier, und dann –«

»– dann sage ich, dass ich sie nicht so gut kenne, weil sie die Freunde deiner Eltern sind. Dann kannst du sagen, was dir gerade einfällt.«

Er sah so verängstigt aus, dass ich wusste, wir würden fahren, weil es ihm mehr widerstrebte zu lügen, als es mir widerstrebte, einen ganzen Tag mit Mama zu verbringen. Um seinen Qualen ein Ende zu machen, rief ich sie wieder an. Sagte, wir würden beide mitkommen.

»Das freut mich«, sagte sie.

Aber nachdem sie aufgelegt hatte, spürte ich die Fragen, die sie nicht gestellt hatte: *Warum besuchst du uns nicht öfter? Warum rufst du nicht öfter an?* Franklins Eltern hatten andere Fragen, Fragen, die in ihren Augen standen. Wenn wir sie besuchten, musterten sie jedes Mal meinen Bauch, ob ihr ersehntes Enkelkind sich ankündigte. Franklins Familie war winzig: keine Geschwister, keine Tanten und Onkel, keine Großeltern. Die Fixierung seiner Eltern auf meinen Bauch war zum Verrücktwerden, aber sie waren jetzt Verwandte, und von Verwandten lässt du dir mehr gefallen als von anderen Leuten. Für Verwandte hast du Verständnis. Und ich war dabei, Verständnis für ihre unbeholfene Freundlichkeit, ihre Bemühungen um Flexibilität zu entwickeln.

❦

Franklin griff an mir vorbei, schob Telefon und Salat beiseite, wölbte die Hände über meinem Hintern und hob mich auf die Theke. »Wenn du eine Arbeit tust, die du magst«, sagte er, »hat das nichts mit Manipulation zu tun.«

»Ich brauche das Telefon. Es ist kein Zufall, dass Papa dir diesen Kirchenjob gegeben hat.«

»Hast du Angst, dass ich wieder in die Kirche zurück-will?«

»Nein. Ich bin nur misstrauisch, dass die Kirche dich wieder einfängt. Und damit kommen wir zu Papa.«

»Hat das wieder mit dem göttlichen Werkzeug zu tun?«

»Und ob.« Als ich 464-4664 wählte, hörte ich praktisch, wie Papa mit mir übte: *Leicht zu merken, Belinda, meine neue Nummer – nur Vieren und Sechsen. Einmal vier. Dann eine Sechs. Nach einmal kommt zweimal, stimmt's? Also dann zweimal die Vier. Und zweimal die Sechs. Und dann noch einmal die Vier.*

Der Anrufbeantworter sprang an – eine Minute lang die dämliche Harfenmusik seiner neuen Frau. Unhöflich. Keiner der anderen Verwandten hatte einen Anrufbeant-worter. Letzten Februar hatte Papa eine Frau geheiratet, die halb so viel wog wie Mama und halb so alt war wie Mama, als wollte er doppelt gewinnen, in diesem Spiel der Neu-verheiratungen. Dämliche Diane. Deren Stimme im Hörer säuselte: »Sagen Sie uns doch bitte Ihren Namen …«

Ich sah Franklin an und verdrehte die Augen.

Wieder Harfenmusik. »… und wir danken Ihnen, dass Sie an uns denken …« Harfen. »… und wir möchten gern bald mit Ihnen sprechen …«

»Hör zu, Papa«, sagte ich rasch, als ich nach Diane und ihrer Harfe zum Piepton kam. »Ich möchte wissen, was zum Teufel du mit Franklin vorhast. Geh dran, wenn du da bist. Wenn nicht, ruf mich an. Klar?«

Dann rief ich Anthony an, der ohnehin mehr geschäft-liche Entscheidungen traf als Papa, und als ich ihn in der Buchhandlung erreichte, wo er fast jeden Abend schwarzarbeitete und im Buchhandlungscafé italienisch kochte, sagte ich zu ihm: »Ich lade dich am Samstag zum Mittagessen ein.«

»Aber ich —«

Bevor er etwas sagen konnte, sagte ich: »Bei HoJo um zwölf. Und ich lasse kein ›zu viel zu tun‹ oder ›ich muss wegen einer Wurzelbehandlung zum Zahnarzt‹ gelten.« Keine besondere Herausforderung, ehrlich gesagt, weil ich viel schneller sprechen kann als mein Cousin. Ich legte auf. »Und du —«, sagte ich zu meinem Ehemann, »du versprichst mir, dass du dich von diesem Pa... Papa... Para... fern hältst.«

»Paraklet.«

»Ich bekam so einen Papagei aus einem Billigladen, nachdem unser Kaninchen nach New Jersey gezogen war. Er hatte eine grüne Brust.«

Franklin berührte meine Brüste.

»Schwarz-weiße Flügel. Willst du jetzt etwa nach Flügeln bei mir suchen?«

Er rieb sich an mir, sanft, schnalzte mit der Zunge, die Augen halb geschlossen.

»Ich habe ihn Knuddel genannt. Nur dass es nicht ging.«

»Was ging nicht?«

»Ich konnte ihn nicht knuddeln. Er pickte dich immer in die Finger, wenn du ihn auf dem Arm hattest. Wir mussten ihn zweimal am Tag aus dem Käfig holen und fliegen lassen, damit er Bewegung hatte. Mama nähte ein Tuch aus Hochzeitssatin, mit dem deckten wir abends den Käfig ab, damit Knuddel schlafen konnte. Aber eines Morgens ist er nicht aufgewacht. Tante Leonora hat ihn beerdigt. Am nächsten Tag ist sie mit mir zu einem Billigladen gegangen, und wir sind mit zwei weißen Kartons nach Hause gekommen, solchen, wie sie für Chow Mein benutzt werden. In einem war Vogelfutter drin und außen drauf ein Bild von einem Vogel. In dem anderen war ein Vogel, ein Papagei mit einer blauen Brust. Rate mal, wie wir den genannt haben.«

»Knuddel?«

»Er war der Knuddel, der es nicht lange machte.« Meine Stimme wurde leicht, und ich musste lachen, wie so oft, bevor ich zu etwas Traurigem kam. »Er hatte einen Zusammenstoß mit dem Spiegel.«

Franklin sah mich verdutzt an. »Warum lachst du?«

»Es war nicht so schlimm.«

»Vielleicht musst du dich davon überzeugen.«

»Was ist das hier? Beichte Notruf 101?«

»Genau. Wie Sie Trauer aufschieben können. Jedenfalls tut es mir Leid, dass Knuddel in den Spiegel geflogen ist.«

»Wir hatten noch andere Vögel. Der dritte Knuddel kam aus der Tierhandlung. Onkel Victor hat ihn mir gekauft und gesagt, dass Papageien aus der Tierhandlung besser seien als solche aus dem Billigladen. Der Papagei war grün und hatte einen schlechten Charakter, er hat Mama gebissen, wenn sie das Wasser wechseln wollte, ist mir nachgeflogen und hat sich mit den Flügeln in meinem Haar verfangen … sodass ich mich wie Medusa gefühlt habe. Wir waren alle froh, als dieser Knuddel wegkam.«

»Soll ich es wagen zu fragen, was mit dem passiert ist?«

»Papa hat ihn zu unserem Milchmann in New Jersey mitgenommen. Der mochte Tiere und hat unsere immer übernommen, wenn sie zu groß wurden oder zu viel Dreck machten, um in einer Wohnung zu leben. Ich glaube, alle meine Tiere hatten in New Jersey ein besseres Leben. Hör zu. Wenn das nicht katholisch klingt – eine seltsame Vorstellung vom Himmel, New Jersey.«

»Eine persönliche Vorstellung vom Himmel. Das haben wir alle.«

»Du glaubst nicht an den Weihnachtsmann auf den Wolken?«

Er schüttelte den Kopf. »Wie viele Knuddels noch?«

»Noch einer. Der vierte Knuddel. Aus der Tierhandlung.«

»Ich hoffe, dass er ein langes Leben hatte.«

»Das hatte er.«

»Da bin ich erleichtert. Ich glaube nicht, dass ich noch einen toten Papagei ertragen könnte.«

⁜

Bei HoJo bestellte Anthony ein Dr. Pepper und ein Sandwich mit Schinken – »Schinken satt« –, Tomate und Salat. Ich bestellte Kaffee und Zwiebelringe. Wie seine Mutter war auch Anthony klein und dünn, doch während sie als zierlich durchging, war er mickrig. Ein Hänfling. Er glich das aus mit grünen Augen und umwerfenden Wimpern und einem Mund in der Größe von Pelham Bay Park. Allerdings nur, falls er zu sprechen beschloss. Und bei Anthony wusste man das nie.

»Hör zu, Belinda«, fing er an, »als dein Vater dir den Job für Frankly angeboten hat, da –«

»Franklin«, verbesserte ich Anthony, der offenbar in der Stimmung für Unverschämtheiten war. Gut. »Mein Mann heißt Franklin. Und erzähl mir nicht, dass Papa meinetwegen diesen Job geschaffen hat. Denn ich will ihn mit Sicherheit nicht.«

»Ja, aber er hat es für dich getan. Aus Dankbarkeit.«

»Dankbarkeit wofür?« Ich funkelte Anthony an, um ihn zu warnen, dass ich ihn durch und durch kannte.

»Weil er keine weiteren Sonntagsessen mit Jonathan ertragen muss.«

Seit Papa Jonathan kennen gelernt hatte, verspottete er ihn, indem er ihm nur besonders kräftig riechende Spei-

sen anbot. Er machte hinter Jonathans Rücken Backen-
hörnchengesichter, zuckende Nase, vorstehende Zähne.
Krümmte die Finger neben dem Mund – kribbelige kleine
Pfoten. Mama sagte dann zu ihm: »Sei nicht so kindisch,
Malcolm.« *Kindisch*. Von früh an war Papa das, was ich un-
ter kindisch verstand: Du konntest dich nicht darauf ver-
lassen, dass er dir deine Schulsachen kaufte, dass er dir ein
ganzes Lied beibrachte, da sein würde, wenn du starbst.
Kindisch bedeutete, dass ein Versprechen nichts weiter als
Spott war.

»Also gut«, sagte ich zu Anthony, »ich habe Jonathan allein wegen Papa den Laufpass gegeben. Nachdem wir das
klargestellt haben – was soll das mit Franklin und den gott-
verdammten Kirchendächern?«

»Dein Vater hat Frankly die Wahl gelassen, ob er im Büro
arbeiten will.«

»Und warum hat Franklin mir das nicht erzählt?«

»Weil, um ehrlich zu sein, Frankly –«

»Hör auf, ihn Frankly zu nennen.«

»– auf dem Dach sein will und weil er dir nicht alles
erzählen will. Warum ist es so schwer zu verstehen, dass
er gern für deinen Vater arbeitet? Oder dass ich gern für
deinen Vater arbeite?«

»Du wolltest Koch werden.«

»Und dein Mann wollte Priester werden. Aber dann
wollte der Priester ein Ehemann sein. Und jetzt will der
Ehemann auf dem Dach sein.«

Ich musste lachen.

»Also – lass mich entscheiden, was mir gefällt. Lass Franklin entscheiden. Und vielleicht solltest du davon ausgehen,
dass dein Vater gut in seinem Beruf ist. Warum, meinst
du, hat Franklin dir nicht erzählt, dass dein Vater ihm eine
Arbeit im Büro angeboten hat? Weil du ihn gezwungen
hättest, die Arbeit im Büro anzunehmen.«

»Da hast du verdammt Recht. Weil ich nicht will, dass er auf irgendeinem Kirchendach festsitzt.«

»Ich verstehe nicht, worin sie sich von anderen Dächern unterscheiden.«

»Weil Franklin früher Priester war.«

»Willst du wirklich, dass dein Vater Aufträge ablehnt, bloß weil du Priester vom Altar entführst?«

»Ich habe ihn aus dem Beichtstuhl entführt. Wenn du es bitte genau nehmen würdest.«

»Ich nehme es immer genau. Hör zu, dein Vater und ich haben Franklin für eine Arbeit ausgebildet, für die er keine Ausbildung hatte. Ich meine, wir bekommen nur wenige Beichten auf dem Dach, und bisher hatten wir noch keine Anfragen, ob er Wasser weihen könnte. Und die letzte Ölung …«

»Die wirst du bald selbst brauchen, wenn du ihn nicht von Kirchendächern fern hältst.«

»Wir haben alle mal auf einem Dach festgesessen. Erst vor ein paar Wochen habe ich die Regenrinne an einem dreistöckigen Haus in Queens gereinigt, als sich der Schlauch um die Leiter wickelte und sie umkippte, sodass –«

»Ich habe die Nase gestrichen voll von dieser beschissenen Geschichte.«

»Ich habe dir *diese* beschissene Geschichte nie erzählt.«

»Ich habe sie gehört. Glaub mir. Zahllose Versionen der gleichen beschissenen Geschichte.«

»Aber dies ist eine andere beschissene Geschichte über ein anderes beschissenes Dach.«

»Wie redest du denn?«

»Du brauchst doch auch solche Ausdrücke bei deinem Priester.«

»Klar.«

»Und pinkelst noch im Stehen?«

»Irgendwann habe ich gemerkt, dass es sich nicht lohnt.«

»Gut. Denn sonst –« Anthony grinste mal wieder dreckig wie ein kleiner Junge.

Ich konnte mir denken, worauf er hinauswollte, also kam ich ihm zuvor. »Weil mir sonst Eier gewachsen wären.«

»Du benimmst dich doch schon so.«

»Man braucht Eier, um sich Eier wachsen zu lassen.«

»So funktioniert das also. Eier, die zu dem Möchtegern-Pimmel passen. Und das führt zu Möchtegern-Pimmel-Neid.«

»Ich kriege nur Pimmel-Neid, wenn es darum geht, draußen zu pinkeln.«

»Ich hoffe, du korrumpierst deinen Priester nicht mit solchen Sachen.«

»*Du* würdest rot werden.«

»Die Kirche ist nicht mehr, was sie einmal war.«

»Gott sei Dank, und auch dem Papagei.«

Obwohl Anthony und ich uns nicht mehr mit Kaninchenkügelchen bewarfen oder uns im Auto seines Vaters auf dem Rücksitz mit den Ellbogen knufften, fielen wir trotzdem noch gern mit Worten übereinander her, so wie damals, als er mein Nebenhöhlenproblem als »fiese Popel« bezeichnete und ich ihn davon überzeugte, dass er sich in einen Cockerspaniel verwandeln würde, weil der nach Leber schmeckende Aufstrich auf seinem Sandwich Alpo-Hundefutter war. Während er spuckte und weinte, tanzten Bianca und ich um ihn herum und sagten ihm, wenn du Hundefutter isst, dann wirst du ein Hund.

»Ein Cockerspaniel.«

»Alle Cockerspaniels sind in Wirklichkeit Kinder, die Alpo gegessen haben.«

»Deshalb sehen sie so traurig aus.«

Wir konnten einander kaum hören, weil Anthony so laut heulte.

Wie leicht er weinte. Bianca und ich quälten ihn,

kämpften darum, wen er am liebsten mochte, bekämpften uns gegenseitig, während wir um ihn kämpften. Wir handelten einen Zeitplan aus, wann jede von uns allein mit Anthony spielen durfte, und wir wurden eifersüchtig, wenn die eine in der Zeit der anderen freundlich zu ihm war. Insgeheim wusste ich, dass ich seine Lieblingscousine war. Sogar, als ich seine Gürtelschnalle kaputtmachte. Sogar noch, als ich ihm die Beine zerkratzte. Immer wenn ich mir einen Bruder wünschte, stellte ich ihn mir wie Anthony vor, aber der war sowieso da, und ich brauchte keinen eigenen Bruder.

❦

Anthony stibitzte einen meiner Zwiebelringe. »Ich wartete also auf dem Dach in Queens und hoffte, dass jemand mich hören würde. Aber niemand hat mich gehört.«

Ich fügte mich und hörte zu. So wie ich Papa zugehört hatte, wenn er mit einer seiner Als-ich-auf-dem-Dach-festsaß-Geschichten nach Hause kam.

»Es war ein ungewöhnlich steiles Dach, Belinda.«

»Erstaunlich, wie das Dach immer steiler und höher wird, wenn einer von euch diese Geschichte erzählt.«

»Es war steil.«

»Ein großes, steiles, tückisches Dach.«

»Genau. Und die ganze Zeit beobachtete mich der Hund des Besitzers – eine Art Dalmatiner.«

»Keine dänische Dogge?«

»Das war ein anderes Dach. Jedenfalls, schließlich gelang es mir, den Schlauch wie ein Lasso über die Leiter zu werfen und sie hochzuziehen. Das Abendessen hatte ich verpasst.«

»Du und Papa –« Mit einem Mal war ich wütend. »Das Abendessen verpassen. Dies verpassen, jenes –«

»Dein Vater war gar nicht dabei.«

»Das Abendessen verpassen. Ein Schulkonzert verpassen. Wochen später ankommen, Entschuldigungen vorbringen … Lügen.«

Anthony hielt mir die erhobenen Hände hin. »He —«

»Weißt du, wie viele Versionen dieser Dachgeschichte ich gehört habe?« Ich konnte kaum schlucken. »Die Hunderasse ändert sich. Die Neigung des Daches. Die Größe der Leiter. Was gleich bleibt, sind die verlorenen Stunden … Tage. Und dann hat er versucht, mich einzuwickeln, indem er mich beim Domino gewinnen ließ.«

»Iss deine Zwiebelringe«, sagte Anthony sanft.

Ich schob ihm meinen Teller hin.

»Domino …« Er seufzte. »Spiele … Ich sehe dich nicht oft genug, um in Übung zu bleiben.« Er kippte Ketchup über meine Zwiebelringe. »Wenn du nicht meine Lieblingsverwandte wärst …« Er schüttelte den Kopf, plötzlich ernst. »Was habe ich dir getan?«

Ich spürte diese alte Frage zwischen uns, die mir Macht gab, zu viel Macht. *Wenn ich es nun am Fenster gewesen wäre?* Ich war schon manchmal nah dran gewesen, ihn zu fragen. Aber nie so nah. »Anthony —«

Er sah mich an, erschreckt.

Mein Herz stockte. Die Frage war zu gefährlich, weil das Wissen schlimmer sein konnte als meine Vorstellung, verändern konnte, was ich gewohnt war zu sehen: *Anthony am offenen Fenster, wehklagend wie der Wind, wenn er sich in Regenrinnen verfängt. Während Mama sich hinausbeugt und schreit: »BiancaBiancaBianca —« Während Onkel Victor die Treppen hinunterrennt, als glaubte er, er könne meine Zwillingsschwester auffangen, bevor sie auf dem Gehweg aufschlägt. Während Tante Leonora Anthony bei den Schultern packt, die Augen wild, doch was sie in seinem Gesicht sieht, verbirgt sie vor allen — vor sich selbst —, indem sie ihn an ihren Morgenmantel reißt, stöhnend, sich mit ihm wiegt, als wären sie zusammen eins dieser Spielzeuge,*

*die unten ein Gewicht haben und hin und her schaukeln, bis sie
sich irgendwann aufrichten.*

»Was ist?« Anthony lehnte sich zurück. Weg von mir.

So viele Arten zu fallen ... Ich ergriff seine Hände.

Er versuchte, seine dünnen Finger aus meinen zu lösen.

Aber ich hielt sie – fest, so fest –, hielt sie für mich und
für ihn. Und fragte ihn: »Wenn ich es nun gewesen wäre,
Anthony?«

Er schüttelte den Kopf.

»Am Fenster? Damals?«

Er schüttelte den Kopf.

»Du warst doch dort bei ihr. Wenn ich es nun gewesen
wäre, Anthony? Am Fenster? Hättest du dann mich raus-
geschubst?«

»Ich habe nicht geschubst ...« Sein Blick flatterte. »In
dem Winter ...?«

»In dem Winter.« Ich hielt den Atem an.

»In jenem Winter lernte ich jagen. Ich war sieben«, sagte
er, seine Stimme war plötzlich die eines Siebenjährigen.
»Ich fuhr nach Kanada und kam mit Ohrenschmerzen zurück. Erinnerst du dich?«

»Ich weiß, was du jetzt machst.« Er erzählte mir seine
Jagdgeschichte, umging so meine Frage, suchte Mitleid.

»Ich habe drei Kaninchen geschossen.«

»Haben sie geblutet?«

Er blinzelte.

Mir war schlecht. Trotzdem ließ ich nicht nach. »Haben
sie geblutet, Anthony?«

»Beim ersten Mal weinst du zehn Minuten. Beim zweiten Mal wimmerst du. Danach ist es nichts.« Er hielt inne,
als die Kellnerin mir Kaffee nachgoss. Dann sagte er: »Die
meiste Zeit auf dieser Reise habe ich geweint.«

»Gerade hast du gesagt, du hast nach zehn Minuten aufgehört zu weinen.«

»Wegen des Kaninchens, ja. Aber ich habe wegen der Kälte geweint. Dad und Grandpa … sie sind mit mir stundenlang bei eisigem Wetter jagen gegangen. Als ich ihnen gesagt habe, dass mir die Finger und die Füße wehtun, hat Grandpa gesagt, das sei gut.«

»Grandpa? Ich kann mir nicht vorstellen, dass er das zu einem Kind sagt.«

»Er hat gesagt, es sei gut, weil …« Anthonys mageres Gesicht wurde hohl – »ein Mann verstehen müsse, dass Töten *keinen* Spaß macht. Das wusste ich schon.«

Ich spürte, wie alles steif wurde, mein Hals, meine Schultern. »Es tut mir so Leid«, sagte ich, und als ich in seine froschgrünen Augen sah, kamen mir andere Erinnerungen, wie ich ihn gequält hatte – *wie leicht er weinte –,* Erinnerungen, die mich beklommen machten. Wie Bianca und ich ihn zu Boden rissen, uns auf ihn setzten, ihn in den Achselhöhlen und im Schritt kitzelten. Vielleicht mussten wir sehen, wo er sich von uns unterschied. Wo er so war wie wir.

Ich presste mir die Fingerspitzen in die Schultern, trommelte auf die Muskeln, um sie ein wenig zu lockern.

»Ich mag deinen Franklin.«

Ich spürte ihn mir gegenüber, er war fast wie ein Bruder für mich, und in dem Moment wurde er zu jedem Mann, dem ich in meinem Leben begegnet war: Papa, Franklin, mein Grandpa, Onkel Victor, mein Lehrer in der dritten Klasse, sogar mein erster Mann. Zuerst gefiel es mir nicht, dass irgendetwas an Jonathan mich an diese anderen Männer erinnern sollte, angesichts seiner niederträchtigen Bemerkung über Katzen, die ihre Jungen fressen; aber er hatte noch eine andere Seite – vertraut und zärtlich und großzügig –, und die verband sie alle miteinander. Franklin und Papa hatten sie auf jeden Fall. Auch Anthony, trotz des Unsinns und des sich Rausredens, und als er mich ansah und nickte, da wusste ich, ich konnte darauf vertrauen, dass er Franklin von Kirchendächern fern hielt, auch wenn er nicht richtig verstand, warum. Es reichte ihm, dass es mir wichtig war.

»Entschuldige wegen Alpo«, sagte ich, »wegen des Kitzelspiels, entschuldige, dass ich Biancas Giraffe gestohlen habe, dass –«

»Ich wusste die ganze Zeit, dass du sie hast.«

»Ich habe immer noch Angst, sie wegzuwerfen, und dass ich entdeckt werde.«

»Du könntest sie begraben –« Er verzog das Gesicht.

»Nein. Das ist zu unheimlich.«

»Begraben – wo?«

»In ihrem Grab. Aber –«

»So unheimlich ist das nicht.«

»Wenn du willst …« Er beugte sich zu mir, hielt mich nicht mehr auf Abstand.

»Aber ich bräuchte dich, um es mit mir zusammen zu machen.«

»Vielleicht an einem Wochenende, wenn –«

»Nächsten Sonntag?«

»Heute.« Sein Blick in meinem Blick.

Ich nickte. »Du meinst, ich soll sie jetzt holen.«

»Weißt du, wo sie ist?«

Als ich »ja« sagte, geschah das mit der Gewissheit, dass Anthony und ich meiner Schwester die Onyx-Giraffe zurückgeben würden, heute, und ich fühlte mich ihm gegenüber so, als hätten wir es schon getan – erleichtert und dankbar und erstaunt –, fühlte mich, als könnte ich mich jetzt schon daran erinnern, wie wir zwei *am Grab meiner Schwester knien, die Onyx-Giraffe in meiner Hand, glatte Adern von Grün zwischen anderem Grün. Die Erde über dem Sarg aufzugraben, fühlt sich seltsam an. Wir greifen in den Boden, nicht um die Giraffe in Biancas Sarg zu legen, sondern in die Erde, die*

246

nachgibt, obwohl wir uns darauf eingestellt haben, auf Knochen
zu stoßen: Rippe oder Schädel oder Oberschenkelknochen. Erde,
die nachgibt.

Drittes Buch

FLORIA 2001

Das Gewicht all dessen, was nie vorgebracht wurde

Floria stirbt. Ihr Mann hat das Wohnzimmer, wo sie auf der Couch liegt, abgedunkelt und hält ihre Hände. Julians Finger sind weicher als ihre

> *Sehnen und Knochen und fleckige Haut, die brennt, seitdem Julian Floria aus Gazestreifen herausgeschält hat, Meilen und Meilen weißer Gaze, und Floria freigelegt hat, bis zu dieser letzten Schicht von ihr, zu ihren Lungen, leicht durch die Spitze hindurchscheinend, von ihr gehäkelt, wie ihre Mutter ihr es als Kind beigebracht hat. Weiß auf Weiß*

Licht und Stimmen hängen über ihr

> *reiben sich an ihr*

»Versuch das, Mama.« Bianca … ein Löffel an Florias Zähnen. »Anthony hat dir diese Suppe gekocht.«
»Das tut dir im Hals gut.« Julian. Er steht zwischen ihrer Couch und dem Porzellanschrank, den er für ihre Tanzpokale gemacht hat. Kirschbaum und Espe

> *Blut und Licht*

Einlegearbeiten, wie alle Möbel, die er in seiner Werkstatt baut.

251

Suppe wie Algen … lauwarm und salzig auf Florias Zunge. Ihre Nasenlöcher sind wund vom Sauerstoff. Mehr als einen Löffel kann sie nicht schlucken. Seit neun Tagen stirbt sie − seit Julian sie aus dem Montefiore-Krankenhaus herausgetragen hat; sein Tweedmantel flatterte um ihren mageren Po. Sie hatte darauf bestanden, dass er sie nach Hause holte, wegen des Versprechens, das sie sich vor über zwei Jahrzehnten bei ihrer Heirat gegeben haben. Damals waren sie beide fünfundfünfzig, beide alt genug, um über den eigenen Tod nachzudenken, trotz dieser heftig aufblühenden Leidenschaft, die sie beide erstaunte.

»Stell dir vor, und das in unserem Alter«, sagte sie verwundert, wenn sie wieder nach ihm griff.

»Stell dir vor …«, seufzte er, als sein Mund ihre Haut suchte.

Sie hatten sich versprochen, nicht zuzulassen, dass einer von ihnen unter Fremden starb. »Du bist zuerst tot«, schalt er sie, wenn er sie abends auf der Feuerleiter entdeckte, wo sie heimlich rauchte, oder wenn er, trotz der Hustenbonbons, die sie nach dem Rauchen lutschte, Tabak an ihr schmeckte.

»Ich rauche weniger, seit ich dich geheiratet habe«, begehrte sie auf und erinnerte ihn an ihren Kompromiss − keine Zigaretten in der Wohnung und vor ihm.

Aber Julian wollte, dass sie ganz aufhörte, schwor, dass er mit ihr in eine Rehabilitationsklinik in Washington Heights fahren würde, wo Raucher − Lippen vom Krebs zerfressen − durch Röhren, die vorn aus ihrem Hals ragten, an Zigaretten sogen. »Willst du so enden?«, fragte er.

Jede Auseinandersetzung, die sie hatten − selbst Auseinandersetzungen, die sie anfing, wenn er die Möbel ihrer Verwandten umsonst in seiner Werkstatt reparierte −, endete damit, dass Julian vorhersagte, sie würde an Lungenkrebs sterben. Nicht dass sie in ihrer Ehe oft stritten. Erstaunlich leicht, mit Julian klarzukommen

sie erklärt es Belinda und Julians Sohn Mick – beide über dreißig, als ihre Eltern heiraten – damit, dass sie und Julian ihre Dornen in anderen hinterlassen haben, bevor sie sich fanden.

»Mir wird ganz flau«, sagt Belinda, »wenn ich mir Papa mit deinen Dornen vorstelle.«

»Himmelherrgott, Belinda«, sagt Leonora. »Deine Mutter spricht nicht von einem blutenden Jesus mit einer Dornenkrone an einem blutenden Kreuz.«

»Es bedeutet, dass deine Mutter und ich, je älter wir werden«, erklärt Julian, »immer besser verstehen, worüber es sich zu streiten lohnt.«

Doch dann erweist sich Julians Sorge, was den Krebs angeht, als begründet, und dabei ist er nicht der Typ, der gern Recht behält. Außer dass er als junger Mann schon gewusst hat, dass er sie liebt. Es an dem Tag weiß, als sie Malcolm heiratet. So wie sie es auch weiß. Und ihr sagt – als sie ihn nach ihrer Rückkehr aus Italien anruft –, dass er oft an sie denkt.

»Ziemlich oft ... jeden Tag.«

Sie ist so verblüfft, dass sie zugibt, wie sie seine Augen im Rückspiegel der Limo beobachtet und sich vorgestellt habe, mit ihm wegzufahren.

»Fast hätte ich es getan«, bekennt er, »fast wäre ich an der Kirche vorbeigefahren, mit dir in deinem Hochzeitskleid. Gott, ich wollte das – so sehr.«

»Als ich in Italien war«, sagt sie zu ihm, »habe ich beschlossen, Malcolm zu verlassen«

»Malcolm ...«

»Ich bin's, Julian.« Sein Gesicht über ihr. Grau

Jahre der Ehe mit Julian, bevor er zugibt, dass Malcolm sich
Geld von ihm borgt. Julian will nicht, dass sie es weiß, aber
sie dringt in ihn, weil sie das Unbehagen in seinen abge-
wandten Augen erkennt. Lange geliehenes Geld verursacht
dieses Unbehagen. Nicht zurückgegebenes Geld. Es ist der
Ausdruck, den sie im Gesicht ihres Bruders gesehen hat,
ihrer Tante Camilla, ihres Vaters, verschiedener Nachbarn

»... seine ... am besten entwickelte ... Fähigkeit ist die
Überredungskunst.«
»Malcolm hat auch mich überredet, Liebste.«
»Ich zahle ... es dir zurück.«
»Es ist nicht deins, du kannst es mir nicht zurückzahlen.«
»Mach den Mund auf, Mama.«
»Alles in Ordnung ... mit ... meinem Mund.«
»Dein Mund ist völlig in Ordnung, Tante Floria.« Anthony

der kocht, aber nicht einfach Koch ist. Der gelernter Koch
ist. Leonora erinnert alle daran, dass sie das zu sagen ha-
ben. Gelernter Koch. Obwohl er seine Rezepte von Floria
und Victor gelernt hat, die sie von Riptide gelernt haben:
Schichten von Auberginen mit Soße und Käse, Manicotti
oder Ravioli oder Lasagne, so heiß, dass du sie minutenlang
nicht anrühren kannst, nur zugucken, wie der Käse an der
Seite herausläuft. Solches Essen liebt Floria. Nicht das Fest-
tagsessen von Julian, wenn er sie in Gourmet-Restaurants
ausführt – Kognaksoße und ganzer Fisch mit Augen –, wo
du für den Salat immer extra bezahlst

»Ein gelernter Koch ist ... gescheiter als ein einfacher
Koch ...«
»Danke, Tante Floria.«
»... besonders wenn er ... in einer Buchhandlung kocht.«
»Ida und Joey lassen dich lieb grüßen.«

Die Hälfte der Buchhandlung gehört jetzt Anthony, nachdem er Ida geheiratet hat

»Alt ... um Vater ... zu werden. Das ganze ... Warten.«
»Floria meint das nicht so.« Leonoras Stimme.
»... Warten ... macht vorsichtig.«
»Das stimmt. Ida sagt, ich bin so ein Vater, der Joey eine Sicherheitsausrüstung kauft, bevor er ihm eine Sportausrüstung kauft.«
»Traurig ... du klingst traurig ... klingst immer traurig, wenn Ida auszieht ...«

Manche Menschen haben mehrere Ehen. Manche haben eine Ehe. Aber Anthony und Ida haben eine Trennung, unterbrochen von Ehe-Intervallen

Floria hat zwei Ehen. Und zwei Hochzeitskleider. Das erste war selbst genäht. Das zweite gekauft und zu teuer

»Du nähst immer für andere, Liebste.«
Aber die Verkäuferinnen verstehen sie nicht, obwohl Floria deutlich sagt »ein Hochzeitskleid« und dann »ein Kleid, das ich zu meiner Hochzeit tragen kann«. Eine Braut in Florias Alter übersteigt die Vorstellungskraft der Verkäuferinnen.
»Sind Sie die Brautmutter?«
»Sind Sie ein Gast?«

»Ich bin ... die Braut ...«
»Mama?«
»Sie hat irgendwas gesagt, dass sie die Braut ist.«
»Lach ... Gas ...«
»Alle sind da, Mama.«

»Oh«, sagen die Verkäuferinnen. Gratulieren ihr. Führen sie zu den Brautmutter-Kleidern. Kleider, in denen man sich beerdigen lassen kann.

»Beige ist keine gute Farbe für mich.«

»Wenn Sie ein bisschen Lippenstift auflegen. Ein bisschen Lidschatten.«

»Ich käme mir komisch vor, wenn ich mir das alles ins Gesicht schmieren würde.«

Sie schlagen andere Schuhe vor, einen höheren Absatz, Riemchen, obwohl sie die Schuhe, die sie bei ihrer Hochzeit tragen will, schon trägt. Neues Kleid. Aber lang erprobte Schuhe.

»Das ist der Ausweg für dich«, sagt sie zu Julian abends. »Den Verkäuferinnen fällt es schwer, mich als Braut zu sehen.«

»Ich habe dich immer als Braut gesehen. Seit über dreißig Jahren sehe ich dich als Braut.«

Als die Fotos von ihrer Hochzeit entwickelt sind, nimmt Floria das Album ihrer ersten Hochzeit, betrachtet mit ihrem neuen Mann die Bilder von sich selbst als viel jüngerer Braut. »Ich war dabei«, sagt Julian, »sieh, ich war dabei, als Trauzeuge«, als wäre er von dem Tag an mit ihr zusammen gewesen; als wäre Malcolm nichts weiter als ein Übergang in ihrem Leben gewesen, eine Idee, eine Unannehmlichkeit, als könnte sie ihre Erinnerungen zurückdrehen und sie mit Julian noch einmal erleben. Aber jene Jahre des Zusammenseins mit Malcolm sind auch Teil ihres Lebens und haben ihr zwei Töchter gebracht

»Gut. Sie schluckt.«

»Heiß …«

»Ich puste für dich, Mama.« Biancas Stimme.

Heiß, Florias Gesicht ist heiß

*vom Spielen auf dem Schulhof, wo sie Ameisen rettet, die
sie in der Tasche ihrer Bluse versteckt, bis sie sie heimlich
in die Burg schmuggelt, die sie aus Ton für sie gemacht hat.
Sie versteckt die Burg unter ihrem Bett, damit ihre Mutter
die Ameisen nicht findet und tötet. »Was denkst du dir nur
dabei, Floria, wenn du Ungeziefer ins Haus bringst?« Für
ihre Mutter ist jedes Tier, das nicht in der Tierhandlung
gekauft ist, Ungeziefer*

»Ungeziefer …«
»Damit haben wir kein Problem, Liebste.«
»Ich kann dir den Namen eines preisgünstigen Kammer-
jägers geben, Julian.«
»Hier ist noch ein Löffel Suppe, Mama.«
»Die … Burg hat …«

*zwei Türme und Tunnel, die Floria mit ihrem Bleistift durch
den Ton bohrt. Wenn der Stift abbricht, spitzt Floria ihn mit
dem Anspitzer ihres Bruders. Aber Victor ist sauer, weil sein
Anspitzer mit Ton verklebt ist. Victor kann so sauer sein.
Wird sauer und will sich von Leonora scheiden lassen, bleibt
dann aber, wohingegen Floria sich von Malcolm scheiden
lässt*

»Wegen des … schwitzigen Schlafs …«
»Pssst – Tante Floria sagt etwas.«
»Mama?«
»Weswegen?«
»Schwitziger … Schlaf …«

*und Julian liebt sie, wenn seidiger Schweiß auf ihrem Hals
blüht, sich in ihre Haare ausbreitet, ihre Brüste, ihre Schen-
kel feucht glänzend werden, während ihr Körper abkühlt, sie
dankbar macht für seine Weisheit*

257

»Sie sagt, ihr ist heiß.«

»Malcolm … will nicht berühr …«

»Was ist mit Papa?«

»Ich will es … Julian … zurückzahlen.«

»Was?«

»Was er … geborgt hat.«

»Aber wir sind verheiratet.« Julian. Alter Mann … so alt. Ein Blick in die Zukunft, den Floria nicht will. »Außerdem, was du mir auch zahlst, gehört doch uns beiden.«

Tränen der Erleichterung in ihren Augen, dass Geld nicht mehr so ein Problem ist –

»Nicht weinen, Mama.«

der Erleichterung, dass Malcolm nicht mehr Geld mit seinen Tricksereien verschwendet; Erleichterung, dass ihr nicht nur die Nähmaschine und die Schneiderpuppe gehören, sondern auch alle ihre Möbel, von denen die meisten neu sind – im Geschäft gekauft oder von Julian gemacht –, außer der Victrola, die sie von ihrem Vater geerbt hat. Dinge, die sie haben will. Keine möblierten Wohnungen mehr. Keine abnehmbaren Bezüge mehr. Keine Vermieter mehr, die die Kaution behalten. Trotzdem hat sie, als Julian und sie zum ersten Mal umziehen, das Gefühl, dass sie dem Vermieter die Möbel stiehlt, dass sie nachts umziehen sollte. So sehr ist sie daran gewöhnt, dass die Möbel zurückbleiben, dass sie mit anderen alten Möbeln wieder anfängt, wie mit dieser braunen Couch in der Ryer Avenue mit dem muffig-süßlichen Geruch

Wedelt den Geruch mit den Händen weg. »… schrecklicher … Geruch –«

»Mama – du reißt die Schläuche ab.«

»Haltet ihr die Arme fest.«

der muffig-süßliche Geruch der Couch, die für ihre abnehm-
baren Bezüge zu groß war, braun und zu weich, mit Ritzen
zwischen den Polstern, die Löffel und Babys und Münzen
verschlucken

»Halt still, Floria.«
»Münzen. Ich … will —«
»Sie regt sich noch mehr auf.«
»Ja, Mama? Was willst du?«
»… Julian das … Geld zurückzahlen.«
»Sag ihr einfach, sie kann es dir zurückzahlen.«
»Du kannst es mir zurückzahlen, Liebste.«

Ihr Vater steckt ihr Geld in die Hand, wie er es bei den
Zwillingen macht. Vergisst Scheine und Münzen in seinen
Taschen, damit er sich darauf freuen kann, sie zu finden

»Jetzt weint sie.«

und ihr zu geben. Scheine und Münzen, damit sie Julian
das Geld zurückzahlen kann

»Floria —«
»Sie hat Schmerzen.«
»Still.«

Still, erst muss sie still sein, weil ihr Vater mit einem gefal-
teten Unterhemd den Staub von einer Schallplatte wischt.
Wenn die Stimme wieder einsetzt, wird er flach, als er
sich in den Atem der Stimme lehnt, die Stimme hoch und
dünn wie ein Klagen

»Können wir ihr nichts gegen die Schmerzen geben?«
»Wann kommt der Arzt?«

Floria macht die Hand zu

versteckt das Geld vor ihnen allen

»Meins —«
»Natürlich ist es deins, Tante Floria.«
»Meins —«

*und es ist der Kieselstein in ihrer Hand. Tage und Monate
und Jahre denkt sie an ihren Kieselstein im Slattery Park,
der dort ist, wenn sie ihn braucht, als Erinnerung, dass sie
am Leben bleiben will. Oder es denen möglich macht, die
nicht leben wollen. Sie kennt die Form des Kieselsteins, berührt ihn jeden Tag mit ihren Gedanken, stellt sich Malcolm
vor, wie er mit ihr in den Park geht, die Finger in eine Ritze
zwischen zwei großen Steinen gräbt, den Kopf schüttelt, einen anderen Spalt probiert und ihren Kieselstein hervorholt.
Aber eines Sonntags, als sie keine Angst mehr hat, bittet
sie Malcolm, sie dorthin zu führen — er führt sie zu einem
Kieselstein, der größer ist als ihrer, heller.*
»Was hast du damit gemacht, Malcolm?«
»Du hältst ihn in der Hand.«
»Nein.«
»Es ist einfach ein Stein.«
»Was hast du mit ihm gemacht?«
*»Ich habe ihn weggeworfen. In Ordnung? In irgendein Ge-
büsch.«*
»Aber wo warst du all die Stunden?«
»Was macht das schon?«
*»Weil ich mich bei dem Gedanken sicher gefühlt habe, dass
du einen Platz für den Stein gefunden hast. Und jetzt —«*

»— ist alles … falsch.«

260

Malcolm kommt auf sie zugerannt, und ihre Mutter drückt
immer wieder auf den Auslöser, und es ist nicht mehr der
Slattery Park, sondern der Central Park, wo ihre Mutter
sie und Malcolm nötigt, aufeinander zuzulaufen, über die
schneebedeckte Wiese, klick-klick macht sie, als Braut und
Bräutigam aufeinander zulaufen, einer still steht, während
die andere mit ausgestreckten Armen läuft. »Mehr Begeis-
terung«, fordert die Mutter. »Bewegung.« Sie müssen noch
einmal laufen, klick-klick, ihre Umarmung wiederholen, bis
Floria steif ist. Eiskalt. Die neue Freundin ihres Bruders
bietet ihr ihre rote Strickjacke an. Leonora, die die Hälfte
von ihr ist. Versucht, die enge Strickjacke über Florias Satin-
brüsten zuzuknöpfen. Viel Glück. Der Fotoapparat macht
klick-klick. Sie wärmt sich in Leonoras enger roter Strick-
jacke, bis ihre Mutter sie nötigt, sie solle sie ausziehen und
wieder auf Malcolm zulaufen. Auf Malcolm zulaufen, noch
einmal und noch einmal, nur noch laufen

»Julian? Ich helfe dir, die Laken zu wechseln.«
»Danke.«

und auf Julian zulaufen, es dauert so lange anzukommen,
bei ihm anzukommen, aber noch früh genug in ihrem Leben,
um ihn auf die Probe zu stellen – plötzliche Hitze und
Seidenschweißblüten – und Malcolm verblasst … einer seiner
Streiche. Er kann so kindisch sein. Kindisch und verwöhnt.
Tante Camilla sagt, er verspricht Wolken und gibt dir Dreck.
Jedes Jahr eine Reise ins Ausland für Tante Camilla, immer
weiter als nach Italien

»Italien … ist nicht weit … genug für …«
»Ich fahre mit dir nach Italien, Mama, wenn es dir besser
geht. Wir fahren zu der Insel, wo sie die Spitze machen.«

Spitze und Hochzeiten.
»Sind Sie die Brautmutter?«
»Sind Sie ein Gast?«

»Gast ...«
»Ja?«
»Bei ... meiner eigenen ... Hochzeit.«
»Du warst die Braut, Floria.« Leonoras Stimme. »Eine hin-
reißende Braut.«
»Und du hattest auch schon viele Hochzeitstage mit Mr.
Thompson.« Das ist Bianca.
»Glaubst du, sie versteht, was du sagst, Belinda?«
»Frösche ...«
»Was ist mit Fröschen, Liebste?«
»Julian mag ... Frösche ... mein Geheimnis.«

Der Tag vor ihrem ersten Hochzeitstag, und sie trägt ein
Frosch-Tattoo auf ihren Po auf, während er in seiner Möbel-
werkstatt arbeitet. Aber das Tattoo, es bleibt nicht kleben, weil
sie vergessen hat, die Folie von dem Abziehbild zu entfernen.
Bei dem zweiten Frosch macht sie es genau richtig: legt ihn
sich auf den Po, befeuchtet ihn, wartet dreißig Sekunden und
zieht die hintere Schicht ab. Und da ist er – sie sieht den
Frosch im Spiegel, genau auf ihrer linken Pobacke. Damit er
nicht von ihrem Slip abgerieben wird, läuft sie nacktarschig
herum, kocht nacktarschig Linguine. Zieht sich dann einen
Rock an, bevor Julian nach Hause kommt.
»Ich kenne das Lächeln. Du hast was vor.«
Sie schüttelte den Kopf. Grinst. »Mein Geheimnis.«
Morgens um fünf wird sie wach, rollt sich auf die rechte Seite,
passt ihren Rücken seinem Bauch an, bettet sich in die Wär-
me seiner Halbschlaf-Löffellage, süße Löffellage, bis sie an-
fangen, sich zu lieben, und er wacht ganz auf, und sie legt
sich so, dass er das Bild sehen muss.

»Mein Gott.« Er berührt es. »Tut das weh? Warum hast
du das gemacht?« Dann die Erleichterung in seiner Stimme:
»Es ist oben drauf, auf der Haut.« Und sie lachen beide.
»Du bist meine wilde Frau«, sagt er

»Wilde ... Frau.« Floria fühlt sich jetzt wilder als damals, als
sie ein Mädchen war.
»Jetzt erinnere ich mich, Liebste. Das Tattoo, stimmt's?«
»Katzen ... die wildere ... Katze ...«
»Welche Katzen, Tante Floria?«
»Hatte deine Mutter eine Katze, Belinda?«

Wilder. Wilder als sie sich mit zweiundzwanzig fühlt und
sich beim Gehen nach hinten lehnen muss, um ihren riesigen
Bauch zu tragen. Häkelt seidigen weißen Faden ins Tauf-
kleid ihres Babys. Weiß auf weiß. Halb durchsichtig. Ein
Kleidchen, weil sie nicht weiß, dass sie zwei Kinder trägt.
Deswegen muss ein Zwilling ein gekauftes Taufkleid tragen.
Bianca. Die nicht alt wird. Ist das der Grund?

»Weißt du noch ... das Kleidchen?«
»Wir beten alle für dich.« Irish-Spring-Rasierwasser und
Gebratenes. Also steht der Priester über ihr

und sie müht sich mit Julian an ihrem Brief an den Irish-
Spring-Priester ab, nach der Beerdigungsmesse für ihre
Freundin Maxine, wo der Irish-Spring-Priester nur noch
über die Beziehung des Mannes zu Gott spricht, Mann hier,
Mann da. Ist es zu unhöflich, es ihm zu sagen? Julian sagt,
ihr Brief sei notwendig. »Wie kann er es sonst bei der Be-
erdigung einer anderen Frau richtig machen?«
Bei meiner Beerdigung. Wir wussten nur nicht, dass es so
bald sein würde

»Wir ... wussten nicht, ... dass es so ... bald sein wird.«

Maxine. Radikal und konservativ, unverblümt in beiderlei Hinsicht, schickt Spenden an Planned Parenthood und an den Vatikan. Wenn Maxine zu militant wird, hält Floria sich eine Weile von ihr fern. Etwa als ihr Hausmeister im Eingang über seine Nichte klatschte. »Hat sich schwängern lassen.«
Maxine richtet ihren heißen, grauen Blick auf ihn. »Wollen Sie sagen, sie hat einen bewaffneten Überfall auf eine Samenbank gemacht?«
Er lacht, verlegen.
»Der einzig gerechte Weg ist, dass jeder Junge, wenn er vierzehn ist, seinen Samen bei einer Samenbank einfrieren muss und dann – schnipp-schnapp.«
Der Hausmeister atmet keuchend. »Schnipp-schnapp?«
»Schnipp-schnapp.« *Maxine nickt.* »Wenn er heiratet, kann er von seinem Samenkonto abheben, wenn seine Frau einverstanden ist. Der Samen wird ihnen ausgehändigt, wenn beide eine Vereinbarung unterzeichnen, dass sie für das Kind, das aus dem Samen entsteht, sorgen werden. Langfristig gesehen sparen Sie Steuern.«
Der Hausmeister schüttelt den Kopf. »Und wie das?«
»Weil es Teil der Vereinbarung ist, dass er Unterhalt für das Kind zahlt, wenn es zu einer Scheidung kommt.«
Floria und Julian gefällt Maxines kämpferische Art, und deswegen müssen sie einen Brief an den Irish-Spring-Priester schreiben, der Floria die Beine mit einem fast trockenen Schwamm wäscht. Priester und Ärzte. Verwöhnte Männer, alle miteinander, die sofort Respekt von dir erwarten und Gehorsam, während sie sich schon wieder eilig von dir abwenden. Florias Arzt nennt sie »Kindchen«, obwohl sie so alt ist, dass sie seine Großmutter sein könnte. Es amüsiert und ärgert sie. Wenn sie ihre Augeninfektion hat, sagt er, sie solle

ihr Auge vorm Fernseher baden, als würden Frauen nur fern-
sehen. Wenn ihre Fingernägel dauernd abbrechen, verschreibt
Dr. Kindchen Vitamine für Schwangere. Sie hat nicht vor,
sie zu nehmen, und als der Apotheker ihr zustimmt und
stattdessen Gelatinekapseln vorschlägt, fängt Floria an, viele
Ratschläge Dr. Kindchens zu missachten, macht sich sogar
über ihn lustig, wenn sie zu Julian nach Hause kommt. Aber
Dr. Kindchen zieht gleich. Findet ihren Krebs

An ihrem Oberschenkel kratzt wispernd der Schwamm.

Sie will die Hände des Irish-Spring-Priesters nicht da haben

»Nicht.« Sie versucht sich auf die Ellbogen zu stützen.
Aber es ist das Mädchen vom Hospiz. Es taucht den
Schwamm in eine Schüssel mit lauwarmem Wasser und
wringt ihn mehr aus, als Floria es mag.
Wispern … Leute klopfen an ihre Tür. Leise Schritte auf
dem Teppich. Nachbarn murmeln ihr Tut-mir-so-Leid.
»Was können wir tun, um zu helfen?«
»Sie ist viel zu dünn.«
Nachbarn … Jeder mit einer Nase und einem Mund und
zwei Augen und zwei Ohren, aber die Anordnung ist so
unterschiedlich

Nase Mund Augen Ohren Gesichter in Geschäften und in
der U-Bahn betrachten, in der Menge, immer erstaunt, wie
einzigartig ein jedes aussieht, bei all den vielen Menschen,
die es auf der Welt gibt, und jeder hat die gleichen vier Be-
standteile. Nase Mund Augen Ohren …

»Wie geht es ihr, Julian?«
»Die Tante meines Schwiegervaters hatte das Gleiche.«
»Schneeregen. Das haben sie im Wetterbericht angesagt.«

»Schokolade, ein Zwei-für-den-Preis-von-einer-Angebot, aber nur bis Freitag.«

Floria mag Barricini's lieber als Loft's. »Nicht ... Loft's ...«

»Wir finden Al Gore nicht gerade attraktiv, aber er sieht nicht schlecht aus.«

»Zu wohlerzogen. Er hätte um die Stimmen, die ihm gehörten, kämpfen sollen.«

Ein Dieb stiehlt weiter, wenn er nicht daran gehindert wird. Wenn das Gesetz Malcolm nicht gehindert hätte, wäre er mit ihr ins Weiße Haus gezogen. Stattdessen versuchte er, mit ihr nach Co-op City zu ziehen, auf Sumpfland gebaut, auf gescheitertem Freedomland. Die Hälfte der Leute vom Concourse zog nach Co-op City, was das Viertel veränderte. Schnurrbart-Sheila hat es anfangs gefallen, dann klagte sie über strukturelle Probleme

»Nicht für ... mich.«

Floria weiß, was es heißt, die Frau eines Diebes zu sein. Dir nichts anmerken lassen, auch wenn du dich wegen seiner Prahlerei und Grabscherei und Überredungskünste schämst. Aber Malcolm mag das Neue, Aufbrüche. »Es ist auf dem Land hinter Pelham Bay Park«, sagte er. »Und es ist erschwinglich. Guck es dir wenigstens an.« Aber beim Ansehen bestätigte sich, was Floria schon wusste — dass Co-op City hässlich war und dass sie nicht in einer hohen, schmalen Kiste wohnen wollte, so nah an den Wolken, dass du deine Kinder nicht mehr auf der Wiese spielen sehen kannst. In Schnurrbart-Sheilas Wohnung war ein Spalt in der Mauer entstanden, weil das Gebäude sich dehnte, als es sackte, und der Spalt wurde mit Beton gefüllt

Franklin ... betet über ihr. Franklin, der Belindas Priester ist und Geschichtslehrer wurde, als Malcolm starb und sein Dachdeckerunternehmen zusammenbrach, weil es nur von Malcolms Tricksereien zusammengehalten worden war. Franklin betet jeden Abend zwei Stunden, und Belinda ist eifersüchtig. Eifersüchtig auf den Gott ihres Mannes. Eifersüchtig auf Bianca.

Floria schließt die Augen, damit sie ihre Stimmen deutlicher hören und den Atem des Schnees ausblenden kann, der gegen die Fenster drückt, Schnee

an dem Tag, als sie Julian kennen lernt, aber Malcolm heiratet. Weiß auf Weiß

»Du bist so tapfer, Julian.«
»Problem mit meiner Tochter ist – sie ist entschlossen, dass es diesmal ein Mädchen sein soll.«
Floria mag Franklin lieber als den Irish-Spring-Priester. Lieber als den Fernseh-Bischof

»Glauben Sie das Unglaubliche, und Sie können das Unmögliche erreichen.« Aber zwei Männer tragen den Fernseher aus ihrer Wohnung. Gepfändet

»Kein Fernseh ... bischof ...«
»Diese Sendung war der allerletzte katholische Kitsch.«
Leonora. Natürlich.
»Für einen anderen ist es vielleicht kein Kitsch.«
Leonora. Wieder dabei, sie und Franklin, über Religion

Leonora. Wieder dabei, sie und eine der Nonnen bei Anthonys Erstkommunion. »Bei all dieser katholischen Prüderie gibt es den Mythos der unbefleckten Empfängnis, der rechtfertigt, dass eine Frau ein Kind zur Welt bringt, das nicht das ihres Ehemannes ist.«

»Es ist kein Mythos. Es ist ein Wunder. Wegen Jesus.«
Leonoras Hals wird länger, gerader.

»Jesus hilft immer, wenn ich nervös bin«, sagt die Nonne.
»Ich brauche nur zu beten: ›Oh Jesus, Jesus, hilf mir.‹«

*»Ich glaube an die Offenheit gegenüber anderen Überzeu-
gungen … anderen Möglichkeiten.«*

*»Aber Jesus lehrt uns, die einzig wahre Religion ist die sei-
ne.«*

*»Alle Religionen geben uns Symbole, Dinge, die uns helfen,
uns etwas jenseits von uns selbst vorzustellen.«*

Die Nonne wird ganz aufgeregt. »Aber Jesus −«

*»Es ist zu wörtlich. Die Katholiken wollen immer alles vor-
buchstabiert haben, bis hin zu den Knöpfen an den Ge-
wändern der Engel. Und dann behaupten sie, ihre Bilder
seien besser als die anderer. So kontrolliert uns die katholische
Kirche. Sogar die Sünde wird von der Kirche kontrolliert.«*

»Wie können Sie das sagen?«

*»Weil sexuelle Gedanken und Gefühle als unrein gelten.
Kindern wird das Gefühl gegeben, sie seien unrein, wenn sie
Freude an der Beschaffenheit ihres Körpers und an Berüh-
rungen haben −«*

*»Sagen Sie mir, Schwester −«, Florias Vater unterbricht Leo-
nora, tritt vor, sodass er ihr den Blick auf die Nonne verstellt.
»Ich habe mich immer gefragt, was es mit dem Weihwasser
auf sich hat.«*

Die Nonne blinzelt.

*»Wie ist es entstanden, Schwester?«, fragt er und hört auf-
merksam zu, als sie das mit der Taufe erklärt und mit Jesus
und anderen Sakramenten und noch mehr Jesus …*

*Floria hat ihn so nie gesehen, ihren sanften Vater, der andere
nicht gern unterbricht, aber da ist er, schneidet Leonora das
Wort ab, hält sie von der Nonne fern. Und Floria wird
klar, wie er mit seiner Sanftheit die Macht in der Familie
innehat.*

268

Später sagt Leonora zu ihm: »Danke, dass du mir den Arsch
gerettet hast.«

»Habe ich das getan?«

»Das weißt du genau.«

Er lacht.

»Wahrscheinlich war das nicht der Moment, um über religiöse
Toleranz zu diskutieren.«

»Wenn du für zu viele Dinge kämpfst«, sagt er zu ihr, sanft,
»hast du am Schluss nichts.«

»… nie zu … jung um zu … glauben.« Aber zu jung, um zu
ficken. Als wäre Gott das wichtig. Da ist sich Floria sicher.

»Ficken …«

»Hast du das gehört —«

»Hat sie wirklich gesagt, ich denke, dass —«

»Ficken ficken … ficken …« Je älter Floria wird, desto
mehr gefällt ihr der Klang des Wortes und der Schock, den
es auslöst

nicht für sie, der hagere, geschlechtslose Jesus, der an seinem
Kreuz auf die Postulantinnen wartet, sondern der braun-
gliedrige Jesus auf dem Bild im Schlafzimmer ihrer Eltern,
der Jesus mit den tiefen-tiefen Augen, die menschliche Lei-
denschaft enthüllen

»Vielleicht hat sie sticken oder nicken gesagt oder —«

»… Ficken.«

»Floria hat eindeutig ficken gesagt.«

»Musst du sie ermutigen, Leonora?«

»Was hast du vor? Willst du sie auf eine Besserungsanstalt
schicken?«

»Es ist nicht witzig.«

»… ficken ficken …«

Leonora lacht.

»Angeblich soll es heute Nacht auf minus zwölf runter-
gehen.«

»Mohair.«

Floria überlistet sie und tut so, als könne sie die anderen
nicht hören.

*So, wie sie den Zahnarzt überlistet. »Ich merke das Lachgas
nicht. Ist es schon angeschaltet?« Wenn sie zu erkennen gibt,
wie sehr sie es mag, dreht er es runter. Lachgas verschafft ihr
köstlichste Orgasmen, die durch ihren Körper wogen – langsam und süß und gleichmäßig*

»Wie viel länger glaubst du, wird —«

»Könnten Sie … das … ein bisschen … höher … stellen?«

*Floria bittet den Zahnarzt und ermahnt sich, nicht vor Won-
ne mit den Hüften zu kreisen*

»Was macht sie jetzt?«

»Es sind die Schmerzen.«

»Mama, sollen wir dich auf die Seite legen?«

»Es … funktioniert nicht …«

»Das Gas ist voll angestellt«, sagt der Zahnarzt zu ihr

»Was funktioniert nicht, Liebste?«

»Sag uns, was wir tun können, Mama.«

Weil das mit dem Lachgas so ist, versteht Floria Süchtige.
Süchtige, die schlimmer sind als Zigarettenraucher mit Lö-
chern im Hals. Mit einem Mal ist sie sicher, dass ihr Zahnarzt es weiß

*dass alle Zahnärzte es wissen und bei Zahnarztkongressen
die Orgasmen für ihre Patienten planen, und das, was sie*

für ihre List hält, in Wirklichkeit die List der Zahnärzte ist, mit der sie die Patienten wieder zu ihren Bohrern locken

Sie muss lachen

und ohne Gas, stell dir vor

aber ihre Zunge stößt nur an den Gaumen.
»Tante Floria muss würgen. Guck —«
Eine breite Hand in ihrem Nacken. Julians.
Sie schmiegt die Zunge an den Gaumen.

Mein Geheimnis.

»Sie beruhigt sich wieder.«

Geheimnisse. Der Leopardenmann. Ameisen in einer Burg aus Ton. Geheimnisse, die Leonoras Wahrsagerin nicht sehen kann.
»Ich kenne eine Wahrsagerin auf der Burnside Avenue.«
»Ich mag keine Wahrsagerinnen. Sie machen dir Angst.«
»Diese ist anders. Ich war zweimal bei ihr. Schnurrbart-Sheila geht zu ihr, und die Wahrsagerin hat sie gewarnt, dass am Taxi ihres Mannes ein Reifen locker ist. Es hat gestimmt.«
»Und was hat dir die Wahrsagerin vorhergesagt?«
»Dass es einen anderen Mann in meinem Leben geben wird.«
»Das sagen sie alle. Du bist zu leichtgläubig.«
»Leichtgläubig … ein Wort zum Nachdenken. Naiv. Unschuldig. Treuherzig. Arglos.«
Dennoch geht Floria zur Burnside Avenue, steht mit offenem Kragen vor der Wahrsagerin.

Doch in dem Moment, als die Wahrsagerin Florias Kehle
berührt, reißt sie die Hand zurück. »Ich berechne nichts.«
»Was haben Sie gesehen?«
»Ich kann nichts über Ihre Zukunft sagen. Auch nicht über
Ihre Vergangenheit.«
»Warum nicht?«
»Keine Sorge. Ich berechne nichts.«
»Sagen Sie mir, was Sie gesehen haben.«
»Ich habe nichts gesehen. Deswegen berechne ich Ihnen
nichts.«
»Es ist mir egal, ob Sie etwas berechnen. Gucken Sie bitte
noch einmal. Bitte

»Gucken ... ganz genau ... bitte –«
»Wo sollen wir gucken, Mama?«
»Tante Floria?« Anthony. Über ihr schwebend

Floria ist wütend, dass die Wahrsagerin sie nicht warnt.
Weil sie sieht, dass ich Biancas Tod in mir trage, der so sehr
Teil von mir ist wie der Schoß, in dem Bianca gelebt hat.
Sowohl Leben wie Tod in meinem Körper trage. Aber was,
wenn die Wahrsagerin mich gewarnt hätte? Hätte ich meine
Töchter jede Sekunde bewacht? Alle Türen und Fenster ge-
schlossen gehalten? Sie an mich gefesselt, Tag und Nacht?
Ja. Hätte ich. Leichter, wütend auf die Wahrsagerin zu sein
als auf Anthony, der über mir schwebt, zu helfen versucht.
Immer da, zur Stelle. An dem Tag am Fenster, als Bianca
fällt

und jetzt an der Couch. »Tante Floria?«
»Schwebend ...«
Jemand weint, eine Frau, die Floria irgendwo gesehen
hat

in einem Geschäft vielleicht. Oder in einem Film. Und
für die weinende Frau zieht Floria den Hauch Schnee vom
Fenster und in ihre Stimme

damit sie deutlich sagen kann, was alle, wie sie weiß, von
ihr erwarten: »Ich ... will nicht ... sterben.«

Tod. Sie wütet gegen den Tod, heult ihre Angst an Malcolms
Brust heraus, wünscht, dass ihre Liebe Bestand hat, glaubt,
sie könne nicht weitermachen, wenn er stirbt. Eines Abends,
im ersten Monat ihrer Ehe, isst er ihr gegenüber am Tisch
Hühnchen Cacciatore, und sie ist plötzlich voller Panik, dass
er sich an einem Knochen verschluckt und stirbt. Oder an
dem Abend einschläft und stirbt. Wenn nicht jetzt, dann
morgen. Oder nächste Woche. Oder dass er auf einem Dach
zusammenbricht und stirbt. Oder auf dem Weg zur Arbeit
einen Unfall hat. Und stirbt. Stirbt. Doch dann kommt die
Zeit, wo Entfernung zu Malcolm das Begehrenswerteste an
ihrer Ehe ist, und sie gelobt sich, dass sie nie wieder zulassen
wird, solche Angst davor zu haben, jemanden zu verlieren.
Denn wenn der Wunsch, immer mit Malcolm zusammen
zu sein, sich erfüllt hätte, wäre es die Hölle gewesen. Und
doch, bei Julian wagt sie zu hoffen, dass für immer ist, was
sie beide wünschen und haben

»Noch einen Löffel, Mama?«
»Suppe ... Zeit für Suppe ...«
»Pssst – sie sagt etwas.«

Florias Mutter ruft alle mit dem zu Tisch, was sie gekocht
hat – »Zeit für Pfannkuchen ...«, »Zeit für Linguine ...« –,
und in ihrer Stimme liegen die Erinnerung und der Geruch
vom letzten Mal, als sie das Gericht gekocht hat: Fisch oder
Pfannkuchen oder Linguine oder Hühnchen. Nach dem

273

Sonntagsessen, während die Männer zu ihrem Nickerchen auf dem Sofa sitzen und die Kinder draußen mit Murmeln spielen oder Seilchen springen, schwebt die Stimme vom Küchenfenster: »Zeit für Käsekuchen …«

»Zeit für … Käsekuchen …«

Die Hände ihrer Mutter, sie streichen ihr übers Haar

nein … das Mädchen vom Hospiz. Es ist Floria peinlich, dass diese Fremde ihr verfitztes Haar berührt. Es wäscht. Wenn man Haar in einer Schüssel ausspült, wird es nie sauber

Floria liegt in der Wanne, schwenkt den Kopf unter Wasser hin und her, bis ihr Haar von selbst hin und her schwenkt. Wunderschönes Haar

»Joelle …?«

Der schlanke Junge tritt hinter sie, spreizt die Finger, hält ihren Schädel wie in einer Wiege. Joelle. Ein Mädchenname für einen Jungen. Schnell, sanft fächert er mit den Fingern nach oben durch das Gewicht ihres Haars, bis es ihr auf die Schultern herunterrieselt. »Sie haben wunderschönes Haar.«

»Wunderschönes … Haar …«
»Halten Sie bitte still. Ich bin fast fertig.«

Zwei Tage vor ihrer Hochzeit mit Julian, und sie betritt den teuren Salon auf der Madison Avenue – spontan und bereit zu fliehen –, um Rat zu erfragen, welche Frisur am besten zu ihrer Gesichtsform passen würde. Sein Gesicht im Spiegel hinter ihrem. Joelle. Kantiger Kiefer und die Augen eines Künstlers. Seine Schultern ungleich, ein bisschen zu hoch.

274

Wieder fächert er mit den Fingern nach oben. Und seufzt.
»Sie haben wunderschönes Haar.« Schon jetzt, nur indem
er ihr Haar berührt, leicht und voll und erneut, macht er ihr
Haar wunderschön, und natürlich bleibt sie und erlaubt ihm,
es zu schneiden. Zu teuer, um je wieder hierher zu kommen.
Mit Trinkgeld der Preis für ein richtig gutes Kleid. Aber für
ihre Hochzeit kann sie es rechtfertigen. Und sich für alle Zei-
ten ausmalen, sie wäre wieder da, bei Joelle, der die Finger
nach oben durch ihr Haar fächert, der ihr sagt: »Sie werden
überrascht sein, wie wenig Shampoo Sie jetzt mit dem kür-
zeren Haar brauchen. Anfangs wird es sich seltsam anfühlen,
als wäre nicht genug auf Ihrem Kopf, aber Sie werden sich
daran gewöhnen.« Joelle gibt ihr ein Abschiedsgeschenk, ein
Chamois-Tuch für ihr Gesicht, und ermahnt sie: »Spülen,
spülen, spülen. Ich hoffe, Sie kommen wieder.«

Die Frau weint noch immer.
»Ich … hoffe, Sie kommen … wieder«, sagt Floria, damit
die Frau sich besser fühlt.
»Aber Mama, ich bin schon den ganzen Tag hier.« Bianca.
»Spülen, spülen, spülen —«

Bianca rennt im Zoo voraus, in einem schnellen Tanz vor-
aus, schwingt die Arme in der Luft und ruft, wie sie die
großen Tiere liebt. »Die Gorillas und die Flusspferde, die
Rhinozerosse … und besonders Elefanten.«
Und Belinda hüpft hinter ihr her. »Ich mag Vögel lieber. Bei
den großen Tieren weißt du sofort, wo sie sind. Aber bei den
kleinen musst du ganz lange suchen, bis sich etwas bewegt.
Und dann denkst du: Da ist ein Tier. Aber vielleicht nicht

»Wartet … wartet auf mich … Kinder —«
»Es geht keiner weg, Tante Floria.«
»Wir sind alle da, Mama.«

»Wenigstens verlierst du die großen Tiere nicht«, ruft Bianca.
»Du weißt immer, wo sie sind.«
Kleiner, sie werden immer kleiner, ihre Kinder. Leicht zu
verlieren. Sie kriecht durch den Bus. Zwiebeln und Beine
und rosa Watte. Heiß. So heiß und staubig. Körbe. Werden
immer kleiner – »Wartet ...«
»Vögel sind glückliche Tiere.«
»Nicht, wenn sie in Käfigen sind.«
»Spatzen und Schwalben. Normale Vögel. Vögel drau-
ßen.«

»Wartet ...«
»Ich warte auf dich.« Julian. Zieht die Stola über ihre Schultern in den Farben von Kirchenfußböden, drei Grautöne,
zwei Terracottatöne.
Aber Floria wischt die Stola zur Seite

Meilen von Gaze

»... zu schwer ...«

und folgt ihren Töchtern, die tanzend auf den Nebel zu-
rennen, wie Marionetten auf und ab springen

»Alle sind da, Mama.«
»Das ist ... gut, Bianca ...«
»Aber ich bin Belinda.«
»Pssst. Lass sie.«

näher, sie kommt näher an ihre Töchter heran, sieht sie aber
nicht, hört sie nur, wie sie das Eletelefon-Lied aus der Schule
singen, schnell, als wäre es alles ein Satz: »Es war einmal
ein Elefant der ging so gern ans Telefant nein nein ich meine
Elefon der ging so gern ans Telefon doch beim Wählen mit

dem Rüssel geriet er in die Telefüssel und je doller er dran
zerrte je doller schrillt das Teleferrte ich glaub ich lass das mit
dem Lied von Elefass und Telefied

»… und Telefied …«
»Tante Floria sagt, sie will telefonieren.«
»Soll ich jemanden für dich anrufen, Liebste?«
»Gib ihr doch einfach den Hörer.«
»Hier ist er.«
»Jetzt will sie ihn nicht.«
Warme Hände an Florias Fußgelenken. Dünne Hände mit
langen Fingernägeln. Leonoras. »Lass mich dir die Füße
massieren.«
Floria macht das verlegen. »Julian … soll das … machen …
es ist etwas … Spezielles … zwischen uns …«
»Natürlich.« Schneller Kuss auf ihre Stirn. Leonora. Lippen,
die Florias brennende Haut kühlen.
Dann seine Hände. Julian weiß instinktiv, wo sie sich seine
Berührung wünscht. Wie

nach dem Tanzen. Massiert ihre Fußgelenke, ihre Fersen,
die fleischigen Ballen hinter den Zehen. Genau richtig. Seine
Zunge zwischen ihren Zehen. Hinter ihren Zehen. Sein
Haar

grau jetzt, grau und drahtig. Groß ist er, Julian, groß, und
seine Bewegungen sind eleganter als die seines Sohnes
Mick

es wird Frauen geben, die sich mit Julian einlassen wollen

»Mach schon … warte nicht … so lange …«
»Weißt du noch, wie lange ich schon auf dich gewartet
habe?«

*Sie sehen gut aus auf dem Parkett, sie und Julian, gelenkig
und jung für ihr Alter, das sagen alle; sie tanzen in Wett-
bewerben der Stadt — Cha-Cha-Cha, Walzer, Tango —,
gewinnen Pokale. Tango, mit Leonora Tango tanzen. Julian
ist der einzige Mann, der so gut tanzt wie Leonora. Bei
Florias erster Hochzeit tanzt er mit Leonora. Bei ihrer zweiten Hochzeit beobachtet Floria sie genau, überrascht, wie
eifersüchtig sie ist, trotz und wegen ihrer Liebe zu beiden:
ihre Liebe zu Julian, unmittelbar, ihre Liebe zu Leonora,
langsam wachsend, zunehmend seit dem Sambuca-Abend*

»... Sambuca ...«

»Habt ihr Sambuca da, Julian?«

»Der ... Leopardenmann ...«

Lachen. Leonora. »Da versteckst du dich also? Viel
Spaß ...«

»Aber Mama darf keinen Alkohol trinken, wegen der Me-
dikamente.«

»Spielt das jetzt eine Rolle?«

»Sag es nicht so, Tante Leonora.«

»Ich möchte nur, dass Floria bekommt, was sie möchte.«

»Danke ...« Floria weiß, dass sie und Leonora alles füreinander tun würden. Aus Liebe zu ihren Kindern

eins an den Tod verloren; eins an das Misstrauen verloren

Massiert ihre Füße, Julian

*bereitet ihre Füße aufs Tanzen vor. Jetzt. Leicht. So leicht,
wenn sie in dem Nebel tanzt, der halb durchsichtig ist, Spitze und Gaze, Weiß auf Weiß, und Julian zurücklässt. Der
Krebs hat sie in das höchste Alter verbannt, eine Generation
vor Julian, und jetzt wird er sie nie mehr einholen. Er tut ihr
Leid. Eine Stimme spricht ganz in der Nähe, so nah, dass*

Floria das Murmeln der Stimme in ihren Schläfen spürt …
über Löffel und gesprungenes Glas und sich beeilen müssen.
Murmeln

ihre eigene Stimme, murmelt von Löffeln, obwohl sie nicht
weiß, was es bedeutet, außer dass es wichtig ist und dass es
herauskommen will.
»Was ist, Mama? Was sagst du da?«
»… Löffel .. warte auf … mich … Bianca?«
»Ich bin hier.«
Aber Floria sieht, dass es Belinda ist.
»Ich höre zu, Mama.«
»Jetzt willst du … zuhören. …«

Belinda hört an dem Tag nicht zu, als Floria sich Victors
Auto leiht, um sie zu ihrem Studentenwohnheim zu fahren.
Ein College nur wenige Meilen von zu Hause entfernt, aber
Floria redet immerzu … redet − obwohl sie weiß, dass sie
aufhören muss −, als hätte sie nur diese vierzig Minuten
im Auto, um all ihre Weisheit an ihre Tochter, die sie nicht
ansieht, weiterzugeben. Wie verletzt sie in der Halle ist, als
Belinda sagt: »Die anderen Mütter sind nicht hier.«

»… viele andere … Mütter …«
»Mama?«
»Viele andere Mütter, sicher …« Julian, die eine Hand leicht
auf ihrem wehen Bauch, die Augen so angsterfüllt. »Ist gut.
Ist gut, Liebste.« Flüstert den Besuchern zu: »Am besten,
wir stimmen ihr zu. Damit sie sich nicht aufregt.«
»Aufregt …«

Floria kann da Dinge erzählen, die alle aufregen würden …
Geheimnisse, die in ihr ruhen und die manchmal flackern,
als wären sie auf der Leinwand des RKO-Kinos, die sie

279

aufschrecken mit einem plötzlichen Das-bin-ich-das-bin-ich-das-bin-ich. Geheimnisse. Die Signora, die ihr eines Morgengrauens im Februar beibringt, wo Frauen ihre Lust finden. Verschnörkeltes schwarzes Eisen an den Stufen zum Haus ihrer Eltern. Die Tontöpfe ihrer Mutter, Geranien, rosa, in den schwarzen verschnörkelten Halterungen unter den Fenstern. Ein rosa Garten, das gefällt ihrer Mutter. Rosa wie die Höhle in Florias Seele, als sie sich Emily ausreißt. Eine Leere, die auf die Signora wartet

»Du kannst … das Rosa nicht … im Winter sehen.«
»Ist dir kalt, Liebste?« Wieder diese Stola

Belinda hat Schwierigkeiten, in Stoffgeschäften zu atmen. Es ist die Appretur, die ihre Nebenhöhlen verstopft. Emily schaut in das Skizzenheft: Linien und Farben aus Geschäften, aus Zeitschriften, sogar von der Straße. Stile und Stoffproben und Nähtechniken. Eine gewisse Falte. Entwürfe, die Floria genäht hat, und Entwürfe, die sie nie nähen wird. Emily … Weggezogen? Schon tot, wie die Nonnen im Opernhaus?

»Und wessen … Tod …«
»Mama? Geh noch nicht, Mama.«
»… sterbe ich … denn?«
»Aber es geht dir schon wieder besser, Tante Floria.«

Nonnen, die auf die Guillotine warten. Ein Tod, der schwerer ist als der, den ich sterbe. Das Herunterknallen der Klinge, während die restlichen Nonnen Schlange stehen, Choräle singen: »… ein Telefant nein nein ich mein ein Elefon der ging so gern ans Telefon doch beim Wählen mit dem Rüssel …«, Stimmen, die sich verlieren, bis nur noch eine übrig ist. Dann Stille. In den Damentoiletten ein Summen von Stimmen, die sich verlieren, als Kabinen sich leeren, andere

Frauen sie betreten. Türen, die knallen wie das Knallen der Guillotine. Floria hätte beinahe laut gesagt, dass sie alle wie wartende Nonnen sind. Aber sie ist verlegen. In der Subway sagt ihr Vater: »Du hättest es ihnen sagen sollen.« *Verschiedene Arten zu sterben. Eine Guillotine. Ein offenes Fenster. Tanzend rennen, die Hügel oberhalb der türkisfarbenen Bucht, hüpfen*

»Vorsichtig … Kinder …«

tanzend rennen auf Pfaden in der Farbe von Dünen und Erde, vorbei an Eseln und Felskanten, Thymian und Rosmarin zertretend. Weit unten die Häfen von Santa Margherita und Rapallo. Tore zu Olivenhainen und Weinbergen, zu Gehöften und Schuppen. Und das Echo von Tauben, das den Mädchen folgt, die fallen oder ertrinken oder tanzend rennen, weg von dem Geruch von Fisch und Mangos und Tieren, dem Glitzern von Ringen entgegen, die wie einer aussehen, nicht wie zwei

»Nicht anfassen …«

das Unglück und das Glück eines anderen Menschen an ihrer Haut

»Ich prüfe nur den Sauerstoff, Kindchen.«

zurück aus Italien fragt sie andere, was sie mit den Ringen gemacht hätten. Leonora: »Ich hätte sie behalten.« *Ihr Vater:* »Sobald du einen jungen Vogel aufhebst, schadest du ihm. Wegen deines Geruchs füttert ihn die Mutter nicht mehr.«

»Vögel … junge Vögel … Ringe sind keine −«
»Richtig, Kindchen.«

die Vögel auf dem einsamen Pfad im Olivenhain in Ruhe
lassen. Aber was für dich einsam ist, ist für einen anderen ein
bedeutsamer Ort

»Nicht … stören …«
»Entschuldigung, wenn ich Sie gestört habe, Kindchen.«
»… das Schnittmuster.«
»Machen Sie bitte eine Faust. Sehr gut.«
»Kommt der Priester wieder, Julian?«

Priester und Ärzte. Verwöhnte Männer, alle miteinander,
Gehorsam heischend. Erlauben Bianca und Belinda nicht,
die Ringe anzufassen

»Jemand … hat sie hier hingelegt … absichtlich.«

Rosmarin und Thymian, und dein Urgroßvater wandert
durch Ligurien, ein junger Mann, der durch einen Oliven-
hain wandert, wo die Sonne durch die Bäume fällt, auf
etwas Leuchtendes auf dem Pfad trifft. Wassertropfen? Ein
Spinnennetz? Silber … ein Ring. Nein, zwei Ringe …
glatt, abgetragen. Einer ein Ehering. Der andere ein Ring
von vier miteinander verwobenen Knoten, der auf der In-
nenseite angelaufen ist. Dein Urgroßvater legt die Ringe
im nächsten Dorf, in das er kommt, der Madonnenstatue
zu Füßen. Einen Tag später hört er von einem Wunder
auf dem Friedhof von Nozarego, dass die Madonna einer
jungen Frau zwei verlorene Ringe wiedergebracht hat, nur
Stunden, nachdem die Frau zu der Statue gebetet hatte, die
Eheringe ihrer verstorbenen Eltern, Ringe, die sie um den
Hals trug, weil ihre Finger dafür zu dick waren. Dein Ur-
großvater kehrt nach Nozarego zurück, klopft an die Tür
des Hauses, wo der Priester wohnt, erzählt ihm, wie er die
Ringe gefunden und bei der Statue hingelegt hat. Aber der

Priester will das nicht hören. Sagt deinem Urgroßvater, es
sei ein Wunder, und er sei das Werkzeug dieses Wunders.
Warnt davor, dass es ein Vergehen sei, dieses Wunder zu-
nichte zu machen, dass dein Urgroßvater das Wunder be-
stehen lassen muss. Der Priester nimmt ihn mit; er soll die
Familie der jungen Frau kennen lernen, und dein Urgroß-
vater heiratet die Frau in der Woche darauf und glaubt, das
eigentliche Wunder ist, wie die Ringe ihn zu ihr geführt
haben.

»Stillhalten, Kindchen. Sie können jetzt die Faust aufmachen.«

Deine Töchter, wie sie den Pfad raufrennen mit fliegendem
Haar, Steinbögen und Stufen und Mauern. Schuhe in einem
Fenster

»Nicht ... da reingehen. Sie —«

Kein Grund, deine Zwillinge zu ängstigen und ihnen zu sa-
gen, dass die Verkäuferin ihnen lieber die Zehen abschneiden
würde, als sie wieder gehen zu lassen, ohne enge enge Schuhe
gekauft zu haben

»Sie erwarten ... dass du ... etwas kaufst.«

Pflaumenjoghurt kaufen, zwei in einer Packung, eine Pa-
ckung, lila bedruckt mit verschrumpelten Pflaumen. Vitas-
nella. Con pezzi di prugna

»Ich würde trotzdem empfehlen, dass Ihre Frau ins Kran-
kenhaus kommt.« Dr. Kindchen.
»Das will Floria aber nicht.«
»Ihre Frau hätte es dort viel bequemer. Und ich ebenso.«

»Es geht … nicht um Ihre … Bequemlichkeit … Dr. Kindchen.«

»Floria und ich haben das besprochen.« Julian. »Wir wollen
das nicht. Anthony? Hilfst du mir, deine Tante ins Schlafzimmer zu tragen?«

»Natürlich.«

»Heb ihre Beine. Vorsicht. Genau so. Ich nehme ihre
Schultern.«

*Zwei Männer, um eine abgemagerte Frau zu tragen. Jahre-
lang der Wunsch, weniger zu wiegen, und jetzt vermisst du
diese Schwerkraft. Noch eine Art des Alleinseins. Wann
auch immer du es begriffen hast, dieses Alleinsein, es überlistet dich, führt dich eine Stufe weiter. Und doch, je mehr
allein du bist, desto näher kommst du an dich selbst heran*

Julian schaltet das Licht aus, und es ist wieder Nacht, seine
Gestalt neben dir, seine Trauer. Seine kühlen Finger gleiten über deinen Hals, dann deine Stirn, als wärst du zerbrechlich. Was du brauchst, ist die Masse seines Körpers auf
deinem

*die dich verankert, die mit dir nach deinen Töchtern im Af-
fenhaus sucht, das sich zur Kirche öffnet, wo die Madonna
für immer und ewig das Baby stillt, das schon der Mann ist,
der an das Kreuz in der Nähe genagelt ist, dann hinaus in
den Nebel der Piazza – »Dampf macht es leichter … gut so,
Floria Mädchen, schön weiteratmen …« – silbriger Nebel,
und in diesem Nebel ein Mädchen, das tanzend rennt, auf
dich zurennt, ohne Hilfe, nicht mehr humpelnd, sondern
spielerisch, Bianca, zauberhaft tanzend rennt sie, und Belinda hinter ihr, hüpfend, beide in Samtmänteln, beide dir
wieder zurückgegeben, und noch einmal ist die Zeit für immer und ewig. Für immer und ewig fällt Bianca*

284

für immer und ewig schmiegt Julian sich an deine Seite,
behutsam, um nicht zu zerdrücken, was von dir übrig ist

*für immer und ewig vom Bett der Signora aufstehen. Wie
viel wärmer der Körper der Signora ist … Floria bedauert
es nicht. Viele Jahre lang fühlte es sich an wie etwas, das
sie vorbringen musste, worüber sie sprechen, was sie ruhen
lassen musste, um von dort aus weiter zu machen. Nur dass
sie es nicht gestand. Nicht Malcolm. Nicht Julian. Es gibt
eine Loyalität Geheimnissen gegenüber – sie gehören dir,
dir allein, sie halten an dir fest, wenn sonst nichts hält –,
und jetzt glaubt Floria nicht mehr, dass jemand, nicht einmal ein Ehemann, ein Recht darauf hat. Wenn überhaupt,
dann wünscht sie sich, mehr Geheimnisse zu haben, weil
das Gewicht all dessen, was nie vorgebracht wurde, so kost-
bar geworden ist, so vertraut, dass sie, gäbe sie es preis, noch
leichter würde*

ANTHONY 2002

Akte der Gewalt

Meine Mutter macht einen Selbstverteidigungskurs im Kellergeschoss einer Pfandanstalt in der 149sten Straße Ost, im rauesten Viertel der südlichen Bronx. Von den neun Kursteilnehmern ist meine Mutter die älteste. Die einzige andere Frau ist halb so alt wie sie und hat einen Massagesalon in der Nähe von dem ehemaligen Kaufhaus Alexander.

Bisher hat meine Mutter gelernt, sich aus einem Würgegriff zu befreien, jemanden anzugreifen, der sich ihr mit einem Billardqueue oder einer zerbrochenen Flasche nähert, einem Angreifer die Nase oder den Ellbogen zu brechen. Wenn sie mich und Joey übers Wochenende in Brooklyn besucht, bringt sie uns frischen Mozzarella von der Arthur Avenue mit und will ihre Griffe auf dem Patio üben, wo ich den Tisch decke.

»Komm her, Joey, würg mich von hinten.«

Mit elf ist mein Sohn schon einen Kopf größer als meine Mutter, und wenn er auf sie zugeht, bewegt er sich mit einer Anmut, die ich in seinem Alter bestimmt nicht hatte. Er hat Idas Körperbau, lang und schmal.

Ich packe ihn am Ellbogen. »Ich glaube, es ist keine gute Idee, deine Großmutter zu würgen.«

»Dann würg du mich, Anthony«, sagt sie.

»Lass uns essen. Ich habe Dads Minestrone für dich gekocht.«

287

»Wir können essen, wenn du mich gewürgt hast.« Weißes Haar wirbelt um das altersfleckige Gesicht meiner Mutter, verwandelt sie in ein Negativ der Mutter, bei der ich aufwuchs, der Mutter mit tiefschwarzem Haar und einer Haut, die so weiß war, dass sie leuchtete. Als ihr Haar verblich, fing das bei ihrer linken Augenbraue an, bis ihr ganzes Haar weiß war, als wäre das die ganze Zeit ihre wahre Farbe gewesen, die nur gewartet hatte.

»Aber Billardqueues?«, frage ich sie. »Zerbrochene Flaschen? Wo sollst du dich nach Ansicht dieses Mannes schlagen? In Bars?«

»Er hat als Rausschmeißer gearbeitet.«

»Cool«, sagt Joey.

»Gar nicht cool.«

»Cool«, wiederholt er, Trotz in den Augen – das erste Aufflackern von Hass? –, und während ich noch überlege, was meiner Beobachtung entgangen ist, weiß ich, dass er mich wieder so ansehen wird.

»Der Trainer sagt –« Sie senkt die Stimme. Macht sie abgehackt. »Fest zuschlagen. Dann abhauen. Die Gerichte geben den Verbrechern mehr Rechte als den Opfern. Jemand kann Sie anzeigen, wenn Sie ihn nicht fertig machen. Hinterlassen Sie nicht Ihre Visitenkarte. Gehen Sie nach Hause. Lesen Sie am nächsten Morgen davon in der Zeitung. Sagen Sie sich: Ein Raubmörder ist also umgebracht worden … hmm … Was soll man davon halten?«

»Was soll man davon halten?« Joey macht den Akzent nach. »Ein Raubmörder ist also umgebracht worden. Hmm.«

Ich beneide sie um ihre Erregung, ihre Verbindung. Dränge mich dazwischen. »Was für eine Vergangenheit hat dieser Mann?«

»Er ist über vierzig, ungefähr zehn Jahre jünger als du, Anthony. Ist als Junge aus Norwegen gekommen. Hat immer noch ein Gesicht wie ein Junge, mit diesen –«

»Das habe ich nicht gefragt.«

»Aber das ist meine Antwort.«

»Was für eine Schulbildung hat er?«

»Ein bisschen von allem.«

»Das hätte ich gewettet.«

»Er hat den schwarzen Gürtel und gibt noch andere Kurse.«

»Kurse, wie man eine Spirituosenhandlung überfällt? Eine Bank?«

»Kurse in Karate. Judo. Kickboxen.«

»Du könntest dich für einen Selbstverteidigungskurs für Frauen anmelden. Ich bin mir sicher, der YWCA bietet solche Kurse an … mit anderen Frauen.«

»Falls ich angegriffen werde –«, meine Mutter richtet sich zu ihrer vollen Größe von einem Meter dreiundfünfzig auf, »– ist es unwahrscheinlich, dass mein Angreifer eine Frau ist. Also sollte ich gegen Männer üben. Und dieser Trainer weiß eine Menge. Er coacht auch Feuerwehrleute.«

»Und Schlägertypen, wette ich.«

»In der Woche nach dem 11. September hat er zwei Kurse angefangen, die nur für Feuerwehrleute waren.«

»Glaubst du wirklich, dass du mit dem, was er dir beibringt, Terroristen aufhalten kannst?«

»Es ist viel komplizierter, Anthony.«

»Du hast gesehen, wie es am Ground Zero aussieht.«

»Und ich werde es nie vergessen.« Meine Mutter war im letzten Oktober dabei, als Ida und ich mit Joey zum Ground Zero fuhren und auf dem Gehweg standen, dicht gedrängt neben Menschen aus anderen Kulturen, alle sprachlos, alle voller Trauer vor dem, was ein Massengrab geworden war. Viele von uns haben geweint. Niemand hat gedrängelt.

Bis plötzlich eine junge Frau mit messingfarbenem Haar und Messingstimme zu schieben anfing und rief: »Leute, bewegt euch. Geht weiter. Das hier ist ein G-E-H-Weg.«

Ich war fassungslos. Die ganze Zeit hatte ich gezögert, hierher zu kommen, Joey dies zu zeigen; aber er hatte zu Ida und mir gesagt, bevor ihm je wieder irgendein Teil von Manhattan Freude machen würde, müsse er am Ground Zero weinen. Und das tat er auch.

»Kapiert ihr, Leute? Ein G-E-H-Weg.« Billige Lederjacke. Billiges Make-up. Eine Stimme, die einen Kontinent aufrütteln könnte. »Kapiert?«

»Ruhe«, sagte jemand.

»Also … geht weiter, Leute.«

Aber während sie so rumschrie, musste ich lächeln – zum ersten Mal seit Wochen –, weil sie der einzige Funke Leben und Energie hier war: Sie war das wahre New York. Wir sprachen hinterher über sie, als wir über den Washington Square gingen, wo Jongleure von Zuschauern umringt waren, wo Paare sich im Gras sonnten. Normal. So wie immer. Das Leben ging so weiter, wie es vor dem Angriff gewesen war.

»Ich brauche dich zum Üben, Anthony«, sagt meine Mutter zu mir.

»Ich will dich nicht würgen.«

»Kannst du mich wenigstens vorn am Kragen packen?«

Vorsichtig prüfe ich eine Ecke ihres seidenen Kragens zwischen rechtem Daumen und Zeigefinger.

»Doch nicht so.« Sie verdreht die Augen zum Himmel. »Herrgott nochmal. Du willst doch keinen Stoff kaufen.«

Wie kann ich ihr sagen, dass wir das auf uns ziehen, was unsere Leidenschaft in Anspruch nimmt – was wir heftig fürchten oder lieben oder begehren oder hassen –, und dass ich Angst habe, sie könnte mit ihren Kursen Gewalt auf uns ziehen. So wie ich Gewalt auf meine Familie gezogen habe. Als Junge war ich fordernd – quengelig, nannte sie es –, bis ich Angst davor bekam, mir etwas zu wünschen. Wenn etwas so Schlichtes, wie sich einen Schablonenkasten zu wünschen, töten konnte, dann, so beschloss ich, würde ich mir nie mehr etwas wünschen. Aber in mir wuchs das Wünschen zu einem gefräßigen Biest. Meine Lebensarbeit: es eingesperrt zu halten.

Meine Mutter beobachtet mich aufmerksam, so aufmerksam, dass ich mich frage, ob ich laut gedacht habe. »Es gibt Dinge, die wir uns vergeben müssen, wenn wir weiterhin atmen wollen«, sagt sie langsam. »Gewisse Dinge, die wir getan haben … als Kinder, Anthony. Besonders, wenn wir sie getan haben, um unsere Familien intakt zu halten.«

Wir?

»Aber ich habe uns nicht intakt gehalten«, erinnere ich sie.

»Du hast es versucht.«

»Und … was für böse Dinge hast du als Kind gemacht?«

Sie will nicht antworten, kann mir keine Sünden anbieten, aber in ihren Augen sehe ich ein Vermächtnis von Sünden, die kein Sohn sich bei seiner Mutter vorstellen sollte.

»Ich verstehe das nicht.«

»Vergebung«, sagt sie, »kommt in der Gestalt eines roten Regenschirms. Kommt im Kanter eines Pferds.«

»Ich verstehe immer noch nicht.«

Sie nickt. Setzt sich. »Können wir jetzt essen?«

»Aber – natürlich.« Ich gebe ihr, was ich gut kann. Essen.

Sie nimmt einen Löffel voll. »Dieses kleine bisschen Schinken … nur ein Hauch, wie dein Vater die Minestrone gemacht hat. Wunderbar. Wie geht es Ida?«

»Na ja.«

»Sprecht ihr?«

»Ja.«

»Miteinander?«

»Natürlich sprechen wir miteinander. Wir müssen unsere Besuche bei Joey absprechen.«

»Nenn es nicht Besuche.« Sie rollt ihre Serviette auseinander. »Vater zu sein, heißt nicht, dass du dein Kind besuchst.«

»Glaubst du nicht, dass ich gern immer mit Joey hier leben würde?«

Ida und ich wohnen abwechselnd in diesem Haus und in der Wohnung über unserer Buchhandlung, damit Joey in einer vertrauten Umgebung bleiben kann. Bei der Arbeit manövrieren sie und ich umeinander herum – freundlich und hilfsbereit, so muss es unseren Kunden erscheinen –, sie in der Buchhandlung, ich in dem dazugehörigen Café, wo ich, umgeben von dem Geruch von Knoblauch und Käse und Rosmarin, die Mahlzeiten nachkoche, die ich als Kind liebte. Das meiste, was ich übers Kochen weiß, kommt von meinem Vater und von Tante Floria: sein Können, ihre Leidenschaft. »Italienisch essen – die angenehmste Art, allein zu sein«, schrieb einer der Restaurantkritiker. Ich stelle mir gern vor, dass die Menschen hierher kommen, um allein zu sein, zufrieden, während sie essen und lesen. Wenn ich ihnen zusehe, habe ich weniger Angst vor dem Alleinsein. Und so gebe ich ihnen zu essen, überrede sie mit meinem Kochen wiederzukommen.

Ein Jahr vor unserer Hochzeit habe ich mich in Idas Unternehmen eingekauft. Davor half ich ihr immer im Café, nachdem ich tagsüber als Dachdecker gearbeitet hatte. So haben wir uns kennen gelernt, als sie eine Anzeige für einen Teilzeit-Koch aufgab. Es ist schwer, den ganzen Tag in Idas Nähe zu sein. Nachts werde ich von dem Gedanken an *Anderswo* heimgesucht, so wie ich es mir als Junge vorgestellt hatte – dass Männer außerhalb der Ehe nicht existierten. Ich habe es als kindliches Missverständnis beiseite geschoben, aber wenn ich nicht mit Ida zusammen bin, fühle ich mich genau in dem Sinne *anderswo* – nicht zugehörig, nicht verwurzelt. Es erinnert mich an Onkel Malcolm, und obwohl ich nicht im Gefängnis war, habe ich mich doch am Rande der Wohlanständigkeit bewegt. Nachdem ich angefangen hatte, Onkel Malcolm in seiner Dachdeckerei zu helfen, wusste ich nicht, wie ich wieder von ihm wegkommen sollte, bis er starb und ich frei war, das zu tun, was ich am liebsten tat. Als ich Ida heiratete, spürte ich, dass ich mich ihr gegenüber so weit öffnete, wie es mir möglich war. Und dann Joey gegenüber. Aber es gibt Teile von mir, die kann ich weder ihm noch Ida zeigen. Das Mindeste, was ich verdiene, ist die Einsamkeit davon.

Für mich. Aber nicht für sie.

ꙮ

In den Wochen, die ich im Haus bin, lade ich oft meine Mutter ein, weil sie Idas Abwesenheit mildert, weil sie die einzige andere Frau ist, die sowohl mich als auch Joey liebt. Aber in letzter Zeit ist nichts Mildes an meiner Mutter.

»Der Trainer hat uns gezeigt, wie wir jemandem die Faust in die Lenden rammen«, sagt sie.

»Als hieltest du einen Eispickel.«

»Wenn du diesen Mann zitierst, sprichst du immer mit einem künstlichen Akzent … wie in einem billigen Spionagefilm.«

»Als hieltest du einen Eispickel.« Joey versucht sich an dem Akzent. »Als hieltest du einen –‘«

»Das klingt genauso wie bei unserem Trainer«, sagt meine Mutter mit ihrer eigenen Stimme.

»Ich will nicht, dass Joey so etwas hört.«

»Du behütest Joey zu sehr.«

»Ich hätte nie erwartet, dass ich ihn vor dir behüten muss.«

»Vor mir?«

»Vor deinem Einfluss.«

»Sag das nicht.« Sie sieht erschüttert aus.

»Nicht vor *dir*. Entschuldige bitte. Vor deinen Selbstverteidigungsgeschichten.«

Hinter ihr sind die purpurfarbenen Glyzinienranken, die Ida und ich so radikal beschnitten hatten, als wir das Haus vor zehn Jahren kauften. Der Sandsteinbau hatte jahrelang leer gestanden und zerfiel langsam in einem Garten, der völlig von Giftsumach und Glyzinie und Klettertrompete überwuchert war, sodass wir Joey von dort fern hielten. Als Ida mich zum dritten Mal verließ – sechs Trennungen und fünf Versöhnungen bisher –, kaufte ich mir Industrie-Gummihandschuhe und machte mich mit Unkrautvernichtungsmittel und Heckenschere über den Giftsumach her und war erstaunt, welche Befriedigung es mir verschaffte, die langen Ranken auszureißen. Meine Rache. Als Junge hatte ich absichtlich Giftsumach berührt, um zu beweisen, dass ich, wie Kevin, immun gegen Giftsumach und Sünde und Strafe war, aber der brennende Ausschlag von Blasen bestätigte mir nur, dass ich nicht unbeschadet davonkommen konnte.

Unter dem Rankengewirr hinter unserem Haus fand ich ein tiefes Loch, das mit vermoderten Planken zugedeckt war. Ein Gemüsekeller, dachte ich, doch als ich die Leiter holte und hinunterkletterte – froh, dass wir Joey nicht in den Garten gelassen hatten –, war das Loch mit Schlackensteinen ausgemauert. Ein aufgegebener Atombunker aus den fünfziger Jahren, ungefähr zwei Meter fünfzig mal zwei Meter fünfzig. Olivgrüne Kanister mit Wasser. Zwei korrodierte Stablampen. Eine Metallkiste voller hart gewordener Pakete. Auf einem konnte man noch die Buchstaben erkennen: »General Mills«. Überlebensrationen, die uns, wenn tatsächlich eine Atombombe gefallen wäre, genauso wenig gerettet hätten, wie wenn wir uns in der Schule un

ter unsere Pulte gekauert hätten, Kinn nach unten, Arme
an die Ohren gedrückt, Finger hinter dem Kopf zum Gebet
gefaltet, so wie die Schwester es uns gezeigt hatte, damit
wir am Fegefeuer vorbei direkt in den Himmel kämen. *Alle
in Deckung.*

Dort, wo ich den Giftsumach ausgerissen und den Bun-
ker zugeschüttet habe, wachsen jetzt Flieder und Peonien,
Rosen und Klettertrompeten. Ich weiß, dass ein Teil des
Giftsumachs wegen seiner Wurzeln und der Beschaffenheit
der Erde in unserem Garten wieder auftauchen wird; aber
ich habe gelernt, ihn zu jeder Jahreszeit zu erkennen – auch
ohne seine glänzenden Blätter –, und zwar an den Tausend-
füßer-Härchen der Ranken, die sich an Bäumen festsaugen.
Ich habe gelernt, was ich tun muss, um ihn zu vernichten.

Unser Garten ist jetzt sicher: Ich habe dafür gesorgt.

Aber bei Konflikten ist das nicht so leicht. Da ist der
fortwährende Kampf zwischen Ida und mir: Sie möchte in
mein Dunkel klettern und mich verstehen, während ich mit
Schweigen gegen sie ankämpfe, um sie vor meinem Dunkel
zu schützen. Manchmal wünsche ich mir immer noch, ich
bräuchte tagelang nicht zu sprechen. Aber das geht nicht
mehr. Nicht als Vater. Wegen Joey habe ich gelernt, Wörter
aus mir herauszuziehen.

❧

Zuletzt wohnten wir drei nach dem Angriff auf das World
Trade Center zusammen, als Ida und ich entsetzt zu Joeys
Schule rasten. Wir nahmen ihn mit nach Hause, aber auch
da fühlten wir uns nicht mehr sicher. Nicht in unserem
Haus. Nicht in Brooklyn. Nicht in der Welt. Nach ein paar
Tagen hörten wir auf, die Fernsehnachrichten zu gucken,
und hörten stattdessen Radio, doch die Bilder der einstür-
zenden Zwillingstürme liefen in unserem Kopf ab – immer
und immer wieder –, wenn wir die Augen schlossen.

Ida und ich schliefen nicht gut, und immer, wenn einer von uns aufwachte, war der andere schon wach. Eines Nachts hörte ich sie aus dem Bett aufstehen, hörte ihre langsamen nackten Füße auf dem Holzfußboden, die Toilettenspülung. Dann wühlte sie sich wieder unter die Decke. Zitterte. Vier Uhr morgens, und das Haus war kalt.

»Vielleicht sollten wir uns«, sagte ich, »du weißt schon, eine Waffe zulegen?«

»Vielleicht … aber würden wir auch damit schießen?«

»Ich schon. Wenn Terroristen in unser Haus einbrächen, würde ich schießen.«

»Terroristen brauchen größere Ziele als uns. Ziele, die in die Nachrichten kommen.«

»Gebäude … Brücken … deine Füße —«

»Meine Füße?«

»Sie sind wie Eis.«

»Deswegen muss ich sie bei dir wärmen, Antonio.« Ida nannte mich Antonio, wie es auch meine Großeltern getan hatten. Früher hatte sie immer gesagt, die italienische Version meines Namens sei sexy, aber das hatte ich schon lange nicht mehr gehört, nicht seit sie mich beschuldigt hatte, ich würde sie nicht begehren. Und wenn ich sagte, dass ich sie sehr wohl begehrte, behauptete sie, sie könne nicht spüren, dass Begehren von mir ausgehe.

»Wir müssten die Patronen an einer anderen Stelle aufbewahren«, sagte sie. »Sie vor Joey verstecken.«

»Glaubst du, dass es wieder passieren wird?«

Ich zögerte. Ida fand, ich sei ein Zauderer. Zaghaft. »Eines Tages«, sagte sie gern, »wirst du schließlich eine Entscheidung treffen müssen, Antonio.« Jetzt, als ich spürte, wie sie wartete, sagte ich mit einer Sicherheit, die ich nicht empfand, ja, ich würde schießen und ich würde auf die Beine zielen.

»Was würde das nützen?«

»Es würde sie aufhalten.«

»Du kannst leicht daneben treffen.« Ida hatte früher immer *Cagney und Lacey* geguckt. »Außerdem, wenn du jemanden am Bein triffst, kann er dich immer noch verfolgen. Ganz abgesehen von den anderen Terroristen.«

Ich dachte über ein Versteck für die Patronen nach. Dachte daran, erschossen zu werden. Ich griff hinunter und rieb die Füße meiner Frau zwischen meinen Händen.

Ida seufzte. Kam näher. »Was machst du … da?«

Ich fuhr über die zarten knochigen Erhebungen auf dem Spann ihres linken Fußes.

»Deine Füße wärmen«, sagte ich und streichelte die zarten Stellen zwischen ihren Zehen, die rauen Stellen an ihren Hacken.

❦

Meine Mutter stellt einen Konditoreikarton mit Florentinern auf die Ablage, und als ich sie auf die Wange küsse, lehnt sie sich in meinen Arm. »Sieh ihn dir an.« Sie zeigt auf Joey, der den Rasen mäht und seine eigenen Spuren durchschneidet.

Er trägt sein rotes Jackett, auf das die Abzeichen aller Teams genäht sind, und die dazu passende rote Lederkappe. Als er uns bemerkt, winkt er. Hüpft. Geht zwei Schritte und hüpft wieder.

»Was für ein Schauspieler«, sagt meine Mutter zärtlich.

»Das hat er von dir.«

»Früh übt sich.« Sie winkt ihm zurück, und ein Hauch des Kellerschwimmbeckens geht von ihr aus – Chlor und Schimmel und modrige Schließfächer –, ein Geruch, den ich früher an manchen Tagen an Ida bemerkte, und dann bin ich direkt *da, im Wasser, mit Grandma Riptide, wir beide albern herum, wild, übermütig, als wären wir im gleichen Alter. Sie lässt sich auf dem Rücken treiben, zeigt mir, wie es geht: »Wenn du*

*erst einmal daran glaubst, dass du auf dem Wasser liegen kannst,
hast du nie wieder Angst unterzugehen.«* Meine Mutter hatte
den Schlüssel zu dem Schwimmbecken von Riptide geerbt, die ihn von Großtante Camilla geerbt hatte, und das
Gebäude ist so groß, dass andere annehmen, meine Mutter
wohne dort, sogar die Portiers, und sie freuen sich über die
großzügigen Trinkgelder, die sie ihnen in der Woche vor
Weihnachten gibt.

»Jede Woche mäht Joey ein anderes Muster«, sage ich zu
ihr. »Achten, Rauten, Gitter.«

»Das heißt, es macht ihm Spaß.« Sie ist glücklich, dass
sie ein Enkelkind hat, nachdem sie mich jahrelang – in
Restaurants oder in Geschäften oder auf der Straße – auf
»Schwiegertochter-Material«, wie sie es nannte, aufmerk-
sam gemacht hatte. »Diese ist intelligent«, sagte sie. Oder:
»So ein freundliches Gesicht … eindeutig Schwiegertoch-
ter-Material.« Oder: »Kein Schwiegertochter-Material.
Gierige Augen.«

Joey wirft einen Blick über die Schulter, geht aufrechter,
schneller, und mäht diagonale Streifen in den Rasen. Als
wir nach draußen gehen, auf das Brummen des Rasenmä-
hers zu, schaltet er den Motor aus.

»Ich will Kickboxen lernen, Grandma.«

»Kickboxen ist gefährlich«, sage ich zu ihm.

»Grandma macht es.« Grüne Augen wie meine. Frosch-
grün, sagt meine Cousine Belinda.

»Auch für deine Großmutter ist es gefährlich.«

»Nicht, wenn du es richtig machst«, korrigiert sie mich.
»Der Trainer nimmt von jeder Methode das Beste, das, was
am wirkungsvollsten ist.«

»Wie hast du den Trainer gefunden, Grandma?«

»In den Gelben Seiten.«

Ich stöhne auf.

»Ich habe bei vier Nummern angerufen, und dieser Mann

war der Einzige, bei dem an dem Tag ein neuer Kurs anfing, als ich anrief. Er sagte: ›Vorbeikommen und zugucken, und dann versuchen Sie es, wenn es Ihnen gefällt.‹«

»Warum war es so dringend?«, frage ich.

Sie reckt ihre schmalen Schultern, zarte Flügel, mit denen sie nirgendwo hinkommt, und ich möchte sie in die Arme nehmen, sie beschützen. »Früher habe ich gedacht, du kannst die Angst hinter dir lassen, wenn du es willst. Aber in letzter Zeit habe ich wieder Angst. Vor dem, was in unserem Land passiert. Fast täglich werden wir vor terroristischen Angriffen gewarnt, und —«

»Aber der 11. September ist wirklich passiert«, erinnert Joey sie.

»Ganz richtig.« Sie nickt. »Und es war schrecklich. Monströs. Deswegen ist diese Angst so echt – der 11. September ist passiert, aber er wird immer monströser, weil die Regierung ihn benutzt, um uns unsere Rechte wegzunehmen … angeblich zu unserem Schutz. ›Drängt euch dicht zusammen. Nur wir können euch beschützen.‹«

»Du musst aufpassen«, sage ich. »Wenn du solche Dinge laut sagst —«

»Sehen wir es uns im kleineren Maßstab an … eine Familie, in der ein Elternteil – sagen wir, der Vater – das Kind schlägt … dem Kind Angst macht. Angst vor ihm *und* Angst davor, etwas zu sagen. Und die ganze Zeit verspricht dieser Vater: ›Ich bin der Einzige, der dich beschützen kann.‹ Er bringt dem Kind bei, Angst zu haben. Erinnert das Kind an das, was passiert ist und wieder passieren kann.«

Joey nickt. »So wie wir an den 11. September erinnert werden.«

»Genau. Es ist nicht so, dass Terroristen uns jeden Tag angreifen. Aber es wird uns beigebracht, Angst davor zu haben, dass es wieder passiert. Die Regierung kodiert unsere Angst nach Farben, sagt uns, wie viel Angst wir heute haben müssen. Morgen. Und uns wird versprochen, dass der Einzige, der uns beschützen kann, derjenige ist, der uns warnt. Und so scharen wir uns enger um diesen Anführer. Erlauben ihm, uns mit Angst zu regieren.«

»Es ist nicht klug, diese Dinge laut zu sagen.«

»Das stimmt. Und diese Tatsache allein müsste dir zeigen, wie viele Rechte wir schon verloren haben. Erinnerst du dich an die drei Feuerwehrmänner, die in der Woche nach dem 11. September vom Dienst suspendiert wurden, weil sie die amerikanische Flagge nicht auf ihrem Wagen aufpflanzen wollten? Vielen Menschen wird immer noch zugesetzt, weil sie die Flagge nicht hissen. Es bedeutet, dass du nicht patriotisch bist. Hör zu, ich lebe schon sehr lange, aber dies ist viel schlimmer als die McCarthy-Jahre. Und es wird noch schlimmer werden, wenn wir dem nicht Einhalt gebieten. Wenn wir nicht Angstlosigkeit als unser Recht fordern.«

Ich werfe einen Blick auf Joey. »Nicht, wenn er dabei ist.«

»Joey kann sich selbst Gedanken machen. Bei diesem Gerede von der ›Achse des Bösen‹ habe ich mehr Angst vor unserer Regierung als vor den Terroristen.«

»Ich will nicht, dass Joey diese Dinge in der Schule wiederholt.«

»Wenn seine Lehrer was taugen, dann werden sie ihre Schüler zum Nachdenken bringen … über Nationalismus diskutieren … auch dessen Wirkung auf andere Länder, durch die Geschichte hindurch. Hast du keine Angst, dass wir unsere Redefreiheit ganz verlieren?«

»Eigentlich nicht.«

»Also … ich schon.«

»Tu mir einen Gefallen«, sage ich zu Joey. »Diese Diskussion muss im Haus bleiben, ja?«

Meine Mutter lacht. »Du klingst wie dein Vater, Anthony. ›Was immer die Amedeo-Familie im Auto bespricht, bleibt im Auto. Und was immer —‹«

»›— die Amedeo-Familie im Haus bespricht, bleibt im Haus.‹ Mein Vater war ein Mann von großer Weisheit. Aber wirklich, sag mir … Was haben deine Kurse denn mit alldem zu tun?«

»Wenn ich lerne, mich zu verteidigen, gibt mir das hier und jetzt die Möglichkeit, mich selbst zu schützen.«

»Es wird dich nicht vor Terroristen schützen.«

»Nein.«

»Auch nicht vor der Regierung.«

»Nein.«

»Dann —«

»Es schützt mich vor der Angst.«

»Die Moral dieses Mannes beunruhigt mich.«

»Unbedingt.«

»Er ist ein Opportunist.«

»Ein Opportunist. Ich bin froh, dass du das so siehst, Anthony.«

»Wieso auch nicht? Bedenk doch bloß, wie er den 11. September benutzt, um Werbung für sich zu machen.«

»Er ist ein Diktator.«

»Hal-lo …« Joey wedelt mit beiden Händen, um uns zu unterbrechen. »Hal-lo …«

»Ich würde ihn nicht einen Diktator nennen. Aber wenn er Kurse für Feuerwehrleute anbietet und Kapital aus dem —«

»Wir sprechen nicht von demselben Mann, Anthony.«

»Hal-lo …« Joey hat die Hände noch in der Luft. »Das versuche ich euch die ganze Zeit zu sagen.«

»Kein Wunder, dass wir uns einig waren«, sage ich.

»Lass uns so weitermachen. Lass uns über Regierung und Religion unter gleichen Voraussetzungen reden. Ich weiß, dass wir uns dann einig sind.«

»Ja. Mir wäre es lieber, sie würden sich gegenseitig befehden, als ihre Macht zu vereinigen.«

»Einverstanden.«

»Jetzt lass uns mal über die moralische Einstellung deines *Trainers* sprechen.«

»Oh ... seine moralische Einstellung macht mir auch Sorgen, Anthony.«

»Endlich.«

»Nein. Schon die ganze Zeit. Aber ich gehe nicht zu ihm, um Moralphilosophie zu studieren.«

»Es geht um Straßenkämpfe.«

»Das habe ich vor zu lernen.«

»Cool«, sagt Joey.

Ich sehe ihn warnend an. »Gar nicht cool.« Seit seiner Geburt habe ich Angst um ihn. Schon vor seiner Geburt. Deswegen habe ich gewartet, Vater zu werden. Zu lange. Ida wollte mindestens zwei Kinder; aber ich weiß, dass schreckliche Dinge geschehen.

Dass ich sie verursache.

⚘

Ida weiß nur, dass meine Cousine als Kind gestorben ist.

Zu einem frühen Zeitpunkt unserer Ehe, als Ida bei einem Familienessen fragte, wie es zu Biancas Tod gekommen sei, starrten mich alle an, und in diesem brutalen Moment – jenem brutalen und ewigen Moment ohne Ton – wurde mir klar, dass die Familie die gewalttätigste Einheit ist, und ich war mir sicher, dass Vergeltung aus meiner Familie kommen würde.

Tante Floria war die Erste, die den Blick abwandte. Der Tod ihrer Tochter war eine riesige Welle – eine Flutwelle geradezu –, die uns alle ergriff und in seltsamen Formationen zu Boden warf, aus denen wir uns bemühten, zu dem zurückzukommen, was einst vertraut war. Für jeden von uns war es anders. Es gab keine Klarheit, keine gemeinsame Sicht, nur widerstreitende Blickwinkel, die zusammenstießen und sich zu einem Mosaik ausrichteten, chaotisch und ordentlich, sich verschoben, wann immer einer von uns ein gewisses Maß von Schuldgefühlen an sich riss, das uns mit Bianca verbunden halten sollte: für meine Mutter die Tatsache, dass es passierte, während ich allein mit Bianca in der Küche war; für Tante Floria, dass sie nicht in der Küche war, um es zu verhindern; für Belinda, dass sie die Onyx-Giraffe versteckt hatte.

Für mich ist es natürlich jene letzte Minute am offenen Fenster.

Manchmal träume ich die Geschichte meiner Familie, eine Traumgeschichte, in der Bianca noch lebt. Das meiste ist ohne Textur und Farbe, als würde ich Schattentänzerinnen durch einen durchsichtigen Vorhang beobachten, flache Schatten, die schrumpfen oder hervortreten, je nachdem, wie nah am Licht sie sind, eine Gestalt plötzlich doppelt so groß wie die anderen, so wie Menschen drohend in deinem Bewusstsein auftauchen, wenn sie deine Gedanken beherrschen. Wenn eine der Tänzerinnen vor den Vorhang tritt, hat sie plötzlich die normale Größe, ist dreidimensional und trägt Farben: Rot und Gelb und Violett. In meiner Traumgeschichte ist der einzige Moment, der so herausragt – scharf, lebendig, unwiderruflich –, der, als Bianca vom Stuhl auf die Fensterbank klettert. Zahllose Male habe ich diesen Moment berührt, so wie die Tänzerinnen den gazeartigen Vorhang zwischen sich berührten und es so aussah, als würde die vordere Tänzerin hinaufgreifen nach der Hand der nach unten greifenden Schattenriesin hinter dem Vorhang. Zahllose Male habe ich den Moment revidiert, als Bianca auf der Fensterbank steht, und gewöhnlich gelingt es mir, sie in dem Augenblick erstarren zu lassen, *bevor* sie davonfliegt.

Das kann ich. Solange ich mir nichts mehr wünsche. Solange ich daran denke: Wünschen ist ein Grund, etwas nicht zu bekommen. Ich übe, nicht viele Dinge zu haben. Wenn sich Dinge anhäufen, verschenke ich sie.

Die Anstrengung, Bianca da, auf dem Fensterbrett, zurückzuhalten, verzehrt mich derart, dass ich mir manchmal wünsche, ich könnte sie fallen lassen, ihren Schrei hören, als sie zu Boden stürzt, an ihrem Grab stehen und zugucken, wie ihr Sarg in der Grube versinkt. Und das durchleben.

Niemand fragte mich: »Wie hast du sie zum Fliegen überlistet?« Und weil niemand das fragte, konnte ich meine Familie nicht mit der Wahrheit überfallen, konnte Geständnis nicht gegen Sühne einhandeln. Meine Buße: meine Familie mit meinem Schweigen umfangen zu halten. Anfangs habe ich Schweigen bewahrt, um mich selbst zu schützen. Dann, um meine Eltern zu schützen. Dann Tante Floria. Und jetzt meinen Sohn, obwohl ich vermute, dass es gerade das Schweigen ist, das lange über den Akt der Gewalt hinaus Schaden zufügt. Niemand erwähnt Bianca, wenn ich da bin. Trotzdem bin ich mir sicher, dass jedes Gespräch, das abbricht, sobald ich das Zimmer betrete, ein Gespräch über sie sein muss. Ich glaube, sie wollen, dass ich vergesse, dass Bianca je existiert hat. Aber ich will, dass sie existiert. Und an manchen Tagen schaffe ich es, mir einzureden, dass sie von selbst davongeflogen ist. Dass ich sie nur geneckt habe. Dass wir beide die lang gezogenen Seufzer eines Akkordeons gehört haben. Dass sie sagte: »Da ist Papa.« Und dass ich versucht habe, sie aufzuhalten.

❧

Wenn ich anbiete, meiner Mutter ein Taxi zu ihrem Kurs zu bezahlen, lehnt sie das ab und geht weiterhin zu Fuß von ihrer Wohnung zur Jerome Avenue, wo sie die Woodlawn IRT zur 149sten Straße nimmt und dann rüber zum »Hub«

geht. Da ist es aber noch hell. Wenn ich daran denke, dass sie allein im Dunkeln zurückkommt, wird mir ganz übel vor Sorge.

»Ich gehe gern zu Fuß«, sagt sie zu mir.

»Meiner Meinung nach ist dieser Kurs die gefährlichste Sache in deinem Leben.«

Sie versichert mir, dass die Kursteilnehmer sich Kunststoffpolster vorhalten, wenn sie in Gruppen ihre Tritte und Faustschläge üben.

»Das meine ich gar nicht, aber auch dabei könntest du dich verletzen. Manche dieser Typen müssen doppelt so schwer sein wie du. In deinem Alter —«

»Schlimm ist bisher nur, dass ich einen Ausschlag an den Füßen habe.«

»Und wenn jetzt einer dieser Typen aus der Gegend dir nachgeht?«

»Von den Teppichen da ... aber jetzt trage ich Socken.«

»Du hast mir erzählt, dass dir die Beine wehtun.«

»Nur meine Wadenmuskeln. Das heißt, dass ich kräftiger werde. Jetzt hör auf zu quengeln, Anthony.«

Ich durchforsche die *New York Times,* statt sie zu überfliegen. Plötzlich gibt es mehr Berichte über Blut und Gewalt in der Welt, und sie regen zu weiterer Gewalt an.

Am Mittwochabend rufe ich meine Mutter an, um mich zu vergewissern, dass sie von ihrem Kurs zurück ist. Aber niemand geht dran. Zehn Minuten später probiere ich es noch einmal. Nichts. Inzwischen hat Ida Joey sicherlich ins Bett gebracht. Das vermisse ich am meisten, wenn ich in der Wohnung bin, das Ritual, meinem Sohn Gute Nacht zu sagen, wenn ich seine Leselampe so drehe, dass wir Schattentiere an die erleuchtete Wand projizieren können, und wenn ich ihn frage: »Fühlst du dich auch wohl?«, und er mir antwortet: »Richtig wohl, Daddy.«

Wenn er nur in diesem Alter bleiben könnte, in dem er

damit zufrieden ist, die Schatten von Tieren in der Stellung seiner Hände zu finden. Immer wenn Ida an der Reihe ist, mit Joey im Haus zu wohnen, rufe ich oft an, denn die Wohnung fühlt sich kahl an, wenn die Buchhandlung und das Café unten geschlossen haben. Ich mache Pläne mit Joey für eine Radtour oder einen Besuch im Yankee Stadion. Ich besorge uns gute Plätze, obwohl ich eigentlich immer noch die billigen Tribünenplätze am liebsten mag.

Überall in der Wohnung sind Spuren von Ida. In unserem Haus auch, aber da bin ich wenigstens mit Joey zusammen und brauche Ida nicht ganz so sehr.

Um Viertel vor zehn erreiche ich endlich meine Mutter. »Sag mir doch einmal —«

»Warte mal, Anthony. Ich bin gerade reingekommen.«

Ich höre, wie sie den Telefonhörer hinlegt. Eine Männerstimme im Hintergrund. Ein Klacken. Ich bin drauf und dran, die Polizei anzurufen.

Ein Klicken. »Hörst du mich?«

»Wirst du von jemandem belästigt?«

»Ja. Von dir.«

»Was war das für ein Geräusch?«

»Meine Schuhe. Ich habe sie ausgezogen, damit ich auf dem Bett sitzen und die Füße hochlegen kann, während ich mit meinem Sohn telefoniere, der —«

»Ich habe eine Stimme gehört.«

»Also so etwas kommt in billigen Filmen vor, Anthony.«

»Ich kann hören, dass noch jemand bei dir ist.«

»Wahrscheinlich nur der Fernseher.«

»Es klingt nicht wie der Fernseher.«

»Ach … du hast wahrscheinlich James Hudak gehört. Er erneuert ein paar Kabel.« Ihr hat James immer Leid getan – sie hat ihm in der Zeit, als mein Vater bei Elaine war, manchmal Abendessen gemacht. Nachdem James' Großmutter gestorben war, übernahm er deren Mietvertrag, und

306

seitdem wohnt er im Erdgeschoss; er hat nie geheiratet, arbeitet ein paar Tage in der Woche als Kellner und macht für meine Mutter Reparaturen, im Tausch gegen ein Essen.

»Schließ gut ab, wenn James geht. Ich habe mir den ganzen Tag im Café Sorgen um dich gemacht.«

»Du solltest einfach nur kochen.«

»Ich kann kochen *und* mir Sorgen machen.«

»Du bist ein zu guter Koch, um dir dein Talent damit zu versauen, dass du dir Sorgen machst.«

✴

Als Nächstes rufe ich Ida an, versuche sie zurückzugewinnen, indem ich sie dazu bringe, sich mit mir über meine Mutter Sorgen zu machen. »Ich sehe meine Mutter schon zusammengekrümmt neben einem Müllcontainer, mit einer blutenden Stichwunde am Bauch. Oder im Sarg, die Lippen schauderhaft rosa geschminkt —«

»Rosa ist nicht ihre Farbe«, unterbricht mich Ida.

»Ich sehe meine Mutter vor mir, wie sie sich mit Tritten und Fausthieben gegen vier haarige Motorradfahrer wehrt, die ihr eine zerbrochene Flasche ins Gesicht schlagen.«

»Nachdem sie aus dem Sarg gestiegen ist?«

»Eine andere Situation. Ganz anders. Du nimmst mich nicht ernst. All das *könnte* ihr zustoßen. Ich sehe sie vor mir, wie sie im Koma liegt, jahrelang, an Maschinen angeschlossen, ihre Haut die Farbe von Salz. Ich sehe sie, Ida. Ich höre sie. Sogar in meinen Träumen sehe ich sie. Und jetzt will sie, dass ich sie angreife.«

»Joey hat es mir erzählt.«

»Mit Wörtern zu kämpfen, reicht ihr nicht mehr, sagt sie. Glaubst du, dass sie vielleicht … du weißt schon, dass sie senil wird?«

»Nein«, sagt Ida entschieden. »Leonora ist sehr klar und weiß, was sie will.« Ida liebt meine Mutter. Bewundert

307

meine Mutter. Einmal im Monat gehen die beiden in dem uralten Pool im Keller schwimmen, wo Grandma Riptide einst jeden Morgen nach der Messe ihre Meile schwamm.

»Früher hat sie von Theaterstücken gesprochen, die sie sehen wollte, und von ihren Freunden. Jetzt spricht sie nur von diesem Kurs. Ich glaube, sie mag die Gefahr.«

»Das glaube ich allerdings auch.«

»Wirklich?«

»Leonora braucht einen kleinen Kitzel.«

»Ich habe ihr angeboten, dass ich ihr helfe, in ein Haus mit Sicherheitsdienst zu ziehen. Die alte Gegend war früher fantastisch, aber jetzt ist es klaustrophobisch dort. Der Lärm, der Schmutz —«

»Sie wohnt da, seit sie eine junge Frau war.«

»Aber ich verstehe trotzdem nicht, warum sie da bleiben will.«

»Weil die Menschen sich mit der Gegend, in der sie lange gewohnt haben, identifizieren. Leonora kennt sich genau aus. Die Leute kennen sie. Die meisten Ladenbesitzer haben gewechselt, aber manche sind noch die alten. Außerdem ist sie nah an der Subway, sie kann mit dem D-Train in dreißig Minuten bei Macy's oder am Rockefeller Center sein.«

»Ja, aber —«

»All das hat offenbar eine Bedeutung für sie. Außerdem ist die Wohnung mietpreisgebunden.«

»Dauernd geht etwas kaputt. Immer, wenn ich da bin, repariert James Hudak irgendwas. Sie lebt in der Oase einer anderen Zeit, als wir noch die Fenster offen hatten und die Geigenstunden quer über den Hof hören konnten. Saxofonstunden. Als das Viertel ein kleines Dorf war und die Kinder auf der Straße spielten.«

»Du romantisierst die Jahre, bevor ihr eine Klimaanlage hattet.« Idas Stimme ist trocken. »Wo ich gewohnt habe, war es auch so. Wir haben eine Klimaanlage bekommen und die Fenster zugemacht, und wenn wir die Treppe raufgingen, hörten wir die Klimaanlage, nicht die Musikstunden.«

»Es hat uns einsam gemacht … das ganze Viertel verändert.«

»Und unser Leben komfortabler.«

»Wir konnten die Geräusche von anderen Familien nicht mehr hören.«

»Gott sei Dank.«

»Du gewinnst.« Ich lache.

»Es geht nicht ums Gewinnen, Antonio. Es sei denn …«

»Ja?«

»Es sei denn, der erste Preis ist, dass du mich schlafen lässt.«

Um Ida zum Wachbleiben zu verlocken, erzeuge ich Wörter. Täusche Gefühle vor. Öffne mich ihr, immer ein bisschen mehr. Lasse mich von ihr in die Sprache zurückspulen, in die Existenz zurückspulen, obwohl ich die ganze Zeit weiß, dass ich weder sie noch Joey verdiene. In den vierzehn Jahren unserer Ehe haben Ida und ich mehr Tage getrennt als zusammen verbracht. Das erste Mal hat sie mich verlassen, als Joey noch nicht gezeugt war, als es nur uns beide gab, und obwohl sie nach einundvierzig Tagen zurückkam und obwohl wir dieses Kind gemacht und aufgezogen haben, rechne ich damit, dass sie mich wieder verlässt.

»Wir haben alle dieses Dunkel«, sagte sie im letzten Winter zu mir. Es war Abend, wir waren in der Subway auf dem Weg zur Brooklyn Academy of Music, und ich fühlte mich von ihr so in die Ecke gedrängt, dass ich mich fragte, wie es wäre, wenn ich mit meinem Dunkel um sie werben würde. In dem Moment stolperte im Gang ein Mann in einem schmutzigen Mantel an uns vorbei, die Arme wie Flossen, und ich dachte: Mein Gott, wie bei mir, Tag für Tag, gezeichnet und isoliert. Wo sind sie hingegangen, die

Angst und die Furcht? Und dann wusste ich es. Weil sie hervorbrach, als er sich auf einen leeren Sitz hievte und darauf stellte und mit seinen Flossenarmen wild durch die Luft ruderte, während er kreischte: »Ich bin der Teufel. Ich bin der Teufel.« Ich sagte zu Ida: »Das bin ich. So ist es auch für mich.«

Ich habe Angst vor dem, was mit mir geschieht, wenn Ida jemand anderen findet, den sie lieben will. Ich glaube nicht, dass ich dies noch einmal mit einem anderen Menschen machen kann. Die Menschen bleiben nicht lange bei mir. Außer Joey. Aber er hat eigentlich keine Wahl. Meine längste Beziehung vor Ida hat sieben Monate gedauert. Ich wünsche mir so eine Liebe, wie mein Großvater und Riptide sie füreinander empfanden. Ich sehe sie, *wie sie auf dem Meer treiben und auf die Gelegenheit warten, aus der Strömung herauszuschwimmen, zusammen, den Sog zu überdauern. Während er in Riptides Umarmung dahintreibt, seine Hand auf ihrem Körper, und sie auf eine Weise umarmt, wie sie einem Fremden nie erlaubt hätte, sie zu halten, denkt mein Großvater daran, zu ertrinken und sie zu lieben. Und er wählt sie und nicht das Ertrinken.*

»Wenigstens kannst du mir nicht vorwerfen, dass ich mich von dir zurückziehe«, sage ich zu ihr.

»Du deutest immer noch alles falsch.«

»Was meinst du damit?«

»Dass du hinter ganz gewöhnlichen Gesprächen ein Programm vermutest.«

»Die Gespräche meiner Mutter über Töten und Verstümmeln sind nicht gewöhnlich.«

»Schlaf, Antonio. Deine Mutter ist dickköpfig. Stark.« Und sie ist fort, meine Frau, verlässt mich noch mehr, als sie mich schon verlassen hat.

☙

»Ich wünschte, ich könnte meine Beine beim Treten höher kriegen«, sagt meine Mutter, »und meine Fäuste gleichzeitig oben halten.« Sie beginnt mit der Stimme ihres Trainers: »›Es ist nämlich eine normale Reaktion, die Fäuste sinken zu lassen, wenn Sie treten. Alles eine Frage von TÜR.‹«

»Ich habe Angst zu fragen, was die Abkürzung bedeutet.«

»Timing. Überraschung – im Sinne von einem Überraschungsmoment. Und Ruhe – die Ruhe bewahren. ›Die drei wichtigsten Elemente der effektiven Selbstverteidigung. TÜR kann Ihnen das Leben retten. Hat einer Kursteilnehmerin bereits das Leben gerettet.‹« Die Stimme ihres Trainers ist abgehackt. Rau. »›Ein Vergewaltiger ist in das Haus einer Kursteilnehmerin eingebrochen. Hat sie bedroht. Sie hat so getan, als sei sie willig. Bis er die Hosen runtergelassen hat. Dann hat sie ihn gepackt. An den Eiern.‹«

Joey kichert.

»›Er wollte sie schlagen. Aber sie hat nicht losgelassen. Bis er um Gnade gebettelt hat. Dann hat sie ihn zur Tür gezerrt. Sie hat ihn rausgeschmissen. Er ist die Straße runtergerannt. Und sie hat sich ihren Baseballschläger genommen. Ist hinter ihm her und hat geschrien: Ich bin noch nicht mit dir fertig.‹«

»Jetzt will er, dass ihr Vergewaltiger jagt?« Ich bin wütend. Hilflos.

»Er sagt nicht, dass wir das tun sollen.«

»Ich würde den Trainer zu gern mit einem Baseballschläger oder etwas Schlimmerem jagen. Weil er euch ein falsches Gefühl von Sicherheit gibt.«

»Es ist nichts falsch daran«, sagt meine Mutter. »Und ich möchte nie mehr ohne dieses Wissen auf die Straße gehen.«

Jeden Morgen übt sie allein in ihrem Schlafzimmer. Ich stelle sie mir vor dem Spiegel vor – *immer noch anmutig, obwohl von langsamerer Anmut. Sie ist kräftig: Sie beobachtet das in ihrer Haltung, wenn sie tritt und sich dreht und boxt und sich streckt. Aber ihre Fußböden sind noch nackt und können einen Sturz nicht abfedern wie im Winter, wenn sie ihre Teppiche ausgelegt hat.*

Sie hat immer noch das Ahornschlafzimmer und die Familienfotos, die in der gleichen Anordnung wie früher über der Kommode hängen, einschließlich des Fotos, auf dem mein Vater mich in die Höhe hält, und des Fotos von ihr als Braut. Und das ist seltsam daran: ihr linker Ellbogen ruht auf einer Marmorsäule, die gerade bis zu ihrem Ellbogen reicht. Wenn ich mich nicht an genau dieses Foto mit ihr und meinem Vater erinnerte, dann würde ich vielleicht glauben, dass sie am Tage ihrer Hochzeit so, allein, für das Foto posiert hätte. Aber als ich klein war, standen sie und mein Vater zusammen auf diesem Bild, untergehakt, und ich möchte die Zeit dort anhalten, als alle, die ich liebte, in der Nähe wohnten, und als ich glaubte, meine Eltern würden für immer zusammen sein und die ganze Welt bestünde aus Wohnblöcken mit Teerstränden und Feuerleitern und Wäscheleinen und Nachbarn, die ihre Liegestühle auf dem Gehweg aufstellen, und Kindern, die Dosenwerfen und Hinkeln spielen.

Als das Hochzeitsbild verschwand, kam ein blasses Tapetenrechteck zum Vorschein, eine Nichts-Zeit vor dem Nichts-Jetzt. Es geschah am Tag der Verlobungsfeier meines Vaters, und ich war da, ein Zeuge seines Unbehagens, und die Zehen taten mir in den neuen Schuhen weh. Als ich am nächsten Morgen aufwachte, schlief Tante Floria, ihr Haar um sie herum ausgebreitet, auf einem Stuhl in unserer Küche und roch nach Lakritz; und meine Mutter lag allein im großen Bett, und auch sie roch nach Lakritz. Das Hochzeitsfoto hing nicht an der Wand.

Als es wieder auftauchte und das Nichts-Jetzt bedeckte, war mein Vater nicht mehr darauf; da aber niemand
diese Veränderung erwähnte, schien es gefährlich, danach
zu fragen, denn dann hätte mein Vater auch aus meinem
Babyfoto verschwinden können. Ich hatte Albträume, dass
ich auf den Deckenventilator zuschweben würde, wie ein
davonfliegender Ballon, und im nächsten Moment von den
Blättern zerschnitten würde, unfähig, auf den Fußboden
zurückzukehren, wenn die Arme meines Vaters mich nicht
zurückholten.

Das Foto verwirrt mich immer noch. Manchmal möchte
ich schwören, dass der Vorhang hinter der Marmorsäule
sich bewegt, als hätte ein Zauberer ihn berührt, der meinen Vater hinter den Stoff gezogen hat, und es ist seltsam
beruhigend für mich zu denken, dass mein Vater nicht dort
ist – im Himmel oder im Fegefeuer, und ganz bestimmt
nicht in der Hölle – sondern bei diesem Zauberer, wo er
ein anderes Leben nach dem Tod lebt als das, was der Priester bei der Beerdigung meines Vaters versprach, und hinter
dem Vorhang ungeduldig auf meine Mutter wartet: immer
noch in seinem Smoking, immer noch mit seinem Hauptgewinn-Lächeln, immer noch in dem Alter wie damals, als
er aus dem Foto verschwand, jünger als ich jetzt, halb so
alt wie jetzt meine Mutter und immer noch sehr nah, falls
sie ihn je zurückrufen wollte. Wartend. So wie ich auf Ida
warte.

Früher hatte ich gehofft, dass meine Mutter das Foto
gegen einen Abzug vom Original-Negativ austauschen
würde, und vielleicht hatte sie das auch vor, irgendwann,
als sie meinem Vater nicht mehr misstraute. Ich bezweifle,
dass es ein Versehen war, ihn wegzulassen, oder dass sie das
Bild nicht mehr bemerkte, so wie sie sich an das Farnmuster
auf unserer Tapete gewöhnt hatte. Ich glaube vielmehr, dass
sie ihn absichtlich dazu zwang, mit seiner Abwesenheit zu

leben, so wie sie mit seiner Abwesenheit gelebt hatte, eine Mahnung, was ihnen beiden erneut geschehen könnte.

Am Tag, bevor sie meinem Vater erlaubte, wieder bei uns zu wohnen, bat er mich, mit ihm zusammen den Studebaker zu putzen. Ich sagte ja, aber ich sah ihn nicht an. Arbeitete einfach mit ihm. Unter dem Fahrersitz fand ich einen Quarter, einen Nickel und eine vertrocknete Rübe.

»Kann ich dich etwas fragen?«, fragte mein Vater.

Ich zuckte die Achseln.

Mein Vater fegte den Schmutz von den Fußmatten, und ein einzelnes trockenes Salatblatt fiel auf den Gehweg, dünn, wie Echsenhaut. »Darf ich zu dir und deiner Mutter nach Hause kommen, Anthony?«

Ich hob die Rübe an die Nase. Sie roch nach trockener Erde. »Meinetwegen«, sagte ich. »Ja.«

»Sie ist eine echte Kämpferin, deine Mutter.«

Besonders in Erinnerung von der Rückkehr meines Vaters ist mir, wie er meine Mutter verehrte, die Verehrung aber durch Vorsicht einschränkte. So ist es auch bei mir mit Ida, wann immer sie zu mir zurückkehrt. Nur dass sie nicht lange bleibt, während meine Eltern nach diesem einen Bruch zusammenblieben und an ihrer Ehe zogen und zerrten, um sie wieder in die Form zu bringen, an die sie sich erinnerten. Durch die Wand meines Zimmers hörte ich ihn nachts, wie er mit ihr sprach, mehr als je zuvor. *Mia cara* nannte er sie. Meine Eltern brauchten viele Jahre, um zu begreifen, dass ihre Ehe etwas anderes geworden war – stärker, auch zärtlicher –, und als sie sich gerade in dieser neuen Ehe wieder wohl fühlten und sich an dem zu freuen wagten, was daraus geworden war, hatte mein Vater einen Schlaganfall.

Während er genas, kochte er. Jetzt nicht mehr für Festa Liguria, sondern für die Familie. »Selbst jetzt bringt Victor uns Essen«, sagten meine Verwandten.

Meine Mutter interessierte sich nicht so sehr für Essen, aber nachdem mein Vater einen zweiten Schlaganfall hatte und nur noch neun Tage lebte, war sie es, die nun kochte und Essen mitbrachte.

Obwohl sie laute Musik nicht mag – früher behauptete sie, dass ihr von der Opernmusik meines Großvaters die Ellbogen wehtaten, weil sie sich so hart auf die Armlehnen stützte, wenn sie versuchte zu flüchten –, legt sie jetzt schnelle, dröhnende Musik auf, sobald sie ausgeht, damit Einbrecher denken, dass ein junger, kräftiger Mann dort lebt. Aber stattdessen ist es für die Nachbarn nun ein Zeichen, dass sie nicht zu Hause ist.

❦

Ich habe angefangen, meine Mutter mittwoch- und donnerstagabends um Viertel vor zehn anzurufen.

»Hör auf, mir nachzuspionieren, Anthony.«

»Ich kann nicht schlafen, ehe ich nicht weiß, dass du in Sicherheit bist.«

»Ich kann dir dabei nicht helfen.«

»Normalerweise freust du dich, von mir zu hören.«

»Nicht, wenn du mir nachspionierst.«

»Ich spioniere dir nicht nach. Seit du diesen Kurs machst, bist du ganz anders als früher.«

Eine Woche darauf wähle ich um Viertel vor zehn ihre Nummer und lege in dem Moment auf, als sie drangeht, obwohl es ziemlich offensichtlich sein muss, dass ich es bin. Und zum ersten Mal fühlt es sich an wie Nachspionieren.

Am Samstag nehmen Joey und ich die Subway und besuchen sie. Als wir an der Fordham Road die Treppe hochsteigen, hockt eine Ratte auf dem Gehweg. Ein paar Leute zeigen auf sie. Gehen in einem weiten Bogen um sie herum. Außer einem Mann mit einer Einkaufstüte, der mit großen Schritten grinsend auf die Ratte zugeht. Die Ratte

315

rührt sich nicht. Sie ist verwirrt. Schwach. Zwei Frauen kreischen, und Joey hält sich die Hand vor die Augen; aber ich schaue nicht schnell genug weg.

»Ist er von der Seite oder von oben draufgetreten?«, fragt Joey, als ich ihn weiterziehe.

»Die Bronx war nicht so, als ich ein Kind war«, sage ich zu ihm, als wir an einem Haus mit zerborstenen Fensterscheiben vorbeikommen, die mit braunem Klebeband und Karton repariert sind. »Wenn du downtown warst und kamst zum Concourse zurück, konntest du frische Luft atmen. Es gab so viele Bäume, dass es wie auf dem Land war. Außerdem war die Bronx elegant, mit den Art-Deco-Gebäuden und Geschäften. Am Wochenende trugen die Frauen auf dem Concourse ihre Nerzstolen.«

»Du versuchst mich von der Ratte abzulenken, Daddy.«

»Das auch. Aber mir fallen die Veränderungen in dem Viertel mehr auf, wenn ich mit dir zusammen bin, weil du nichts zum Vergleichen hast.«

»Doch. Deine Geschichten. Die glänzenden Türen vom Paradise. Wie ihr auf Kevins Dach Messe gespielt habt. Wie dein Onkel Malcolm im August den Hydranten aufgedreht hat —«

»Er hat den Strahl immer mit einem Mülleimerdeckel auf uns gelenkt und ließ Belinda und mich durch das kalte Wasser springen.«

»Der Eiswagen, der in eure Straße kam …«

»Wie ich zu meiner Mutter hochgerufen habe, weil ich Geld für ein Domino-Eis wollte.« Als ich mich so sprechen höre, habe ich das Gefühl, dass ich etwas von jenem Zauber mit Worten wieder zurückgewinne.

»Erzähl mir von dem Eimer.«

Wir kommen an dem indischen Gewürzladen vorbei, der früher der Fordham Boys Shop war. Manchmal kaufen wir hier Kardamom und getrockneten Ingwer.

Koriander und Fenchelsamen. Auf der anderen Straßen-
seite ist die Bodega, wo wir kleine reife Kochbananen
kaufen. Joey brät sie gern, bis sie schwarz sind. Als wir das
letzte Mal in St. Simon Stock waren, war der Messeplan
draußen an der Tür auf Spanisch. Die meisten jüdischen,
irischen und italienischen Einwandererfamilien sind aus
dem Viertel verschwunden – manche in die Vororte oder
nach Manhattan, die meisten, wie Kevin, nach Co-op
City – und durch Einwanderer ersetzt worden, die lange
nach meinem Großvater kamen, der uns immer erzählte,
wie schwer er es hatte, als er sich hier niederließ. Nur dass
für diese neuen Einwanderer das Viertel, in das sie kommen, nicht mehr so verheißungsvoll ist wie für ihn in den
Nachkriegsjahren, als die Häuser neu waren. Jetzt sind sie
in einem schlechten Zustand, mit altmodischen Leitungen
und Stahlgittern vor vielen Fenstern. Die Not ist sichtbarer
geworden.

»Vielleicht ist es das nächste Viertel, das saniert wird«,
sage ich zu Joey. »Du hast es in Brooklyn gesehen. Häuser
wie unseres. Straße für Straße. Ganze Straßenzüge.«

»Cool.«

Ich denke an SoHo – die leer stehenden Lagerhäuser,
wo selbst Studenten nicht wohnen wollten und niemand
wagte, sein Auto zu parken. Ich habe gesehen, wie sich
das East Village verändert hat. Alles Gegenden, in denen
die Not zwar bleibt, aber das Viertel nicht mehr davon bestimmt wird.

»Eimer? Erst bist du mit deiner Mutter in die Bibliothek
gegangen ...«

»... und danach ging sie mit mir zu Jahn. Die waren
berühmt für ihren Eimer-Eisbecher. Meine Mutter sagte, es
habe eine Regel gegeben, dass man zu sechst sein musste,
um einen Eimer zu bestellen, weil er so groß war.«

»Deswegen hast du nie einen bekommen.«

»Du erinnerst dich an alles.«

»Weißt du noch, wie lang der Schwanz der Ratte war?«

»Möchtest du über Schwänze sprechen? Als ich ungefähr neun war, hatte ich eine Mütze mit einem Waschbären-schwanz, eine Davy-Crockett-Mütze. Kevin hatte auch eine. Außerdem hatte er ein Foto von Fess Parker mit einem Autogramm.«

»Wer ist das?«

»Der Schauspieler, der Davy Crockett gespielt hat. Einmal ist Fess Parker vor dem Concourse Plaza Hotel in das Taxi von Kevins Vater gestiegen und ließ sich zum Yankee Stadium fahren. Als Kevins Vater ihm sagte, dass Fess auf dem Kontinent der Lieblingsschauspieler seines Sohnes sei, nahm Fess ein Foto aus der Tasche und signierte es auf der Stelle. ›Für meinen Freund Kevin, vom König des Wilden Westens. Fess Parker‹.«

»Cool.«

»King of the wild frontier…«, sang ich. »Davy, Davy Crockett –«

»Daddy …« Joey sieht sich um.

»… born on a mountaintop in Tennessee, greenest state –« Ich lachte. »Früher habe ich immer ›cleanest state‹ gesungen.«

Joey geht schneller; es ist ihm peinlich, mit mir zusammen auf der Straße zu sein.

»Noch vor einem Jahr hättest du mit mir gesungen.«

»Vor einem Jahr war ich noch ein Kind.«

»Das Palisades-Lied? ›Come on over …‹«

»›Palisades has the rides after dark …‹« Er läuft voraus.

»Warte. Wir können über die Ratte sprechen.«

Er bleibt stehen. »Ist der Mann von der Seite oder von oben auf die Ratte getreten?«

Ich schone ihn, indem ich lüge und sage, ich hätte nicht gesehen, wie der Mann zugetreten hat.

»Jetzt kannst du mir den Rest von dem Davy-Crockett-Lied vorsingen.« Er klingt erleichtert.

»Zu … freundlich.« Ich fange an zu singen: »Killed him a bear when he was only three …‹«

»Willst du damit sagen, dass einen Bären zu töten nicht so schlimm ist, wie eine Ratte zu töten?«

»Du bist auf Ratten fixiert, wie? Also gut. Mein Vater, der hat Ratten mehr gehasst als sonst jemand, den ich kenne. Eines Nachmittags kam er früh nach Hause, riss sich die Hosen vom Leib, schlug damit gegen die Wand und tanzte herum.«

Joey lacht.

»Er war überzeugt, dass ihm eine Ratte das Hosenbein raufgeklettert war. Sie waren um ihn herumgewimmelt, als er an der Smelly Alley vorbeikam. ›Hunderte von Ratten‹, sagte er, ›ein Meer von Ratten. Ratten in allen Größen.‹ Es fing damit an, dass eine über seinen Schuh gehuscht war, und innerhalb weniger Sekunden konnte er nichts mehr sehen als Ratten – vor sich, hinter sich. Am Straßenrand standen keine Autos, unter denen sie sich hätten verstecken können, und er befand sich zwischen den Ratten und ihren Verstecken; dem Gebüsch und Unkraut in der Gasse.«

»Vielleicht hatten sie Angst, als dieser Mensch auftauchte«, mutmaßt Joey.

»Mein Vater – er ist ausgerastet. Ist hin und her gehüpft, weil er überzeugt war, dass er Klauen und Fell an seinen Beinen spürte. Eine Ratte stürzte zu einem Gully. Die anderen hinterher. Runter. Das Hinterteil zuletzt. Eine Welle von Hinterteilen, und es war vorbei. Mein Vater hat so lange geduscht, bis das ganze heiße Wasser aufgebraucht war. Hat die Hosen nie wieder angezogen.«

»Wir sagen Grandma lieber nichts von der kranken Ratte«, sagt Joey, als wir uns dem Süßigkeitenladen an der Ecke nähern, wo meine Mutter immer noch ihre Zigaretten und

Zeitschriften kauft und wo Joey sich oft ein Snickers holt. Aber heute erwähnt er Süßigkeiten nicht.

Joey und ich nähern uns dem Haus, in dem ich aufgewachsen bin, wo die Hecken seit Jahren totes Gehölz sind. Stattdessen: harte Erde. Der Hof hat ein Stahltor. Auf dem Haus alte Graffiti, neue Graffiti: »fick dich blas mir einen Lola liebt Tommy fick dich ins Knie frohe Ostereier ...«

»Ostereier?«, fragt Joey. »Hat das mit Essen oder mit Sex zu tun?«

»Ich denke mit Essen.«

»Du bist so ein ... Dad.«

»Wenn ich denke, ich habe eins draufgekriegt, bloß weil ich mit Kreide auf den Gehweg gemalt habe ...«

»Und was ist passiert?«

»Der Hausmeister hat es meiner Mutter erzählt, und ich habe Stubenarrest bekommen.«

»Andere Generation, Dad.«

Ich sehe Joey von der Seite an, und wir lachen beide.

Bei meiner Mutter funktioniert die Klingel nicht mehr, aber ich habe einen Schlüssel für das Tor und einen für die Haustür. Sechs Betonstufen mit Beton-Blumentöpfen, gesprungen, grau mit weißen Flecken, wo die Farbe noch nicht abgeblättert ist, voll gestopft mit Zigarettenkippen und Bonbonpapier und Zellophan. Es könnte ganz anders sein.

Als Joey und ich uns gegenseitig die Treppe raufjagen, rieche ich Kardamom und Kurkuma, Schmalz und nassen Putz, Urin und den Fisch von gestern.

Im dritten Stock geht mir der Atem aus. »Warte —«

Halb die nächste Treppe rauf bleibt Joey stehen. Mehr als vier Jahrzehnte zwischen uns. Wenn ich ein jüngerer Vater wäre, hätte ich mehr Energie für ihn. Wäre viel ausgelassener. Weniger vorsichtig, wogegen er sich schon aufbäumt. Er wartet, bis ich ihn eingeholt habe. Nebeneinander gehen wir zum fünften Stock hoch, wo im Flur alles still ist. Keine laute Musik. So weiß ich, dass meine Mutter zu Hause ist. Ich klopfe.

Als sie die Tür aufmacht, sitzt James Hudak in Jeans und einem ärmellosen Unterhemd auf ihrem Sofa und macht eins ihrer Kreuzworträtsel mit einem Druckbleistift, den ich ihr geschenkt habe. Obwohl James dem Alter nach zwischen mir und meiner Mutter ist, sieht er jünger aus als ich, fitter. Wie immer bleibt er nicht. Murmelt, dass er später noch einmal kommen wird, um den Fensterriegel zu reparieren. Letztes Mal war es das Spülbecken. In meiner Kindheit habe ich ihn oft gesehen – zu oft, ehrlich gesagt –, denn wenn er zu Besuch bei seiner Großmutter war, beachtete die mich nicht. James und ich empfanden spontane und tiefe Abneigung füreinander, bis er zur Navy ging, und dann machte ich meine Ausbildung als Koch, und wir sahen uns viele Jahre nicht.

Er nimmt sein Jeanshemd von der Couch, nickt mir kurz zu. »Anthony.«

Ich nicke. »James.«

»Ich rufe dich später an«, sagt meine Mutter zu ihm.

»Brauchst du etwas aus dem Laden?«

»Ein paar Zwiebeln für den Braten morgen.«

Er flüstert ihr etwas zu, und sie flüstert zurück.

Sie holt Teller und Besteck mit dem Festa-Liguria-Logo heraus. Während sie Joey und mich bewirtet, versuche ich, nicht an die Ratte zu denken, aber die Anstrengung, nicht daran zu denken, *holt die Ratte in die Küche meiner Mutter, lässt den Fuß des Mannes immer wieder herunterkommen und die Ratte zertreten, füllt meinen Kopf mit dem Geruch nasser Federn und Sägespäne, und ich stehe mit Riptide auf dem Geflügelmarkt, wo der Truthahn mit den scheuen Augen an den Füßen von der Waage baumelt.*

»Guckt mal, wie der Truthahn den kleinen Jungen ansieht.«

»Der Truthahn guckt dich an, Antonio.«

»Gobobobob …«

321

»Lieber Truthahn. Lieber —«

»Antonio hat entschieden. Questo.«

»Nein —«

Und schon wieder denke ich an die Ratte, *und der Schuh des Mannes kommt herunter, Blut und Gewalt, die zu weiterer Gewalt führt,* und was du im Kopf siehst, musst du auch sagen. Es ist wie bei der Beichte, wo das, was du getan oder gedacht oder gesagt hast, dich so lange drückt, bis du es dem Priester sagst, und dann geht es dir besser. Und so murmele ich »Ratte« vor mich hin, ohne die Lippen zu bewegen. »Ratte. Ratte.« Denke, das ist dumm. Und fühle mich nicht besser. Meine Mutter beobachtet mich. Sie kommt mir klein vor. Allein.

»Allein«, flüstere ich.

»Was hast du gesagt?«

»Dass du zu viel Zeit allein verbringst.«

»Aber Grandma hat James«, sagt mein Sohn.

»Ich meine eine Art von Beziehung.«

Joey guckt mich an, als wäre er der Vater und ich das Kind. Er steht neben ihrer Boombox und sieht ihre CDs durch. »Du hast die neue Busta«, sagt er aufgeregt.

»Du kannst sie dir gern ausleihen.«

»Danke.« Er und meine Mutter tauschen CDs: Busta und Mystical und The Neptunes und Lil' Kim.

»Wie wäre es, wenn du dich mal wieder mit einem Mann verabreden würdest?«, frage ich meine Mutter.

Sie wirft Joey einen Blick zu. Sie ziehen beide die Achseln hoch.

»Dad —« Joey fährt sich mit der Hand durch die kurzen Haare. Sodass sie hoch stehen. »Grandma hat James.«

»Ich möchte jemanden, der mir vertraut ist«, sagt meine Mutter.

»Er wird dir vertraut werden.«

»Wer?«

»Jemand Neues.«

»Ich will niemand Neues.«

»Wenn du ihn erst mal kennen gelernt hast, wird er dir vertraut sein.«

»Ich käme mir vor wie eine Fünfzehnjährige in einem achtzig Jahre alten Körper.«

»Es gibt Männer mit achtzig Jahre alten Körpern ... mit neunzig Jahre alten Körpern ... die allein sind und sich eine Frau wünschen, mit der —«

»Alte Männer ...« Sie wischt die Idee beiseite. »Was soll ich mit einem alten Mann?«

»Vielleicht könnte eine deiner Freundinnen dich mit jemandem bekannt machen.«

Joey stöhnt. »Dad —«

Meine Mutter blinzelt ihm zu. »Eine Verabredung mit einem Unbekannten ... Wie romantisch. Ich kann es mir schon vorstellen ... Ich mache mich für die Verabredung hübsch, und schon bevor ich ihn kennen gelernt habe, bin ich bereit, ihn als den zu sehen, der für mich bestimmt ist. Aber dann mache ich die Tür auf, und da steht er, kaum so groß wie ich, kahlköpfig oder die Haare quer über den Kopf gekämmt, nach einem männlichen Kölnischwasser duftend —«

»Bloß kein männliches Kölnischwasser.« Ich muss lachen.

»— und ich will ihn gleich in den Mann verwandeln, von dem ich träumen sollte.«

»Warzen«, sagt Joey, »der Unbekannte bei deiner Verabredung hat Warzen.«

»Auf jeden Fall Warzen«, pflichtet sie ihm bei.

Mir ist leicht ums Herz. »Warum müsst ihr beiden euch eigentlich gegen mich verbünden?«

※

Zwei Wochenenden später kommt meine Mutter mit dem Zug, bringt Rosinen-Scones mit und will Verteidigung gegen mehrere Angreifer üben. Nach dem Essen erklärt sie Joey, er solle sie an den Armen festhalten, während ich mich ihr von vorn nähern soll.

»Wartet einen Moment, bitte —«, sagt sie, als wir unsere Positionen eingenommen haben. »Ich muss mir überlegen, was ich als Erstes tun muss.« Sie hebt die rechte Ferse. Dreht den Fuß. »Es sind sechs Teile.«

Ich bin wie vor den Kopf geschlagen. »Sagst du das auch, wenn du in eine solche Situation gerätst? ›Es sind sechs Teile. Warten Sie bitte, ich muss mir noch die Reihenfolge überlegen.‹«

»Genau deshalb muss ich mit dir üben.« Ihre Stimme ist geduldig und langsam, als wäre ich vier Jahre alt, vier Jahre alt und besonders begriffsstutzig. »Ich muss mit dir üben, Anthony, damit alles ein Reflex wird.«

Sie schwingt das rechte Bein auf mich zu und hält inne, bevor es meinen Oberschenkel berührt. »Das mache ich bei einem echten Angreifer mit viel mehr Schwung«, verspricht sie, neigt sich zu einer Seite, holt mit dem rechten — immer noch erhobenen — Bein aus, tippt damit an Joeys Knie, schnellt es von da nach vorn und streift mein Bein.

»Cooler Tritt, Grandma.«

»Ermutige sie nicht noch«, fahre ich ihn an.

Aber meine Mutter strahlt ihn an. Ihr Gesicht ist gerötet. »Sobald ich mir die Reihenfolge gemerkt habe, mache ich das viel schneller.«

»Mit all diesem Firlefanz würdest du einen Räuber doch bloß verärgern.« Mir ist der tadelnde Ton in meiner Stimme zuwider.

»Niemand will sich mit einer wütenden, schreienden Frau schlagen. Denk an Salome ... Und wenn Lots Frau

sich gewehrt hätte, wäre sie nicht zur Salzsäule erstarrt …
Verstehst du, dazu sollen wir nämlich erstarren, wenn wir
in Gefahr sind – zur Salzsäule. So kriegen sie uns. Und
wenn Lots Frau –«

»Erzähl mir bloß nicht, dass dein Trainer auch Prediger
ist?«

»Das habe ich mir ausgedacht.«

»Jetzt will sie sogar Frau Lot sein.«

»Sprich nicht von mir in der dritten Person, verdammt
nochmal.«

»Ich habe nur zitiert, was Dad gesagt hätte: ›Jetzt will sie
sogar Frau Lot sein.‹«

»Und ich würde deinem Vater sagen, was ich dir gesagt
habe: ›Sprich nicht von mir in der dritten Person.‹«

»Aber er würde dich darauf hinweisen, dass du die Bibel
nur zitierst, um eine Auseinandersetzung zu gewinnen.«

Einen Moment lächeln wir beide. Und ich sehe meinen
Vater, *wie er den Kopf nach hinten legt, als sie seinen Nacken
streichelt, sehe sie, wie sie sich nah zueinander beugen, flüstern,
lachen. Und ich sehe ihn bei Hung Min mir gegenüber am Tisch,
beim Backgammon, seine Augen auf dem Spielbrett und auf dem
faltigen Gesicht seines Gegners, während ich uns allen Tee in winzige Tassen gieße und in jede drei Löffel Zucker rühre.*

»Der Trainer sagt, neunzig Prozent der Selbstverteidigung ist Haltung … Wie ich auftrete.«

»Haltung? Ich dachte, es sei BLT oder so was.«

»Nicht BLT, Daddy. TÜR. Timing, Überraschung,
Ruhe.«

»Richtig«, sagt meine Mutter. »Und Haltung ist das, was
dich zu TÜR bringt.«

»Und warum heißt es dann nicht HTÜR?«

»Du suchst einfach nur Streit.«

»Ich suche Sicherheit. Sicherheit für dich. Kannst du
nicht einen anderen Kurs machen, in dem du körperlich

stärker wirst? Zum Beispiel so was wie … Aerobic? Aber pass auf, dass es Schmalspur ist. Yoga wäre noch besser.«

»Beim Yoga wird nicht in den Arsch getreten. Aber das macht Grandma.«

Ich beachte Joey nicht. »Eine von Idas Kundinnen – sie ist Mitte achtzig – hat vor ein paar Jahren einen Schmalspur-Aerobic-Kurs gemacht. Sie hat mehrere Bücher über Aerobic gekauft, und jetzt kann sie viel besser laufen als vorher.«

»Ich kann sehr gut laufen.« Meine Mutter sieht mich unverwandt an. »Bitte, hör zu. Erinnerst du dich an das Beispiel, das ich dir erzählt habe, wo ein Elternteil einem Kind wehtut und Angst macht?«

»Ich erinnere mich.«

»Ich bin dieses Kind.«

Ich bin still und mir ist kalt. Der Himmel regt sich nicht. Und ich stehe vor ihr, schutzlos, während mein Schatten auf ihrem Gesicht liegt.

»Ich bin geschlagen worden. Ganz oft. Brutal.«

Mein Sohn hält meine Mutter immer noch am Arm. Und ich habe Angst, es zu erfahren … Angst, es nicht zu erfahren.

»Es ist über eine Zeitspanne von vier Jahren geschehen … Bevor mein Vater Selb– bevor mein Vater starb.«

Joey fährt mit der Hand ihren Arm hoch. Streichelt ihr die Schulter.

»Die Arbeit als Gefängniswärter hatte ihn verändert … gewalttätig gemacht.«

»Gott – es tut mir Leid …« Ich will meine Mutter umarmen, aber mein Schatten liegt noch immer auf ihrem Gesicht. »Warum hast du mir das nie erzählt?«

»So etwas erzählt man nicht seinem Sohn.« Sie steht so aufrecht da, zerbrechlich, dass ich es nicht wage, sie zu berühren.

Aber Joey wagt es. Joey streichelt ihr weiter die Schulter.

»Es tut mir so Leid.«

Joey legt meiner Mutter einen Arm um die Schultern. Und jetzt stehen sie mir beide gegenüber. Ich fühle mich von ihnen getrennt. Nur diesem Großvater verbunden – beide haben wir Schaden zugefügt –, und als ich mich frage, welche Böswilligkeit ich von ihm geerbt haben mag, wird mir schwindlig. Ich habe nur ein Foto von ihm gesehen, in Uniform, kantig und finster, als wartete er darauf, dass sein Blinddarm platzte. Meine Mutter hat nur selten von ihm gesprochen. Aber jetzt, da sie mir erzählt, dass er sie geschlagen hat, reißt sie mich weit auf. Wie kann ich jetzt meine Geheimnisse überhaupt noch bewahren? Ich versuche zu hören, was sie sagen, mein Sohn und meine Mutter.

»Ich wünschte, ich hätte als Kind Selbstverteidigung gekannt.«

»Hättest du sie angewandt, Grandma?«

»Aber ja«, sagt sie, ohne zu zögern.

»Gegen deinen Vater?«, fragt Joey sie, aber er starrt mich an mit seinem neuen Trotz.

»Er hat sich erschossen«, sagt sie. »Er hat sich den Lauf seiner Pistole in den Mund gesteckt, statt noch einen Tag seine Pflicht als Gefängnisaufseher zu tun. Ich habe es erst mit zwanzig herausgefunden.«

Und plötzlich halte ich sie in den Armen, und wir wiegen uns zusammen vor und zurück.

»Meine Mutter sagte, er sei nicht so gewesen, als sie ihn geheiratet hat ...«

Wiegen uns vor und zurück, vor und zurück, und weinen.

»Als Kind habe ich geglaubt, dass nicht der Blinddarm in ihm geplatzt war, sondern sein Zorn. Weil ich meinem

Vater genau das wünschte, wenn seine Fäuste auf mich niedergingen, dass sein Zorn in ihm explodieren und ihn töten würde. Dann ist es geschehen … Und ich fühlte mich mächtig und schuldig und war dankbar, dass der Zorn ihn getötet hatte. Und nicht mich. Denn das hätte geschehen können.«

Ich lege die Arme fester um sie.

»Manchmal sage ich mir, dass mein Vater nur ein armer Schwachkopf in seiner persönlichen Hölle war, der mich schlug, der Angst hatte, entdeckt zu werden, und mir drohte. Unterwürfigkeit aus Angst. Es funktioniert.«

»Aber du brauchst dich nie wieder gegen ihn zu verteidigen. All das ist vorbei.«

»Es ist nie vorbei.« Sie tritt zurück. »Es ist nie vorbei, Anthony. Weil sich jeder neue Schrecken an deine früheste Angst heftet, und wenn du erst einmal mit Angst durch die Welt gehst —«

»Aber ich möchte, dass du in Sicherheit bist.«

»Du verstehst es nicht, oder?«, sagt meine Mutter leise. Sie nimmt mich beim Handgelenk. Führt mich nach draußen. »Leg mir beide Hände um den Hals.«

»Mutter —«

Sie packt meine Hände, mustert meine Handflächen, als wollte sie die Lebenslinie begutachten, und legt sich meine Finger um den Hals.

Unter meinen Händen fühlen sich ihre Knochen zerbrechlich an.

Ihre Haut ist wie Papier.

Sie könnte reißen.

Wegrutschen.

Ihre Lippen bewegen sich. »Fester«, sagt sie.

Ich fühle mich riesig.

Und so gefährlich wie an dem Abend, als ich Bianca zum Fliegen verlockte.

Meine Mutter – meine winzige, alte Mutter – hebt ihren rechten Arm. Sie zeigt zum wolkenlosen Himmel hinauf, dreht sich nach links und löst so meinen Griff. Ihr Ellbogen schwingt auf mich zu. Aber diesmal hält sie nicht inne. In ihrem Schwung spüre ich, wie zornig sie darüber ist, dass sie mich an das Schweigen verloren hat, und als sie den Ellbogen auf mein Brustbein herunterkrachen lässt und ihn mir unterhalb des Brustkorbs in die Magengrube rammt, wird mir klar, dass sie das von Bianca weiß, dass sie immer gewusst hat, wie ich Bianca mit meinen Worten geschubst habe zu fliegen, und dass seitdem nichts so berauschend und entsetzlich für mich gewesen ist wie der Moment, als ich wusste, dass Bianca gleich losfliegen würde.

Und jetzt falle *ich*.

Falle dem Geruch von gemähtem Gras entgegen. Falle auf die aufregende Befreiung zu, dass wir beide es wissen, die Möglichkeit, mit meiner Mutter zu dieser meiner ersten Angst zurückzukehren, Möglichkeit von Erlösung, ja, sogar Sehnen. Falle ins Wünschen.

Falle so hart, dass es in mich zurückströmt, in mich einschlägt, dieses Wünschen. Und ich wage es, mir Ida zu wünschen. Wage zu wünschen, dass unsere verlorenen Geschichten wieder in meine Familie zurückkommen. Wage es, *vor unserem alten Wohnhaus zu stehen und zu unseren Küchenfenstern hinaufzusehen, eins offen, eins mit Glaswachs verschmiert, während Bianca auf mich zutaumelt – haltlos und jenseits aller Zeit –, taumelt und sich dreht, langsam wie ein benommener Stern, und ihr Cape sich um sie bauscht. Während ich bete. Bete um diesen Herzschlag der Gnade, wenn beide Fenster geschlossen bleiben, während Bianca fernsehgerechte Glaswachs-Dekorationen auf die Scheibe drückt. Bete, dass – hinter Bianca in unserer Küche – meine Mutter und Tante Floria tanzen, ihre Gesichter nah beieinander, als verbrächten sie all ihre wachen Stunden beim Üben zusammen. Bete, dass Grandma Riptide und Großtante Camilla sich zu ihnen gesellen, dass mein Vater und mein Großvater und Onkel Malcolm in die Hände klatschen und skandieren: »Tango ... tanzt den Tango«, während Tante Floria meine Mutter so weit nach hinten biegt, dass deren schwarzes Haar über den Fußboden schleift. Schnee taumelt mir um die Fußgelenke, während ich darum bete, dass meine Mutter und Tante Floria weitertanzen, die Glaswachs-Ornamente ein schwaches Flimmern auf ihren dunklen Kleidern, als sie die Hände nach mir ausstrecken und mich in ihren Kreis ziehen,* aber als ich aufblicke, taumelt die Sonne und nicht der Schnee, sie taumelt um meine Mutter herum, die über mir steht, Fäuste erhoben, Füße in Kampfstellung, als sie ihren bedingungslosen und offenen Kampf um meine Seele führt.

Danksagung

Herzlichen Dank meiner wunderbaren Agentin Gail Hochman für ihren Enthusiasmus, ihre Unterstützung und die italienischen Rezepte. Wie immer weiß ich, was ich an meinen Freunden bei Simon & Schuster habe – auch an Carolyn Reidy, Victoria Meyer, Marcia Burch, Doris Cooper –, insbesondere an meinem großartigen Lektor Mark Gompertz. Er versteht meine Vision und meine Charaktere und hat mir einiges über die Yankees beigebracht. Bei meinen Nachforschungen lernte ich viel über die Bronx aus den Büchern von Lloyd Ultan: *The Beautiful Bronx 1920–1950* und *The Bronx: It was Only Yesterday 1935–1965*. Vor allem aber Dank an meinen Mann Gordon Gagliano, der mich in die Bronx führte und sie magisch für mich machte.

Feridun Zaimoglu
Leyla

Roman
Gebunden

Eine anatolische Kleinstadt in den fünfziger Jahren. Hier
wächst Leyla als jüngstes von fünf Geschwistern im engen
Kreis der Familie und der Nachbarschaft auf, und hegt
einen großen Wunsch: Sie will dieser Welt entkommen.
Mit einer sinnenfrohen, farbenprächtigen und archaischen
Sprache erzählt Feridun Zaimoglu vom Erwachsenwerden
eines Mädchens, dem Zerfall einer Familie und von einer
fremden Welt, aus der sich viele als Gastarbeiter nach
Deutschland aufmachten – eine fesselnde Familiensaga aus
dem Herzen des Orients.

»Zaimoglu ist ein grandioser Erzähler. Virtuos, wuchtig,
gut.« *Profil*

Kiepenheuer
& Witsch   www.kiwi-koeln.de

E.L. Doctorow
Billy Bathgate

Roman
Deutsch von Angela Praesent
KiWi 925

»Billy Bathgate« erzählt die mitreißende Geschichte eines New Yorker Straßenjungen, der als Lehrling und Vertrauter des Gangsterbosses Dutch Schultz Glanz und Brutalität der Unterwelt erlebt. Ein Klassiker der amerikanischen Literatur.

»Eine wunderbare Erweiterung der Liste amerikanischer jugendlicher Helden: poetischer als Huck Finn und Tom Sawyer, zielstrebiger und geistreicher als Holden Caulfield. Ein Buch, das man um drei Uhr morgens aus der Hand legt, nachdem man um Mitternacht versprochen hat, dass man nur noch die Seite zu Ende lesen will.«
The New York Times

Paperbacks bei Kiepenheuer & Witsch   KiWi PAPERBACK   www.kiwi-koeln.de

Herrad Schenk
Am Ende

Roman
KiWi 937

In der letzten Phase ihres Lebens erinnert sich Elli an ihre Geschichte und wehrt sich gegen den Verlust der Selbstbestimmung. Mit großem Einfühlungsvermögen und sensibler Hellsicht dringt Herrad Schenk in die innere terra incognita des alten Menschen vor.

»Ein anrührendes Buch, voller Wut und Wehmut.«
Elke Heidenreich

»Herrad Schenk hat ein hervorragendes Buch geschrieben; es ist handwerklich perfekt, scharfsinnig, geht unter die Haut. Abgewogene, auskalkulierte Prosa, straff und nuanciert.« *Gisbert Haefs, Weltwoche*

Paperbacks bei Kiepenheuer & Witsch  www.kiwi-koeln.de

Niels Fredrik Dahl
Auf dem Weg zu einem Freund

Roman
Aus dem Norwegischen von Ina Kronenberger
KiWi 923

Vilgots Zuhause ist alles andere als verlockend – die
Mutter ist krank und der Vater fast nie da. Deshalb läuft
der Junge durch die Straßen, auf dem Weg zu einem
Freund und ist doch fast immer allein. Dabei lernt er den
»Grafen von Hoff« kennen, einen alten Bauern, den alle
Kinder fürchten. Die beiden Außenseiter schließen
Freundschaft. Als der Graf eines Abends allein sein möch-
te und Vilgot nicht einlässt, passiert etwas, das das
Leben des Jungen für immer verändert. Ein poetisches,
trauriges Buch, das den Leser in seinen Bann zieht.

»Das Geheimnis liegt in Dahls musikalischer Sprache,
darin, wie er den Jungen denken lässt.« *Klassekampen*

»Das Buch ist ein Traum ...« *Christine Westermann*

Paperbacks bei Kiepenheuer & Witsch  www.kiwi-koeln.de